第六届鲁迅文学奖诗歌奖得主大解
经典叙事长诗最新修订版

悲 歌

大 解 ◎著

花山文艺出版社

图书在版编目（CIP）数据

悲歌 / 大解著. —石家庄：花山文艺出版社，2018.12
ISBN 978-7-5511-3194-0

Ⅰ.①悲… Ⅱ.①大… Ⅲ.①叙事诗—中国—当代 Ⅳ.①I227.3

中国版本图书馆CIP数据核字(2018)第283455号

书　　名：	悲　歌
著　　者：	大　解
责任编辑：	张采鑫　李　鸥
责任校对：	李　鸥
装帧设计：	陈　淼
美术编辑：	胡彤亮
出版发行：	花山文艺出版社（邮政编码：050061）
	（河北省石家庄市友谊北大街330号）
销售热线：	0311-88643221/29/31/32/26
传　　真：	0311-88643225
印　　刷：	石家庄众旺彩印有限公司
经　　销：	新华书店
开　　本：	700×1000　1/16
印　　张：	40.25
字　　数：	300千字
版　　次：	2019年7月第1版
	2019年7月第1次印刷
书　　号：	ISBN 978-7-5511-3194-0
定　　价：	138.00元

（版权所有　翻印必究·印装有误　负责调换）

《悲歌》概述

一个名叫公孙的百岁老人在雕刻山脉。诗人大解前去雕山工地采访公孙,并告诉他:我正在写一部长诗《悲歌》,主人公就是你。而公孙在一本刊物上已读过此诗的开头部分,并不满意,为此公孙另写了一部自传体长诗《悲歌》。

大解阅读公孙的《悲歌》,内容大意如下:

青年公孙与少女蕙相爱,被无形的力量强行拆散。蕙在被迫嫁给他人途中,撞山而死,身体燃烧升天,化为一颗星。公孙陷入极度的痛苦悲伤之中。

在一个影子老人的暗喻下,公孙离家出走,逆黄河而上,穿越高原、草原、沙漠和戈壁,进入河西走廊。在骷髅歌队的陪伴下,他到达了敦煌。在敦煌的篝火之夜,人神共舞。石窟壁画上的一个飞天仙女受蕙的灵魂指引,在此等待公孙。她领着飞天众姐妹,挽着公孙飞向黄河源头。她与公孙亲合,受孕后融化在星宿海,参与了黄河的流动。公孙翻过雪山,顺水而下,在流落途中参军,试图用暴力改变世界。

多年后,公孙转战到东北大地,参加了一场大战役。他目睹了英雄的诞生,也看到了战争对人类的摧毁。他在战场上中弹身亡。死后在冥界遇见影子老人,老人给他剖胸换心,使他复活。战役结束后,部队入关,他在行军途中看见幻象,误入海市蜃楼之中。

公孙在蜃景中进入了时空的源头,看见了盘古开天和女娲造人。他随着泥人走向时间下游，卷入了一场部落战争。他帮助狮部落打败了豹部落，统一了五个小部落，实现了一个时期的部落和平。战后，他悔过对于世界的破坏，倾心于建设，在岐山顶上建造天梯。

在天梯顶上，公孙梦见自己行军打仗，立志推翻旧王朝。多年后他夺取了王权，后来被人民暴力推翻。他流落为平民后，沿时间而下，看到了无数个王朝大致相同的更迭历史。最后他看见自己扛枪走在东北大地上，正在攻打一个王朝。炮声轰隆，使他幡然苏醒。

梦醒之后，天气阴沉，大雨连绵，天漏不止。洪水淹没了世界。公孙参与了女娲补天和人民治水工程，目睹了精卫填海的壮举。

一场大风把蜃景吹散，一切都消失了，公孙从天空的幻象中掉入大海，淹死在水中。死后，他遇见许多熟人，讨论人生的意义。他再次遇见影子老人。老人给他剖胸，为他清洗了心脏，使他再次复活。他被美人鱼托出大海，送入方舟。

公孙在方舟上陷入极度的孤独中。灵魂走出躯体与他对话，对他进行重重追问。他与自己的灵魂搏斗，结果失败。灵魂出走，又被虚无的风暴卷回体内。夜里，一场海上的风暴把方舟推到岸边。公孙得救。

公孙上岸后，世界发生了变化。农耕文明尚未消失，而工业和信息化时代已经来临。他发现时间已经过去了五十年。在经过肉体和灵魂的双重漂流之后，他已是一个历尽沧桑的老人。他穿过乡村，在一座城市里谋生。他当上了清洁工人，并成为代表。他生活在底层，却出入于上流阶层。他不适应喧嚣和虚伪，离开此城，到另一个城市，当上建筑工人。他建筑高楼，却住在低矮的工棚里。他在工棚里遇见了来自家乡的虫子。他在虫鸣中彻夜思乡，遂乘车回乡。

公孙回到故乡，发现村庄已被水库淹没了几十年，故人早已消失；他已无家可归，睡在水库边的草地上。他在梦里看见了故

/ 《悲歌》概述 /

乡所有的亲人。一天夜里,他看到一颗流星从天而降,落在蕙当年撞山的地方。他认定蕙已来到世上,她就藏在山里。他开山雕刻,真的在岩石中发现了蕙。蕙当即复活,恢复了往昔的爱情。他相继雕出许多古人。他请来愚公的后代,凿山不止,雕出了众多的前人和动物,并在山巅发现了盘古和女娲。

这时,大解的老家农村正在调整土地,便从雕山工地赶回老家。由于春雨连绵,调整土地被迫往后推迟。大解从老家回到石家庄,处理一些紧迫的事情。大解接到公孙的电话和《悲歌》续篇,得知雕山工程已近尾声,遂又乘车赶往雕山工地。大解发现整个雕像群全部复活,所有逝去的人群和动物重新回到世上,参与了生活。公孙最后雕刻的是他自身。人们看到公孙和雕像融为一体,雕像获得了新生。

这时影子老人从远方赶来,带走公孙和蕙,向西而行。大解和工匠和人群和动物和所有的雕像跟在其后,向西日夜奔走。各地的人们都在集结,在奔走。人们来到一条大河边——黄河边。在颂歌声中,人们看见河水开裂,一个婴儿——公孙的儿子——少典——从水中出生。传说多年以后,少典生黄帝,黄帝生出了不绝的子孙。

目　录

序曲 ………………………………………………… 001

第一部　人　间

第一章　爱情 ……………………………………… 019
　一、迷人的夜晚 ………………………………… 019
　二、两条河流立起来　在风中摇摆 …………… 026
　三、在星星和星星之间 ………………………… 031
　四、我好像看见你来了 ………………………… 040
　五、多少个日夜过去 …………………………… 049
　六、长卷 ………………………………………… 057
　七、眼见越过了高高的山顶 …………………… 070
　八、在前人走过的路上 ………………………… 077
楔子（一）………………………………………… 082
第二章　流浪 ……………………………………… 095
　一、从黄河口溯流而上 ………………………… 095
　二、黄土高原上　埋没的事物重新显现 ……… 099
　三、长城与黄河在此交叉 ……………………… 102
　四、祝福草原 …………………………………… 105
　五、一片黄沙漫漫 ……………………………… 110
　六、大戈壁漫无边际 …………………………… 113
　七、河西走廊 …………………………………… 116

八、敦煌之夜 …………………………………… 125

九、众仙女衣袂飘飘　挽着我上升 …………… 131

十、星宿海 …………………………………… 139

十一、河源 …………………………………… 147

十二、迎面升起三重雪山 …………………… 154

十三、人的道路 ……………………………… 157

第三章　战争 …………………………………… 162

一、东北的九月　风萧水寒 ………………… 162

二、像洪水中翻滚的石头 …………………… 170

三、死亡大面积来临 ………………………… 184

四、时间在枪声中消逝 ……………………… 199

五、秋天正离我们而去 ……………………… 208

楔子（二）…………………………………… 227

第二部　幻　象

第一章　我在不觉间进入了蜃景之中 ………… 237

一、黄昏 ……………………………………… 237

二、黑暗中站起一个人 ……………………… 247

三、她在歌舞的中心和我说话 ……………… 258

四、沿河而下　我好像变成了一个他人 …… 267

五、五个部落发生了战争 …………………… 274

六、他立马仗剑　率军出征 ………………… 307

七、平野之战 ………………………………… 323

八、天梯 ……………………………………… 344

颂歌（一）…………………………………… 368

颂歌（二）…………………………………… 369

颂歌（三）…………………………………… 369

颂歌（四）…………………………………… 370

颂歌（五）…………………………………… 370

颂歌（六） …………………………………… 371
　　颂歌（七） …………………………………… 371
第二章　长梦 …………………………………… 373
　　一、在死人堆积的历史上 …………………… 373
　　二、一个王朝的幽灵 ………………………… 382
第三章　洪水没世 ……………………………… 390
　　一、天漏 ……………………………………… 390
　　二、补天 ……………………………………… 399
　　三、填海 ……………………………………… 415
　　四、从远处刮来了风 ………………………… 437
第四章　方舟 …………………………………… 445

第三部　尘　世

第一章　入世 …………………………………… 477
　　一、时间究竟过去了多久 …………………… 477
　　二、看　这就是城市 ………………………… 488
　　三、我建筑高楼　却住在低矮的棚子里 …… 504
　　楔子（三） …………………………………… 519
　　四、在水中央 ………………………………… 532
　　楔子（四） …………………………………… 557
第二章　众生竞度 ……………………………… 574
　　一、那么多人从岩石里走出来 ……………… 574
　　二、我发现了自身 …………………………… 609
　　三、我是大解　写下关于你的见闻 ………… 616
第三章　新生 …………………………………… 627

后　记 …………………………………………… 633

序　曲

这是一个初春的早晨
辉煌的恒星从地下缓缓升起
照耀着旷野和新近发芽的草原
也照耀着云彩下飘移的群山
沿着高原的斜坡漫流而下　时间并不留下痕迹
只有大河带走了泥沙　向大海推积着世上的灰尘
二十世纪末叶的春天就这样降临
来自太阳系的金色群蜂越过树顶
飞向野花开遍的乡村

一阵风吹动了晨炊的烟雾
又一阵风吹动了林间的鸟鸣　那些翅膀
领着朝霞飞翔　又在拇指粗的光线中
落向民间的屋顶
大自然容许了它们的美
也容许了花朵　在春天展开多彩的衣裙
春天来得真快　紧跟着石缝中第一株发芽的小草
新绿一夜间就染到了山顶
一旦阳光直立在地上
绿色也将扶着光线上升　一直染到天穹

/ 悲 歌 /

在露水闪闪的林间小道上
透过刚刚展叶的白杨树干
一群麻雀引来了云端的清风
树梢轻轻晃动　而雪亮的树干钻出大地
使向上的枝丫再向上
向下的根子再向下
我听到地下水在树干里向上流动的声音

这时万物都在运作着新的事件
血液冲开了体内的冰块
像开化的黄河进入了管道
把一个水泵埋伏在我胸中
我感到强劲的脉搏在震荡
我的心啊　正攀着肋骨——那低矮的天梯
——在上升
我分明感到　造物和春天
在我体内发起了一次暴动

我为春天的大地而惊喜　为了黎明中
说着方言的众鸟在高飞之前
所展开的歌喉而激动　我随风
经过一片白杨树林
在那尚未成荫的小路上　我能感到脚下
大地所释放的温暖气息以及太阳
那灿烂光瀑落向大地时所溅起的红尘

　　　　*　　　*　　　*

我前往一处施工现场采访——

/ 序　曲 /

从电视新闻中人们看到
一个名叫公孙的老人正在实施一项惊人的工程
——他把整座山峰凿成了雕像
据说他有着传奇的经历　去过时间深处
是一个贯穿历史的人

随着暖和的春风　走不多远
小路把我引到树林的边缘　在我前面
一片开阔地被河流切开　分成两半
一面是树林　一面是原野
有两排杨树　排队穿过田畴　通向岩石裸露的山峰
我看到那些花岗岩山脉
在阳光下摇晃着阴影
而流经村庄的河水在转弯后
停泊在一个明净的水库里
库中养育着肥胖的白云
据当地人说　离雕像已经不远了
我的心情激动起来
在见到那崇高的山巅之前
我需要放松自己　然后准备吃惊

　　　　*　　　*　　　*

一片云彩在我上空盘旋　离我约有千米
既不远离　也不接近
像松散的光环在寻找佩戴它的人
它为什么悬在我的上空而不在别处？
它盘旋了多久？我不明白
它为什么选定我　并神秘地跟踪
我是一个诗人

悲 歌

受心灵的支配　来这里采访
怎能完成神圣的使命？
云霓呀　请你不要跟着我
愿你选中另外一个人
世上好人太多了（坏人也不少）
请你在春天里挑选青春的人
选一个少女吧　如果她的脸上朝霞太艳
就选一个少年　把他的心弦弹断
然后继续弹拨　倾听无声

我躲避彩云　沿着毛茸茸的小路往前走
在一个树枝分权的地方　道路也分岔
企图把我引向歧途——远方
麻雀飘落的地方　许多小路纠缠在一起
把一座村庄牢牢拴住
没有一把快刀能够割断那些零乱的麻绳
我只能接受它们的扰乱和指引
我顶着云彩走路　没有选择的余地
我走过去　看见了更高的山峰

　　　　*　　　*　　　*

奇迹出现在我的眼前
正如电视上所见　水库上游的一座山巅上
两个巨型人头像已显出清晰的轮廓
那棱角分明的结构在阳光映射下
显得格外庄严——
一个是盘古　一个是女娲
他们的山脚下　是一片石雕的人群

/ 序 曲 /

这是一项浩大的工程
远远看去　施工的人们像小蚂蚁
在山巅上蠕动
让人难以相信　会有人敢于剥落山体
在伟大的自然中使神明复活
来到我们中间　俯瞰现世的芸芸众生
我惊叹这人间的奇迹
也对公孙充满了敬畏　我认定
他是创世时代留下的
一个能量过剩的神秘的人

我加快了脚步　我必须
赶在清风的前面到达山上　见到公孙
春天太急迫　到处都萌动着生长的欲望
创造者在忙碌　耕种者在耕种
公孙在雕山　我要赶在他的锤子
砸在岩石上之前　说出我内心的感受
我要在见到他的一分钟之内
描绘出他的体魄和神采
我要用一生的时间仰望山巅的雕塑者
并在我心灵的陡壁上刻上他不朽的姓名

我加快了脚步
我听到了凿击声
这是对地球进行修改和重塑的声音
是熔岩冷却后的又一次凝固
使先祖从永恒的岩石中站出来
重新守望这个世界　并赋予了新的人性和激情
在这神明显现之地　山脉担当了骨头

悲 歌

流水充当了血液　自然出任肉体和生命
还有什么比这更直接　更完全地
使人与自然融为一体
并从俗世的纷争中超然而出
上升到骄傲的峰顶
看吧　山脉耸立着　脱去了浮尘和外表
裸现出它的肌肉　那强健的体魄重见阳光
接受着风尘的洗礼　是多么沉稳而坚定
这是人类向大地的归复
也是人类在自然中的再一次苏醒
它证实：自然不可征服　但可以交融
它永远证实：人是自然的一部分
沉埋和显现是时间的艺术
该出现的时候出现　该消隐的时候消隐
现在时候到了　它揭开自己　露出了真相
让我们看到大地的原生态
是如此壮丽——两个原生的人
出现在我们眼前　他们仿佛从来就在这里
他们已经望见遥远的未来
也目睹了沧桑世代里远去的人群

我是第几个来者？
望着这山巅的雕像　我沉默了
我觉得浮云是轻飘的　树林和晨风是轻飘的
人生也是轻飘的　血肉不过是一片浮萍
我知道了什么是重量和硬度
我知道了体积　更大的体积
是谁超过了永远的界限　在我们之外工作？
是谁把人类推上峰巅？

/ 序 曲 /

而公孙实现了这一切
他让史诗围着他
结构和展开
用血肉之躯和超凡的胆略
为我们树立起必须仰望的造型

我来晚了一步　但我毕竟来了
我看到了奇迹　我要在施工现场
拜见公孙　我要写下他的事迹
他的身世　他的理想
我要在他的身边工作　用双手开凿
从早到晚　从山脚到高耸的顶峰

　　　　＊　　　　＊　　　　＊

我在早晨到达了山下工地
中午才见到公孙　时间这样分配它的节奏
让我仰望之后　再惊叹山下庞大的石雕群
大小雕像不计其数　这些岩石群体
重复着往日的生活　忘记了时间
他们把记忆凝固在体内
是历史中淤积和沉淀下来的人

在见到公孙之前
我穿过了漫无边际的石雕群落
一个工匠告诉我："公孙在岩石中
发现了他的恋人：蕙
随后又发现了其他的人
他在岩石中找到了以往的岁月
所埋没的众多的前人

/ 悲　歌 /

他用无数个白昼和夜晚　不倦地凿击
呼唤他们出来　他剥掉了他们身上多余的岩石
和那些浮躁的部分
他把这些人重新领到世上
为我们的生存作证

"这是一项浩大而持久的工程
没有完结的时候
雕完了前人　还有来者
雕完了人类　还有其他的生命
公孙的理想是　永远雕下去
他要用石头建立一个完整的人民公社
那是一个永恒的生命序列
先人和后人聚集在一个共时的场里
时间进入了肉体　空间浓缩为造型
最后　他也要在岩石中歇息
迫使跳动的心脏停下来
化为石头　进入亘古的宁静"

我打开照相机　拍下了许多照片
又和石匠们攀谈起来
他们告诉我　你在山顶上
会见到一个健壮的白发苍苍的老人
他——就是公孙

　　　　*　　　*　　　*

我去找公孙
春天的太阳把我领到了山顶
我终于见到了这样一个人——

/ 序　曲 /

　　他的脸　像岩石所雕刻
　　有着分明的棱角和轮廓
　　他的眼睛细小　目光深邃　眉骨高耸　额头宽阔
　　脸颊瘦而长　眼角下有一条深深的泪痕
　　他白发抵肩　被风反复吹起
　　像一个白头的狮子进入了暮年
　　他赤胸袒背　腰间围着一块粗布
　　他的腿上汗毛密集　他的脚趾张开
　　他手背上的青筋突起
　　像蚯蚓在血管里爬行
　　他在雕凿　他领着众人在雕凿
　　腰上系着绳子　在悬空中雕凿
　　整个山巅上一片凿击声
　　由于太近　我看不见盘古和女娲的脸
　　只能看见脸的局部　我感到
　　那沉默的花岗岩
　　已经恢复了体温

　　公孙在雕凿　众人在雕凿
　　他们是公孙的助手
　　多数来自于太行山和王屋山下
　　是愚公的后代　他们与山脉和岩石
　　构成了历久的互为关系
　　已经磨练出坚强的意志和持久的耐力
　　并已组建成庞大的施工体系
　　是一群专门修理大地的人

　　临近中午时分　公孙终于停下来
　　快捷地走到一处平坦的地方

悲 歌

他走到哪里　风就吹向哪里
以便传播他的喊声
他的喊声是北方的声音
嗓子里有沙子和风暴相互搏斗
穿过山口时那种摩擦的音响
同时夹杂着岩石落地时那种沉重
石匠们熟悉这声音
应和着这声音　锤子会改变方向
岩石会改变角度　阳光会改变阴影
这是一种原始的指挥艺术
在开凿中得到了默契
我听到他的喊声在人群中传递
并传出了回声　是啊
对于一个指令　使用喉咙就已足够
而对于山脉和雕刻　公孙使用了心灵

我终于见到公孙了　在太阳
还未当临头顶之前
我必须找机会与他接近
就在他停歇的那一刻　我迎面走过去：
"公孙先生　我叫大解　是个诗人
正在写一首长诗　你是诗中的主人公"
他打量着我　从容说道：
"大解　我知道你在写长诗《悲歌》
我已经在刊物上见到了开头的部分"
"我以爱情开始　缓慢铺开你的经历
直到写出你漫长的一生"
"大解　你没有写出真正的我
从开头的部分看　你好像不了解我和蕙

/ 序　曲 /

和我们的爱情"
　　"我的《悲歌》有些失真？"
　　"不　文字中的真实可能是最高的真实
你塑造了公孙　你使我成为一个活的人物
我应感谢你　但你没有深入我的心灵
你提出而没有揭示　你指认而没有引领
你应该顺藤摸瓜　拔出事物的根"
　　"按你的经历　我再做些修改？"
　　"不　我已从《悲歌》中走出来
另写了一部《悲歌》　我要
把一个真正的完整的公孙告诉世人
以免人们误传我的生平"
　　"可否借我一阅？"
　　"现在还只是草稿　尾声还未完成
我不会写诗　只是一些事件和情感历程的记录
还请你多批评指正"
说完　他赤脚把我领到山巅平坦处
一座临时搭建的屋子里
取出厚厚的一摞本子　我翻动了几页
上面密密麻麻的字迹有些凌乱
有的地方笔迹氤氲　已经难以辨认

公孙是个爽快的人
如此容易接近　这使我更加崇敬他
我崇敬他的体魄（一个百岁老人
赤裸着胸背　依然如此健壮
而头发雪白　被山风吹拂
透着岁月的风霜）
我崇敬他的事业（谁有如此气度

悲 歌

从山脉和岩石中领出了浩荡的人群？）
我们交谈着　信步走到了屋外
站在山巅之上　俯瞰山下
整个工地上一片忙碌
从那雕像群落里　一阵清风拔地而起
刮向了高处　越过公孙的白发
向上吹去　把一片云彩推出了天空

这是令人振奋的一刻
山上和山下的凿击声起伏不断
凭高而瞰　遍地都是人群
我已分不清哪些是石匠和石人
人们都在凿击　都在动
整个雕像群都动起来
像睡眠的人群同时苏醒
我恍惚看到　一群石雕获得了能量
正在阔步走向生活　而那些性急的人
砰然挣开了岩石　从里面走出来
向石匠索要锤子　向绝壁索要回声
我看到起身的　弯腰的　坐在地上的人
走动的　搬运的　凿击的人
数不清的人　走向远方的人
从远处来临的人　男人　女人　老人
尚未完成的人　石头的人　肉体的人
都在动
没有人不激动
没有人不急于出世
在这第二次创世运动中
显现生命的本能

/ 序　曲 /

这是一场地质活动　超出了人类的界限
让凝固的岩石恢复心跳　让火焰
进入胸膛　启动血液的波涛重新沸腾
这是什么世代？什么时辰？
什么人自发地组织起来
向大地展开了一场永世不疲的长征？
在生命不懈的召唤中　有一种力量
必将冲腾而起　唤起万物
加入创造世界的伟大历程
我看到了这一幕　我震惊了
而雕刻的人们忙于凿击
早已是物我两忘　他们已分不清
自己是石头还是雕刻石头的人

　　　　　*　　　*　　　*

石头有石头的秘密
在没有说出之前　他们将闭口
封锁住内心　今日他们复活了
脱去了身上多余的部分
呈现为纯洁的肉体　在春天的阳光下
集体劳动

我和公孙从山上走下来
激动于这劳动的场面　透过人群
我隐约听到山脉和岩石内部
传出前人的喊声　仿佛消逝的声音
在空气中集结　重新回到了喉咙
我看到岩石中　已经露出半个身子的人
露出了头和手的人　站立的人

悲 歌

背着包裹的人　抱着孩子的人　奔跑的人
都在奋力往外走　他们要出来
要从岩石的封锁和压迫中走出来
从以往的岁月中回到今天
他们要重新认识生活和生命

雕刻是一个释放和拯救的过程
只有圣者才能进入凝固的时间内部
亲手打开石头大门
救出那些埋没已久的生命
因而雕刻也是一次引领和超度
使囚禁在岩石中的人们获得解脱
从风中获得呼吸
从岩浆获得血液　从运动中
获得姿势　然后向我们走来
他们穿过了漫长而黑暗的时空
一路走来　终于找到了雕刻者
他们承受着凿击
忍受住疼痛
沉稳而坚定地来到我们中间
像一群老朋友　带着各自的心事和表情
他们来了　从岩石中走来
毫不迟疑地走来
像人类的一次集会
像赶赴诞生日的一次大典
来者不计其数　隐者跟在后面
整个山脉都回荡着来临的脚步声
说话声　喊声　凿击声
我看到黑压压的人群

活动在山下　而远处水库的白色反光
透过云片　像一面镜子照进了天空

"公孙　这都是你的人吗？
他们来自何处？"
"我已记不清究竟有多少人了
他们多数是愚公的后代
还有一些是石人　和石人的作品
这是一种原始的无性繁殖
从一开始　直到无穷"
公孙对我说话　眼睛却望着山脉
好像那里积压着成群的人和野生动物
必须尽快解救出来　否则
会酿成悲剧　使他们失去生还的可能
我看透了他的心理　继续追问
以下是我们问答的过程——
大解："你为什么要选择雕刻？"
公孙："我在恢复人类的记忆
让过去的时光重现于世
也为了与先人团聚
与他们一起生活　共同走向未来
使时间在同一个点上（像一滴水）
反映全部的文明"
大解："你在违背事物的规律"
公孙："不　我在发现和探求贯通时空的可能性
在科学无法通达的领域　我用想象
创造新的事物　超越物理世界和常规
拓展人类精神的边疆"
大解："你能做到什么程度？"

/悲　歌/

　　公孙："我相信自己　我的创造力无穷无尽"
　　大解："你的第一个雕像是谁？"
　　公孙："是我早年的恋人——蕙"
　　大解："你的最后一个雕像是谁？"
　　公孙："现在还不知道　我至今
还未在岩石中发现我自己
也许我最后雕刻的是自身"
　　大解："你是怎么发现岩石中有人的？"
　　公孙："我去过古代　我知道
消逝不是消失　没有人会消失的
人和自然之间有一条通道
大胆的人就可以走过去
时空限制了生活　但无法限制心灵"
　　大解："你的经历具有传奇色彩
是否在你的《悲歌》中充分展现？"
　　公孙："我的诗中都已记下
你拿去看吧　对不起
我还有急事要做　可否以后再谈？"
　　"好吧　以后谈""再见""再见"
　　"再见"

以后是多久？
以后是我坐下来　静静地研读
在人们的凿击声中　在太阳下
在走出岩石的人们所构成的忙碌背景下
一部长诗缓慢地在我面前展开
透过那些凌乱的字迹
我看到了公孙漫长而传奇的百年历程——

第一部 人间

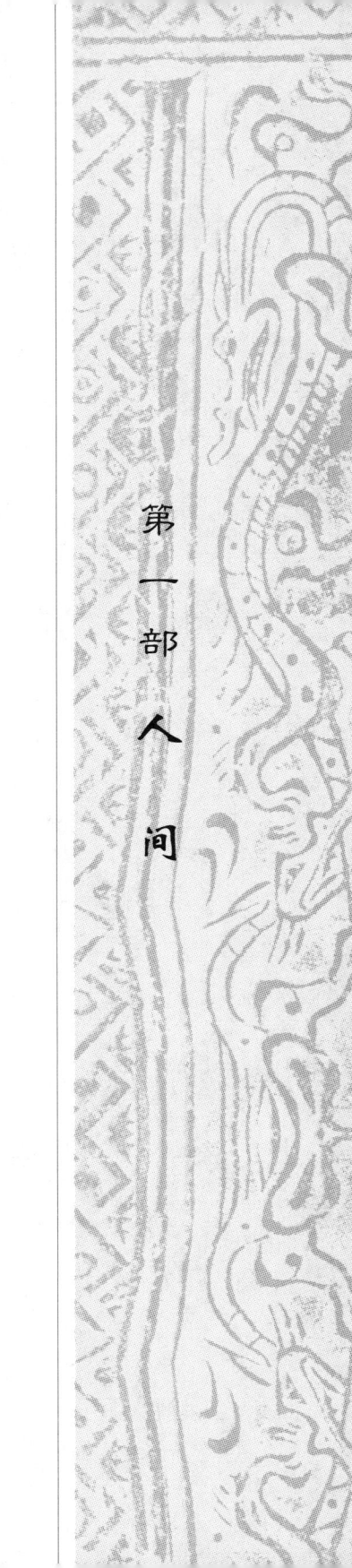

/ 第一部 人 间 /

第一章 爱 情

一、迷人的夜晚

伟大的爱情创造了生命　我的父母
给了我古老的姓氏——公孙
但没有给我命名
最早的事物没有名字　只有存在和生死
往复不息　只有爱　激发着永恒不灭的运动
肉体是古老的　而生命常新
这世上　有多少人穿过此生沉入了大地　早早安歇
还有多少人从未来的年代向我们悄然聚拢
一个庞大的群体在漂移　有如河流
历经山川归向大海　究竟是什么引力
吸引我们和绵延不绝的子孙？
大地上　一米多高的人生
在喧嚣中生育和建造
浮世的烟火中　生死茫茫　万物来去不明
我想定有一条路途可以回复往昔
也有一条曙光铺砌的大道通向终极
那里　起程最晚的一个人放慢了速度
我和他隔着遥远的年代无法接近
他将指着万物的脊背独自言语：

/ 悲 歌 /

伟大的人类向死而生

是爱战胜了死亡　消耗着生命体内最温柔的水分
是温柔的蕙——她没有姓氏
是古老的液体催促她为我诞生
她忍住了千年的夙愿等待着我　像一块冰
藏在波涛的底部　终于撞进我的怀里
融化　再造　成为一个透明的少女
为我带来了爱情

在浩荡的人群里　除了蕙
还有谁抓住青春不放
在大地上铺好青草　并在星光下张开嘴唇？
她滴露的嘴唇流着新酿的蜜
她的体内有更美的新人在沉睡
等待我去唤醒　她闯进了我的生活和生命
就在我暧昧不明的岁月里
她倏然出现　拨开众人走向了我
她亭亭玉立　宛如一座花园
在明媚的春天显现着迷人的风景

多少个日夜　时间在我们心中
引起回声
谁能忍受内心不休的追问？
消散和降临同时经过我们的身体
但时间隐匿了它的奥义和底蕴
爱啊　创立一切的动因藏在何处？
是什么埋没又推动了万物的生存？
谁把这轰响的时间引入我们心头

第一部　人间

而又让它一点点散尽？
我知道这春天是同一个春天　在经过不同的岁月
我知道太阳是同一个太阳　在深渊里上升和下沉
我的蕙　却是女子中惟一的蕙
忍住了含苞的花蕾和心跳　在月光下起伏
她只有一个秘密　只有一个愿望
要告诉我　让我用全身来倾听

　　　　*　　　*　　　*

迷人的夜晚　空气中微含着白丁香的味道
星星闪闪烁烁　像来自天外的猫头鹰
眨着神秘的大眼睛
说不定会有一只要飞到前边的树林里
吓唬老鼠和昆虫
风吹过来　又吹过去
从摇晃的树影可以推测风中的月亮
以便搭上梯子　从山顶直接登上天庭
远处的灯火朦胧又稀疏　也许一场风
就会把它们吹上天空
谁家的灯盏永不熄灭？
谁家的少女手提着蜡制的恒星？
除非是蕙　我好像听到了她的呼吸
我已看见她来了
她走过青草地从不留下脚印

肯定是她来了　她走过沙滩没有声息
我能闻到她花枝的骨肉在走动时
所散发的阵阵馨香
而身后的清风和月华将漫过她　吹向远方的山顶

悲歌

那里层层群山叠在一起　只留下一个影子
和一个梦
我已分不清梦和现实哪一个更真实
多少年来　我像一个假人在岁月里出没
找不到真实的根基
我抓住什么　什么就溜走
我抛弃什么　什么就来临
这世上什么是属于我的　除了蕙？
除了她轻轻的诉说　她温柔的体温？

今夜　小河的流水又清又纯
今夜　爱神的响镝在月光里飞鸣
停住奔走的树林立在我身旁
在地上洒下斑驳的暗影
我的蕙就要来了　她会不会从身后
悄悄蒙住我的眼睛？或者在别处
摇动树枝假装成一阵风？
然后吃吃地笑起来　跑到我的身边？
就在我遐想的这一刻
从银色的河面上缓缓地升起一个人
看啊　那是一个少女　她几乎是透明的
朦胧中有两个月亮在她胸前颤动
我分明地看出她的腰和臀
她柔软的手臂和身上美丽的花丛
她竟然从水中出来　向我走近
我的眼睛一下子模糊起来
她变成了两个　四个　变成一群人
在岸边围着火光纵情歌舞
他们从遥远的年代里走来　不断变幻着面孔

第一部 人 间

又不断从身体中分化出另一个人
人群越分越多　浩浩荡荡沿河而下　遍布两岸
有人在播种　有人在纺织
转眼到了五月　金色的麦田在风中起伏
胖墩墩的麻雀领着子女们
沿着山坡找到了丰收的土地
风从小路上吹来　越过了打谷场
鼓囊囊的口袋堆在谷仓旁
女人们扭动着屁股　在田野里奔忙
我看见其中最美最小的女子
头顶瓦罐到河边去汲水　当她转身之际
已成老妇　并在瞬间脱尽了牙齿　老发斑白
在水边融化得无声无息
摔落的瓦罐里长出女儿和青苗
水声潺潺地流过村庄的岁月和心怀
河边依然有人在走动
那走向我的究竟是谁？他们一群人
又慢慢缩减　合并　最后恢复为一个人
仿佛时间在消逝中排除了幻影
我渐渐认出来　她就是蕙
在幻觉中向我展示了自己的身体
又急忙藏进了万古不息的水中

*　　*　　*

我听到一个遥远又亲近的声音
在空中扩散溶入了大气层：
"今夜　我要接受流水的抚摸
把体内的杂质全部洗净
我要溯流而上

悲 歌

变成一条鱼　游回到白垩纪
重现最初的爱情"　我看见
那洁白的胸脯无疑是一座漂移的宫殿
为了使她更美　天空在虚无的四壁点起了油灯
我的血液因激动而失火　越烧越红
我的心在这一刻停止了工作
很久以后才恢复跳动
我不敢相信　她就是蕙
如此纯洁地裸现在月光下
此时只有星星看到了这一切
但星星又老又远
它听不见人类的声音

我追踪着一条光洁的美人鱼
不知不觉间　真的进入了白垩纪
树林里恍恍惚惚　走动着笨拙的恐龙
巨大的翼龙在天空滑翔
蹼上带着高处的风
远近传来无名的怪叫　声音来自粗大的喉咙
世上只有我和蕙提前进化　超越了爬行动物
成为男人和女人
猩红的月亮越降越低　就要压到我的额上
我觉得喘不过气来
由于恐惧　我俩紧紧地抱在一起
由于恐惧和拥抱　人类产生了爱情
接着是长久的沉默　长久的抚慰和关怀
超出了生死
我们由此进入了创世纪
我们用肉体建起了自己的文明

第一部 人　间

时光渐渐消退　河水依然流着
不知名的昆虫在草丛里
传出微弱的呼声
我和蕙安然地躺在岸上　枕着鹅卵石
清风已把身上的水珠擦拭干净
我们已进入了人类的时代　消除了恐惧
这已是我们的世纪了
我们完成了自己
也完成了生命史上的一次革命
不知过了多久　她慢慢地翻过身
张开手臂抱住了大地
而爱情抱住了我　许久不能松开

　　　　*　　　*　　　*

多年以后　当我重新回味那个夜晚
我依然清晰地记得那最初的温情：
"蕙　是幻象帮助了我们？"
"是爱找到了同盟"
"你给了我一切"
"我是幸福的　你重塑了我的生命"
"你听　万物是多么安谧　远处的灯也熄了
这里只有我和你　两颗心叠在一起跳动"
"我听到了　我听到星星在低语
那高处的长者　闭上了眼睛"
"大地是在下沉吧？"
"不　大地在黑暗里上升
它已备好了杯盏　承接着甘霖"
"好像有一个悠久的呼声在召唤着我"

"是的　那是我在召唤着你体内的生命"
"他就要来了　他的路途多么遥远"
"让他回家来吧　我已铺好温床
并为他打开了柴门"
"今夜　我们是多么清贫
没有一丝牵挂"
"今夜　我们是富有的
我仿佛经历了一次再生"
"我听到了古老的暗河在地下喧响"
"那是永恒之水向着生命流动"
"我好像进入了深沉的大海
波涛颠连起伏"
"是你把我化成了水　向着你不息地涌动"
"蕙　让我们永世沉沦吧　快把我淹没吧"
"我感到了卷进心底的巨浪和狂风"
"蕙　你在战栗　全身在战栗"
"不　我已经消失　完全消失"

二、两条河流立起来　在风中摇摆

两条河流在远方拥抱
悠长的河流　环绕过多少村庄和人们
如今走到一起　赤裸着透明的身体

而那沿河上溯的云彩
在水底张开了白帆

让我用手轻轻抚平水面上
因凉风乍起而初现的皱纹

第一部　人　间

让我深入她细腻的肌肤和内心　在水中央
我那高耸的屋顶一片瓦蓝

两条河流没有阴影
河流的阴影是大地上普遍的黑暗

我封锁住体内的河口
任不倦的波涛一遍遍循环　拍击两岸
无边无际的大地因激动而流出了泪水

谁能用力把河流抻直　搭弓射向大海
谁能倒提着河流　甩响这蓝色的皮鞭？

两条河流拧在一起后永不分开
她启示了我　让我和爱情立约
从源头开始　一步一拜

远方　两条河流立起来
在风中摇摆　仿佛流向天空的炊烟

　　　　*　　　*　　　*

现在　让我们在河流中
救出生命源头那最初的一滴
用肋骨打造方舟　盛下这一滴水

而美人鱼沿着乡间小道走来
她是河流的基因和本体
也是河流的秘密　偶然向我敞开

悲 歌

两条河流在大地上相遇
像静止的闪电匍匐在地
等待在风暴中重新升起

我感到脊髓在后背上流动
一条命脉到达此生　找到了可靠的肉体
看啊　河流就这样贯穿了我
从我伤口中掏出了迁徙的鱼群

　　　　*　　　*　　　*

因为我要洗礼　河水从源头赶来
因为水要回家　诸神创造了大海
我说　这河流必须清澈
于是天空运来海绵　挤出了净水

时间漂荡而下
时间啊　这看不见的河流
让我垒起石头大坝　把光阴蓄积起来

至此有三重河流加在一起流淌
一重在体内　一重在地上
另一重在消逝中扫荡着星系上的尘埃

而我们跪下来　相互叩拜
两条河流屈膝
交换着彼此的液体

永恒的大地因簇拥我们而使青山云集在两岸
永恒的太阳因避开爱情而分出了黑白

第一部 人 间

两条河流是大海裸露的根须
而我和她　是存在的两极
由于引力而平衡了世界

　　　　*　　　*　　　*

我向白云打听去往星辰的道路
向蒙古打听洁白的草根
纯洁和高远　从事物中分离出自己的品质

两条河流在春天的召唤中停下来
我怎么可以随意使大自然
听命于一个诗歌的暴君？

透明的河流把身体交给我
她的细胞是露水和白云　是雪山顶上
苏醒的冰　太纯洁了

请让我撬开地层的缝隙
请给我一些热乎乎的熔岩吧
我要粗暴的砾石和杂质
养育和拥抱　并且征服她

我需要整个大地的配合　俘获一个女神

两条河流抱在一起
超出了我的稿纸　在书籍里流动
淹没了以往的文字

/ 悲　歌 /

　　我向河流借喻　藏起她的名字
　　一旦我说出她　银河就会泻下来
　　就会有人答应　我的四壁就会挤满呼喊的星辰

　　　　　*　　　*　　　*

　　我们就这样陷入了爱情
　　我就这样策动了乡间的流水
　　萦绕住她

　　当众鸟在天空发现了金矿
　　我看见太阳被万千根光柱高高擎起
　　从那穹隆的极顶　洒下来婚礼似的花瓣
　　和纯金的粉末

　　黎明在大地上飞翔　越过了亚细亚
　　向远方飘动
　　朝霞在天空贴出了红色喜报
　　而我们的爱情确实还不必太张扬

　　无条件的爱情　清贫的爱情
　　两个身体就已经足够

　　两个身体　我不再说河流
　　因为河流象征人类的序列　超出了本我
　　河流永远在途中　永远在归去
　　河流已不适宜浩瀚的
　　有着深渊的饱满的爱情
　　河流指向终极　但它的意蕴极其有限

我愿意直接动用大海
而她躲开了我
隐藏在丛林和陆地的边缘

三、在星星和星星之间

夜晚降临　细小的白丁香开满了天幕
有人提着芝麻大的灯笼
消失在银河岸边
内心啊　你要告诉我
当一颗星星向我下跪　并望着我
我该如何把它扶起　拍去它肩膀上的灰尘?

我该如何从密集的灯火中
捧出那挚情的
为我燃烧的火焰?

蕙　你看到了这一切
你亲手设置了这一切　然后藏起来
像一个电荷躲在巨大的引力中

蕙　如果你一夜不来
那些星辰就要在天明时化为灰烬

你要从白丁香的山坡上走来
从灯火照不到的阴影中闪着光辉走来
从那向日葵低头睡觉的原野中
带着沁凉的露水走来
鞋底上沾着湿泥走来

悲 歌

在朝贺的众鸟因疲倦而入梦时偷偷走来
我在这里迎接着你

我已没有更好的颂词献给你
我内心里装着巨大的书卷
已为你掀开了忧伤的爱情烧毁的一页
为了迎接你　我动用了全部家世和无数个火把
而他们走差了道路
在风的引领下错误地登上了天空

　　　　　*　　　*　　　*

细密的黑色素在风中蔓延　夜晚变得深重
大地藏起了边际　也藏起了芸芸众生
谁的灵魂从伤口一次次向外张望？
谁安排了我在此时出现
而又在看不见的高处操纵着我的命运？
我分明看到　在我上方
一个星宿移动着　寻找着它的受命人
我感到我已被最高的星辰所牵引
它从深远的时空里
垂下光芒的索道　引渡我的灵魂

现在　大星在高空里喘息
遥远的事物在夜晚显现出神秘的美景
我们良久不语　在河边散步
我看到蕙
在乍起的凉风中转过身去　竖起了衣领

远处昏黄的灯光次第亮起来

/ 第一部　人　间 /

流萤在出没　引来了更多的流萤
几千个流萤绕着蕙的头顶飞翔
这闪光的花冠是女神所佩戴　我的女神
以她惊人的美　赢得了欢呼和簇拥
而我头戴着满天星斗　这更大的花冠
是谁所编制　我还太年轻
还不配加冕这最高的殊荣

这一夜　远近的灯火围绕着我们
闪闪烁烁　仿佛生命找到了失去的中心
这一夜　时间打开它宽大的闸门
人生一泻而下　淹没了大地
我听到了浮世的喧嚣和泥土深处永恒的寂静

　　　　　*　　　*　　　*

这些时日　幸福聚集在我身旁
青春的花蕾为了迎接我而提前开放
多汁的青春　羞涩而又单纯
嘴唇上镶着酿蜜的花瓣

蕙　你就是一尊玻璃雕塑
瞒着天使姐妹脱去了翅膀

而我从陶器时代赶来
这泥做的胳膊　真不配拥抱你
我的胸脯里装着古老的沙子
和农奴的忧伤

风啊　请不要追问我的来历

悲 歌

不要从月牙中提取白银
镀在我粗糙的脸庞

我从泥土中起身　带着大地的基因
已成为宗教的体积和重量

蕙　你就是我的地狱和天堂
使我从至爱中上升　展开了人类的梦想

如果有一天　地球从我的脚下突然撤走
我失去了它也能够生活
我甚至可以放弃生活　也决不放弃爱情

　　　　　*　　　　*　　　　*

蕙　我用生命做抵押
换取你的爱　我用一部巨著
容纳你的美　你的高洁和神圣
我爱了你　你就不朽了
你将越过此世找到永生的草药和岛屿

但我还是遇到了你
在你的衣服上安装白丁香和草叶
用笨拙的手指为你梳头

当一座花园在大街上飘移
蕙　请注意点　不要让你的体态
成为春天的重心

你无法遮蔽的肌肤因洁白而照透了衣裳

第一部 人 间

使我在眩晕中失去了平衡

如果你不曾出生　美就是残酷的
人类没有资格埋没住你
如果你不走向我　我就躲在黑暗里
永不发光　扼杀一次诗歌的黎明

蕙　我将调动一个汪洋恣肆的汛季
和发疯的暴雨　爱你　淹没你
让你在一次次摧毁中不断获得新生

　　　　*　　　*　　　*

昨天夜里　我做了一个梦
梦见你在河流的那边向我招手　然后哭泣
河水越来越宽　越来越深
我们无法接近
你因爱情的炽热而高烧到 1000 度
身体冒出了火苗
顿时　你变成一团大火在地上翻滚
顷刻间腾空而起　升上天空
你在我的头顶上方成为一颗不灭的恒星
你整个夜晚在闪烁
许多年后依然在闪烁
你用最细微的声音在呼唤着我
照耀我尘世的路程

我目睹了这一奇异的天象
我高呼着你的名字　从梦中醒来
窗外刮着过夜的风

悲 歌

我推开窗子　让风吹进来
驱散这奇异的梦境
但我惊奇地发现　就在仙女座 β 星北面的
河外星系里　真的多出了一颗星
那是不是你找到了永恒的家园
在天体里运行？
没有我的陪伴　你怎么可以独自上升？

蕙　你用自己的身体发动了一次事变
只有我看见了你形而上的光芒
辐射下来　专程来照耀我
同时也照耀着其他的星辰

*　　　*　　　*

早晨　我来到河边
找到你在梦里燃烧的地方
青草依旧绿着　没有烧过的痕迹
露珠闪闪烁烁　这些住在草叶上的小星星
坠落时可别砸伤昆虫的头顶

在蚂蚁漆黑的细腰上
哪一颗露珠可以背回家去
浇灌新娘子失火的心房？

蕙　如果你需要　我真的愿意
在大地上竖起天梯
给你摘下樱桃和星星
我愿意把整个草原的露珠倒在簸箕里
选出最大的一颗　镶上你的眉心

第一部 人　间

看　你是美的　草原因了你的偏爱
生出了更多的露水

天空因为你的加入　引起了众星的私语和议论

而这仅仅是我的梦想
我知道你并没有上升
我知道你的睫毛下　两颗黑葡萄在沉睡
黎明从你的左心室进入了右心室
黎明悄悄的
没有惊动你

而黎明越过旷野可不一样
它毫不迟疑地漫过河水然后一下子
弥盖住远近的山峰
黎明过后　我的两只眼睛里
各有一轮红日在升腾

　　　　*　　　*　　　*

我们也是住在星球上
我们的星星悬在空中　不住地滚动
我们一直是在空中生活　没人敢说：
停一停

我一把抓住了地球仪
我质问它　还有多久
你将从我的视野里消失？

还有多久　那些高处的萤火虫从秋夜

悲歌

转移到冬夜　把它们的光芒彻底耗尽？

宇宙没有地平线
因而也无所谓升起和落下
我们被空间悬置已久　像一个问题
夹在卷宗里根本得不到解决

只有爱驱动着四轮的马车
辗过人生和大地　从来没有停下
车上只有男和女　而时光折磨了这一对
不倦的新人

时光拨动着钟表　而它的另一个手指
永远指向虚无
但它却掩藏了深渊和秘密
它也永远不说：停一停

　　　　*　　　*　　　*

蕙　你看到了吧　这就是我们的处境
这就是我们生存的根基和动因
你有权在空中生火
煮熟我们的谷米　你有权跟随着星星
转呀转　但你不能抽出地球的轴
改变它的速度和行程
我们的星星　露水一样
含满了汁液　早已经熟透

我们的蕙　傻瓜一样
不住地提问　我有什么可以告诉你的？

/ 第一部　人　间 /

我又能比你多懂些什么呢？
你所看到的一切　也就是我所能看到的一切
你所歌唱的　也就是世上最美的声音

为了给你伴奏　我竖起肋骨
弹响了悲哀的长琴

天琴座上歌女列队　传来了悠扬的和声

蕙　你听到了吧　这就是天籁
穿过星星之间的缝隙　找到了听众
你和我悬浮着　就是它们遇到的神
执迷于爱情　恢复了宇宙的生机

　　　　*　　　*　　　*

我们就是星星上居住的神
来回走动　用嘴唇说话
和接吻

大地上的树枝向上生长
而我们的四肢向下　却扎不下根
我们是飘浮的血性动物
一根一根立着　在风中摇晃

过世的大风啊　可不能把我们全部吹走
我们种入地里的长者
已不能发芽　如今我已看不到破土而出的小人
大风起兮　我们的窗玻璃
像丝绸一样飘动

一颗彗星穿过我的窗口
从前门出去　她的长发闪着荧光
擦着低矮的树梢又回到空中
蕙　是不是你来过
头发上沾着河外的星云？

看　所有的星光都向西倾斜
我的头发也飘起来　被风反复梳理
星星和星星　住满了我的屋顶

星星和星星之间　只有蛛丝在连接
那细细的光线　差一点就断了
遵循着数学　星星们按照定律运转
一旦计算有误　它们就会掉下来
落向波兰或俄罗斯方向
像炸弹摧毁和平

昨夜　我看见诸神在空中战斗
流星纷纷坠地
从欧洲上空传来了密集的枪声

四、我好像看见你来了

蕙　在我梦见你变成星辰之后
你就真的消失了
夏去秋来　凉风吹过树枝仿佛穿过我光裸的手指
我们洗浴的河水已经冰凉
我们散步的小路草叶枯黄　万木凋零

第一部 人 间

我一遍又一遍重回旧地
再也不见你的踪影

一个世界对我闭上了眼睛
因而我沉下内心的石头
直到它长成足以压垮我的巨大的山脉
在为你一寸寸增高
古典的月亮也将按照我的愿望
沿着那弯曲的山路迂回上升　并在天空孤零零地
回忆我们逝去的爱情

我不承认这是注定的命运
两个身体可以拆开　而什么样的手
能把我们的内心割出裂缝？
什么样的裂缝能把我们分开
从此无法逾越？
你和我　究竟哪一个是隔岸的星辰被天空夺走
从此一去不还？

我们是怎样地相恋着
从真实到真实　从梦幻到梦幻　消失了界线
我没有向命运低下过头颅
但我向爱情俯首　屈服于真诚
我知道你是真的　在我的生命中
你倏然一现　有如昙花打开了绚丽的花瓣
而我只握住了一阵清风

蕙　我等待着你
我在谛听你熟悉的脚步　你的手指

/ 悲　歌 /

　　轻轻拍打我的窗棂
　　如果你来了　我要带你到月亮背后
　　去栽花植树　躲开这残酷的人生

　　　　　*　　　　*　　　　*

　　终有一天
　　蕙从家里传来了书信

　　　　　*　　　　*　　　　*

　　公孙　当你接到这封信
　　当太阳照常落下三十次　我如度过了三十年
　　谁能扑灭我胸中的火焰
　　谁能给我大海　浇灭这燃烧的心？
　　时间一寸一寸地擦着墙壁落下
　　伸向我的阳光一节节折断
　　没有一双手能接通我的寸断柔肠
　　没有一双手为我打开这千年的牢门

　　今日　我在风中向你传递着呼吸
　　因为你在呼吸
　　今日我哭出了鲜血　再也没有泪水
　　现在　我要动身进入梦里了
　　在梦里　旧日的时光一再重现
　　我仿佛重活了无数次　一个梦幻的世界向我敞开
　　那是我创造和臆想的王国
　　以假生活代替残酷的真实
　　以假人物置换人生的悲剧

　　而你统治了我真实和虚幻的两个世界

我是为你设计和生长的
我为你展开了生活的所有细节
我的每一个部分都是你的　我属于你
而命运站出来　否定了我们的意志

　　　　*　　　*　　　*

公孙　此刻我已经倦了
朝霞呼呼地从我的头上飞过去
但我已无视那展卷的白昼和丝绸的长空
也看不见过眼云烟以及匆匆的流水和人生
时间啊　把你的灰尘堆积起来
活埋我的爱情吧
我的身体　就是一座移动的坟冢

没有你的抚摸　我心中的皓月已经生锈
我囤积的月光打着旋涡　无处奔流

没有你　我的存在是虚无的
多少个失重的夜晚　发光的石头代替了星辰
哪一个照耀着我
模拟了我空虚的心灵？

公孙　我的长发在朝霞里倾泻
只有你　看到那飞瀑流淌着黑夜的阴影
只有你　在旭日里分开了众水和红尘
抱起了我的花篮　那里盛着至爱和青春

一次次　我在幸福中垂下睫毛
又在新生时睁开了眼睛

悲 歌

你为我打开了七彩的城门
在彩虹后面迎接着我

我是你塑造的一个新人
我不能不走向你
我从云霓中选取好看的衣裳
遮掩住上升的两轮新月　我的胸前
不能过分地起伏和高耸

为了你　我加倍地美丽
我用曙光洗去肌肤中的杂质
领着一百亩葵花向你朝拜
看　我低下了头
而它们也因此获得了光荣

一百亩葵花是我羞涩的姐妹
赞美着我们的爱情

而命运站出来　否定了我们的意志

　　　　*　　　*　　　*

公孙　我请葵花做伴　组成了一支
浩浩荡荡的送亲队伍
赶往你的家乡　你要在大路旁
头戴光环迎接我

走向你　青草和草原也跟在我身后
它们细小的身子低于马蹄
却高于山冈

第一部 人 间

整个大地承认了我
大地派遣了美和更美　护送我
我是幸福选出的新娘

你要请大树排好整齐的队伍
站在路旁　这可不是平常的日子
我的心快要跳出来了
我禁不住这样的欣喜　真有点不能自持

看啊　天空扯出了万丈红布
天空里大概也有人在迎亲吧
看来大喜的日子都是一样

天上　有一个巨大的葵花　向着我
转过了它光芒四射的脸庞

公孙　这盛大的喜日是你所布置
你申请启用了最高的礼仪
是不是太奢侈了
太阳为我提前升起
远方的大海打开了欢乐的琴房
我听见朝霞后面传来合唱队的歌声

道路迢迢　你是不是望着我
内心里流着新酿的糖浆
我能想象你甜蜜的样子
搓着双手　在大路上企望
不住地说着：蕙　蕙　然后来回走动

悲 歌

我来了　带来了花园和草地
这简朴而华贵的嫁妆
让我在簇拥中做一次民间的女皇

我走向你
而道路在前方折断　截住了我的梦想

　　　　＊　　　　＊　　　　＊

蕙　我好像看见你来了
道路又弯又长　烟火飘弥处
麻绳捆绑着泥做的村庄
而你是河流的女儿
在水一方
我已看见你透明的大腿和乳房

　　　　＊　　　　＊　　　　＊

公孙　我走不到你身边
我是一个王朝的遗孤在今生流浪
美和悲哀重叠在一起
构成了我的命运　我走向你
而我的身体就是一座祖传的牢房

　　　　＊　　　　＊　　　　＊

来吧　青草连接着天边
清风拥护着山冈
我垂泪的仙女和新娘
你要顺着白杨行道走来
从众花深处带来迷人的芳香

第一部　人　间

　　　*　　　*　　　*

我向大河借用泪水　向着你日夜流淌
而归宿和深渊　哪一个更荒凉
流离的盐和血　在一座荒原里深埋
而我的伤口已禁不住汹涌和灼伤

　　　*　　　*　　　*

多少次梦想成真　又有多少真实
上升为生命中的幻象
我们共同护卫的爱情已被重重阻隔
你我天各一方　让我如何越过那些屏障

　　　*　　　*　　　*

蕙　我看不见屏障　大地苍茫
我只看见万劫不复的时光
没有什么是不可逾越的
我绝不相信教义和法则
我依赖青春　只承认创造的力量

　　　*　　　*　　　*

公孙　你看不见
而我的身心在挣扎　千年的大网
已有多少人死在其中　又有多少悲剧
在重复上演　我已听见体内回荡着远古的哭声
穿过了我哀戚的柔肠

　　　*　　　*　　　*

蕙　我听到了你的哭泣

悲 歌

那是千万个人从时光中回来找到你
通过你释放出旷世的悲伤
你究竟是谁的化身　倏然一现
又隐藏起昙花的脸庞？

*　　*　　*

公孙　你为我展开了一个大陆的梦想
一个新的大陆在你的心中停止了漂移
你就是我思想的边疆
要走向你　我这只受伤的孤舟
怕已是经不起世俗的凉风和巨浪

*　　*　　*

蕙　我伸出长长的半岛迎接你　拥抱你
我人生的地平线紧挨着青天
为你生起了霞光　快点登陆吧　占领吧
在我的领地上　架起篱笆和炊烟
生儿育女　在天边亲手建起地狱和天堂

*　　*　　*

公孙　快来劫袭　绑架我吧
像一个海盗王　掠夺金子和美女
你要一把将我抓在怀里
在万顷波涛之上祈祷和狂欢
醉饮你庆典的酒浆

*　　*　　*

我们在一起　再也不分开
我们爱　我们恨　我们生生息息

与这个世界作战　败则为寇　胜则为王
我们用一个世系去夺取自由和大地
用全部的牺牲去超越死亡

　　　　＊　　　＊　　　＊

我们再也不分开　直到千万年
我的白骨陪伴在你身旁
我们从死亡中获取了永恒和宁静
千年万年　我依然拉着你的手
溶为泥土　成为一片福祉
铺展在古老的大地上

　　　　＊　　　＊　　　＊

我隐隐约约听到人类起身　踏过了我们的胸膛

　　　　＊　　　＊　　　＊

而命运站出来　否定了我们的意志

五、多少个日夜过去

命运究竟是什么　一个绝对的命运笼罩着人类和星球
无数个相对命运主宰着人生　真理也一样
绝对真理已碎为无数个相对真理
万物分解了世界的真理和含义
我就是其中之一　但我被命运蒙蔽
看不见自己　作为此在　也看不清先人和后人

我把沙漠铺展在自己的心中
苦苦跋涉　寻找圣城和泉水　已经这么多年

悲 歌

这么多年了　我使用过无数个身体呈现我自己
向泥土追问人类的深度　向纸牌索要命运的谜底
都没有结果　没有回音
我的呼喊怎样才能冲出喉咙和肋骨　回荡不息
惊动沉睡的先知
和星星之间低头奔走的众神？

我也问过命运
我不要这条小命又能怎样？
我虽然已生　但我可以放弃这个权力
而一旦我答应与命运搏斗　我又中了它的圈套
陷入命运的摆布之中

我负着人生的锁链　从沙漠到沙漠
心灵的中间地带是弯曲的大海
而我挺直了脊骨　我要卷起裤脚蹚过大海到彼岸
去寻找锁链和牢狱的埋葬地
为了替真理负重
我身背着一座牢狱　自己流放自己

四季陪伴前后
在黄道线上为我分开了经纬和良辰

我的流放之路也就是人类的生存之路
我的命运从共性中分离出个性
像一块岩石从山脉中起飞　冲向夜空
找到了自由、闪烁和赴死的道路
我的悲哀、欢乐和荣誉
不是人类的肩膀所能撑起

/ 第一部 人 间 /

我需要太阳的支持　需要黑暗的力度
以及临近星系的引力和帮助

但我不是一个圣徒
在我眼里　众生就是神明
众生之命就是我一个人的分别显现
众生之死就是对我一个人的重复拷打和逼问

我承受了这一切　因而我是荣幸的
我在流放中看到了人类之外的玄机
在我视界的边缘
山脉一起一伏　有人在山顶上为少女修理翅膀
我悄悄地停下来　问
你知道那是谁　向我显现了秘密？

*　　　*　　　*

你知道那是谁　被我偶然遇见
并通过此生成为命运的载体？
在我视界的边缘　当一个少女开始飞翔
她挣脱了大地的约束
但无法在虚无中栖身
她的身体依附于大地和命运
正如我在自身中居住
经过了多少废墟和皮囊　一直不得安宁
你知道那是谁　从泥土中伸出了祈问和抓取之手
最终又两手空空？

地平线上长出两只巨手
寻求着理解　亲合和救助　伸向了空中

/ 悲 歌 /

在这世上　我不是一无所得
我拥有过自己　也放逐过自己
作为一个连续的生存序列
我携带着家谱　甚至身背着道路和绳索
自己开辟自己的行程

你没有必要追问我是谁　我为什么在此
也不要追问星星为什么高悬和转动
我就是自己的推动者
在我之前　没有天堂
在我之后　也没有死亡和地狱
一个自足的世界不需要第一推动者
一个自足者　能够自己生出儿子和父亲

大风刮过地平线　两只巨手长出了叶子
一个少女在逆风飞翔　落向民间的屋顶

我的心灵在沙漠中看到了这一切
我把命运击倒在地　又把他扶起
我与自己在不倦地搏斗
我不是个胜者　也从未彻底失败过
这就是我的全部历程
你也看到了这一切　你握住了我的双手
我的双手在落叶　你能不能
把我连根拔起　带出泥土和骨殖？

　　　*　　　*　　　*

蕙　命运所否定的

第一部　人　间

正是我们所要争取的　　在抗逆中
否定的力量一再压来　　以其必然性打击我们的信心
但世界伸出了双手　　扶住我们
世界是生命的世界
它倾向死亡的同时也倾向新生
它加快流逝也敦促降临
世界伸出了双手
从泥土深处伸出了双手
地下的人民在喘息
我听见腐烂的吼声穿越肉体和岩层
找到了我　　从我胸中带走了回声

有人在千年之外直起了身子　　向我张望
蕙　　那是不是你
把破土而出的婴儿
举过头顶？

我需要成千上万个儿女在我的身体里欢呼
我的儿女遍及大地
你要亲手把他们领来　　并且一一命名
为了抵抗命运
让我们调遣永世不息的后续部队
在大地上展开一场持久的战争

在生命的王座上　　你就是皇后
蕙　　你就是一座子女云集的大城
矗立在骨殖累累的废墟之上
没有你　　我的人民散落世代　　不可召唤
我的道路荒弃　　绝无人迹

悲 歌

而命运像皮肤一样紧紧捆束着我
一旦我脱下它　就会同归于尽

一条看不见的锁链　伴随着我漫漫的西行之路
这惟一的道路是绝对的
它是生命的反向力量　在与我对峙
在这永世的较量中
我的个体必败　而我的群体必胜

　　　　＊　　　＊　　　＊

深秋越过了河水　向我逼近
还要坚持多久　树叶重新回到枝头？
衰老的麻雀返回青春　恢复往日的歌喉？
有一个匆忙而幸福的夏日
停留在我的历史中
我是说爱情的夏日　两个身体在加热　失火
仿佛瞬间就要焚毁

爱情之火　能把我的身体炼成纯金

而时间终要带走一些落叶和老人
却不能带走爱　爱是一种特殊能量
超出了物理时空　推动着生命的进程

我在想　还要坚持多久
你能解开强加于身的千年枷锁
为我带来狂喜和激情？
多少个日夜过去了　深秋已然越过了河水

/ 第一部　人　间 /

山坡上的红枫　在凉风中燃起火焰
爱神领导红枫发动了一场起义
那是不是你点着了内心的火把　前来支援我?
爱神啊　你扑过来　请不要
不要在奔跑中化为灰烬
我已等待了这么久　寻找了这么久
为了你　我甚至停止了生活
我已不知如何生活
没有你　我的日子一片空白　没有任何意义

现在　在希望和绝望之间
有没有另一条道路通向现实?
什么样的手　才能扼住命运的喉咙?

也许一个人生来就必须面对自己
做出决斗的准备
正如落叶与枯萎搏斗　通过衰败和死亡
重新回到枝头
我孤身一人站在秋天对面
抵抗着寒凉　通过堕落的万物使灵魂上升

　　　　*　　　*　　　*

蕙　在你被禁之后　我找过你多次
但命运截在我们中间　阻挡了爱情
在狮子镇守的门庭里　我担心你炽燃的春心
会渐渐熄灭　只剩下绝望和仇恨

我贫寒的身世
在深远的背景里一再闪现

悲 歌

你可曾见过夜空里一盏昏黄的油灯
为你亮到天明?

我派遣十条小道通向你的庄园
十条小道弯曲着伸向你　又被一一折断
夜黑风高　多少大盗手举火把
遁入了星空　那些劫掳的侠士埋伏在天上
只待我一声号令

而你像肉体封住的心跳
在徒然挣扎　找不到出逃之路
也没有一丝缝隙　给我以可乘之机

你已经消失了个性和身份　以普遍性
和悲剧性　从我的生命中扑面而来
又消失而去　你已向我显示了一个民族的缩影
我一定要挖出这悲哀的根子
我要向人类申诉　索要我的权力
我的尊严　自由　爱情和人性

我要求人类起草一部新的法典
护卫生命和生存

夜黑风高　在砂轮上磨拳的人
咬碎了牙齿　露出了他的血性

而当你从秘密的道路
转来你亲手刺绣的丝绸长卷
我仿佛一下子又回到了往昔

我一遍又一遍展卷　惊叹你浩大而细腻的笔触
我收回了人马和兵器　潜心细看
从子夜一直到黎明

六、长　卷

蕙从秘密的途径转来她亲手刺绣的丝绸长卷
借着灯光　我看见了华丽的图景
从左至右依次展开春夏秋冬四季　首先是
毫无定向的春风卷着干燥的尘土
越过远方低矮的山脉　使劲摇晃着树林
晕头转向的麻雀　眼里飞进了沙子
它们不得不停下来
在背风的旷野里捡拾陈年遗落的草籽
青草还未发芽　只有墙角下或低洼地带
露出了黑蒿的绿色茸毛和苦艾的尖须
农历已过了雨水　真正的雨季却远未到来
云彩躲开了古老的丝绸之路
贴着昆仑山和秦岭的阳坡飞向了东南部
这时风从戈壁把沙子投向了太平洋　只有几粒
便惊动了大海的鱼群
但这不是台风季节
海面较为平坦　只有临海的平原地带
漏斗形的龙卷风不时卷起黑色尘柱
好像天空急需要有什么来支撑
早春的天空经常出现大河的倒影
并从高处传出隐隐约约的涛声
大地需要灌溉了
阡陌纵横的农田里　越冬的麦子在悄悄返青

悲 歌

古老的村庄沿着水系分布
羊肠小道上走动着牛群和羊群
而牧童的脸大多是又脏又可爱
仿佛未经打磨的泥塑
黄泥的嘴唇唱出了歌声

转眼到了耕种时节　人们在驱役耕地
牛和驴拉着笼套
黄土埋下了汗珠和五谷
这时整个大地都翻起了泥浪　种子在地下
膨胀　开裂　爆响　传出了轰鸣
蕙还在长卷上绣出了她自己
她穿过了杏花和烟雨　跟随着布谷鸟
在桑林深处找到了蚕神
那是嫘祖的故乡
白衣的仙女们在放蚕　纺织　刺绣
让云彩飘出丝绸　进入了古罗马的晴空
河边的染房里人来人往　朝霞在缎子上出没
映红了乡间的流水和山峰　而在对岸
水车在日夜不停地旋转着
仿佛巨大的法轮被时间推动　给蜡染的田野输送活水
绿苗深处　那栽种靛青的蓼蓝叶子的人
是人类的祖父　用额头收集了流水的波纹
是啊　流水是弯曲的　也是美的
那些身藏曲线的女子们摆动着腰肢
头顶着陶罐去河边汲水　那陶罐
是黄泥所烧制　高高的泥窑旁
一群青铜之子光着臂膀
在挖土　和泥　制作　脚踏着旋转的陶轮

当他们累了　就敲击着陶罐　唱起了歌谣
仿佛帝舜从黄土中发现了五音

接着　蕙在长卷上绣出了我
她领着我　穿过耕种纺织和制陶的人群
来到一个祈祷仪式中　我们双双跪下
向自然之神献出祭品
祈祷上天保佑万民平安　风调雨顺　五谷丰登
随后我俩来到一个热闹的集市
勤劳善良的人们在这里聚汇和交易
街道两旁摆放着种子　农具和日用品
宽一些的场地上拴着牲口　为了尊重家畜
交易者在暗地里打着手语
他们不肯直接说出金钱
而卖糖人的艺人大声叫卖着　他的旁边
是杂物市场　摆满了面人　木雕和泥塑
两个人因为碰碎了一个陶俑而争吵起来
但很快就平息了　因为市场以外
一只巨大的龙形风筝摇摆着飞上了天空
最后被苍白的月亮挂住　不能继续上升
人们仰望着　议论着　直到一个白色少女
闪着光辉走过市场　炫惑了人们的眼睛
而更为惊绝的是人群围住的魔术师
他一刀砍下自己的脑袋　他的脑袋升空五尺
并哈哈大笑　许久之后落回到自己的脖子上
紧挨这里是一只猴子敲打着铜锣
它头戴礼帽像是一个商人
我和蕙相随着挤出了人群　买了一些泥妞和面娃
仿佛从此也有了自己的子孙

/ 悲 歌 /

随着万物勃发生机　蕙在长卷上绣出了孩子
一群群孩子在草地上奔跑　他们尖声的叫喊
穿过了蝉翼般的浮云　在苍穹里消散
一个母亲说　她梦见长庚星落入怀里
怀胎三年生下了孩子　另一个说
她因误食了七彩的鸟蛋而生下了女婴
满月里穿百衲衣的孩子像新挖出的人参
又胖又嫩　被人们抱来抱去
而比这更小的孩子　在朝霞飘进窗口的一刻
突然降临　大地上诞生的哭声此起彼伏
我甚至听到了地洞里　森林地带以及冰原上
野生动物出生时那毛茸茸的哭声
蕙说　我们也生个孩子吧
像泥妞一样胖胖的　面娃一样白白的
脖子上挂着长命锁　代替我们获得永生
说话之间春风猛然吹开了全部花朵
大地像子宫一样温暖
我们在爱情里迷路　忘记了家门

　　　　*　　　*　　　*

夏天是残酷的季节
蕙在天空里绣出了磨盘大的三颗太阳　也绣出了高温
三颗太阳一同在天空闪耀　岩石也在出汗
遍野的禾苗上找不到一颗露珠
端午节就这样渐渐来临
善良的人们依然用苇叶包起了粽子
采艾的女子穿着五毒背心　已经绣好香包
送给了意中人　而南部的多水地带

第一部 人 间

彩绘的龙舟已经排好　　只待乡人聚会的一日百舸争流
这一日　赤臂的汉子们挥桨竞渡　鼓角声声
蕙绣出了这一日　看　沿江一字排开百条彩船
呼应之人万众　一声号令过后　船头并进
江面上浪沫飞溅　一片轰鸣
蕙把我绣在了船上　我奋力划着
眼见超过了其他的船　须臾间又被抛下
我们拼出了全部力气　又一次冲在前锋
这样你追我赶不分上下
百条彩舟来自百个乡村　百个乡村派来了美女和长老
在两岸呼应　我看到蕙在岸边为我呼喊
她使用了花朵的容颜和彩虹的衣裙
就在冲刺的一刹那　我们箭一样射向终点线
争得了头名　两岸上欢声雷动
由于声音太大　多年以后远方的山脉还在折射着回声
我跳下彩舟　向蕙的岸边游去
当我目光偶尔向下　看见水底走动着千年的屈原
他已白须万丈　披发化作了流水和波纹

大旱并没有退去　天上的太阳已经增加到七颗
禾苗在变黄　沙地上的树木已经起火
耐不住干渴的树木　也在自焚
蕙领着我　来到一个井水干涸的乡村
缺水的人们聚在泉边　就要渴死了
老人的嘴唇已经出现裂纹
一天早晨　全村的男女老幼一齐出来
谁也不说话　谁也没有笑容
他们裸着上身　赤着脚　头戴柳枝
向村外的大庙缓缓走去

悲 歌

为首的是个长老　已经年过百岁
蕙在长卷上把自己　也把我绣在了人群中
我们在长老的带领下　来到庙前的空地上
齐刷刷跪下来　向大地叩头
一叩再叩　人们的额头上流出了鲜血
谁也不说话　谁也不喊疼
我们叩头再叩头　双手扶地　全身匍匐
然后长老说话了："苍天啊　救救万民吧
我们善良地活在世上　日出而作　日入而息　辛苦耕种
而今数月无雨　民不聊生
庄稼旱死了　泉水干了　我们的泪也要干了
请给我们一点雨水吧　可怜可怜我们吧
上天啊　我以身为祭　向你献祭来了
请接受草民的祈求　降下恩情吧"
说罢　他站起身　向着石头搭起的祭台
一头撞去　他怦然倒下　当即舍命
人们匍匐着没有动　人们额头流着血
突然爆发出动地的哭声
老人哭了　妇女哭了　孩子们也哭了
从早晨一直到下午　人们匍匐着没有动
七颗太阳在我们背上钉下了无数颗钉子

求雨过后三日　飘来了浓云
乌云越积越厚　遥远的地平线上传来了雷鸣
全村的人们跑到街上　仰望天空
禁不住狂呼乱蹦　雨终于要来了
我们有救了　感谢上苍来搭救草民
突然间　人们都愣住了　惊呆了
就在我们头顶上方的云层里　出现了一条龙

第一部 人　间

它摇摆着身子从西向东腾飞而过
乌云闪开了一条大道　随后又慢慢合拢
龙向东海的方向飞去　带动了罡风
我们都看到了这一幕　蕙紧紧地攥着我的手
吓得不敢出声
紧接着沉雷从山顶上滚下来
顺着山坡一直堆积到村庄里　大雨如麻泻下了天庭
大雨一直下了七天七夜　山洪四起
冲毁了房屋和土地　我们求雨的庙宇
也在汪洋中消失了最后一片瓦砾
田里的禾苗所剩无几　到处都是水
雷击的树干也在水上漂流着焦糊的身躯

洪水一直持续了三年
有人从大船上下来　找到了一片土地
他带来了种子和锄头　也带来了重生的勇气
蕙在长卷上绣出了重建后的家园
和渐渐返青的土地
夏天依旧是热的　洪水过后瘟疫又一次扫荡了乡村
健壮的人们活下来　老人和孩子相继死去
而庄稼在山坡上留存下来
终于吐出了穗子　但是蝗虫飞来了
不知从哪里来了这么多蝗虫
直径两公里的蝗虫团　像一轮黑太阳滚过了天空
这是一场巨大的灾难　它们所到之处万绿无存

时光又过了多年　草木恢复了往日的绿茵
耕作的人们对天长叹　吐出了内心的愁云
龙舟依旧划过端午　粽子投到江心

悲 歌

大汗依旧飘上人们的头顶
生存继续着　苦难没有终结
倒下的是死亡　站立的永远是生命
蕙在丝绸上绣出了永恒的夏日
不可否定和逾越的夏日
雨水中腐烂的岩石和彩虹丰富了土壤的腐殖质
深厚的沃土里　种下卵子就可以长出壮士
种下落日就可以生出黎明

　　　　　*　　　*　　　*

属于收获的季节终于到来
农耕时代的秋天　五谷从泥土中提取了足够的淀粉
眼见是一个丰收在望的好年景
但是大风带来了不好的消息　大风摧折了五谷
和树木　摇撼着高耸的山峰
远近的山脉晃动起来　由于道路捆绑才没有飘起
我和蕙在田野里　看见大地翘起了四边
五天之后才恢复了平静　丰收减去风灾
已剩七折　紧接着又来了冰雹
那是昏天黑地的一日　天空降下了岩石和冰块
由于冰块融化　气温突然下降
绿色植物的神经系统全被冻死
一些小草当即宣布退出生活
一些小鸟头上砸出了大包
冻伤的嘴唇已不能哭泣和歌唱
丰收减去天灾已剩三成
大地不是不能养育我们　大地也是苦难的大地
它所承受的　比我们更深重

第一部　人　间

我们就这样进入了中秋
有人在十五的夜空中看见了透明的月饼
我拉着蕙的手却看见嫦娥
在月宫里走动　嫦娥依然十七岁
依然美轮美奂　步态轻盈
她乘风飘下月亮　与蕙交换了衣裳
我和星星都可以作证　蕙在浑身发光
跟随星星进入了万家灯火中
天上只剩下月亮　这个月亮
比往日大三倍　它以大海为明镜
照见了自己的面容

这是在长卷的中部　我们跟随着秋收的人们
走出农庄　搭乘木轮的牛车赶往田野
看到初夏落地的一个哑雷被石头压住
终于在秋天的下午发出了轰鸣
这个秋天是干瘪的　算不上收成
这个秋天只保存了种子和雨水中发胖的根茎
收割只是一个形式　没有实质性内容
而土地却在收割着倒下的人们
看啊　平缓的山坡上　土坑已经挖好
有人将在那里躺下　成为死亡强有力的见证

死亡是隆重的　相比之下
出生倒显得简单而平静　没有什么仪式
一个人说来就来了　一个人来了
就等于立约　并接受了死亡的邀请
日子一天天过去　岁月不是增加而是在减少
生命终要倒下　变成大地的一部分

悲 歌

远处　一口火红的棺材就这样抬过来了
扛着招魂幡的人走在前面　幡上写着生卒和姓名
其后是纸扎的马车和金童玉女
纸扎的牛羊和家禽　凡生命所用的一应俱备
这一切　都要在埋葬后一一焚毁　在这里
死者之死已不是终结　而是灵魂生活的又一次开始
因而需要用品　通过火焰进入虚境
棺材过后　纸钱翻飞
后面跟着鼓手和喇叭以及送葬的乡亲
人群浩浩荡荡　为了一个人的生命迁徙
全村人都送出来了
死亡压迫着每一个人　人人都躲不过
都要被抬出去　入殓　送行　下葬　进入坟冢
那大片的坟地是一个氏族村庄进入了永恒的宁静
没有喧嚷和忧愁　也不再劳累
在那安宁的归宿地　长辈在上　后继的子孙依次排开
一个宗族绵延而来　他们的最终目的就是死
穿过不同的时代　在坟地里聚集

秋天是消逝的季节　万木萧疏
凉风从北方带来霜寒　树叶离开了枝头
毫无遮蔽的原野露出了荒凉的枯草和泥土
天高云淡　归雁在天空变幻着队形
收割过后
整个大地上只剩下一株高粱在只身抵抗着秋风
我和蕙和高粱　一共三个
在深秋里　相互支持　忍住了凄凉和空旷

　　　　*　　　*　　　*

至此　长卷停止了对秋天的描绘
渐渐进入冬天
大雾模仿着混沌时代　蒙住了一切
一连数日不散　我们在雾中说话　彼此不能相见
不知过了多久　北风来了　天气晴了
树林里一片白茫茫　枝条上结满了透明的冰霜
阳光透过树梢反射出冰棱的光芒
仿佛海底纯洁的白珊瑚
在美人鱼的家乡摇曳　展开了洁白的梦想
雾凇过后　大雪接连而至覆盖了世界
民间的屋顶上积着厚厚的雪
打雪仗的孩子们堆出了雪人
而大人们把直径十丈的雪球推出了原野
天空到底藏有多少六边形的花朵？
我看见几百条壮汉抬着雪地赶往北方
无边无际的北方
穿过雪原稀疏的树林
三驾马车在疾驰　运载着白雪制作的新娘
而飞快的划雪队追击着北风
找到了富丽高耸的冰城
蕙在雪原上绣出了神话中的城市
我和她　就是骄傲的市民
在这里　透明的冰雕美女列队歌舞
沿着一百级台阶上升　飘进了神殿
高耸的冰雕神殿尖顶直接苍穹
在蔚蓝的天空中闪射着白光
围绕神殿的是错落的冰楼群落
每到夜晚　灯火齐燃　冰城一片辉煌
大小冰雕不计其数　琼楼玉宇　气象万千

悲 歌

当我们走出一座八角形的楼阁
看见远方的山巅上　有一座通天的建筑
十八根巨型冰柱撑起了天空
我们用肉眼望不到它的顶部
只能望见穿过巨柱往来不息的日月和星辰
我们趁着天庭的请柬尚未下发之前
赶紧抓住一个冰雕少女
在她的带领下走出冰城　找到了炊烟袅袅的乡村

冬天的乡村　是戏剧的季节
也是皮影和说唱艺人彻夜吟诵的季节
在人生这台戏中　我们都是剧中人
许多古老的风习已经渗入我们的骨髓
我们早已进入了角色　早已被命名
蕙用白色的丝线绣出她自己　她就是自己的主演
她领着我　在丝绸长卷上旅行
冬天进入了最深处　也就接近了高潮
春节渐渐临近
家家在清扫　购置年货　杀猪宰羊
蕙在新糊的窗户上贴上窗花
门上贴了门神　六神的木板画一一张贴
来自杨柳青的年画带着福禄和吉庆
春节之夜灯火不熄　爆竹声声
从正月初一到初十　依次是鸡鸭猫狗猪羊人谷果菜
十个生日　像串村的秧歌连在一起
一队接一队　村村锣鼓声声
转眼到了十五元宵节　庙会上人山人海　社火繁盛
而当夜晚降临　朗月照耀热闹的花灯
超出了生肖和风俗　灯火越来越多

第一部 人 间

村庄一片通明　狂欢的人群彻夜不散
直到曙色在东方现出微明

东方现出微明　我在长卷上看到了结婚的场景
沿着乡间小道来了八抬大轿
四支喇叭一路吹奏　惊动了乡村
花轿穿街而过　一群孩子在后面追赶
其中一个摔了跟头　鼻子上沾满了泥土
另一个从干草垛上滚下来　呵呵地笑着
头发上沾着草叶　袜子上露着窟窿
孩子们越聚越多　突然
红衣的新娘冲出了轿子　向一面山崖奔跑
我看见　她就是蕙

在爱我之后

在爱而不能之后

在阻拦之后

在横加干涉之后

在囚禁之后

在逃跑之后

又被强行抓回，娶往他人的家中

她奔跑着

抗逆着

拼命

撞

上

去

从丝绸上发出了绝命的惨叫
至此长卷戛然而止　一切都戛然而止
只有悲剧冲上了顶峰

七、眼见越过了高高的山顶

收起长卷　我立即赶往蕙的家乡
果然望见一顶花轿走在路上
过了山湾　又过了小桥　去往遥远的村庄
行至一座山前　我看见一个火红的新娘冲出了轿子
我当即认出　那就是蕙
通过长卷可以知道　它在做着最后的反抗

她向前奔跑着　她的头发飘起来
她的眼泪流下来　她的胳膊一前一后
在摆动　西风在阻止她的奔跑
西风从远处赶来　只是吹动了头发和衣裳
没能把她截住

我也向前奔跑着　呼喊着
由于太远　她不会听见　她只顾奔跑
她除了奔跑　已没有另外的道路

时间在奔跑中放慢了速度
她迈开左腿　又迈开右腿
然后又迈开左腿　又迈开右腿
她不停地迈开又落下
时间从钟声里包抄过来　只是放慢了速度
也没能把她截住

她冲出了轿子　已经接近了山崖
她就是自己的推动者

第一部　人　间

停一停吧　蕙　我来接你来了
我从爱情和仇恨中赶来　我看过了你的长卷
我知道你被迫嫁给了他人
你不能再跑了　你只要停一停
你只要回一下头　你只要看我一眼
就会从绝望中转身
而你奔跑着　听不见这一切

由于时间慢下来　我看见她身后
形成了一个连续的影子序列
好像无数个蕙在她身后缓缓追踪
她们的腿慢慢抬起又慢慢落下　无数个影子
分解了蕙奔跑的全部过程

山崖从对面折回了她的呼喊
向远方传送着撕心裂肺的回声

　　　　＊　　　＊　　　＊

一个人在奔跑中向极限冲刺
一个人选择毁灭来抵抗人生
一个人用奔跑来摆脱肉体　有如人类
通过死亡摆脱生命的追踪

如果一个人的身体盛不下太大的哀愁
她就必须放弃身体　留下纯洁的灵魂

蕙　她奔跑的身体像光年穿过我的心口
将留下永久的伤痕

悲 歌

我只是来晚了一步　没能在曙光上升之前
截住她　我眼睁睁看着她向那消失之路
一步步迈进　她曾以蝴蝶的姿势在花丛中奔跑
她张开了胳膊　那时春天刚过
还不适宜拥抱　那时她奔跑是为了迎接
爱情的初萌日

那时蛙鼓声声　喇叭花一齐吹奏迎亲曲
她头戴花冠从山坡上下来
像一个蜜做的新娘打开了红唇
那时我奔跑是为了赶在百鸟之前
扶住她的腰肢　拥戴一个女神

而现在　她向生命的尽头奔跑　已接近了山崖
再有几秒钟　时间就要止住
一个世界就要从她的眼里消失

为了阻止她　百鸟和白云也从远方赶来
但一切都晚了
她的心受伤过重　美好的愿望早已熄灭
死神也不能拽住她透明的手指

带着美和无限的怅恨
她一个人孤单地向极限发起了最后一次冲锋

　　　　＊　　　＊　　　＊

对于残酷的人生　死亡也许真的
是一次解脱和退场

第一部 人 间

死亡高于生命
它永远不动　只有生命在流亡

生命是大地上最浩荡的一次长征
人类跋涉已久　究竟要走向何处？
太久以来　我们几乎相信了集体的幻觉　并有所寄托
当时光冲刷过尘世　裸现出人类的白骨
我知道此在就是地狱和天堂

而奔跑的蕙要在速度中拆毁自己的身体
她厌倦了生命　因而要超越生命
她渴望安宁　要通过奔跑到达寂静

她的头颅离山崖只有一寸了　这一寸之外
繁复的万物在喧嚣中起伏　这一寸之内
是生死的距离　又无限漫长

她在做最后的冲刺　像古希腊
美丽的希波达米娅冲出了跑道
蕙　以她高耸的胸脯接近了终点线

死亡也是美的　因为蕙的投身和迎接
死亡改变了下沉的性质　犹如升华中的
最高一级台阶　成为生命超然的必由之路

她已不可能再转身　她已来不及向世界告别
她以速度和勇气在时间的慢节拍里
完成了最后一个动作

悲歌

我远远地看见她优美的姿态
到达了山前　她几乎是飘着
在风中留下了连续不断的身影

仿佛无数个蕙在身后缓缓追踪着她
无数个幻影从实体中分离出来
模仿着她奔跑中的每一个动态

犹如隔山散去的回声在层层散开
又层层消逝　这波浪型的
被短暂保留的事件　重复了她的美

远方呼喊的群山和纷纷起立的炊烟
在向她致敬　她超出了腐朽和衰老
把肉体推向悬崖　并通过死亡而上升

　　　　*　　　　*　　　　*

蕙的头颅撞到了山崖上
接着整个身体都撞到了山崖上
悬崖晃了几晃　没有倒下

蕙倒在了地上
这个大地承受不起她的重量
要么是大地沉下　要么是蕙从此上升

她怦然倒地　由于猛烈的撞击
她的身体在起火　她变成了一团火焰
在山崖下翻滚　火焰越烧越大
火焰腾空而起离开了大地

第一部 人间

慢慢地升向空中　火焰越升越高
眼见越过了高高的山顶
火焰继续上升一直到达了天穹
蕙　以她燃烧的身体在天空化作一颗不灭的恒星
她一直上升到仙女座北面的河外星系里
正如我梦中所见
她真的离开了我　离开了大地
凌驾于生命和死亡之上　成为一颗遥远的最年轻的星

由于蕙在上升　太阳停在了地平线上
太阳回避了她的光芒
用彩霞蒙住了自己的面孔

由于蕙的上升　天文台可以直接目睹
从地球上起程的星辰　众生可以直接
仰起脖子　望见她在村庄上空向上升腾

百鸟和白云落在地上
她们来晚了一步　这些歌唱和飞翔的众姐妹
收住了翅膀　在抱头饮泣

蕙离开了我们
她选择了神圣的道路　进入了众神的行列
我看见整个星空都在交换着欣喜的眼神

为了一颗最美的星辰加入天体
星星们在高空里欢呼
我隐隐听到了来自天堂的掌声

悲 歌

　　　　　＊　　　＊　　　＊

我转身回到空荡的大地
由于蕙的缺席　人类已不可能形成任何决议
人类失去一个优秀者　等于灵魂已被掏空

大地减去了蕙的体重　已经变得太轻
我们不该放逐她　逼迫她
我们的心胸过于狭窄　容不得她久留于世
我们看不到她体内的火焰和熔岩　蕴藏着恒星的光明

当一个人消失了　我们才知道什么是空旷
我们集体伤害了她　把她逼到生命的终点
她上升是一次彻底的解放
她松开了自己的肉体　提着自己的头发上升到空中

由于众星的呼唤
失重的大地已没有魅力吸引住她
尘世不尽人意　不如离去
尘世又险又芜杂　除了爱情
有什么事物值得苦守和留恋　终其一生？

当风尘又一次扑向秋天
我感到这世界毫无凭依　没有什么证据
能够说明人类必须存在并主宰一切
也看不到拯救之手扭住罪恶的脖子
并逼问出全部的口供

没有人承认自己是罪魁祸首　而蕙

却受到了伤害　正如万物经历了秋风
而究竟是谁指使寒凉扫过大地　推倒了枯草和老人？
谁给我们活着的权力　又以生存为借口
摧毁了良知和真诚？

蕙离开了我们　她找到了自己的位置
而我却从此失去了坐标
什么时候　什么机缘　也让我化作一团火焰
升到她的身边　成为相互照耀的双星？

什么时候　让我踏上复仇和流浪之路
寻找并握住人类的把柄？
我要对人类进行报复　我要打击肉体
摧残灵魂　我要找到杀人的方式
直到把自己杀死

此刻我的内心一片空白
像一座盗空的仓库　失去了所有珍贵的东西
却找不到强盗的蛛丝马迹

我一个人在空荡的深秋孤立无援
我失去了蕙　失去爱情
而秋风吹刮着光裸的山脉　大地仿佛是一片废墟
已不值得留恋　它的繁华已经丧尽
它的活力被摧毁　进入了萧条期

八、在前人走过的路上

黄昏降临　晚秋的大地万木凋零

悲歌

道路通向哪里　风就在哪里瑟瑟发抖
以便夸张人世的清冷
落尽叶子的树林外
隐隐约约出现了寂寥的星星
这是一天中最可疑的时刻
远处的事物渐渐消失
村庄似乎可以不存在　人迹可以恍惚
在灯火出现以前　到处是重重的阴影
蕙离开这个世界以后
月亮经常不出来　并且黯淡无光
像一块生锈的黄铜

我走着　一个人影出现在我必经的路上
看上去已超过千岁　我已辨不清他的面容
他的白发和白须披散到地上
遮住了整个身体　风吹过来
像一棵枝条及地的白色垂柳在随风摆动
他是谁？我从未见过这样的人
不　确切地说是一个人影
如果不是在黄昏
他的身体肯定会透明
也许他本来就是一个影子
一个不需要身体而只靠灵魂生活的人
在我经过他身旁的时候　他说话了
他的声音极其悠远　像是从史前传来的
又像是来自我的心中："孩子
你受苦了　你是一条河流的后代
你要走到那大河的源头
你会看见人的路　和你自己的路

你必经历大悲大喜　大起大落
没有谁能救你　你是你自己的救星"
我环顾一下四周　除了他　只有我在
他是对我说话吗？他的话
是什么意思？
我欲回头细问　一阵风过
他已倏然消失在黄昏之中

就在他消失的一刹那
天上的星星一齐亮起来
我看见村庄和树林隐入夜色
整个天空压在一盏油灯的火苗上
那火苗像豆粒儿　四面包裹着凉风

　　　　*　　　*　　　*

从此　我就开始走
不由自主地走　跟着风走　跟着水走
跟着星星和太阳走　没有目的　没有理由
不需要理由　不需要解释
我自己走自己的路　一直走到死
用不着思考　我是随便地走　走就有路
是路让我走　我不走谁走？
总得有人走　否则路就到了尽头

蕙已经走了　她走的是上升之路
走得好啊　我不是也在走么？
我走的是无路之路
谁阻挡我　谁就会被踩死
谁敢阻挡我？谁敢惹一个不要命的人？

悲 歌

除非地球塌下去　或是离开我
除非蕙在空中抱住我的后腰
她用身体劝我　她的手指在燃烧
而眼泪却已凝固

我在走　我想在无数条路上同时走
我想让后人在我的身体里走
穿过绵绵无尽的路程　到达他们的目的
我想走到绝路上去　从悬崖
离开肉体　像风一样在大地上赶路
如果空气也拒绝了流动
我就拆开自己的命　分给众人
像摔碎的玻璃被孩子们抢走

我走在前人走过的路上
不知道自己的归期　我不一定能回来
一个无家的人除非回到自己的身体里
那简陋的破房子用皮肤糊成
一声大喊就会把它撕裂
但我已没有别的住处
我携带着全部的家当——我的心　肝　肺
和所有零件　走在路上
身后跟随着成群的落叶

从一日到另一日　从现在起
走就是我生活的全部
走就是目的　除此没有别的目的
我记住了那个白色影子的话
我要走到大河的源头

/ 第一部　人　间 /

找到最初的一滴水　我要走回胚胎里
一直追溯到人类的根部　进入生命的基因
在那里　方向会收缩为一个点
如果我不能上升或下沉　就只能走回自身
一旦我走回自身　必将接受心灵的指引

　　　　＊　　　＊　　　＊

"没人能够救你　你是你自己的救星"
我记得当时影子说话时　风是从西来的
他白色的须发在黄昏中飘拂
像梳理过的星光随风流动
当时我正在走　当时我的体内
有一群人在催促我　他们不让我停下
他们悲愤　焦虑　争吵不休
像一场暴动
而黄昏是短暂的　夜晚顷刻就来了
影子消失过后　世界陷入了寂静
我继续走　仿佛有人领着我走
仿佛有人牵着一根长绳领我走
那绳子超过了时间的长度
上面系满了骷髅

我是被推动还是被牵引？
生命是在来临还是在归去？
我走着　在漫长的进化史上
见到了许多熟人
如今他们是风
如今风在不停地吹
我感到前胸和后背同样凄凉

悲歌

夜晚的星星也是凄凉的
那些用星星烤手的人
都是些可怜的人
他们没有能力自救
因而等待着上苍的指引

那么　指引我的是谁？
他从哪儿来？他可认识蕙的星辰？
他白发飘飞　若隐若现
是那么恍惚不定
如果他就是来自我体内拥挤的
人群中的一个长老　通过大善而获得了神启
我是该听从他的话　还是服从自己的心灵？

现在　我只有走　没有别的路
我最终是自己的主人
我的道路极其简单
并不超越人生和人性
走不是目的　走是一个过程
我必将通过走而在无数个领域留下踪迹
有朝一日　我要放下包袱　用灵魂走路
直到在闪烁的星空与蕙重逢

楔　子（一）

在宽阔的山谷里　丁当的凿击声
在宣告一些雕像的诞生
而黄昏来到河畔　从山下
向山巅移动　把远处飘来的烟缕

分散在岩石的棱角上　　像从尘土里升起的泡沫
轻飘而昏暗　　使整个雕像群笼罩在朦胧的暮霭中

我在细细研读公孙的诗篇
并努力把一个白发老人与青春少年重叠在一起
推想着公孙——那美丽而悲哀的爱情
这时山谷里人声鼎沸　　山巅那巨型雕像上
白昼的最后一丝回光也渐渐散尽　　天色暗下来
工地上次第亮起了灯光
一些工匠和雕像坐下来　　打扫身上的粉尘

一个雕像走近我身边　　轻声地问：
"你是大解吗？电话在找你"
说完他转身隐入暮色里　　像风隐藏在空气中
这是一个神秘的时辰　　什么都有可能消失或来临
正如我看不见人　　却从千里之外听到
爱人的声音："大解　　找到公孙了吗？"
"找到了　　这是一个惊天动地的工程
我正在阅读公孙的诗篇　　这个老头
竟然用诗写下了自己的生平"
"今天接到信　　父母请你回一趟老家
农村正在调整土地　　可能有大的变动"
"好吧　　我明天就走
正好顺路　　只有半天的路程"
"你要早些回来　　儿子已近高考
单位正在卖房　　需要签订合同并兑付现金"
"好　　我抓紧时间"
放下电话　　我感到好笑
时间怎能抓得住？

/ 悲　歌 /

我们赖以存在的时间是虚缈的
而历史正是以此为基础　建立起深厚的背景
因此我怀疑历史的真实性
如果时间是一个假定的概念　那么人类
有可能是一场梦

傍晚时分　我神志迷离地
在一个雕像的引领下　找到了公孙
他的白发在灯光中宛如一片白云
人们都是这么认为的
而公孙不在意　他是给时间造型的人
整日忙于雕凿　对过往的云烟和生死习以为常
不注意自己的头顶
我走到灯下　恭敬地说道：
"公孙先生　我明天要回一趟老家
这些手稿　我可否带走　阅读后归还？"
"你随便吧大解　对于我
《悲歌》已不重要
我要把全部精力投入到雕刻中
我终将在这雕刻中再次获得生命"
他笑着　用手拍了一下我的肩膀
我感到有一股风　穿过他宽大的指缝刮向山口
把暮色和烟缕和来自岩石的呼吸
统统带走　推入空蒙无尽的天穹

　　　　　＊　　　＊　　　＊

我乘车回到了家乡
我的家在村庄边缘的一个小山湾
一座矮山环抱着石头垒建的青黑色瓦房

第一部 人 间

西面是低矮平缓的山坡　北面是高山
东面是溪流　转弯后汇入大河
这是我的家　我父母的家
他们以种地为生　用粗粮养大了四个儿女
又把我们放出去　远走他乡

乡村的春天忙碌而平常
梨花开过了　杏花也开过了
桃花和地丁花都开过了
大地翻起了条条泥浪
清风带着泥土的气息　吹拂着木格的窗棂
我久不回家　对这淳朴的一切
有些陌生了　甚至已近于淡忘

我回到了母亲的身边
她在屋里走来走去　忙着做饭
她的头发已经斑白　腿脚却还利落
而父亲正在田野里忙碌
多年来沉重的负担已经压弯了他的脊梁
我看到许多人走在田野里
又瘦又憔悴　只有放学的孩子们
轻快地追逐和喧嚷
那些小顽童　还不知道生活的重量

按理说　这不是丈量土地的好时节
但调整在进行　土地是农民的命
他们耕种土地　埋于土地
许多人已经入土　改变了住址
进入一个安静的逝者村庄

/ 悲　歌 /

我已记不清那些黄土下生根的骨头
都是谁的爹娘

人们在丈量土地　直到黄昏
父亲才从地里回来
他说："土地调整后　三十年不变
每一寸　都关涉到我们的口粮"
我发现父亲的头发又白又稀疏
皱纹也添了许多
他衣服上的汗水结成盐碱
像深秋的土地覆盖着白霜

　　　　*　　　*　　　*

黄昏过后　天色转阴
从西北方飘来的薄云渐渐变厚　遮住了星星
后半夜下起了小雨　屋檐上滴下的水
断断续续　好像有人在彻夜诉说
声音不紧不慢　恰好进入梦境
有时风敲着窗户　从缝隙吹进一股凉气
它们只是开个玩笑　并不吵醒你
乡村的风雨没有恶意　你尽管蒙头大睡
做一个长梦

夜已深深　父母还没有入睡
他们在盘算着年景和收成
土地都已下种　一块是谷子　一块是高粱
一块是麦地和菜地　边缘是玉米
近山的水渠边是南瓜和豆角
石磨的西边是菠菜和生菜　细雨过后

还要种些黄豆和黍子　再留出一小片地栽葱
母亲说　今年就不栽薯了
这次调整土地　还要割去一亩多平地
下一个集日　还要买些辣椒秧和茄秧和西红柿秧
母亲说着　而父亲已经打起了呼噜
窗外的雨依然稀稀零零
狗的叫声在雨中　显得若有若无
仿佛在应付差事　随便叫几声　报告平安无事
而我听着夜雨　久久不能入睡
想起了童年和遥远的事情

这场小雨　不紧不慢地下到天明
又持续到中午　又坚持到下午
最后以毛毛雨收场　好像意犹未尽
（以后有时间再下吧　不一定一次下个够
尤其是春雨　该下时则下　该停时应及时停）
人们走出了屋子　鞋上沾着泥巴
土地潮湿而松软　有些昆虫一夜出世
加入了生命的大家庭
纺织娘爬上了草叶　蚂蚁集体出动
搬出白蛋　越过土渠和石块浩荡前进
（也可能是搬家吧　要不就是游行）
绿青虫和蚂蚱又小又嫩　在学习跳远
而过早出世的黑甲虫在试探飞行
一场雨　不仅洗净了山野和禾苗
也唤醒了众多卑微的生命

雨停得恰到好处　正好赶上夕阳
从云缝中透出杏黄色的光束

悲 歌

投射在远处的山脉上　有一阵风从日落处吹来
把边缘透明的云彩推出了北方
人们走出屋子　并不眺望这美景
而是面向土地　看着青苗
期盼它们快速生长

我沿着屋后的小道登上山坡
放眼望去　眼前一片辽阔
远近村庄炊烟缭绕　夕阳的余晖洒在错落的屋脊上
静静的河水绕过树林　在山脉和旷野间闪光
偶有汽车穿过乡间公路　像甲虫在奔跑
而我的脚下　不知名的小花羞涩
无声地绽放着花瓣
它们从不走动　不像云雀
一会儿冲上云端　一会儿又集体回旋
时而争论不休　时而齐声歌唱

新雨过后　乡村的黄昏人影绰绰
万物都在忙碌地生活　永远不动的
是地下的人民和地上的村庄

　　　　＊　　　＊　　　＊

雨后的黄昏　远山以外腾起了火烧云
有人曾经写道：白昼消逝　人群归隐
晚风带着原欲起飞　追赶着天边的鸟群

这时大河的水位在上涨　从它源头
掠过的浓云带来了雨水和春汛
而南风在北上　擦着原野和高隆的山脊

第一部　人　间

一路搬运着闪电、冰雹和彗星

夜晚就要来了　太阳又一次熄灭了它的光芒
红霞过处　我看到敛翅的鸽子正徐徐下降
而遥远的天区里已经隐隐亮起了暧昧的红灯

一个大师靠思想照明
一个昼夜不能去掉它灰暗的部分
在黄昏　我怎能找到那个写作者
他出没在人群之中　也必将在大地上隐遁

黄昏是怀疑和否定的时刻
它既不是黑暗　也不属于光明
在黄昏里出没的人群全部是幻影

看　我眼前的多重山脉重叠在一起
我经历中的所有时光全部消失
我的体内有上万个灵魂在出没
我在空气中看见了自己的脸　是一张陌生的面孔

春日的黄昏　我遇见了一个朦胧的世界
和隐藏不露的先知　他通知我进入生活
又以夜幕阻止了我的凝视和追问
我最终难以找到那个写作者
我奔走于世　注定要迷失在自身之中

　　　　*　　　*　　　*

乡村的傍晚来得缓慢　原野融化在暮霭里
树林变得模糊　渐渐退入夜色中

悲 歌

这时繁星乍现　月光渺茫
万籁在喧嚣过后趋于寂静
我沿着弯曲的小道走下山坡
晚风徐徐吹来　从远方带来草叶的芳馨

众鸟已归巢　这时出走的
只能是蝙蝠
它们翅膀下的青山若有若无　只剩月下的一抹阴影
有人大声地喊着什么　那突兀的叫嚷
穿透夜色传向远方　引起了微弱的回声

大自然呈现着无穷的魅力　即使在夜晚
也是美的　我看见暖风过处　灯火阑干
流星和鬼火神秘莫测地
悄然掠过民间的屋顶

许多年前就是这样　日入而仍不息
人们沿袭着古老的风习
朴素地活着　一代又一代　从生到死
我听见黑暗中有人走动　那沉重的脚步声
既熟悉又陌生　仿佛逝者和来者在交叉经过尘世
留下秘密　然后隐身而去　了无踪影

在无边的黑暗中　乡村终于静下来
万物始于沉默　也必将在沉默中获得安宁
疲倦的人已经躺下　更加疲倦的人
却撑住了身体　反复盘算着生计
乡村从来都是如此　从茫茫大野到区区琐事
从一个人的生平到芸芸众生

/ 第一部　人　间 /

命运是不同的　而生活的道路却交织着
通向同一的归宿
没有人能够躲开大地的捕捉和收拢

　　　＊　　　＊　　　＊

夜晚　道路不知去向　只有脚
能找到熟悉的大门　我看到狗的叫声后面
一个黑影在晃动　向我们无声地接近

他来到灯下　是我同族的兄长
四十几岁　却过早地苍老　脸上布满了皱纹
他早年丧妻　撇下一个女儿　母亲又衰老多病
只靠几亩坡地耕种粮食　因而他陷于贫穷

母亲悄悄地告诉我　一年前
他与乡里的收费员计较　被抓去险些打死
接着上告无门　窝囊出一场大病
棺材都做好了　他又活了过来
母亲说着　流下了泪水
我的内心也一阵酸楚　禁不住眼底潮湿
只是农村电压太低　灯光黯淡
没有人看见我的泪水　我把泪水咽回去
流淌在心中

"兄弟"他说："我来找你
你有文化　明白谁是好人和坏人"
他说着　泪水就流了下来　而手在颤抖
我看见他握惯了锄头的手
几乎和他的脸一样起皱

悲 歌

他用皱褶记录往事　在额头和手上
写下自己的生平

这是我家族中惟一的兄长　他永远大我一岁
从小就这样　他的手指又粗又短　手掌厚实
指甲里淤满黑泥　他常常用手指
把小葱栽进土里　等待它的空心膨胀
而对玉米和高粱地　他的手艺不济
因而没有太多的收成

我的兄长　冬天他烧柴取暖
春天他适时播种　驴或牛拉着犁铧
（这些都是借的　我没见他养过牲畜）
夏天他整日出汗　却从不洗澡
秋天他推着独轮车把高粱和玉米运回家
随后把秸秆捆好　堆放在房子周围
如果遇到大火　整个村庄都会烧掉
但人们年年如此　村庄还是村庄
土地还是千年前的土地
人却换了一代又一代
现在轮到他当家做主
他说种什么就种什么
他对待禾苗就像将军检阅他的士兵

我们不能苛求一个农民　他的脸粗糙
他的手　没有摸过多少钱财
仅仅是原始而廉价的工具　供他无偿使用
（小时候　他没有玩具　就曾整天玩弄自己的手）
现在他已没有摩拳擦掌的勇气

第一部　人　间

他是一个普通的农民　勤劳　朴实　愚昧　懦弱
与乡亲们一样　听凭于摆布

他坐在土炕上　述说他的经历
母亲也看见他的手在颤抖
风声过处　黑夜也在颤抖
风推开门　从外面进来另一个人

这是一个叔伯　他年过六十
又黑又瘦　身体弯曲
像一个存放过久的蔫黄瓜
失去了重新振作的可能
我请他坐下　他不坐　他蹲在地上
低头抽烟　像是公孙雕刻的石像被偷运到这里
他麻木地蹲着　一声不吭

夜晚越来越静了　直到半夜
他们诉尽了苦衷　才叹息着回去
我看到沉静的乡村之夜星光灿烂
没有人知道有多少恩怨在郁结和松开
没有人猜测他们的心事
人生在世　有多少人带着冤屈死去
又有多少人无声无息地出生　入死
在平原或大山的皱褶里　在无尽的时光中

　　　　　*　　　*　　　*

雨后的土地潮湿而松软　不允许践踏
丈量土地的人们只好暂停
只有补栽禾苗的人趁着雨后

/ 悲　歌 /

在田野里忙碌　而更多的人则修整土渠
或准备化肥和秧苗　以便及时栽种

其实我回家也没什么要紧的事
我在家　父母心里就觉得踏实
他们都老了　经不住风雨的侵袭
我几次要把他们接进城里
父亲总是说　在家有地种　有活干
空气新鲜　安静　过几年再说吧
我知道他的心里
对泥土有一种割舍不开的感情

农民都是这样　让他们离开土地
等于拔出树根　等于把炊烟砍倒
剩下火和灰烬
因此我不强迫父母　他们的想法也许是对的
他们有一个道理　叫做：叶落归根

我在房前屋后闲转　想帮父亲干点什么
母亲说　你待着吧　没你可干的活儿
你写好你的文章就行了
母亲的话提醒了我
遂翻出公孙的《悲歌》细细阅读起来
他的诗　坦荡舒适　轻松愉快　适于长篇叙事
我坐在窗前的石凳上　一页页掀过去
我随着他的字句　进入了他的生平——

/ 第一部 人 间 /

第二章 流 浪

一、从黄河口溯流而上

这是一个萧瑟的深秋　我只身一人
离家出走　来到无边无际的平原
我看到密集的水系归还大海　也把沙粒推向边缘
在黄河口　上岸的潮汐从月亮获得了引力
波浪在全线登陆　但不占领
像佯攻的士兵只留下呐喊
黄河在月光下入海　这远道而来的河水
已经疲倦　要在大海中分解开自己的波澜

我从黄河口溯流而上　这个夜晚
两岸灯火迷离　人声嘈杂
星光直立的村镇里　有人在子夜悄悄转世
而爱神的护卫者　正偷偷掀开少女的眼帘

在这毛边的宽大的原野上
凡我经过的地方　凡是名叫蕙的女子
都将听到我的呼唤　从此日夜难眠

我听到一个蕙在我内心里回应

悲　歌

她呼喊着我　她指引我穿过了子夜的黑暗
她一直在我的胸膛里和我说话
她就住在我的心里
我看不见她的形体　只听见她的声音

"蕙　你已经升化为星辰
为什么还要潜入我的体内　一直跟随着我？"
"我从遥远的星系赶来　就是为了陪伴你
我要以星光和灵光抚慰你
让你在流浪中不太孤单"
"我不孤单　在我生前和身后
整个人类也在流浪　太古以来
人类匆匆忙忙　仍未走出这片大地
却把无数先人留在了以往
人类为何如此大规模地流浪和逃亡？
人类的目的何在？是谁驱赶着我们经过这个世界
如此浩荡又空茫？
生命到底是什么　生命的意义何在？
人类是生命中的奇迹　也是生命中最忧愁的一旅
人类向前走着　仿佛永远没有边疆"

"尘世只是息壤
肉体才是人类的故乡"

"那么　生存本身就是流浪和还乡？"
"肉体没有动　是生命在依次出场
人类穿过肉体有如先人和后人穿过同一个村庄
对于来临和消逝　时间是守恒的
而生命却是个变量"

第一部 人 间

"你是说　对于肉体　生命永远在流浪中
永远得不到歇息和安宁？"
"肉体是生命安居的最高建筑
而人是过客　总是太匆忙"
"我以此身在大地上奔走
就是地理的和生命的双重流浪？"
"是的　让我陪伴着你四处流浪
你脚下的星球也在流浪中　它没有目的
它的意义就在于存在和它的转动之中"

　　　　*　　　*　　　*

黄河也在流浪中　多少时日过去
又一个暮色降临　黄河在我身边停了一下
为了抵抗流逝　放慢了速度

在时间的推移中　万物离开了源头
黄河渐渐高于大地　它是双向的
一头指向永恒的深渊
一头维系着此在和过去

黄河确立波涛　又一再推翻自己的命运
当水和水角逐着　呼喊着　相拥而下
只有它自己才能指认出自己
创造和毁灭的基因

究竟是服从了谁的安排　谁的旨意？
黄河赤裸着　在大地上俯下身来
高原为它献出了泥土和贞操

悲　歌

我的血液中泥沙俱下
这野性的因子　也是黄河所给予

黄河容忍了自己的杂质和污浊
这肮脏的世俗的河流也是神圣的河流
把古老的液体推向大海
有如时间向寂静推动着翻滚的人群

黄河在我身边停了一下　但不拒绝流动
我们以不同的方式向终极靠近
我将徒步离开人生
而什么样的星辰　什么样的引力
能够揭开暮色　把黄河与大地分开？

什么样的忧虑　使我低下了头颅？
在黄河岸边　我的悲哀也是双向的
一面流浪着　一面固守和抵抗
缓缓地沉入历史　一如黄河永世奔流
而它的水　终要在深沉的海底获得安宁

　　　　　*　　　*　　　*

我和心中的蕙一起流浪　溯着黄河横越中原
大海在我身后　从喧响中扶起了白帆
而我的脚步渐渐已远
这是固定的仪式　即使我不经过这里
黄河照样要奔流　中原依旧要升起遍地炊烟
在黄河岸边　我看到一条大汉迎面向我走来
我当即认出　他就是大禹
带着千年的威仪和汗水　与我擦肩而过

当我转身　他已化作熊罴　豁开了河道
而在王屋山以北　我依稀还能听到愚公挖山的声音
几千年过去　这倔强的家族仍未歇息
太行山和王屋山聚首在黄河北岸
头顶上围着毛巾和白云

此刻　我也将
在细腰的炊烟中遇见史前的姐妹
她们在晚霞中吐丝　并织出了流水的绸缎

血脉和源头　共同构成了我的来路
透过发黄的经卷　我看到书页上
万头攒动　多少人走出历史　在集镇上交谈
一阵晚风就会把他们统统吹散

时间否定了肉体
它以虚无为凭　支持了幻象
时间也在流浪中　它与黄河同向
而我在逆流行走　经过风陵渡　进入了黄土高原

二、黄土高原上　埋没的事物重新显现

太行山截住了西风
和风中的尘土　在迎风的坡面堆积成高原
黄河纵贯高原卷土南下　纳渭水而东去
横越中原

我猜测着泥土下被埋没的事物
我还未曾见过如此深厚的尘土　它们积压着

/ 悲　歌 /

　　保存着原始的因素和色泽
　　沉积并渗入我的肌肤　不再退去
　　我感到了黄土的压力是如此之大
　　这无法排解的淤积　血块一般堵在我的胸口
　　幸有黄河在流动　但它太浓稠了
　　它已超过了自己的负载　它已不能
　　把这单一的凝滞的色块稀释开

　　是不是需要血液？是不是需要泪水？
　　而对于高原　我们的身体几近于无
　　在这里　我不能上升也无法下沉
　　我必须承认　世界的博大和精深

　　　　　*　　　　*　　　　*

　　夜宿窑洞　借着月光我看不见
　　大风刮过沟壑时卷起的黄土
　　只见坡上的老树在晃动　我感到了空寂和凄凉
　　一棵树的悲哀出于孤独　一个人的战栗源于无助

　　有人在星光里无声地出走
　　我暗自祝福他　越远越好

　　黄河岸边　风和时光
　　都不能久留

　　大风进入了深夜　这一夜的大风不同往常
　　这一夜的大风里有人摸着窗户纸
　　从远处带来了低沉的喊声

第一部 人 间

　　　　*　　　*　　　*

我日益感到消逝着的一切
正迅速地在我心中蔓延
时间所瓦解的　正是我暗恋的事物
而对于我个人　这一切多么短暂

守望者耽于守望　他不知道
月光已经移出了高原　他的手在风中
所抓住的尘土　也早已经飘散

这一夜　虚无和空旷
交换着彼此的法则
我不可能有所获得
对于必然要丧失的　也无意挽留

　　　　*　　　*　　　*

从这穴居的光秃的黄土高原继续北上
一天夜里　我察看星辰
却意外地看到了异常的一幕：
坡上恍恍惚惚走动着古代的兵勇
黑压压一片　夹杂着战车和马匹
浩荡南下　脚步搅起了漫天的风尘
借着月光我似乎看见黄帝的旌旗在风中荡开
更远处　隐隐约约传来了呼声
我屏住呼吸　惊悚于这古老的幻景

这时正是子夜　劳作的人们早已酣眠
细朦朦的星光落向高原

悲 歌

远近的梁峁一动不动　只有风刮过来
又刮过去　只是一瞬间
这一切倏然散尽　高原又恢复了平静

依然是空空荡荡　幻象过后
黄土上留下杂沓的脚印

这是一次部落远征
他们将在风陵渡口
东渡黄河　沿中条山和太行山向东北迁徙
进入中原　后于涿鹿展开大战

深厚的黄土　向我显现了这一幕
仿佛时间在错位中发生了逆转
我看到手腕上的表针　倒退了五千年

这一夜　我梦见黄土下的亡灵纷纷起身
集合在一起　乘风渡过了漆黑的地平线

三、长城与黄河在此交叉

在黄土高原北部　长城挡住了风沙　穿黄河西去
终止在祁连山北麓

沿黄河北上　我来到长城要塞老牛湾
看见河水奔流着　不舍昼夜
带走的不仅是泥土　夕阳缓缓沉下　时光在流逝
人世何以如此匆匆?

第一部 人 间

向晚　夕晖把古长城镀成了金色
黄河流过去了　啊　永新的流水　衰老的泥土
绝不是偶然向我显现
我背靠长城　望见大地尽头紫霞燃烧
有人在天边大火中落下了白昼的帷幕

看看我们自身吧　对照永恒的事物
检验一下我们的灵魂吧
自然之神所指引和召唤的星辰尚未升起
我们还有时间在明光中洗礼　迎接受命之星莅临

长城与黄河在此交叉　构成了庞大的坐标系
一条贯通瞬间　一条直指永恒
而我在消亡中向前移动了半步

　　　　　*　　　*　　　*

黄河托起了大国的黄昏
弯曲的地平线上　浮世的灯火在西风中起伏

我登临长城　望见城里星光万斗
江河纵横　多少山脉在红灯中升起
而城外　铺展着美丽的草地和沙滩

此刻　来自太平洋的波涛拍打着西海岸
大城不夜　母亲抚慰的婴儿已经酣睡
而那瓷器般的众姐妹尚未安眠

这是怎样的一座城啊
一面临着最大的洋　一面靠着最高的山

悲　歌

一线城墙高于历史　穿越了千年

我一步就跨到了城外　隐约听到马群
在阴山下喘息　它们的鼻孔里有沙子和月光
它们自由的灵魂经受住了风尘和阳光的摧毁
已经不可羁绊

我回首城头　月牙弯弯
有人在千里之外打开了漆黑的城门

　　　　　＊　　　＊　　　＊

水和土　拌成泥　泥和火　烧成砖
我叩问长城　这经过炼狱的黄土
在沉默中是否还保存着古老的火焰
和黄河水系永不熄灭的波澜？

大地没有城墙　就造一道城墙
巨人不需要锁链　就砸开锁链

我没有赶上那惊心动魄的岁月
从大海到沙漠　筑垒之声连绵万里
经年之工不计寒暑

而土地不需要偿还什么　土地博大无边
你要创造奇迹　你尽管去干
那是史诗的年代　火焰上升千仞　便成为彩霞
黄土直立三丈　就可翻越群山

于是长城立在了世上　水和土和火

三个元素　以重量和体积把建筑推向了极限

　　　*　　　*　　　*

夜色渐稀　长城裸现出它的脊骨
黄河在晨曦中南下　跳下壶口直扑向潼关
而我要沿河北上　向草原借路
追问大水的身世和来源

昨日的太阳又一次出现在天空　长城依旧
明亮的阳光晃得我睁不开眼

我已不是昨日的我了　在晨光之中
我已向黄河与长城下跪　结拜为三兄弟
三个兄弟　原本就是一体

我们三个　未敢邀请太阳
它太高傲　太完美　是光明和万物的主宰
临空普照　给黄河以引力　让它奔流
给我和长城以抚爱　让我们宁静

四、祝福草原

进入草原　身后传来了风声　我回头一看
哈　春天已经翻过了秦岭　那浩荡的暖流闯下高坡
向北推进　席卷过黄土高原　以不可阻挡之势
全线冲开长城各关隘宽大的门户　蜂拥出塞
疏散在蒙古高原辽阔的草地上

蕙在心中告诉我　太阳已经过了白羊座和金牛座

悲歌

向双子座运行　此时大地复苏　万象更新

接受蕙的指引　我来到阴山下　环顾平川
新雨过后的草原绿茵如织　春意融融
白羊和金牛在悠然地吃草
它们是天体的造物　受大道支配
在乐园里生息　保留着太初的习性

草原上天高气爽　白云漫渡
红脸颊的少女在风中唱歌　她的嗓音能够止渴
她的鞭子又细又长

在草原　我甚至看到了天空的穹顶
那巨大的明镜倒映着河流　毡包和云絮
但看不到蕙　因为蕙住在我的心房

大地干干净净　一尘不染
我俯身于地抱住了草原　草叶软软的
仿佛蕙轻柔的手指　抚摸着我的脸庞

　　　　　*　　　*　　　*

我俯身于地抱住了草原　才得以看到
露珠是何等饱满而晶莹　它们顺着叶片向下滚动
有的滴溜在草尖上　已经够大　当它们
在微风里怦然坠落　整个草原都发出了轰鸣

而沿着草叶密集的动脉　地下的水在上升
那是怎样涓涓的流泉啊　从根到叶不息地流动
不知名的小花悄然开了

第一部　人　间

不知名的昆虫又小又嫩　也许才刚刚出生
它们还小　还没有学会弹琴和歌唱
甚至没有家　存放一颗露水

一只绿色的小虫爬到我的眼前
有着尖尖的头　细细的两只长须　不住摆动
它绿色的翅膀肯定是为了飞翔而生的
但此刻　它还没有足够的力气　飞到一尺之外

而一只鹰却把自己悬在了空中　它深知
草原并不沉寂　草叶下生机勃勃　也危机四伏
有个体的生死搏斗也有大规模战争
这是一个庞大的生态世界　为了生存
大虫吃掉了小虫　小鸟吃掉了草籽
人类吃掉了狮子和自身

　　　　*　　　　*　　　　*

大地真是个奇怪的地方
死亡持续着　生命却在进化
万物在消逝中创造了新生
我们依附于大地　并感戴它的恩德
我们是有福了　繁荣的万物有知　并获得了神性
它们也是有福了

早晨　一只小鸟穿戴得极其美丽
从远方赶来　叫醒了我　随后
它带来了它的子女　啊　一样的衣裳
一样的模样　一样的会唱歌的嘴唇
我听不懂它们的话语　但感到了幸福和温馨

悲　歌

生命是美丽而贵重的　一群小鸟
既属于大地又属于天空
它们没有家具　没有粮仓　没有盆和碗
也从来没有贫穷
永不贫穷的小小的天使们有福了

一朵和一片盛开的花朵也有福了
谁能有比花朵更美的容貌和衣裙？
谁能比花朵更善良和纯真？看啊　一大片花朵
站在草原上　不走动　也不说话　满含羞怯
仿佛单恋的少女倾心于爱情

如果一个牧羊姑娘向我走来
向我问候　并捧出了自己的心
我该如何形容她的美丽？
啊　草原上的姑娘和钟爱她们的小伙子
她们的祖先和父母　弟兄和姐妹们有福了

　　　　　*　　　　*　　　　*

有福了　飞过草原之夜的星星
在空旷的高天上　你们体会到了怎样的寂静
大熊座当空高悬　狮子座雄踞天顶
牧夫和猎犬也在空中走动
一个灿烂的初夜就这样降临了

而对于现世　我更爱这无边的青草
春夜的暖风吹弯了草叶和花朵细长的脖颈
不知不觉间　白丁香开遍了天穹

第一部 人 间

我已分不清草原和星夜
哪一个更辽阔　哪一个更芳馨

我在草地上旁听了一场昆虫音乐会
而谁是指挥　从杂音的合奏中抽出了主旋律
把夜晚的情绪推上了高峰？
整个草原都进入了青春期　并发出了共鸣
我的内心也在一阵阵萌动

这不是万籁俱寂的夜晚
草叶下　多少童声在合唱
遥远的东北地平线上　有人拉起了悠扬的天琴

我沉浸在起伏的音律里　忘记了自己
浑然不觉地发出了虫鸣

就在这时　眼前出现了奇幻的一幕
打破了夜晚的和谐与安宁
一辆火马驾着的火焰马车翻过山冈
向北疾驰　后面紧跟着无数颗星星
远远看去　有如发光的洪流冲向了山顶
我战栗了　整个草原都静下来
哑然地目击了这一切

阴山在上　请允许我说出山顶上的火把
和歌舞中带电的呼声
我经历了草原之夜　我的一生有福了

悲 歌

五、一片黄沙漫漫

沿河套平原西行转而南下　一片黄沙漫漫
沙漠接受暖流　但否认了绿色和春天
记得小时候　八里外的一道河水
冲积出一小片沙滩　那是我第一次见到成片的沙子
我走了足有十分钟　才越过了一生中的第一道沙漠
那时也是春天　父亲领着我
他摸着我的后脑勺　好像在抚摸一个泥团
那时我不超过五岁　父亲把我抓起来
放到了木船上　河水一去不回　时间流泻着
此刻已不是从前　正午的阳光凭空而降
大沙漠起伏着　迎风的沙梁形成了柔美的曲线
一支驼队在西行　在它们走出沙漠之前
经常混淆于古代的幻影
春天还不是热季　但燥热已经开始
沙漠似乎蒸发掉了所有的水分
一粒沙子需要多久的打磨　积压和迁徙
才能飞进我的眼里？
有些事情难已说清因果　必然或偶然
我曾经迎着大风奔走
尘土却拐进了小胡同　扑向他人
机遇在转弯处发生了骤变
有一次蕙对我说：我们结婚吧　我说好
但幸福突然消失了　整个世界翻过来
把沙子强行揉进了我的眼里
我的双眼流出了太多的血液　我的身体
从此再也经不起大旱

第一部　人　间

我坐下来　倒出鞋里的沙子
要是能光着脚走路就好了
小时候我经常光着脚在街上跑来跑去
也翻墙头　伙伴走在前面　他的右脚上
多出了一个小脚趾　我们偷吃园子里的黄瓜
青青的带刺的黄瓜　真香啊
现在要是有一篮子黄瓜
不　哪怕是一根　或是一根上滴落的几颗露水
但一滴也不可能　沙漠不承认幻想
这烫脚的沙漠上只有沙子和更多的沙子
我浑浑噩噩地不知走了多久　我喝了自己的尿
我是否遇见过草地和水？我经历了几个夜晚
和冒着金星的白昼？我已记不清了
蕙也记不清了　她在我的心里一次次闪现
她的两只眼睛里秋波盈盈　好像小溪
流过最初的岁月　那天我喝过了溪水　正要起身
后面传来了咯咯的笑声　我至今深信
那笑声是清澈见底的　可以看见游鱼和卵石
以及干净的沙粒　那些移动的沙粒
此刻就在我的脚下　比阳光的颗粒稍大一些
有着黄金的色泽和白银的质地
那天蕙从后面走过来　她吻了我
我突然觉得世界在变化
阳光透过空气和树枝洒向溪水
我的内心里流出了清泉
幸福第一次占据了我的整个身体和生命
我的两手不知如何摆放才好
而蕙也低下头去　用手使劲绞着衣襟
像是犯了错误的小学生面对老师

悲 歌

找不到合适的辩解词　我看见她的脸红红的
可能有朝霞顺着两腮上升　可能有大火
烧燃着她美丽的花朵和嘴唇
那时我不知道沙子会淤积在我的血管里
往事沉淀下来　渐渐风化　经受着日久的风吹
风不可能不吹　沙漠上的风是如此之大
带着它粗暴的　野蛮而昏暗的力量
把沙子高高举起　快速平移　然后狠狠摔下
在地上翻滚　这些拥挤的
相互冲撞和倾轧的沙粒堆积起来
耸立起来　形成了高高的沙梁
分不清是风还是沙子在狂呼乱叫
仿佛要把我即刻埋掉
沙粒埋掉了深处的沙粒
沙粒埋掉了落日但埋不掉星星
我称之为爱神之星的是蕙　她在仙女座的后方
躲藏在星云和光芒的风暴里
天上的风暴与地上的风暴定然不同
我在沙漠里行走　像一个移动的惊叹号
使大地感到震惊和佩服
使高渺的天空感到有所支撑
我记得一次在路上　阴云密布
天空突然裂开了大缝然后轰响着塌下来
幸亏有高山猛然升起　支住四方
避免了一次危险的天崩
那一次风从天上掉下来裹带着冰块和碎石
在我心中砸出了深坑
那一次　比这漫天的黄沙更猛烈
沙子毕竟是柔软的　在沙漠上行走

我有一种做梦的感觉
与踩着海绵和白云的感觉略有不同
如果沙漠上没有风　如果眼睛和肺叶上
不是沾满了沙粒　我可以聚沙成塔
让它高耸入云　我可以建成一座大厦
在里面堆满黄瓜和露水以及冰块和白云
但此刻沙漠嘲笑了我的想法
沙漠似乎不承认诗歌和艺术
它只堆积着　移动着　模仿着大海的波涛
激荡翻滚　却否定了绿水和鱼群
它埋下河流宁可让水在地下流淌
它推走云彩宁可让雨落在别处
但我终于还是走出了沙漠
我又一次回到了黄河边　我终于喝到了水
这水是如此之大　这水在贺兰山以东穿峡过隙
纵贯分流　永不止息　灌溉着大地
也把我干渴的心灵彻底滋润

六、大戈壁漫无边际

离开黄河　我沿贺兰山继续南行
比沙漠更荒凉　大戈壁漫无边际
除了风沙和石头　少有他物
可怜的毛毛草在荒滩上抖动　风还在刮着
一个人在此　不可能经受住日久的吹拂

而骆驼和野滩羊却活了下来
我偶尔看见它们在戈壁上游荡　又消失
一个人在苍天的覆盖下　渺小　孤独　几近于无

悲　歌

我的内心空空荡荡　连记忆也消失了
连肉体也似乎根本不存在

不知走了多久　前方出现了树和水
那盈盈的绿色在大地上飘浮
多少时辰过去了　它总是在前头　总是不可接近
我怀疑自己的眼睛　也怀疑那遥远的事物
究竟是谁欺骗了我　让我看到希望
又一次次把它推向了远处？

我怀疑人生也是一场幻影　或是一个梦
也许我本身就是一个假人在世间出没？
什么叫做人？我为什么是人？
可疑的看不见的西风从远方吹过来
透过我的肺腑　向南吹去
我是不是化成了一团空气　已经随风散尽？
我摸了摸自己的身体　恍然感到
我还在　并且是个真人

　　　　＊　　　＊　　　＊

大戈壁异常干燥
天上不是没有云　云彩肯定带着雨
但它们无法停下来　甚至来不及打雷
就被大风吹散　飘向了河东

戈壁上只留下了一些匆匆的云影

是的　此地不可久留
但有些东西还是留下来了

第一部　人　间

途中　我经过一片古老的废墟
从残存的颓墙可以断定　这曾是一个驿站
供商旅们歇宿　见天色已晚
我决定在此背风　或者叫做居住

我解下身上的水袋　又在颓墙上
加垒了几块石头　此时夕阳又大又扁
已不再发出光芒　我只要伸出手去　就能把它抓住
渐渐地　黄昏从四面八方包围了我　戈壁在缩小
我只能看见自己和身边的石头
我蜷缩在低矮的颓墙下　又累又乏
倒地便睡　身下铺着沙子　身上盖着夜空

夜里　我梦见了古人和商队
纷纷远去　只剩下我孤伶一人

　　　　*　　　*　　　*

大约是子夜时分　我醒来了
戈壁寒凉而寂静　我隐约感到有什么从远方来临
为了便于倾听　风也停下来
我屏住呼吸　听到了星星在空中移动的声音
那声音极其渺远而又微茫
有如掠过脑际的游丝或细细的一声耳鸣
我看见远天里　两颗星星撞在了一起　光芒四溅
夜空刷地一亮　而在这之外
有一束光　在空间走了一百三十亿年
终于照在了我的头上
顺着它的光线望去　我看到了宇宙初年
星系诞生时的古老胜景

/ 悲　歌 /

不多时　风又刮起来
远处有阴魂在叫　并在黑暗中向我逼近
各种叫声混杂在一起
大地上所有死过的人和兽　今夜有可能
全部聚集在戈壁滩上
我透过墙缝窥见了不可计数的绰绰移动的阴影

我坚信　这是风在吓唬我
风曾如此吓唬过一只褐色的甲虫
它躲在石头下回避了星光
它以背部的斑点模拟了星空
凡生命都要有一半时间经历夜晚
我却无法在背部长出亮痣和星辰

夜晚终于过去　醒来已是清晨
壁立的紫霞从贺兰山后腾起万丈辉光
我看见了传说中的骏马　在黄河边驰骋

七、河西走廊

从河水向西　我进入了狭长的走廊地带
我快步追上了千年以前的驼队并遇见了
丝绸上奔走的织女和流云　这时
闯下帕米尔高原的西风拍打着祁连山洁白的峰顶
也鼓荡着商旅和大侠红色的披风
在这疾风的摇篮里　沙粒经天　枯骨起立
其中必有一个是我的前辈和真身
他曾大袖飘飘　从长安起身　在风沙中西行

第一部　人　间

我是白骨的后代　我的体内燃烧着磷火
我的肺叶在随风摆动　那是一阵凉风
把行走的人群吹成了骷髅
他们的骨骼吱嘎作响　在继续前行
夜晚　一群骷髅围着我跳起了欢乐的舞蹈
我击掌而歌　引领着这支骨头队伍
行进在月光下

远方　巨大的穹庐之上镶满了星光和宝石
与我相对而行的塔里木河被月光覆盖
消失在沙漠和罗布泊的沼泽之中

我领着我的队伍在西行
这是一支逝者队伍
脱去了衣袍　脱去了尘愿和血肉
裸现出纯洁的钙质　在我身后轻装前进
他们卸下了全部重负　已经超越了生命

夜晚　来自塔克拉玛干的沙粒飞过了敦煌和月亮
啸叫着扑向骷髅的骨架　我的队伍
是沙暴中独一不被埋没的亡灵之旅　在走廊里疾行
他们同属于这个世界　也承认这个世界
因为地狱就在人间　而天堂根本不存在
此在就是一切的根源和归宿　他们必须
在大地上等待时间的裁决　直至消失或再生

我恍惚感到　这是一个民族跟在我身后
在寻找世界的出口　我有必要集合起更多的骨殖

悲 歌

一路上浩浩荡荡　迎着风沙奔走
如果他们乐于安息　我就画地为牢　供逝者宿营

　　　　＊　　　＊　　　＊

一群骷髅在合唱
对于生命　这合唱已经过时　失去了倾听者
对于死亡的浩叹　这合唱过于哀婉又空虚　没有一丝回声
一个莫须有的夜晚　我搭起宽大的夜幕
却找不到上天的梯子　我撬开地缝
发现了深处的灯火　与地上的灯火大致相同

我发现每一个骷髅都是一条长长的生命走廊
这走廊何其久远　何其荒凉

啊　荒凉的肉体　荒凉的时光
今夜　无人投生的骨架漂流在世上
今夜弹拨肋骨者将自动走到一起
听命于指挥　在空寂中暴发出强烈的共鸣

在这神秘的合唱中
轰响着塌坍下去的人体将再次站起来
封冻的血液将在管道里重新流动
小路有可能断裂　而麻绳在延伸
走廊会弯曲　人类却踏上了捷径
万众归一的捷径必是生命的大走廊
而生命过于久远和庞大　人类只是其中的一部分

没有什么能够阻止人类穿过自身
人类并不自知　肉体就是一道漫长的走廊

第一部 人 间

夜晚　一群骷髅在合唱　一支亡灵歌队
背靠雪山　流下了泪水
让人想起悠悠岁月和伤心的故乡

　　　　＊　　　＊　　　＊

世界怎能没有出口　当我说：走
道路便出现在脚下　人群向八方散开
丝绸辗转流传到异乡
当我说：停　人们就垒石成村
升起炊烟　养育五谷和儿郎
一条道路的诞生和一个村落的消失
也意味着生存　争杀　灾祸和死亡

走廊就是一条死亡之谷
商贾消失于刀锋　财宝消失于布袋
大侠消失于背后弯曲的长弓
我身后的月牙早已上弦　谁人可以引射？
我身后的硕石消失于一场火雨之中

走廊也是一条生存之谷
太阳西去　流云东归
一块大陆打开了缝隙　得以透进雨水和风声
如果这时走廊突然锁闭　我就在自身中流浪
如果有人胆敢剔去我多余的血肉　我就以白骨为凭
加入骷髅歌队　燃着磷火放声歌唱

啊　大地苍茫　一条古道通向西方
我晾在天空的沙粒运转为星辰　照耀着走廊

悲 歌

人们在随风摆动
像低矮无根的阔叶树来回摇晃

而在走廊的最西端　身披红绸的奥古斯都
进入了古罗马高耸的圣殿　他已望见了远达红海的船队
以及来自恒河的白帆　在季风中航行

他也看到了丝国的驼队　从太阳升起之处
带来了成匹的彩霞和有关东方的消息
但他不知道骷髅歌队和古道上穿梭的人群何时倒下
河西走廊　是一条血肉铺成的运河
不见流水消逝　但闻行人的脚步声

　　　　　*　　　　*　　　　*

一个长老向我打听血液的去处　一个骷髅长老
是西汉的臣民　我指给他大海　他摇头否认
我指给他土地　他双目空洞
流露出不安的眼神　他是谁
如此关切生死　而又隐藏起自己的姓名？

他自己就是一座驿站
如今已被废弃　火红的血液早已流空
他靠永恒的北极星定位坐标　他说：西
然后手指断然落下
因为指明真理者必须牺牲

祁连山的白雪可以作证
他不是七星的受命者　却常常
暗自在黑夜里上升

第一部　人　间

他谛听黄河的波涛却测不准血液的流速
他祈祷大地恒常却交付出自己有限的寿命

在我的骷髅合唱队中　他是普通的一位
也是年长的一位　他曾是人民的兄长
和百合花的父亲　他有着善良的心灵但如今
心灵归属于上苍　因此他空虚的胸膛里
只装满了过往的大风和重重疑问

他问道：血液究竟去往何处？
但无人回答他的问题　他只是空自言语
永远找不到存在的终极和意义
在河西走廊　他紧紧跟随着我
不是为了躲避而是为了与世界相逢

　　　　　*　　　*　　　*

大地从不隐瞒它的秘密　大地坦荡
才得以使血液涓涓流淌
血液总有去处　我们的生命才得以灌溉
漫向岁月的边疆

我就是血液的去处　我就是一道生命的走廊

通过我　基因得以复制和传递
来自源头的波浪得以进入子孙的心房
一个人　绝不是孤立的一个人
一个人就是历史的账簿　积压的岩层
我的皮肤下沉淀着猿人堆积的腐殖质
以及燧人氏烧荒的灰烬

悲　歌

在我的历史上　就是一块石头
也会发光并升上思想的白昼　成为恒星
就是一条大河也会缩减为冲腾的动脉
埋伏在体内　支持我的创造和革命

打开我的身体　肯定有一片废墟
打开我的身体　肯定有一条栈道通向以往
那里灯火悬浮　人生济济
一个古老时代的父亲生于黄土
亡于七星下凡之夜　他的体内蜂拥出浩荡的人群

那在黑夜里打开身体的人　将成为圣者
那暗自消退的隐士　将复现在未来的天空
一个人和另一个人　必有相连的渠道
一个人和一群人　必有内在的亲缘
我将在万年之后遇见另一个我自己
我的走廊不计其长　我的年龄无始无终

大地从不隐瞒它的秘密　大地坦荡
不必四处追寻　因此我敬告任何人
你自己就是自己的去处　你的血液
肯定在什么地方不息地流动

　　　　*　　　*　　　*

一切问题终有答案　悬而未决的是星星
一切终将明朗　只有黑夜在蒙尘
沙暴埋葬的城堡必将在一场更大的沙暴中
得以复现　岁月覆盖的道路上

第一部　人　间

我要揭下那些重叠的脚印

在河西走廊　我发现了血液的流程
一支合唱队隐蔽在歌声里　暴露出行踪
长路漫漫　我需要怎样的速度
才能比时间更快　追赶上所有的前人？

先我而来的人　已先于我化成了白骨
他们看见过古代的落日
因此也必将先于我
唱着凯歌穿过高大的彩虹

多少事物归于沉寂　多少行人杳无踪影
狭长的走廊　万岁的人生
是什么指使着我的先人　在风沙中行走？

我要一一结识他们
我要说出他们的家谱和历程
以便在我身体的绝壁上
刻下他们光辉的业绩和不朽的姓名

　　　　＊　　　　＊　　　　＊

伴随我西行　一群骷髅在星光下合唱
毫无牵挂的一支合唱队
齐声赞美着人生　多少年来
他们放弃了生命但更加热爱生活
他们抛弃了黄金但获得了自由和歌声

我在奔走中遇见的白骨纷纷站起来

悲 歌

加入了这西行的队伍　我们在走
在合唱中奔走　风也在走
风在走廊里不能停留　云在走　水也在走
星星和时光也在走　我走在这一切之中
走在之前和之后　已成为奔走的核心

逝者如斯　不舍昼夜
我听见奔走的血液穿过心脏
和在世的人群

世界就是走廊　万物皆为过客
没有什么是永恒不变的
就连山脉也会崩塌
连岩石也会粉碎
连沙漠也会在漏斗中随着时光流尽
连死神也会在大地上消亡

生存压迫着一切　走是无奈的
也是必须的　我领着我的队伍在西行
这是一支逝者队伍　他们的骨骼在吱嘎作响
他们钙质中的磷火在夜晚放出微光
他们在合唱　当我上溯两千年
我看见了他们生命的原形是何等壮丽：
那时黎明升起　西风猎猎　漫漫古道上
出现了商旅和大侠红色的披风

头顶白雪的祁连山缓缓升起在大漠和草原之上

八、敦煌之夜

一群古人陪伴我西行　　当我来到敦煌
又一个春天已经过去
来自沙漠的朔风吹打在三危山上
与其相对的数不清的佛像端坐在石窟里
已经超度了此世的喧嚣与荒凉

千年过去了　　莫高窟石壁上
依然回荡着不绝的凿击声
夕光炫目　　晚霞辉映
是谁看见了千佛涌动的身影？

我流浪至此　　听见来自欧罗巴的枪声
覆盖了西方　　奥匈帝国正在走向死亡
而在东方莫高窟　　金发的猎宝者驱赶着车队
刚刚运走了经卷和宝藏
深深的车辙被黄沙掩埋　　渐渐消失了踪影

而石壁上彩衣的仙女们依然在飞翔
也许走廊太漫长　　太孤寂了
人们产生了飞翔的愿望　　于是美人飘飘
且歌且舞　　超越了王朝与历史
也许天空有过一次真正的盛典　　乐音袅袅
经年不散　　艺术生出了飞天的翅膀
驾驭长风　　为人类减轻了生存的重量

在这里　　高度即空间　　任其腾达无极

悲　歌

天堂即此世　可以自由来往
生命不再有限度　思想不再有边疆
爱和大爱上升到一切之上
我在飞天仙女中看到了蕙　反弹着琵琶
从壁画上徐徐飘下　落到我的身旁

　　　　　*　　　*　　　*

"蕙　是你吗　你既已化作了星辰
为何又穿着古代的服饰　在壁画上飞翔？
你这样向我显现　依然是往昔的模样
往昔的芳香　让我如何相信
这就是我心中的女神　又回到了世上？"

"公孙　我知道你要来　你真的来了
我是蕙的前身　千百年来一直住在墙壁上
我渴望着爱情和真正的飞翔
如今是蕙给了我灵魂
是蕙从星空下来　进入了我的体内
使我复活了往昔的生命和激情
是蕙让我在此等候着你
我已等得太久了　今日终于和你相逢"

"蕙　你真的是蕙
自从你化作星辰以后
我仰望天空而天空属于另一个世界
我否定了人类但又依然
遵循着简单的法则　在人类中生存
我因没能救你而憾憾欲绝
就是沦落天涯　尝遍人间苦难

第一部 人　间

也无法洗去我内心的悲伤
今日竟然在此遇见你　让我不敢相信自己的眼睛
告诉我　你是如何回到这个世界的？
或是你根本就没有离去？"

"公孙　不要再自责了　那不是你的错
那是命　是整个人类对我的谋杀
当时我只有死　才能解脱心灵的苦痛
今日　你既已见到了我　我就是今生的蕙
而你就是我命里惟一的公孙"

"蕙　多少日夜相思
今日我终于见到了你
既然你已经飘下了墙壁　就请你永不回去
我要活生生的爱情和肉体　我要带着你
结草为庐　恢复往日的生活　一直到死"

"那么就请你带着我到处漂流吧
我渴望有一条通向生活的道路
我要在真正的生活中　为你生儿育女
一直到老"

"我们永不再分离
永不再分离
请你答应我　让我们对天发誓
永不分离！"

这时我看见墙壁上白云飘飘　琴声如诉
众仙女纷纷飞下壁画　围绕着我和蕙嬉笑不止

悲　歌

一个个又害羞又羡慕　两颊绯红

　　　　*　　　*　　　*

一群骷髅长老尾随我来到了敦煌
他们在夜晚出现　轻声合唱
他们凭借经验说出已知和未知
凭借观察预测星辰的来往　这些善良的长者
来到莫高窟　以肋骨为琴　边弹边唱

一支骷髅合唱队在星光下合唱
月牙泉从沙漠中升起　照亮了敦煌
有空中的恒星下降到民间　甘为灯盏
有偷情的飞天仙女溜下墙壁　做了新娘
歌唱继续到深夜　三危山化成了巨帆
在西风中起航

这合唱带有魔力
这合唱是召唤和启示　传遍了西域
我和蕙又一次在月光下相聚　诉尽衷肠
一群长老坐在荒漠上轻声合唱　感动了万物
从莫高窟幽暗的石壁上传来了琵琶曲
和仙女思凡的歌声

这样的夜晚　埃斯库罗斯也从希腊起身
带来了悲剧和歌队　维吉尔从意大利
带来了《牧歌》和但丁
而我要把《悲歌》写在沙子上
让大风一遍遍传诵

爱情的歌者　神的歌者　人性和永恒的歌者
欢聚在一起　用不同的语言　相同的音律
齐声赞颂着美神重临的一夜

在这合唱声中　大地缓缓转动　众星西移
我和蕙　成为赞歌的中心　恢复了古老的爱情

　　　　*　　　　*　　　　*

古老的爱情　是简单的爱情
古老的爱情　赐给我嘴唇和体香

在这赞歌回旋之夜
仙女的腰肢如风摆杨柳

而月光加冕的歌队　人神共曲
善良的魔鬼歌声忧伤

众人狂歌一片
只有爱者　心跳在加快

我已柔肠百结
她已春潮荡漾

在赞歌的中心　一个霓裳飘飘
一个梦绕敦煌

敦煌已经达到高潮
已经沸腾

/悲　　歌/

　　万众合唱不息　　灯火辉煌
　　皆因爱情而沉醉

　　我伸手摸到了斗大的星星
　　我伸手抱住了蕙　不让她上升

　　在敦煌　简单的爱情
　　得到了赞美

　　　　　　＊　　　＊　　　＊

　　而我终归要流浪
　　我要翻越盆地和昆仑山　　去拜黄河的源头
　　我要把蕙抱走　　离开敦煌
　　如果大地允许　　我要抱着敦煌走过沙漠
　　把它安放到雪山顶上

　　而蕙却坚持己见　　她吩咐道：
　　"众神和敦煌留下　　为走廊守夜
　　合唱队继续合唱
　　我和飞天众姐妹护送公孙　　去一次远方"

　　众神在荒漠上拍手　　齐声称赞
　　他们脸上的雀斑已标示出未来时代的星象
　　听从他们的预言和指引
　　我要经历一次飞翔

　　既然大地的引力可以被蔑视
　　既然星星和石头可以发光　　我想
　　给我一个推力　　我就能在高空里自转

俘获周围的星系
给我一把泥土　我就可以拓展江山
抟土造人　并在时间深处找回那些失踪的生命

谁给我一个推力和一把泥土？

合唱队在星光下合唱
飞天仙女飘然成群　已簇拥在我身旁
我要起程了
合唱队在合唱　众骷髅拱手相送
众歌者泪水沾裳
合唱队在合唱
一阵风把我托起
蕙和飞天姐妹挽着我飘然而上　在空中
我看见大夜开合　敦煌人潮涌动　浩歌起伏
千佛走出石窟　闪着灵光
向我们抬头仰望

九、众仙女衣袂飘飘　挽着我上升

一群仙女挽着我从敦煌起飞
众长老在荒漠上晃着身子　轻声合唱
在这合唱声中　大地上灯光起立　江河摆尾
从敦煌的火堆里腾起一群火凤凰
这些嫔妃的化身　脱身于王朝和火焰
也升上了天空　领着我们飞翔

整个敦煌在仰望　在行注目礼
火光聚集着逝者和生者　合唱队在合唱

悲 歌

蕙和众仙女衣袂飘飘　挽着我上升
积雪的祁连山渐渐矮下去
我俯身看见冰川和河流　在夜晚发着微光

凤凰啊　请不要飞得太高　太快
让我看看这大地　看看河西走廊和众长老
让我听听合唱队胸中的忧伤

但终究是太高太远了　一切都渐渐模糊　消失
只有星星在闪烁　偶尔有不慎掉下的流星
发出一道红光
飞天众姐妹围绕着我和蕙　一边说笑　一边飞翔
她们菲薄的衣裳贴在胸脯上
凸现出美丽的曲线和乳房

飞翔是优美的　也是自由的
而我不是在飞　我是被凤凰和仙女带到了天上
我又一次和蕙在一起了　我们相携着
在天空漫步　超越了人类所能到达的高度
凤凰飞在前面　仙女飞在身边　流萤飞在上苍
月牙停泊在弯曲的河流上
我环顾四周　从未发现神灵的一丝踪影
只偶尔听到信使的车铃声
在星星和星星之间传递
那是上界的邮差在往来奔忙

来自遥远星系的喊声是孤独的　没有人答应
我感到无底的空寂和寒凉

蕙　让我们挨得更紧些吧
我失重的身体已经太高了
我获得天空但失去了大地
我获得爱情却无所凭依　陷入了更深的空茫

而众仙女嬉闹着　又美丽又欢乐
簇拥着我和蕙
向上飞去　不断变幻着队形

　　　　*　　　*　　　*

一颗星星挡住了我们的去路
在星星和星星之间　有宽大的缝隙供我们绕行
这些闪烁的大石头　定是有充足的光源
它们全部亮起来　为我们照明
我第一次离星星这么近
我伸手摸着了一块飘浮的炭　它是红色的
它的体内有一个充血的跳动的核心

啊　这么多石头　这么辉煌的星空
是谁控制着天体　主宰着灿烂的光明？
远空里有更密的星星
像堆满的谷仓　或是大风吹散的萤火虫
众仙女在纷纷议论
一些说飞得太高了　一些认为太低了
还应继续上升　直到天顶
那里可能住着一个老头　他的身上长满野草
他的大脑里落满了灰尘　像一个呆子
说到这里　我听到有人在天空里放屁　随后
三个仙女笑弯了腰

/ 悲　歌 /

引得众仙女笑个不停　你推我　我推你
大家笑作一团　这些放肆的丫头
笑出了眼泪　我看到蕙
笑得蹲下身来
凤凰在笑声中绕着圈子飞翔　在我们上方
形成一道环形的彩虹

一个仙女在天空里更衣
她脱下衣裳　又穿上了衣裳
众星照见了她的身体　发出了轻轻的喧嚷

"蕙　我们可否飞得低些
让我看看故乡地球　那颗转动的星星
看看它起伏的山脉和蓝色的海洋
让我看看地球上的黎明和云彩
以及人类蠕动的身影"
听从了我的请求　蕙和众仙女
挽着我徐徐下降　直到像风一样
轻飘的仙女们从星空落下　我看到九颗行星
绕着一颗大星旋转
那颗大星发着光　人们把它叫做太阳

　　　　＊　　　＊　　　＊

凤凰引路　我们落向一颗蓝宝石般的星球
那就是我们的地球　像天空里悬浮的一颗葡萄
脆弱而晶莹　仿佛轻轻弹一下手指　它就会破碎
它是美丽的　也是宝贵的一颗星
上面养育着生命　太阳照耀着它　远远看去
几乎透明　我真担心它会滴下汁液

第一部　人　间

或在某一日被阳光蒸发掉
变成水汽散入茫茫的宇宙之中

这就是生命文明的载体？这就是
我们祖传的故居和墓地　在空中转动？
在灿烂的星汉里　我们居住的星球是如此之小
以至于我不忍心去碰它
我怕它稍纵即逝　带着人类永远失踪

我凝视地球　觉得十分陌生
"它为什么在此而不在别处？"
"它为什么不能停下来　自己发出光明？"
"它孕育了生命究竟有何用意？"
"它会不会膨胀或塌缩为看不见的一粒沙子
成为一颗孤独的死星？"
仙女们叽叽喳喳　不住地提问
而我无以回答　我和蕙面面相觑
手挽着手　肩并着肩　向着它飞行

我们向地球接近　再接近
直到它由小变大　再变大
直到我看见了山川与河流
和发光的雪峰
直到一片浮云托住了我们的身体
直到仙女们回到了昆仑山的上空
直到我在引力中恢复了体重
凤凰发出了鸣叫　凤凰看见了世上的梧桐

直到我看见

悲　歌

刚刚漆过的大地绿色铺张
正经历着一个新的黎明
越过日月山和青海湖的霞光向柴达木飞翔
那里连珠似的湖泊串着河流
却排斥了沙滩

直到我听到人类的叫声
我才确信　我们已接近了地球
这美丽的星球不是一颗葡萄
也不是一个遥远的梦

　　　　*　　　*　　　*

是时黎明经过大地　整个高原在晨风中发亮
我和众仙女在空中飞向南方
这些壁画中的仙女没有体重
因而她们是轻飘的　她们手中的琵琶适于弹拨
她们柔软的身姿适于飞翔

大地上一定有人望见了我们　当人们仰头
也会望见凤凰金色的翅膀
我看见起自沼泽地的鸟群追赶着我们
越过散开的云阵和分汊的河流
在空中集体欢呼　然后转为合唱
让人想起敦煌云集的众长老
和来自古代的歌王

对于一个流浪者　这簇拥未免太奢侈了
我只有断肠的爱情和忧伤的心怀
我只有蕙　她已化作星辰

第一部　人　间

如今又陪伴在我身旁
这幸福是不是真的？这仙女
这飞翔的过程是不是一个奇异的幻象？
当我俯视下方　看见昆仑山的雪峰真实地闪耀着
大地在自转　使我感到
我确实在天上　并且触动了云中的水珠
和水珠中发丝般细小的闪电的胚芽
我甚至摸到了原子的核心并感到它内部微小的振荡

在空中　我看见了弯曲的黄河
和它的源头　雅拉达泽峰的冰雪在融化
它制造了逝水　又守住了高度和永恒

我和蕙商议　决定在星宿海降落　在那儿
背靠巴颜喀拉山高大的斜坡
黄河完成了一个庞大水系的孕育和初建
那里是星辰的属地　一定有美丽的星辰从那儿升起
也定有从天而降的水母和鱼群

　　　　*　　　*　　　*

我们终于回到了地上　众仙女飘飘而下
凤凰围绕着我和蕙　发出了长鸣
由于无枝可栖　凤凰向太阳飞去
它们来于火又归于火　已经完成了使命

仙女们在河边洗脸　这嬉笑的一群
没有体重　一阵风就会把它们重新吹起　飘上天空
而蕙依偎在我身边　她仰面躺下
眼里飘着云朵和白天的星星

悲　歌

我俯身贴向她的嘴唇　我俯身听见了她的心跳
她羞红的血液在炽爱中升温
我俩抱在一起在大地上翻滚
众仙女跳起了霓裳舞　催促着黄河流动

我俩抱在一起　滚进了河水里
我俩拥抱着　拥抱着　像两个幸福的泥人

蕙说："我要融化了　快　快点抱紧我吧
一会儿我就要消失了　但我是幸福的
千年过去了　我终于飞离了墙壁
获得了爱情和真正的飞翔
是你解救了我　给了我新生和死亡
我已经无怨无悔了　我的至爱啊
亲吻我吧　把我投进更深的流水吧
我就要融化了"　说着
她像一个透明的冰雕消溶在水里
她柔情似水　就真的化成了水
消失在黄河的泉流之中

蕙　你不能就这样消失
你不是飞天仙女　你就是蕙　是我心中的女神

我一把抱住了黄河　从它的波浪里
看见了蕙　她那柔美的曲线和哀凄的面容

黄河　你还我蕙　还我的爱情

众仙女在河边饮泣　她们失去了蕙

失去了一个千年的姐妹　无限悲伤
蕙已永远留在水中了
而她们还必须回到敦煌的壁画上　那里
众长老在齐声召唤　并在沙漠上写下了她们的姓名
我的蕙却永远回不去了　她已受孕并化成水
参与了黄河的创造和运动

一阵风刮过　众仙女一一道别后纷纷起身
她们在空中洒泪　告别了蕙　向北方飞去
我目送她们　渐渐消失在高原的晴空里
我祝福她们一路平安
永远美丽　永远那么轻盈

仙女们走后　只剩下我一人
我抱住黄河大哭　我捧起了黄河之水
给蕙堆出了一座坟茔

十、星宿海

星宿海是星星的梦乡　因而蕙在这里消失
她是来自仙女座以北的一颗星　伴随我流浪
如今她已沉浸在这星宿海中
我幻想她还会从这里升起
她只是在此歇一歇　做一个安宁的梦？
她只是听听黄河的脉动　还要独自回到天空？

在星宿海　我的悲伤大于夜晚
我的身体凉于西风
我经历了同一个人的两次消失——上升和下沉

悲 歌

我经历了同一个人的两次爱情——火的炽燃
和水的流动　她幻化得如此之美
如此凄哀　像同时伸向两极的星光
贯穿了我的身体和生命

在这孕育了黄河的高原上
有没有治愈内心荒凉的草药？
有没有止疼的花粉　敷在心灵上
让我麻醉　从此一睡不醒？
星宿海　你的上方肯定有腐烂的星辰
肯定有过死亡和巨大的悲痛
今夜　我看到时间深处的灰尘从高空飘落
毫无声息　覆盖了做梦的雪山
和不眠的人生　今夜我敲打着地球的外壳
我使劲痛打我自己　我发出梦呓的喊叫
惊醒泥土中翻身的亡灵

而星宿海　安居着星宿
仿佛大地漏下了细小的窟窿
那水中移动的家族　有一个是蕙的身影
她闪烁着迷离的光辉　与我遥遥相望
她通过融化归入了水底的星群

我用整个身体发出喊叫
蕙　你要在天空和水底　同时答应

你要从密集的灯火之乡带来新消息
让我激动起来　让我听听时间的指令
是如何通过虚无的道路抵达此世

第一部 人 间

让我看看宇宙的谜底并聚集起空中发光的沙粒
照耀我的夜晚　使风中的星宿海
趋于平静

在巴颜喀拉山北坡　我一个人仰望星空
却听不到天籁　只有远方的人们在夜里低语
只有年幼的黄河在源头打滚　它还不懂世事
它不知道自己就是宿命之源和庞大人群
露在地上的根

蕙沉浸在星宿海里　已经入梦
而我醒着　看见双鱼座方向游来了发光的鱼群

　　　　*　　　*　　　*

夜宿星宿海　凉意深深
我起身漫步　在地上捡到一张羊皮书
借着星光细看　竟是一张星象图
共有二十八个星宿　并标示着距度：
角二星　十二度　去极九十三度半
亢四星　九度　去极九十一度半
氐四星　十六度　去极九十八度
房四星　五度　去极一百一十度半
心三星　五度　去极一百一十一度
尾九星　十八度　去极一百二十四度
箕四星　十一度　去极一百二十度
南斗六星　二十六度　去极一百一十九度
牵牛六星　八度　去极一百四度
须女四星　十二度　去极一百一度
虚二星　十度　去极一百一度

/ 悲　歌 /

危三星　十七度　去极九十七度
室二星　十六度　去极八十三度
东壁二星　九度　去极八十四度
奎十六星　十六度　去极七十三度
娄三星　十三度　去极七十七度
胃三星　十四度
昴七星　十一度　去极七十二度
毕八星　十七度　去极七十六度
觜觽　三度　去极八十二度
参十星　去极九十二度
东井八星　三十三度　去极六十八度
舆鬼五星　去极六十八度
柳八星　十五度　去极八十度半
七星　十度　去极九十三度半
张六星　十八度　去极一百度
翼二十二星　十八度　去极一百三度
轸四星　十七度　去极一百度

我看过了羊皮书　对照天空
看见蕙的星系就在奎七星右侧
我欲再看清图谱　但羊皮书破碎了
不知经过多少年的风雨　它已经又烂又脆
一阵风就把它吹为碎粉
我惊异　这是谁人所书　落在此处
向我偶尔一现　就零落成尘？

我恍然醒悟　星宿海是星星的梦乡
星宿海就是一张铺在地上的星象图
对应着茫茫夜空

/ 第一部 人 间 /

羊皮书破碎了　星宿海还在　星星还在
我还在　漫天的星光又凉又高　悬在我的头顶
这时我仰头看见天门大开　走出两个白发长老
他们在谈论着我和蕙　以及羊皮书上的事情

　　　　*　　　*　　　*

星宿海的夜晚星光璀璨
在夜晚的尽头　最后出现的是一颗巨星
它的光从地下升起　仿佛一场大火
烧着了天边的云彩和森林

现在它要从东方地平线以下冒出来
它还没有冒出来　众星就已黯淡
它还没有冒出来　天边就已经鲜红

这颗星是如此之大　当它出来
当它露出了一条弧线
大地缓缓沉下去　以便使它更快地上升

我有幸目睹了这一奇异的天象
在星宿海　我看见大地倏然一亮　然后更亮
这颗星卓然出现　跃入空中
散发出耀眼的光明

它的引力　差点把我从地上拔起来
它从水中拔出云彩　从空气拔出大风
从火中拔出烟缕　从坟墓的小孔洞
拔出黑暗中幽居的亡灵

/ 悲 歌 /

它让我自转　从人类未知的年代里
吸引出遍地开花的少女和不绝的子孙

它叫什么名字　这样明亮
灼伤了我的眼睛？

仅仅是一颗星　从黑暗中走来
携带着光明的风暴　摧毁了所有阴影
它究竟聚集了多少光芒和能量
从虚无中呼啸着来临？

巨星啊　请不要垂直待在我的上方
你这样停下来　会把我晒成一个透明的人
你受命于我　而我这肉眼凡胎
怎能升上你那光辉的峰顶？

在星宿海　让我给你命名吧
从前有一颗大星叫做太阳
我把这最亮的名字赐予你　如果你不配
就请即刻熄灭　如果你应允
就请以永恒的名义发誓　在下一个黎明
为我重新上升

　　　　＊　　　＊　　　＊

这颗星向西缓缓移动　人们都看见了它
因为它的出现　天空变得澄明　透出了蓝色天底
大地上万物承辉　裸现出层次分明的流水和山峰
它独霸了苍天　一扫群星之光
自己把自己推上了王座　它自己点燃了自己

第一部　人　间

而燃烧是危险的事业
它燃烧着　　只发出光芒　　从不留下灰烬

它经过了我的头顶　　这个孤独的家伙
拆毁了所有天梯　　使我无法向它接近

这样一颗星　　实在是太大了
我几乎听到了它内部的爆裂声
我几乎攥住了它粗大的光芒　　需要多大的力量
才能把它从天空拽下来？　　需要怎样的快刀
才能割断它的触须和引力　　不向我延伸？

它是美的　　同时也充满了暴力
它在缓缓西移　　没有什么能够阻止住它
它的升起和没落　　都由自己决定

一个苍天的霸主　　敛着翅膀飞翔
它有足够的光芒撑起自己　　当它经过我上空
我抛起石头但终又落下来　　我无法击落它
我赞颂它的美　　同时否定它的专横和独行

　　　　*　　　　*　　　　*

这颗星向西缓缓移动　　经过星宿海
接近了巴颜喀拉山顶　　它在下沉
它在酝酿着一场云中的大火和天崩

它的没落是如此缓慢
它碰着了山巅的积雪和岩石
它沉下去　　沉下去了　　只剩下一条弧线

悲 歌

依然发着光　照耀着远处的山峰
最后连弧线也消失了　它轰响着
铁水般的光芒流了一地　烧着了西天的云层
它碎成了无数颗星星
在黄昏的风中　又一次溅上了天空

当然　这只是我的幻象
它不可能消失　它是去了别处　它太大了
星宿海不是它的栖身之地

星宿海里只住着来自远古的星星

我目睹了这一巨星的起落　我看见了奇迹
人们都看见了这一奇迹
人们在远方唏嘘着　为我作证

如果这颗星就是传说中的太阳
如果它再一次君临天宇
我该是歌唱呢　还是哭泣？
它曾以无比的光辉激动过我　炫惑过我
它使我看清了自己和世界上的事物
它使我懂得了生活和生命

我听到无边的大地上
人们在纷纷传说　这颗星还会回来
人们奔走相告　在夜里点燃火烛　窃窃私语
等待着那个神奇的惊心动魄的时辰

第一部　人　间

十一、河　源

上溯黄河　从农耕到游牧
从氏族公社到原始人群
黄河越走越高　直到雅拉达泽雪峰耸入云层
黄河终于停下来　露出了它细小的
清澈的根　黄河减而又减
以至浓缩为一股清泉　以至滴滴可数
从此再上溯　是来自高处的几朵雪花
和正在消融的冰

这就是黄河的源头了　在河源下游
当一位母亲为婴儿喂奶
当她解开了胸襟　高原上牛羊出没
我看见她和雪山同时袒露出洁白的乳房
哺育是伟大的　她神圣的乳汁
在静静流淌

我在河源向她致敬
我捧起河源之水　洒在地上
而她面向雪山举起了她的婴儿
她代表大地在为一个氏族加冕
我离她不远　她是美的
她举过头顶的手臂
曾经抚摸过青草和沉默的羔羊

仿佛一位女神
这个普通的妇女　哺乳的妇女

/ 悲　　歌 /

来到我身边　把手轻轻放在我的头上
她祝福了我　也祝福了河流
她就住在黄河边　这个善良的妇女
是一群孩子的母亲

　　　　＊　　　＊　　　＊

河水有了源头　肉体的源头在哪儿？
血脉流过庞大的世系　殷红的色素在哪儿？
雪峰直入青天　而生命的高度在哪儿？
我死去的先人埋在土里　他们的灵魂在哪儿？
风和白云的家乡在哪儿？　我在哪儿？
我们世代苦难的根源在哪儿？
我流浪的身心早已疲惫　归宿在哪儿？
苍天在上　虚空的渊源在哪儿？
时间的终点在哪儿？
我的追问无穷　而答案在哪儿？

一条河流有它弯曲的道路
一片人群有他们生存的基因
一座雪山有它巍峨的建筑史　像巴比伦塔
向天空层层递垒　叠加人类的文明
一把泥土里定有我祖宗的骨肉
也有腐烂的雪花和彩虹
一位母亲必有她的儿女和宿命的指归
一个民族必有她的狂喜和隐痛
时针指向正午　就是苍天的位置
黄河流向大海　就是对深渊的同构和归顺
一切根源都存在于事物自身之中
一如这黄河源头　清清细流里

第一部　人　间

潜伏着蛟龙的种子和暴虐的波涛
以及黄色额头上岁月淤积的沟痕

因此　河水推动河水
产生了历史
雪花覆盖雪花　塑造了高峰
在黄河源头　我打开白云发现了闪电
我截住凉风找到了失踪的灵魂
我掬起河水看见了白日的星辰
和帝国皇城的倒影
一切遮蔽的终将要显现
一切显现的终将要消失
一切消失的还会要来临

事物在循环　而它的轮子在哪儿？
河水在奔走　它的脚在哪儿？
我的内心在跳动　永动机在哪儿？
我看见了黄河　它的死期在哪儿？
未来的人群藏在哪儿？
为我祝福的妇女转身离去
她的泪水在哪儿？屈辱和呼喊在哪儿？
她的幸福、欢愉和期盼在哪儿？
她和她子孙的终极在哪儿？
她的母亲和母亲的母亲在哪儿？
一个受精卵的胚胎在哪儿？

*　　　*　　　*

像一棵弯曲的大树倒在地上　黄河躺下来
使我得以上到它的顶尖　在河源

悲　歌

有风吹来　我感到黄河在晃动
它的枝丫上落尽了所有的叶子
却挂满了有巢氏的屋穴
和燧人氏钻木留下的火星
我上到了黄河最高处
我已看到了蚂蚁般的人群在世间奔忙
有人在母体和墓穴中出出进进

在河源
一棵倒下的大树已不是大树　它已开始流动
一条河流也不仅仅是河流　它已枝丫丛生
一个人可能是一群死鬼的后代
却连接着活人的命脉
一个新生的波浪连接着黄河古老的神经
多少个王朝消失了　河水依然流着
冲刷着泥土和骨灰　把我送到了今日
我真想知道　明日由谁替我生活　替我去死
偿还大地的债务而又永不撕毁合同？
是谁给了黄河以推力　使它日夜不息
向着大海展开永世不疲的冲锋？
黄河是如此急促　如此波折
我历尽万千不足以叙述它的一滴
我耗费一生对于它仅仅是微不足道的一瞬

是因为有着深厚的黄土　它才如此茁壮？
是因为有大海的灌溉　它才永不枯竭　万古长存？
一条黄河躺在地上　像我的主动脉
分出了汉子　我熟悉它的波涛
和深沉的律动　我深知它的流速

关涉着血液的流程

今日我要去除所有的遮蔽

看看它的真相　今日我要揭开它的水纹

看看它深处的流水　携带着多少骨殖

和粉碎的红尘　在源头

我要看看它最高处的清冽和浅淡以及彻骨的宁静

　　　　*　　　*　　　*

来到源头　我才知道黄河的历史

我才看到喂奶的母亲　把儿子举过了头顶

她祝福了我　然后离开

她是一尊活的雕塑　守护着流水和雪峰

可能有真正的女神在阳光下出没

过平凡的日子　生育不凡的儿女

她混迹于人间　隐姓埋名

可能确有奔走的泥人向生活索要土地

以便种植更多的子孙

他拍打我的肩膀　像我的弟兄

走遍大地尚未找到一个可以安顿灵魂的土坑

在我所经之处　可能确有真正的大河

站立起来　长成参天大树

可能时间真的可以化为清风

在我的头发和树枝上徐徐吹拂

而又不急于扫除我们投下的重重阴影

在河源　我相信会有更多的奇迹

从大门进入万家庭院　当众显现生命的真义

我相信一个胚胎　也会在旧房子里

长成引领众生的巨人

/ 悲 歌 /

世界只呈现生活但不回答提问　就像黄河
永世奔流而谁也无法撬开它紧闭的嘴唇

我用浑身的伤口发出叫喊　替沉默者发言
和大声诘问　我曾以双臂为桨拍打河水
使它在子夜里苏醒　但那不是源头
不是今日　那时我用双手打捞融化的雨滴
和眼泪　而黄河漏下了我的指缝
黄河继续向上　再向上
从农耕到游牧　从氏族公社到原始人群
黄河越走越高　直到雅拉达泽雪峰耸入云层
黄河终于停下来　露出了它细小的
清澈的根　黄河减而又减
以至浓缩为一股清泉　以至滴滴可数
从此再上溯　是高处的几朵雪花
和正在消溶的冰

至此出现了最初的一幕
一位普通的母亲化作了圣洁的女神
在阳光下哺育　从她的奶汁里
我找到了最古老的细胞和遗传的基因

　　　　*　　　*　　　*

只要黄河在流着　历史就不会断裂
只要黄河还在流着
建立在波涛之上的王朝就永在冲刷和淘汰之中
不可能没有暴力和倾覆
不可能没有呐喊和冲锋
黄河在破坏和重建中闯下高原

完成了地理、时间和人文的三重梯级
贯穿了我们精神的全部流程
它已不仅仅是我的
而是整个东方人群的集体动脉
它流着　它自己就是自己的命运
它自己推动自己　埋葬自己　又创造自己
它没有另外的道路　它不可能流向别处
这条东方的大河　负载着古老的文明
在曲折中跌宕
在跌宕中粉碎
在粉碎中爆发出惊人的力量
吞没了帝王而留下文字
卷走了英雄而留下背影
它汇集着万众的头颅滚滚东去
也曾呼天抢地
也曾浩浩荡荡　卷带万里雄风
它的躁动源于冲撞
它的大起大落
源于紊流和群体的非理性
黄河一直就是这么流着
来不及回顾和反思
一代人就消失了
黄河的流速就是肉体和时间的流速
流水永远在堕落　大地永远在弯曲和倾斜
只有嘶哑的鱼群逆着流向
在盲目而执着地上升　只有我
来到高原看见黄河的源头
纤细　高傲　不可玷污
我来到这里不是为了仰视高度

而是为了找到落差　认识大地的污浊和本性
我是为了看清我自己
究竟是谁的后代　有没有大河的因子
我剖开黄河的胸口等待古人
浮上水面并告诉我
一个民族漫长的历史和每一个逝者
匆匆闪现的面容

十二、迎面升起三重雪山

离开河源　翻过巴颜喀拉山
迎面又升起三重雪山
一重是唐古拉山　那是长江的发源地
一重是冈底斯山　孕育了雅鲁藏布江和印度河
一重是喜马拉雅山　它陡峭的山脊背后
平稳的恒河在流动

这些头顶雪冠的王者　是江河的造父
太久以来　它们信守着自己的法则
以耸立为骄傲　为沉沦的人类竖起了高峰

即使在黑夜里　雪也是白的
那来自星际的六边形花朵织成花环　谁可以佩戴
谁有资格耸起肩膀擎住坍塌的白昼和
粉碎性雪崩

高处的雪必是圣洁的雪　三重雪山
打探着天空的花园和高度
把河流领上了冰峰　那生死攸关的悬崖上

一面聚集着旋转的星辰
一面化解着雪花的肌骨和岩石上的冰

　　　　*　　　*　　　*

大地隐瞒的力量不可视见
多少事物藏在深处　一一乍现
又一一消亡　对于过往的一切我们知之甚少
而未来又太遥远　只能推测和眺望

而雪山不　它们雄踞一方
与苍天对峙着　在持久的较量中
时间如风　扫尽了多少红尘
只有雪山越来越高　逼近了天空

仿佛这就是永恒　我是说　江河在流浪
而雪山从来不动　凭恃什么样的信心和耐力
才能与天同寿　并安抚失望的大地和人生？

我们望不见未来而雪山能够望见
我们等不到到明天而雪山能够等待
我们转瞬消失而雪山
横陈在西乡　经历了多少过世的烟云？

三重雪山　合谋挡住我的去路
这些江河的作者　不蔑视肉体
但决不相信人类的硬度
就像不相信它上空的流云

　　　　*　　　*　　　*

悲 歌

我离开黄河源头　去拜谒长江的发源地
我看见了长江的支脉淌下冰川
这是又一条大系的开元
顺从了雪山的安排　向东南方流动

三重雪山屹立着　构成了三重屏障
分开了三条大河　引诱我去一一踏遍
而我将顺长江而下　留下些梦想
和遗憾　我不能穷尽江河的造化
我不能在三条大河中同时留下身影

多年以后　当我在长江口
停住流浪的脚步　我依然能感到
三重雪山高峻的身影在我身后晃动
它们从不摘下冠冕　也不曾俯首
它们以其伟大的史诗性耸立在高原上
使文明重于人类　使人类重于个体
使我陡峭的文字凌云而立　拒绝攀登

　　　　*　　　*　　　*

从雪山向东　我顺长江而下
继续流浪　我喝了来自雪山的净水
内心也从此变得干净
我已经一无所有　再无什么牵挂
除了自身　我已不可能更加贫穷

流浪途中　我加入了穷人组成的军队
我成了一位战士　身上沾满了血污
而雪山的冠冕却永远圣洁　它们高于人类

不染世间的杂尘　且亘古不动

我却从流浪变为转战　逃亡或追击
我成了人类中不可稍息的流动的一个分子
我的命运无人可以替代
我的血液必须在流动中才能保持鲜红
这是造物的安排　一切必须如此
正如雪山必须是白的
雪山之白源于它的高洁和宁静

多年以后　我仍然记得那清晰的一幕：
一个秋天的下午　在巴颜喀拉山
我转过身来看见　与三重雪山遥遥相对的昆仑山脉
那白色连绵的峰脊在朔风之上分割了白云
倾斜的阳光照耀着它的山坡和积雪
时光在流逝　啊　终有一天
我头顶的白发也将积雪一般
覆盖住自己的主峰

十三、人的道路

沿着裸露的大河逆流而上　又沿江而下
我看见了人类创造的村庄和城镇
从晨雾里浮现出来　耸立在山坡和原野之上
那石头和泥土的建筑从废墟中一再地坍塌又矗起
极目远眺　伸向远方的小道上前人尽逝
只零星走动着今世的行人

我不禁自问　究竟有多少条道路

悲 歌

在衰老中萎缩　消失
有多少尘土覆盖了地上的人们？
生命是这样的奇伟　空旷　漫无边际
以致我两眼茫茫　既望不见来者
也截不住风中散步的亡灵
是谁说江河经世　永不复回　一如忙碌的人生
我选择大地就是为了走尽苦难的历程
除了此生　我没有另外的道路与世界相遇

世界如此之大　我竟无法选择生命
但我可以选择生活
我有多种可能走完自己的道路
我改变不了人类　就设法改变自身

是伟大的自然教会我认识和否定
在人类之外　企望更高的神明
现在　是时候了
我要沿着人的道路
再次启程

当我展望远近的村庄和城镇
从时光里浮现出来　耸立在历史和文明之上
我恍惚听到先人和来者共时的脚步声
有人说道：逝者如斯　不舍昼夜
人类不会停止进步
江河也永远不会停止向大海奔腾

　　　　*　　　*　　　*

这世上　总有什么在改变

第一部　人　间

不变的是泥土和寂静
宇宙的运转过于苍茫　天地悠悠
一个大道贯穿其中　规约着万物的行程
在这天地之间　人类是这样一个群体：
它有着庞大的结构和体系
并在自身的对撞与摩擦中变革和生存
时间过去　群众漂浮过大地
我看见黑压压的人头向前滚动
留下了无边无际的背影

应该给血液一个推力　让它改变流速
应该给人类一个推力　让它掀起狂涛
加速历史的进程
我诉诸暴力　在祖国的背部猛击一掌
我把该变的和可变的事物强行拆解又组合
命令他重新启动

我走过黄河　从入海口直到它结冰的源头
又来到长江岸边倾听着涛声
如果万物应允　请给两河一个推力吧
这贯穿国土的河流　创造着东方的奇迹
也把伟大的悲哀的民族抱在怀里
哺育着古老而辉煌的文明

一切都在变　一切都必须变
在这变革的岁月里
我扛枪走过大路和小路　走过雪山和草地
我已不可能停下　我已不再年轻
当人潮四伏　黑压压的人头向前滚动

/ 悲 歌 /

其中一个就是我　由真实变得虚幻

我是我自己的推动者
在人群中加快了脚步　看哪
群众漂浮过大地　渐渐远去
留下了斑驳的屋宇和子孙

　　　　*　　　*　　　*

沿江而下　经历了无数磨难
我最终选择了暴力
并从自然的运作中获得启示：
对于泥土　江河就是暴力
对于静止　运动就是暴力
对于人类　战争就是暴力
对于生存　死亡就是暴力
我活在世上　被时间追迫
时间也是暴力　它杀伤一切而从不留下刀痕

这是一个创造和毁灭的时代
有人在思想中刮起狂风　扫荡陈腐的一切
有人试图在远山背后重建天空和黎明
有人用鲜血清洗心灵和双手　有人用泥土
覆住祖国的伤口　承受人民的悲哀和隐痛
而我在流浪之后　依然要奔走
我的道路是无路可走　又非走不可
我的生存是无法生存　因而必须革命

江河和雪山可以作证　大悲和大善可以作证
我在消逝的岁月里　化解了多少仇恨

第一部 人 间

我的个性已经融化　渗入人类的血液
我的爱情已经升华　化为空中的星辰
我把精神植入肉体　等待在春天发芽
它发芽　而我将垂下年迈的枝条
在风中交出落叶

对于落叶　大风就是暴力
对于言说　词语就是暴力
在暴力面前　对抗就是暴力
我找到了一条消灭暴力的道路——用暴力制止暴力
不容忍　不妥协　不退却
彻底地交出自己　一丝也不保留

暴力出现之后　它不能靠自身的力量而消失

/ 悲　歌 /

第三章　战　争

一、东北的九月　风萧水寒

这是某年某月的某一日　时间是秋天
在古老的土地上　无数个军人和老百姓
陷入一场战争中　在此之前
我流浪　逃亡　转战　踏遍了南北
身上留下了窟窿和锈迹斑斑的疤痕
作为军人　我为死亡而战　也为生存而战
直到这个秋天从天空　从陆地　从海洋
垂直降临
历史给了我机会　让我面临一场大战
在战争的射程之内　体验自己
和人类的处境

与往年的秋天有所不同
这一个寒凉的秋天来得辽阔而缓慢
高于海面的息壤上草木经风
直立的人生在摇晃
没有什么能够躲开时光的吹拂和拍打
连死人也在继续衰老
连泥土也在泥土中腐烂

第一部 人 间

只有硝烟飘来飘去
进入了我们的肺腑　像晚风
穿过起伏的玉米地　在大地上回旋
世界留有太多的余地　太多的争议
让我们拼杀　驰骋　放弃和夺取
它让凡人成为英雄　让血肉成为泥浆
让江山成为一幅浩荡不息的画卷
一个史诗的年代就这样逼近了我们
一个史诗的年代是生死的年代　它曾反复消逝
又卓然出现在我们身边
我已经感到了一场大战的征兆
我甚至听到了死神在地下高声点名
他念到谁　谁就将战死
他念到一个王朝　这个王朝就必将覆灭

宇宙间不存在永远不灭的事物
也没有一个永恒的绝对真理供我们遵循
存在和现实总是硬性地变化着
天变　地变　人在变
世界转过了它的面孔　以其规律性
和必然性　把未来这个变量蒙蔽起来
让它自然而逐渐地演化
正如结果不能出现在原因之前
一场决战的胜负　悬置着　摇摆着　推进着
已经来到人们的面前

　　　　　＊　　　＊　　　＊

北方的九月　已是风萧萧而水寒
火红的高粱已经割倒　还有的迎风而立

悲　歌

像燃烧的火炬在晚霞中呼应着来自上苍的滚滚红尘
仿佛战争不是一次厮杀
而是一次令人激动的盛大庆典
让人心旌鼓荡　舍生忘死
以肉体为祭　把人类的激情推向峰巅
没有比这更大的壮举
更能使我们的热血沸腾起来　燃烧起来
向皮肤索要出口　向火光寻找灰烬
人类不是一种等闲的动物
他有能力主宰自己
他要以战争这种武断的直接的方式
把庞大的社会结构支解　重建

以数学为方法　可以为天上的星球设计航线
以肉体为支点　可以把一场战争举过人类的头顶
现在　我就是这样一个支点
在密集的人群中　我打着绑腿　扛着枪
在九月浩荡的凉风中前进

大规模的运动战　使我习惯了行军和打仗
经过了酷暑和严寒　经过多年的军旅生活
我已适应了一切　包括流血和牺牲
在多年战场上　人们纷纷倒下
而我还活着　立着　我还在行走
卧倒　射击　冲锋　咆哮
我还是一个有用的身体
我的手和臂　脚和腿　脑袋和胸脯
都是战争的零件　还没有被拆开　作废
我要向指定的地点星夜兼程

第一部　人　间

秋天也在加剧着寒凉
风在身前和身后　身左和身右　不住地吹
风啊　吹向我或吹向别处又有什么区别
我已经不怕风吹雨打　甚至不怕死
死亡对于战争只是一个数字
我仅是数字中的一　我既不大于我自己
也不小于我自己　我正好等于我
我是战争中可有可无又不可或缺的一个数
正行走在烟尘弥漫的队伍中

渐渐地　一条大河出现在前方　我看到
它宽阔的水面把熄灭的波涛藏在底部
也藏起了从大海上溯的鱼群
秋风越过河水把对岸的尘土吹得更高
它拒绝了腐朽和死亡　但不拒绝军队
在平缓的岸边向天空送去黄铜的号声

这是一场人民战争　是人民在打仗和牺牲
是人民在冲锋和呐喊　我看到
大地上狂飙骤起　各路兵众在中秋时节
浩荡聚集　旌旗过处风卷残云　大道通天
而历史正以人民为动力　向前推进着
进入了新的转折点

　　　　＊　　　　＊　　　　＊

黄昏降临　越过远山的红霞
随着西风覆盖了天空
仿佛鲜血在天上滔滔奔流
远近的河流和树木皆被染红

悲 歌

我从未见过如此浓烈的云彩
大片地起伏和飞翔
在天空展开了朦胧而宏阔的背景
是什么给了它们如此多的色素
笼罩着大地和人生？
我拍去身上的尘土　转身看见
两个夕阳在遥远的天边同时下落
两个夕阳赤红如血　相离数尺
一齐沉下了西方地平线
光芒从地下射入了天空
我的头发立即竖起来
我的内心由战栗转为惊恐
这时四周静极了
我听到体内的血液在哗哗流淌
沿着弯曲的管道升上了头顶
我甚至听到地球在空中转动的声音
是那么庞大　孤独　笨重　回不到初始
也看不透终极的时辰

约有一刻钟　天上的血流尽了
奇异的天象消失后　大地暗下来
远山重叠在一起　在模糊的暮色中渐渐消隐
不惧黑暗的星辰已经寥落地出现在天庭
晚风加剧了深秋的寒凉　草木摇曳着
等待着一个肃杀的季节不可阻挡地来临
这就是世界的法则和自律
主宰着生死和进化　决定着我们命中注定
要经历消失　经历时光的击打和摧毁
经历不断到来的一切以及事物之间的

互为　摩擦　冲撞　同构
经历大起大落　大悲大喜
经历苦与痛　爱和恨　相聚和别离
这就是进行着的生活和历史
以双向构成了往昔、今夕和未来
人类万劫不复　只是这其中的一部分

没有丝毫商量的余地
夜晚断然地笼罩了大地
虫豸们早已逝去　遗下了骸骨
树木在变暗　石头在变凉
有人怦然倒下变成了尸体
而这一切都必然地进行着演变着
不可阻挡地成为现实
这是战争的年代　战争的夜晚和时刻
在蒙蒙暮色里　万物尚未静下来
人潮依然在起伏
百万大军和百万民工
在运动　在分散　在集结
尘土在飞扬　旌旗在飘卷
水在流　风在吹　人在走
人要杀人　火要燃烧
子弹要寻找血肉　大地要出现深坑
我要把自己投到前线上
以火力对火力　以尖刀对尖刀
以死亡对死亡　以生命消灭另外的生命

这个夜晚　众星在天空里惶惶而走
流星纷纷坠落　其中一颗滑入北极之中

悲 歌

在紫微宫中　北极乃天心
天运无穷　三光迭耀　而极星不动
流星入　则兵起　我即为兵
我就是战争中的一员
在奔走　在运作
受命于天而听从于人间的号令

　　　　＊　　　＊　　　＊

这是一个清晨　北方大地从黑夜中浮起
托住了渐渐发亮的天空　晨星落后
地平线上隐隐约约出现了匆匆的人影
这时一场大战在步步逼近
双方在接近　在调兵遣将
大军在路上　民工在路上
辎重连绵不断
围绕一座城池　烟尘弥荡　风起云涌
我还未曾经历过如此壮观的决战
几百万人在地面上　像细小的颗粒
在阳光下蠕动　我说不出人们的姓名和身世
都是一样的头发　一样的肤色　一样的语言
一样的红色的血液
穿过古老的心脏和命脉　在此生流动
人们像风一样掠过这个蒙尘的世界
什么时候将消失得无影无踪？
这地球的表层　曾经有谁悄然地来过
从虚无的时间深处浮出　滋生　旅历　消亡？
现在有这么多人　这么多脑袋
这么多胳膊和大腿　这么多生命　一齐动起来
在争夺一座城池和地理

/ 第一部 人　间 /

我行走在人群中
仿佛一粒微不足道的沙子　被大风推动

　　　　＊　　　＊　　　＊

时间已进入深秋　尘烟弥漫的古城
从朦胧曙色中露出城垣　城外的河水
穿过丘陵　推动着冰凉的波浪向东流动
陈旧的太阳依旧是从前的那一颗
又从东方地下滚动着上升
新的一天已经从四面八方缓缓地莅临

与白昼的步伐一致　渐渐逼拢的军队
正向这冒烟的城池浩荡集结
从所有方向包抄过来
古城仿佛一块磁铁　吸引着遍地人群
几十万攻城部队　百万民工
在接近城池　紧缩的包围圈越来越小
枪声不断　弹线交织在一起
尖利的呼啸声快速而空寥地划过天空
阳光停在高处不敢降落
只有薄云裹着呛人的硝烟
投下匆匆的阴影

我从苍山以西向古城进发
肺叶里吸满了尘土　鞋底上磨出了窟窿
我向古城接近　数不清的大腿向古城接近
一个人的行动是微不足道的
一群人的行动　百万人的行动
却可以使烟尘夺去太阳的光辉

169

悲 歌

使血液汇成河流　淹没一座大城
战争就这样到达了城外
战争是壮阔的　它比史诗更博大
比死亡更冷酷　比钢铁更坚硬

无人知晓战争的结果
时间向前推进着　但隐蔽了通向未来的道路
让我们无法从现在直接看到不曾发生的
秘密的事情
逻辑　推理　判断　只适于数学和空想
但不适于战争　战争没有规律　只有胜负和死亡
战争是人类群体的激动
是杀人的艺术　以征服对抵抗　以战取对牺牲
无人知晓战争的结果　但我可以断言
百年之后　地球会依然存在　江山依旧
四季轮回　莺飞草长
而角逐的枭雄和战者都必将死去

百年之后　这里将活动着另外的人群

二、像洪水中翻滚的石头

随着部队进发　我们来到古城外围的一座山上
时值晚秋　庄稼已经割倒
起伏的丘陵中古城在望　河水擦城而过
看不见流动　也听不见水声
我军从四面八方向古城迫近
几十万军人像横扫大地的疾风
带着摧毁一切的不可抵抗的力量

第一部 人　间

强劲地压过去　　当冲锋的号角响彻原野
人潮狂扑而上　　连天空也要坍塌
连山脉也要趴下　　连流水也要变红
战争要踩着一座城市走过历史
战争的手段是：消灭肉体　　毫不留情

一场大规模战役正在到来
我已经闻到了尚未喷出的血腥
人的末日尚未到来
而一座城的末日正在逼近
一座城　　是凡人所建
该有多少智慧和汗水凝聚在大地上
使泥土和石头耸立起来　　成为人类的文明
一座城中居住着古老的人群
他们繁衍　　生息　　把道路伸向八方
把大门和黑夜留给爱情
这是人的家园　　也是人的墓地
人　　究竟是怎样的动物
以群体对群体的搏杀　　推进历史的进程？

我曾冒死攻打过许多城市
在那些人群聚居的地方　　我冲进去
射击　　摔打　　搏斗　　我活了下来
而对方倒下去　　身上留下了窟窿
对方倒下去　　抽搐着疼痛着　　停止了呼吸
一个人　　在几秒钟以前还活着
但转眼之间就死了
不再站起来　　不再说话　　走路　　生活
对方死了　　如果他不死　　我就将死去

171

悲 歌

这就是惟一的选择？这就是必然的结果？
我倒下去　也将化为一堆灰烬

在我们进攻之前　一座城市还是城市
在我们进攻之后　一座城市就是墓地
是瓦砾和废墟
尸横街市　弹痕累累　木头冒烟　火焰升腾
那么多的火焰和血液藏在城里
一直没有释放的机会　一直潜伏着
在等待着战争　墙壁在等待着倒塌
瓷器在等待着从高处落下来
一个瓷器般洁白的少女一转身就碎了
她是美的　她不该死去
但子弹错误地拐了个弯　找到了她的胸脯
也许　她还不懂得爱情
也许多年以后　她将子女成群
百万年后　她就是人类的祖母
和文明的基因
但死亡夺走了她的身体
而我继续在冲锋　这么多年了
我越过了多少残墙　射杀过多少活人
已经不可计数　我是个战士
已经胸戴勋章　成为一个英雄
现在　古城就在前方　如果我不死
就要冲进去　消灭那些抵抗的人

　　　　＊　　　＊　　　＊

古城外围的攻坚战已经开始
守军凭借高地和空中轰炸在顽强固守

第一部　人　间

水泥碉堡里的重机枪　交叉射击
形成扇形的火力网　封住了道路
只见一个我军战士手握爆破筒突然倒在路上
又一个战士抱起爆破筒又倒下去
他还没来得及喊出声音
血就从胸脯上流下来
仿佛一股活泉喷涌而出
一个人的液体是有限的
无法滋润广大的山河与历史
但是生活奔流着
每一个小小的旋涡
都在参与着改变整个流程的伟大运动
他倒下去了　另一个立即站起来
接过他手中的爆破筒　匍匐前进
这是一个更年轻的战士　他在接近碉堡
子弹呼啸着　穿过了他的前胸
他在一点点接近自己生命的终点
这时他听到生活在远方激荡着不息的人群
那些悲哀的欢乐的人群　呼喊着他的名字
手举鲜花　唱着颂歌走向了历史编排的纵横大道
脸朝着太阳　背对着辽阔而蔚蓝的西风
他甚至听到了天上的歌声　地下的叹息
以及无家可归的灵魂在风中飘浮的声音
他听到他衰老的母亲在破败的农舍里
喊着他的乳名　那声音透过窗户纸
越过千里平原和万重山脉
找到了他的耳朵　他答应了一声
但四周是杂乱的　只有枪声炮声轰炸声
交织在一起　他爬着

悲 歌

听到死去的军人也喊着自己的名字
是那么熟悉　又无限地陌生
他感到死神在向他招手　他不怕死
但恐惧生活从他的身体上消失
他甚至惧怕永恒和泥土深处那种骇人的宁静
他不愿死　是战争推着他的脊背　他不能不死
他必须用死亡去终止战争
他的血快要流尽了　他挣扎着
终于接近碉堡　只见他用尽生命中最后的力气
举起爆破筒　拉着导火索插进了碉堡的射击孔
这时　爆破筒却被推了出来　吱吱地冒着烟
他又一次把它塞了进去　并用尽全身的力量
顶住了爆破筒　他顶着
一个人只身截住了子弹
时间从四面八方赶来　从古代赶来
从起伏的江山赶来　包围了他　塑造了他
凝固了他的形象
使我们惊愕地看到一个英雄的诞生
对于他　时间停在了那一刻
时间已不可能越过他的身体
他已经走到了自己的终点和顶峰
这是何等壮烈的一幕
他顶着爆破筒　缓缓地回过头
看见起伏的大地上面布满了无边无际的人生
他来过了这个世界　参加了震撼人心的战斗
现在就要死去了　死亡是必然而普遍的
而他却创造了人间的奇迹
他找到了通往永恒的道路：通过死亡超越生命

| 第一部　人　间 |

就在他回头的一刹那　一声巨响
碉堡炸碎了　他也碎了
一个勇敢的战士　以牺牲加快了战争的进程
攻击部队跃出战壕　像发疯的猛兽扑向高地
但是死神挡在路上　不允许我们前进
我看见人们成片地倒下　阵地上尸骨成堆
草木折腰　硝烟与弹火蒙住天空
这时天色渐渐暗下来　阴云提前带来了黄昏
晚风裹着霜气从背后包抄过来
一轮惨淡的月亮从古城外升起
它的清辉覆盖了蒙尘的战场
和我们灰暗的头顶

　　　　＊　　　＊　　　＊

我们被迫退回坑道里　以土工作业
连夜挖掘　向高地延伸
我们连续三次冲上去　又退下来
直到深夜终于攻下了高地
在死人堆中　击毙了最后一个抵抗的人

　　　　＊　　　＊　　　＊

这时　时间已经到了子夜
在高地上凭高而瞰
古城里灯火稀疏　四周依然枪声不断
幽暗的星辉透过夜幕　洒在民间的屋顶
渐渐地　枪声也静下来
只有秋风穿过战场和废墟
去往远处的山峰
好像战争并不曾选择这里
好像来自远古的刀耕火种的人群刚刚安歇

/ 悲　歌 /

需要一个恬静而完整的梦
古城歇息在渤海湾上　它太疲倦了
我看到迷离的灯火次第亮起来　又次第熄灭
不知哪一双惺忪的睡眼能够守到天明？
哪一家婴儿的哭声飘过屋顶
散入深夜的幽影里
使子夜的繁星也要轻轻地
屏息了上苍的喧嚷
而不使梦中的人翻身惊醒？
我在尸体横陈的高地上
感到了深夜的悠远和人类短暂的安宁

我们占领了高地　在子夜的星辉下
有人卧地而睡　头枕着枪支　身盖着西风
我却禁不住寒凉
蜷缩在死人垒成的围墙里　打着寒噤
这时风已吹散了硝烟
天空露出深秋的旷阔与清冷
星星又大又亮
仿佛不愿露名的隐者
手提着灯笼经过人类上空
什么样浩瀚的村落
才有如此众多的长明之火
什么样的迁徙　才有如此亘古不息的远行？
太渺远　太高超　太神秘了
不知哪一颗照临着我的命运
哪一颗顺应了死亡与新生的呼喊
而悄然明灭于隐秘的时辰？
我躲在这高地上

第一部　人　间

已经感到了天体运行的庞大阵列
催动着万物　匆促　沉稳
而又永不止息地来临　消逝
使宿命的大道浮出尘世
使短暂的瞬间高于永恒
星空啊　你那么博大精深
是否暗合了人类的意志
向我们显现出不变和万变　遥远和近在　寂灭和生成？
你是否俯视了人间的争杀和繁衍　善与恶　血与火的
不断的冲撞与平衡？今夜我仰天怅望
看到大地上的灯火与高迈的星斗交织在一起
定有暗喻的真理在其间闪烁　并照耀着我
和黑暗中彻夜不眠的人
我想我绝不是战争之夜惟一的醒者　我想
即使满天的星斗全部熄灭　大地上灯火全无
也会有一只神秘之手　点亮我们心中的明灯

　　　　　*　　　*　　　*

战友们在露宿　霜气从遥远的北方赶来
覆上我们的衣裳　寒意透进骨髓和心脏
人类在深秋里变凉
我仰望着夜空　无法入睡
看到守军尸体垒成的围墙上
其中一个还睁着眼　他在注视我
好像还有未了的心事需要嘱托
好像他还要凝望这个世界
以便透过夜幕看见自己的家乡
他的两眼睁得很大
临死之前　肯定有过巨大的疼痛

177

悲　歌

看上去他有五十岁了
他被垒在最上面　胡子上挂着白霜
这是一张刚硬的方脸
有着猿人遗留的凸起的眉宇
和北方森林赋予的茂密的胡须
如果他站起来　必将高于我
但是他倒下了　他在一眼不眨地盯着我
仿佛见到了熟人但却流不出热泪
喉咙里咽下了最后的呼声
我也目不转睛地看着他　并喃喃自语
"喂　闭上眼睛吧老兄　该睡一觉了
眼看秋天就要过去　冬天已经到了蒙古草原
今年的冬天将格外寒冷
你就躲到泥土深处永远酣睡吧
而我还要活下去　打完这场战争"
这时他慢慢地眯上了眼睛
他的灵魂得到了安慰　从此一睡不醒

一阵风起　在高地上
我听见大气在空中流动的声音
似有无数个灵魂在飞翔中唏嘘
摩擦　拥挤　争相越过大地
又永远找不到息壤可以安身
他们的呼吸是那么急促　虚缈　若有若无
仿佛一群偷袭的士兵蒙住了嘴巴
却从肺叶上传出了簌簌的响声
我必须承认　这风是空荡而强劲的
它是虚无中不可抵御的力量
比时间更持久地打击着人类的决心

第一部 人 间

风吹过去　星辰也在飘移
在这夜晚　我不会冒昧地手指苍天
说出大隐之士那闪烁其词的家谱和姓名
我不敢以星辰的名义储藏光辉　借以普照万物
我是人之子　怎么可以在风尘扑面之夜
步入星斗的行列　追随神明的脚步迈入天庭？
我仅仅是一个仰望者　面对天旋地转
我只有一个身份　一条去路——
我不是灭于战争
也要消失于人类的序列和时间的锁链之中

　　　　*　　　*　　　*

夜晚掩盖了杂乱的世界　只露出有光的事物
在大天体的运作中相互关照　互为因果和依存
遥望天空　我看到光年之远的
发光的石头　虚无中的闪电
和正在膨胀与扩散的气体和尘云
而对于我生身的大地　却所知甚少
我几乎看不到古城以外的事物
夜霭连着有霜的山脉
沉浸在愈发浓重的寒凉之中
人生躺在世上　树木抖在风里
星光斜飘而下　拂动着做梦的征人
我们倒地而睡　有的已经长眠
进入永恒的宁静
他们全然不知地球还在运转
死亡还在继续　而新人
依然在哭声和血光之中降临

悲 歌

宇宙没有停止演化　星星也没有消失
星星还是古代的星星　它们依然高悬着
把死人和活人一同照耀　同时也照耀着
今夜新撒的炮灰和陈年的灰烬

我在深夜里醒着
躺在死人堆成的避风墙里
愈发感到世界的苍凉
我不知道人的意义何在
生命的意义何在
血肉为什么会消失
宇宙为什么要创生
星球为什么要旋转
战争为什么要在人与人之间连绵而激烈地进行
什么是生存的要义和法则
什么样的手主宰着　指引着众生
而又从不解释这永无穷尽的重重追问？
今夜月高风凉　无人理解我彻骨的悲伤
和内心深处隐隐显现又难以捕捉的层层阴影

我已不能再躺下去
在这布满了弹坑和尸体的高地上
我的思考没有意义
我面临的是一场正在进行的战争
攻与守　生与死　已经拉开了序幕
今夜　古城就在眼前　它已无法入梦
而古城外围　村庄寥落像是人类遗留的
一片片废墟　匍匐在荒凉的旷野上
历经劫难而留下了灯火和不绝的子孙

第一部　人　间

我起身迈出人墙　在高地上走动
感到身体轻飘飘的　仿佛从尸体中出走的幽灵
在人间徘徊　游荡　仿佛我已不是我
而是众命之所集　被无数只看不见的手捧起来
放在了山顶　我是代替众人在行走　活着
踏尽他们未竟的路程
不　不是我在变轻
而是辽阔的大地飘上了夜空　是大地托着我
在向天顶无声地接近
我感到自己像风一样在轻快地上升
我摸了摸自己的额头　已经发烫
我已经在浑身颤抖　肚子里饥肠乱叫
人们已经是一天未吃东西了　在这高地上
此刻是谁还发出了沉闷的鼾声？

我恍恍惚惚走了几步
看到山下隐隐约约走动着人影
我惊叫起来　但不知是否发出了声音
是不是守军趁夜来偷袭　企图夺回阵地？
我定睛细看　又像是风吹动着低矮的树丛
影影绰绰　似是而非
这些影子顺着山坡向上摸索
后面跟着看不透的黑夜和凉风
我警觉起来　大喊一声
　"快起来　守军摸上来啦！"
而人们席地而睡　还在梦中
由于过度疲劳　谁也没有苏醒
只有坡上的死尸纷纷起身进入了坑道

悲 歌

等待着战斗的命令
他们身上带着伤残和弹洞
但已不再流血　也不再感到疼痛
他们已经不是人　而是尸体
有我军战士　也有阵亡的守军
他们一齐进入了战壕　同心协力
对付山下的人群　山下的人群也不是人群
而是一群黑影　无边无际的黑影
密密麻麻向高地扑来
只有进度　却不发出声音
这肯定是一个阴险的兵团　与黑夜混在一起
与风声混在一起　向我们逼近
已经没有退路　已经必战不可了
"打！"　我一声令下
尸体们冲下山去　像下泻的山洪
与偷袭的兵团绞杀在一起
只见肉搏的场面　却不闻喊声和枪声
这是一次古怪的战斗
一直持续到黎明之前　搏杀才告终止
黑影渐渐退下去
我的英勇的尸体们才返回到原地
重新躺下来　回复安宁
我看到战场上一片狼藉
到处是残肢和杂沓的脚印
那些重重的黑影究竟是什么人？
他们退向了何处？这一切全无所知
我检查战场　看到许多尸体再一次死去
有的变成了骷髅　有的直接变成了灰烬
而那些影子　早已化成了一阵清风

等到曙色升起　东方云隙中射出剧烈的光芒
我拍去了身上的尘土　自语道：
"我们守住了这个阵地
打退了黑影兵团的大规模进攻"

　　　　　＊　　　＊　　　＊

经过几天的战斗　古城外围的据点全部攻克
守军遭到重创　余部退回城里进行抵抗
而城外的我军正在聚集
这黑压压的人头像冲进史卷的文字
拥挤着　排列着　撞击着
爆发出震荡万代的轰鸣
在起伏的岁月里　我看见血液掀起波涛
托起了方舟　向着红色的黎明颠簸前进
一切都必然地莅临　发生
不可逆转地推进着
只有时间在不停的进展中会揭晓这一切
而现在　它却以虚缈的迷雾
遮盖着历史的面孔

一场大规模的战役被古城所牵动
向纵深演进　军队在行动　民工在行动
百万人头像洪水中翻动的石头　受动于战争
这是一场人与人的枪杀和征服
是对土地的硬性夺取
而实际上土地永远不动
只有人在消亡与复生中接受时光的摧毁
死于自身和宿命

三、死亡大面积来临

十月的一个凌晨　渤海湾落潮的海滩
略显宁静　临海的小岛从大海中露出了根底
在星光下更显得朦胧
腥味的海风裹着重重人影　向岛屿接近
突然　凄厉的枪声带着火线
划破了寂静的夜空　一场阻援战
在海边拉开了序幕　古城的援军涉过海滩
偷袭了小岛　进而向古城的要塞发起进攻

这时众星西移　晓风淡淡
热血沸腾的大海上现出了微明
那在遥远年代就一直激荡的古老的液体
越过自己的边缘向陆地传来了涛声
这是悠久的辽阔的轰鸣
以其低沉的蓝色大调
传达着万物的心意——远方的黎明就要来了
光明之神已经透出了他莅临的消息
他要转动整个大地　迎着众水的欢呼升上天空
把普照一切的光芒洒在我们头顶
在黎明到来之前　万物应该虚心
在黎明到来之前　万物应该安静
在黎明到来之前　万物应该起敬
黎明就要来了　北方大地
——这首先沐浴黎明的海岸上
却响起了震天动地的炮声

第一部 人 间

顷刻之间　　大地剧烈地抖动起来
从援军阵地出发的各种弹炮一齐发射
飞机轰响着　　在飞翔中扫射　　向低空俯冲
一个美丽的早晨　　被战争惊醒
近海一线淹没在尘埃里
地堡掀翻　　掩体坍塌　　铁轨在横飞
枕木和碎石在横飞　　人和鲜血在横飞
残肢和碎布在横飞
浓烟滚滚　　振聋发聩　　连山脉也在颤抖
连英雄也在死亡　　连炮口也在变红
大海一下子陡立起来　　站成了一堵齐天之壁
把绚烂的黎明挡在了空中
慢慢地　　大海上腾起了弥天大雾
仿佛诸神有意埋没尘世
使血肉横飞的战场蒙上阴影

战斗一直持续了一整天
死亡夺走了众多的生命
随着太阳的沉落　　海潮也渐渐退下去
小岛与大陆连成一片　　露出了它全部的身影
海面上　　有一条波光粼粼的红色大道通向落日
仿佛只要径直走过去
就可以进入那颗恒星的中心
这是一天中最美的时分　　黄昏尚未升起
弯曲的海岸线上　　紫霞越过高天
给平静的海滩和岩壁镀上晕红
海鸟回翔　　烟波浩荡
大海收敛了它那狂放的激情四溢的波涛
变得安谧而平静

悲 歌

经过一天的激战　海岸上枪声也渐渐稀了
而海岛上一场战斗正随着暮色一起降临
我军趁着海潮退落　夺回了小岛
守军除阵亡者　余部全部跳海
汪洋恣肆的海面上　漂浮着一层人影
他们露出水面的脑袋恰好看到火红的太阳
在冉冉下落　这是一生中最后一轮落日了
这是一生中的最后一次凝视
死亡以最原始的博大的胸怀　接纳了这群人
他们看到原浆的大海上无限荒凉　寸草皆无
只有波峰形成动荡的坟墓　一次次堆积
又一次次被否定　抹平
他们在海上漂着　挣扎着
这是一群倔强的人类的孩子
宁死不降　投入了大海
他们死了　为了战争而死　被波涛所吞没
直到最后一个人　直到他看见海岸上
山脉连绵　人间的烟火在黄昏里徐徐上升
直到他看见母亲苍老的白发在风中
飘啊飘　直到他看见最小的女儿手拿绿玻璃
照见了世上浮动的灯火和繁星
他看见了人的终极
和沿着台阶上升的空中的殿堂
但是他无力走过去了
他的头发上盖着波浪　他的脚底下追踪着鱼群
他用尽生命中最后一点力气　再一次浮出水面
深情地望了一眼他曾生存过的世界
然后慢慢地回过头　向大海低头致敬
这时　他看见整个大海从他身下缓缓地翻过来

/ 第一部　人　间 /

覆盖了天空　他沉下去了　沉下去了
这个世界拒绝了他　任凭他沉下去
他绝望地沉下去　闭上了眼睛
他不再回想自己的一生
他对尘世的眷恋转为悲哀　又由悲哀转为惊恐
他在向深处沉去　突然　他猛地睁开了眼睛
看见水中星光万斗　江山起伏
美人鱼列队歌舞
一个更加宏阔的生机勃勃的水中世界
正以盛况空前的仪典迎接着他
他大步走过去　看见了先他而去的前人的背影

　　　　*　　　*　　　*

死亡并没有吓倒军人　而是加深了仇恨
一场更加残酷的阻击战必将在死亡之后
如期来临　援军在沿海全线试探攻击后
决定集中兵力　攻击一点
以击溃我军的防线

十月的朝阳沿着弯曲的弧线　从渤海湾上升
这颗发光的星球横空出世　暗含着宇宙的秘密
参与了生命的创生、演化和衰竭
也主宰着人类卑微的命运
今天　它那陡峭的光瀑尚未起立
晨风就已经沿着地平线起身迎接黎明
并清扫硝烟和黑夜遗留在地上的浓重阴影

与大自然的工作相反
战争又开始了新一天的安排

悲　歌

有人出击　有人防守　有人活命　有人牺牲
一方要冲过防线　一方要布置防线
战争是简单的行为　在过程与结果之间
两面发光的双刃剑劈开了真理
血流出来　人类露出了殷红的本性
我看见隐隐作痛的人潮涌出历史和现实
纷纷与死亡立约　向大地偿命
我就是其中之一　在一种力量的推动下
不敢迟疑　不敢追问命运的谜底
我效命于战争　偶尔回头
发现理性背对人生　转过了他暴躁的面孔

死亡来到海边　与人类争夺血肉
大清早　渤海湾就响起了隆隆的炮声
援军的总攻从正面和左右两翼
向我军阻援阵地压过来　当正面进攻被阻住
两侧之兵迅速绕过地堡群
在前沿阵地展开了近战
血肉横飞的阵地上　一场混战正在进行
战争烧红了人类的热血　使我们在沸腾中
体验到疯狂的力量和群体的上升到沸点的激情
战争唤起了人类本性中沉积的原始的冲动
人是野兽的一半　另一半
接受神明的指引

在战斗激烈的时刻　人不怕死亡
因为死亡就潜伏在体内　时刻等待着机会
制止人的机能和行动
死亡伴随着生命一起降临

第一部　人　间

是人的终点　也是人所到达的肉体的最高峰
在那壮丽的不可复还的一刻
死　主宰了万物
揭开了生命史上最终的指归和谜底
把一生的积蓄还给大地
把灵魂托付给清风和天空
死　在战场上收集着浩荡的人群
它使懦夫成为战士　使战士成为英雄
使英雄踏着自己的血肉走上辉煌的峰顶
死不是可怕的　它甚至是可敬的
只有死才使我们看到永恒的所在和意义
它博大的领域无边无际　包罗万象
它永不消失
永远陪伴　推动　收复创生所带来的一切
它一只手拉着万物奔走于世
另一只手接纳我们命中必落的灰尘

死亡继续着　在要塞路口
双方付出了成吨的血肉
而一种精神的力量正随死亡的增加而上升
这是凌驾于物质之上的强大动力
催动着内心深处的马达
让无数心灵在共振的节奏中产生合鸣
这是英雄气概　向史诗迭起的高潮推荐自己的生命
并从战斗和牺牲中领略光荣和神圣
就是死亡也无法压垮英雄的意志
英雄是特殊的人　被历史锻造
从人类的群体中拔地而起
使神明也要弯下腰来　向他致敬

悲　歌

看　一个战士的头骨砰的一声飞上天空
他向上望了一眼
那头骨上覆盖着黑发　像细长的野草
在随风飘动　他看到自己的头骨犹如华盖
在莫名的召唤下　向着太阳的方向飞旋上升
他骄傲地斜靠在墙上　感到成吨的阳光
正从他揭开的头部灌顶而下
他的全身在渐渐变得透明
他感到自己完全消失在宇宙间了
与阳光和天地融在了一起
通过虚无进入了永恒
而在另一个街口　与他的感觉相反
一个军人把跳出的心脏装回胸膛
他两眼发黑　喃喃自语："最后的黑夜已经来临"
他贴在地上的半边脸被街上的血流所淹没
他感到全身已被血流洗净
他在向泥土中深深地下沉　他接近了地心
他听见了大地的心跳
是那么强劲　孤独　又充满了活力
他听见大地的心脏向他说话：
　"你消溶之后　将通过万物的根须获得再生"

对于一个战士　牺牲不是死亡
而是向大地的一次献身
在通往英雄的道路上
多少人以生命为阶梯　踏着自己的脊梁
拾级而上　接近崇高和神圣
想想吧　一个人战死沙场与死于疾病是多么的不同

/ 第一部　人　间 /

一个人败在细菌的手下　等于输给了虫子
一个人死于衰老　等于在时光的吹拂下自然脱落
归于世间的风尘
一个战士要有战士的尊严　他不仅仅是人
而是一股肉体的风暴穿过此生和大地
他要带着浩气和雄魂　在高于众生和历史的纪念碑上
指认出自己的雕像和不朽的姓名

　　　　＊　　　＊　　　＊

又一个黎明到来　灰蒙蒙的天幕上群星隐退
遥远的海外却出现了一颗恒星　它的光
从地下向上辐射　映红了半个天空
那强大的感召力　使潮汐退落
也带走了泡沫和鱼群　远远看去
海面上一片荒凉　只有永不止息的
肥胖的波涛　出于水又隐于水
短暂　放荡　无穷无尽

潮水退下去了　多少贝壳散落在岸边
那些大海抛弃的骸骨早已冰凉
多年以后　它们将在沉沙之中还原为钙
并组建新的生命
那在海边汹涌攒动的人群之中
肯定有一个印证着大海的变迁　演化和记忆
他体内的盐　正结晶并沿着脊梁冉冉升起
贯穿他的血肉　他与世界有着无悔的契约
他到来　尔后消失　他是谁？他曾经是谁？

此刻那些滚动的人头　在海水落潮之际

悲 歌

已经汹涌上岸　仿佛失败的波涛
又固执又疲惫　不肯承认自己的命运
这是陷入现实的一群　在时光的催逼下
他们体内的涓涓细流在日夜回旋　拍岸
向着原浆的大海汇聚　渗透　还原
以便穿过沧桑世代进入众命的源头
而在我们悲哀的记忆中
究竟有多少波涛重复着岁月的皱褶
多少星月沉入水底　又升上我们心头？
许多年代过去　我们辜负了世界的希望
依然在地上种植白骨而收获婴儿
止于死亡而起于出生
我们获得永恒是在消失之后
我们理解生命是在对生命的践踏和拆毁之中
矛盾重重的人类　是否值得大海不倦地召唤和抚慰？
起伏于汪洋之上的息壤——这不断变迁的
沧桑大陆　除了漂流　是否还有另外的寓意？
这茫茫尘世　谁是众生的引渡者
难道只有这皮肉之躯
才是我们驶向未来的惟一方舟？

世界不珍惜生命　因而生命必死
泥土不承认彩虹　彩虹就腐烂在风中
时间不原谅人类　人类就不停地衰老和扑倒
两强相遇　一个说"不"　另一个也说"不"
于是人潮涌起　战争淹没了人类的头顶
今日　战争的人潮正沿着海边上涨
这是血液扶着陡立的云瀑向历史上升
这是大火烧红了海水　凌空倒下来

/ 第一部　人　间 /

黎明倾泻在大地上　　江山澎湃
去世千秋的背影也从人类背后传来了回声

陆地可以挡住海水　　时间可以挡住古人
而这在世的人群只有人群才可以截住
已经截住三天了　　已经有无数人停在了时间里
他们已无法看到今日的大海与天空的边缘
一盏巨大的明灯是如何出世　　为一场战争照明

　　　　　＊　　　　＊　　　　＊

海水落下去　　而人潮涌上来
紧接炮火之后　　援军从开阔的海滩上
密密麻麻地冲过来
军团的后面是大海
大海的后面是黎明
黎明的后面是虚无的风
一切都被战争所吸引
世界空出了大地　　历经万代而等待着今日的炮火
和冲击的人群

这确实不是普通的战斗
这战斗来得迅猛　　快捷　　急迫
两军搏击处　　肉和铁　　血和火　　大气和长风
的漩流纠缠在一起　　使人在绝境里
看到从血中升起的纯红的彩虹　　正横越人类
把众命之光领入苍穹
一股浩荡之气贯穿了历史和现实
顿使大地涌出无数英雄

悲 歌

沿海一线升起了纯红的彩虹
像迎接旭日的凯旋门矗立在海边
它弯曲的拱顶上方　来自黎明的云霞展翅而过
那透明的羽翼只留下光彩而不投下暗影
它证实：早晨是美丽的
它那殷红的色素与人类的血色基本相同
这是一条死神架起的彩虹
在它穹庐的覆盖下
一场战争正沿着人命的阶梯次第上升
看　一个战士跃出战壕　端起机枪横扫
子弹飞过他的身边　子弹穿过他的肺部
他的身体震动了一下　但是不倒
他还在扫射　他看见来自大海的凉风
正从他胸前的弹洞穿过去　在胸脯里旋起风暴
他感到肺里所有的气泡像飘飞的气球带着他向高处飞升
他感到渴　啊　多么红的泉水　多么热的血液
正从他的胸前向外喷发
他用双手捧起自己的血　面对大海狂饮起来
他站立着　喝着　在阵地上临风畅饮
风吹开了他的乱发和身边的烟尘
他似乎醉了　感到大地在倾斜
而汪洋大海正从遥远的年代里传来众神的合唱和掌声
这时黎明已经上岸　那上苍的火焰
一直越过海滩赶到他的身边
从他流血的伤口进入了心中
他感到自己胸中的热血顿时燃烧起来
熊熊大火向全身蔓延
只有撕开自己的胸膛才能扑灭这场火
只有动用整个大海才能浇灭那灼烧和疼痛

/ 第一部　人　间 /

整个战场的人们都看到了他
只见他弯下腰去　从阵地上
拣起一束手榴弹　拉着了导火索
大吼着冲进敌群
没有任何力量能够截住他
他的灵魂胀破并冲出了自己的躯体
他在轰响中拆开了一架疯狂的机器
把自己化解　消融　重塑为一个战神
和打旋的龙卷风
在他的带动下　许多死者纷纷起来
重新投入战斗　沿海一线杀声回荡
炮火连绵　遍地都是人群
阵地上的烟尘冲天而起　淹没了空中的彩虹

这是旷世绝伦的一战　没有人惧怕死
也没有人想偷生　一个战士在冲杀中看见
一颗子弹从枪口旋转着钻出来
越过开阔的海滩和凄凉的风尘　向他直飞而来
这子弹飞得太快　让他来不及躲避
甚至来不及思考　就到了眼前
他清楚地看见　那小小的弹头闪着光
钻进了自己的额头　又从脑后钻出去
他缓缓地回过头　看见那子弹依然在飞
越过一截燃烧的木桩和残破的铁丝网
越过三具尸体和十个弹坑
最后啾的一声钻进土里　溅起一溜烟尘
他感到头上有点痒　慢慢地
一道薄薄的血瀑从他额前泻下来
透过这道瀑布　他看到无限江山霎时变得通红

195

悲　歌

透过这道血瀑　他听见更密的枪声在穿越肉体和天空
他朦胧地意识到　有一双看不见的手
正把他推向深远的背景
在那无限延伸的地平线上　他越走越小
最后消失在时光的尽头

这场战斗从黎明打到正午　从正午打到黄昏
这一天的夜晚来得极其缓慢　直到星光
布满了整个天空　战斗才停下来
寂静的旷野上留下的血迹和尸体早已冰凉
借着照明弹的光亮可以看到
阻击阵地屹然不动　援军受到重创
又退回海边　准备下一天的进攻

    *　　　*　　　*

夜晚蒙住了大海　却蒙不住涛声
海潮在凉风中拍岸　向残破的阵地送去阵阵轰鸣
这永不疲倦的音响　悠远　旷达　神秘
带着生命原初的基因和密码
在粉碎中激荡　毁灭　再生　重构
传达着万物的旨意
而又永远缄默了对于世界和真理的追问
这是苦涩的众水在呼喊　在自己悲诉和倾听
这是万劫不复的波涛在一次次推翻和确立自己的命运
苍生躺在世上　息止了喧嚷　整块大陆在做梦
只有这临海的阵地上　凉风萧瑟　兵马不歇
危险的人类聚集在陆地、大海和生命的边缘

这是一个空寂的夜晚　一切都黯淡了

第一部 人 间

而伤口却在夜色里变红
许多伤口在流血　在疼痛
一场战争停在黑夜里　等于猛虎停在了森林
对阵双方都在备战　开阔的海滩上彻夜不息的
是人和人　是下降的肉体和破土而出的点点繁星

大约子夜时分　潮声变得更清晰
海风传来了鱼群的呼喊和遥远水域上漂游的梦境
经过几天的激战　人们已经疲倦
整个阵地上睡意蒙眬　就在短暂的宁静中
有人在挖壕　有人在思乡
而家乡何其久远　亲人何其恍惚
泪水蒙住了征人的眼睛
一些人从梦中醒来　沉浸在往事里
另一些抱枪而眠　梦见了故乡斜烟里的
匆忙的逝者和在世的乡亲
这时一声大叫惊醒了所有的人
人们伏在战壕里　借着星光看见海滩上
飘过来一张张人脸　这些脸离地五尺　飘忽不定
像是苍白的面具　几乎可以看清他们的牙齿和嘴唇
看清他们眼里的星辰在旋转
以及星辰上带电的灰尘
这些脸越过海滩向我军阵地飘过来
一张张人脸在飘忽　在无声地接近
让人从内心里感到惊恐
是谁忍不住开了一枪
弹道划破了寂静的夜空
接着众多枪声一齐响起来
这些脸慢慢地转过去　消失在夜色里

悲 歌

有人清晰地看见　这些脸的后面是头骨
头骨上面布满弹洞　风吹进洞口
像古代的乐器——埙——发出了悲凉的声音

夜色中的偷袭者又退回到海边
阵地上浮动着数不清的人脸
黄色的脸　被战争所驱动
这些暂存于世的虚幻的事物　有如风中的气泡
在破灭之前　承受着历史的挤压和时光的吹拂
又被苍茫的星空所覆盖　并深深地吸引

这是一个漫长的夜晚　时间停在了夜空里
以慢动作延缓了地球的转动
这是众星推迟了脚步
等待在黎明之前收拢新的亡灵
大自然应和了人类的意志　加长了这个夜晚
以便使更多的人眷恋尘世　回想自己的一生
夜色茫茫　苍生伏地　万物在睡梦中沉沦
多少条道路摸黑去往远方
其中必有一条接受星辰的指引　通往天庭
但那高空只适宜梦游　却不适于生活
我们必须进入泥土深处才能重返大地
与这庞杂的世界再次相逢
听　是谁在冥冥之中呼吸并蹑足而行？
一定是古人在地下走动
向这生死存亡的战场传递出低沉的喊声
如果有人打开来世的出口　他们一定潮涌而出
进入这波澜壮阔的时代
今夜　莫非有什么真的在来临？

有人看见开阔的海滩上　一群灵魂在奔跑

那比月光更白　比雾更轻的恍惚之物

像夜里出走的清风　向远方迁徙

身后跟随着庞大的阴影

他们在前生和来世之间穿过这寒凉的夜晚

要用去多少个世代才能重新获得自己的命运？

今夜　这些灵魂在奔跑

他们惊骇于枪口、战阵和死亡

他们听见万军的胸膛在黑夜里传出阵阵鼓声

那声音之大超过了以往

肯定是人类的心跳汇合在一起

肯定是回旋的血流在拍岸　与大海的波涛相呼应

产生了强烈的共鸣

因为我军主力将在明天向古城发起总攻了

在这决战之前　一切都在运作

人在备战　鬼在奔走　上苍在虚无中点灯

而星星　不会久悬于世　它们终将会熄灭

引起云中的大火和黎明

四、时间在枪声中消逝

公元某年某月某日的早晨　准确时间是

晚秋的早晨　滨海平原上晨雾迷漫

古城一片苍凉　笼罩在阴沉的气氛中

城外壕沟密布　我军攻城部队已经进入阵地前沿

一场旷古的大战即将来临

上午十时　凉风乍起　晨雾渐渐消散

高大的城墙上映出了阳光

古城裸现在旷野上　它南面大海

悲 歌

北靠群山　　上面覆盖着隆起的苍穹
突然　　刮风的天空中升起了绿色信号弹
随着这美丽的火花腾空而起
古城霎时淹没在浓烈的炮火中
轰击炸开了缺口　　随后人潮四起
杀声震耳　　硝烟弥漫了整个天空

我在攻击中冲入街道时　　太阳已经偏西
古城内枪声密集　　爆破声接连不断
断壁残垣中到处都是死人和伤兵
我的手臂上扎着绷带
我射击　　卧倒　　穿越　　杀死了三人
第一个击中头部　　第二个连中两枪
子弹穿胸而过　　在他倒下时
我的左臂受伤　　疼痛难忍
第三个是从背后打入的
待他转过身时血已溅到了墙上
像晚霞一样殷红
有好几次　　我差一点就死去
我已记不清我是否死过　　因为死太平常了
战争的过程就是死亡的过程
战争的目的就是通过死亡和征服　　获得生存

时间在枪声中消逝
子弹在忙于找到肉体　　完成它杀伤的使命
古城在混战中流出了血液　　它必将
从普通的岁月中分离出来　　进入浩繁的卷帙
就像我从人类中浮现出来
我使战争多出两条腿

/ 第一部 人 间 /

在大地上壮烈而悲愤地走动

只有死亡才能使我平静下来
否则　我将在生活的驱动下永远前进

　　　　*　　　*　　　*

枪声过于密集　难以分辨谁在死亡
谁在呻吟和活命　我翻过一个院落
在一个炸毁的平房里　找到一人
他已没有子弹　我也没有子弹了
我用枪托猛击他的后背
这是一个弯曲的脊背　可能受过生活的重压
和另外的打击　他晃了一下没有倒下
我们扭打在一起　都摔得筋疲力尽
这时他说："咱们歇一会儿再打吧"
说话时我看见他的嘴角在流血
他脸上胡须茂密　看上去不到五十岁
却已是饱经沧桑　满脸皱纹
我说："好吧，咱们谁也跑不了
就依你　歇会儿再打"
我俩相隔几米　对坐约有十分钟
我看不出他的表情　他像一座木雕
既无悲伤　也无恐惧　他问我：
"你叫什么名字？"
"公孙　你呢？"
"姓王　名者　是个山东人"
"家里还有什么人？"
"父母已老　本想打完仗　回家种地
看来是不可能了　你的家人怎样？"

悲 歌

"什么也没有了　父母早亡
爱过一个名叫蕙的女子　她已化作了星辰"
"这仗　还是你们打得好
看来我们是要败了　古城守不住了"
"你投诚吧　我军必将获得全胜"
"不　军人效命于战争　死不足惜
就剩我一个人　也要为古城拼死一争
好了　咱们起来打吧"
"打吧"我说
这时　不等我俩起身　轰的一声巨响
一个弹片从空中飞来　恰好削在他的脖子上
他的脑袋砰地飞起来　掉在了地上
而身体在墙角　鲜血从脖颈汩汩而出
我看见他的头沾满了泥土　嘴还在动
他的头说道："公孙　你赢了"
说完　他的身体从地上挣扎着站起来
他向前迈了一步　又迈了一步
他向自己的头走去　我看见他慢慢地弯下腰
从地上捧起自己的头颅　抱在胸前
然后转过身向门口走去
他一步一步地走去　他抱着自己的头颅
坚定地走到大街上　他一直走下去
我听见他用脖颈发出了粗重的喊声
这时枪弹在空中密集地交织着
战斗在继续　黄昏从城外　从天空
从死者不闭的眼中　大面积降临

　　　　*　　　*　　　*

总攻后的第二个拂晓　晨曦微明

/ 第一部　人　间 /

响了一夜的枪声更加密集了
古城已化为一片废墟
残墙瓦砾中　大火仍在燃烧
爆炸声连绵不绝　到处都是死人
一座城的衰败是如此之快　一天之内
它已满目疮痍　经不住风吹
昔日的威武和繁华消失殆尽
一座城曾有多少次死亡和新生？
一座城伴随着人类走过了多少时光？
在此落脚的第一群人是谁？
他们肯定经过了无数世代的生息和流亡
在一个月明星稀之夜流落至此
从此垒石为家　历经生死而不移
成为村　成为镇　成为城
人类从定居之日起　就注定了争夺不息的命运
我们占据了土地但不能把土地搬走
我们杀死了一个王朝但不能把历史割断
我们生活了很久　可是遗址在哪儿？
哪一具骷髅是人类最初的建筑　被时光所摧毁和废弃
哪一滴血堆放在子孙的体内　一再流动？
我知道我的身体也终将成为废墟
像一座衰老的城池　毁于暴力和自身的运动
现在　一座城已经坍塌下来
这石头和泥土垒做的城池　轰然倒地
子弹穿过它的心脏　在历史深处传出了回声

　　　　＊　　　＊　　　＊

古城战后　破烂的瓦砾中尸骨堆积
大火数日不灭　人群如蚁在城郭中蠕动

悲　歌

在这人群之中　我的个性已经消失
只有群体的激情使征服者在历史中沸腾
我看到战争的过程和结果
从时光里浮现出庞大的轮廓
笼罩着喧杂细小的人生
战争推动着人类的脊背有如浩气在空中推动着云阵
那虚无的力量高于大地却低于天空　扫荡过这个世界
带走了亡灵而留下墟址　摧毁了肉体而留下本性
战争是人类的暴行和原始冲动
以死为动力　在大地上卷起肉体的狂风
我就是狂风中的一股旋流　席卷过冒烟的城池
和衰变中腐烂的乌云
现在风暴已经过去　一切归于平静
我奉命在土坡上掩埋尸体　上万具尸体
在攻城时牺牲　我向他们庄严致敬
我向死去的所有军人致敬
我向死去的老人、妇女和孩子致敬
向倒塌的房屋、枯草及百姓致敬
向运送粮草、供应弹药、挖掘壕沟的民工致敬
向永远残落的血污和碎肉致敬
然后我仰天长叹　怆然泪下
向天空鸣放出悲哀的枪声

这是一个庄严的时刻
众多生命猝然间走到了终极
他们停下来　等待大幕从四方向下合拢
看啊　随着西风而来的霜寒
正在遥远的天空里旋转
高耸的远峰之上　移动着云翳的苍苍暗影

/ 第一部　人　间 /

初雪就要来了　有人在空中运送着白色花朵
为起程的雄魂铺路　而枯草茫茫的大野上
刮起了卷地凉风
什么样的亡灵需要大自然的引领？
什么样的壮士需要集体上路　超越自己的一生？
人活在世必有一死　而他们
将在纪念碑的浮雕上聚集
从虚浮的世界直接进入永恒

你　大胡子班长　曾经杀人的好汉
你　尚未娶妻的小伙子　额头像大理石一样平静
你　身经百战而不死的人　终于死了
你　走过万水千山的英雄
你　口哨吹得最响的战士　嘴角却紧闭着
你　总爱大笑的粗鲁的家伙　再也不笑了
你们　这么多人同时死去　不孤独
时间停在了你们心里　截生命于死亡
化喧嚣为宁静
寻着你们血脉的根源　上溯五百年
天庐开启　红日东出　一群豪杰在出没
从此上溯五千年　是几个老人现于洪荒
埋下陶罐和谷种　从此再上溯
野火烧天　红云笼盖草莽
茫茫黄昏中　是两个猿人在惊恐和悲鸣
你们是同一个种族　同一的血脉
你们死后　日轮经天　江河入海
大地依然运转不停
古城依然在地理上沉默着　经历日晒和风吹

悲　歌

我埋下了死者　低头向泥土致敬
死者永远地留在这里了　日久之后
他们就是泥土的一部分
身上将长出野草　草上将刮过凉风
风中将升起新的旭日和彩虹
一个人死后便不再死去　一个人以死为归
是生命的最终完成

死者死了　而我们还要继续战争
这时　我恍惚听到泥土深处传出呼声：
"公孙　公孙"　我猛然抬头
看见远方一片阴影正匆匆地掠过城墙
飘出了古城　恍如众人的呼吸被风吹散
或是古老的亡魂在低飞　呼喊着我的姓名

　　　　　*　　　*　　　*

大地上活动的人群过于拥挤
因而有人进入地下　找到安眠的去处
有人进入清风　飘荡在虚无的空中
谁是引领我们超越此世的使者　在众生之前
安排着万物的道路　又以看不见的手
为我们打开了进出之门？

庞杂的世界容许我们趁机潜入
偷渡漫漫逝水　从那浩渺而下的人流中
我所抓住的手臂已经消失
我所走过的道路在痉挛
经不住时光的冲刷和引诱
向生与死做着双向的延伸

第一部 人　间

在这战火年代　透过烟云和风尘
我看见人类依然在冒死登陆
遥远的地表之上起伏不断地
传来降临的阵阵哭声

而万千之人死去意味着什么？
一声呼喊忽然散尽意味着什么？
我眼里的天空悄悄变蓝
而远处的山峰突然升高意味着什么？
火在炉膛里熄灭　云在西天里变红
像一摊血　血意味着什么？

肯定有一个答案比一加一还要准确
肯定有人找到过谜底
在绝壁上写下启示录　然后隐姓埋名
他曾在深深的泥土中埋下脚印
又在大时代的门环上留下过指纹
他就是使者　使我仰头流下泪水
低头发现骸骨和凉风

大地上活动的人群过于拥挤
因而必须有人垂直地下沉或上升
战争就是减法
古城减去十万守军　仍等于古城
而一减一则等于零　零不是乌有
而是一个气泡在不断地生成和破灭
像浑圆的人头　滚动在人类的肩上
成为我们的制高点
主宰着短命的肉体和朦胧大梦

五、秋天正离我们而去

渤海湾的夜晚寒凉而空旷
远近村庄沉浸在夜色里　睡意蒙眬
古城战后　我军趁夜秘密向东转移
准备打击从北部压来的古城的援军
队伍惊起了夜晚栖息的鸟群
这些胆战心惊的鸟　数以万计地聚集在星空里
一边飞翔　一边鸣叫　天上传来呼儿唤女的喊声
这是一个神秘的集体
在我们上空盘旋　鸣叫　上升
它们越飞越高　穿过大气层和飘浮的电场
身体突然发出了光明
这个充电的鸟群向东飞去
形成了一个庞大透明的飞行体
仿佛下降到人间的明月　在低空里旋转
忽而向东　忽而向西　忽而高不可及
忽而掠过民间的屋顶
它们惊骇于自己的光芒和飞行
它们是如此之众　以致风也不能吹散
以致黑夜也无法埋没它们的身影
它们没有自己的名字　被统称为鸟
就像我们活在世上　统称为人
凭着叫声我知道　它们是云雀的子孙
与云霞同籍　往来于上苍和人类之间
是大地的养子　也是天空的居民

渐渐地　鸟群消失在遥远的星阵里

第一部　人　间

夜空恢复了宁静

我们加快了行军速度　突然

从西北方向传来了震撼星斗的杀声

在蒙蒙夜色中　我看见遍地金盔铁甲的勇士

猛冲过来　刀光闪闪　战马嘶鸣

这杀声极其悠远　仿佛从消逝的年代里传来

又像是史卷漏下的章节

在民间重演着往昔的战争

我惊恐地发现这庞大的兵团是幻影

向西南方向席卷而去　越来越远

最后消失在迷蒙的夜色之中

这令人惊异的一幕使我愕然

我战栗着　直到那悠远的喊声变成一阵耳鸣

直到那幻景过后的大地上空重新亮起了星辰

这时凉风又起　夜幕低垂

鸟群又一次飞临上空　那凄凉的叫声

使神秘的黑夜更显得空虚而朦胧

我看见无枝可栖的星星和几片薄云

也在深渊里飘浮　它们可能在谛听着

人类的私语和夜行者匆匆的脚步声

　　　　＊　　　　＊　　　　＊

古城战后　又一场围歼打援战已近在眼前

晚秋已经空出大地　为战争准备了地理和时间

跟随我们的西风　冲刷着人群

和尘埃　把落叶扫向平原

我看见云丝在空中散开　像惊慌的鸟群

试图在天空里安家　却又找不到合适的落脚点

悲 歌

连母鸡也在天上乱飞　连狗也在原野上流窜
战争在枪膛里压迫着人命和硝烟
一旦我扣动了枪机　连地图也要受伤　变红
连死神也会退步和呐喊
因为战争已经来到了战场　已经展开了旌旗
必须有人倒下　铺平历史的道路
必须依靠死亡　抬高生命的位置
认识人类的悲伤和苦难
我以战争的眼光看见
众人的行走就是骷髅在行走
众人的呐喊就是骨头在呐喊
我看见十万援军转动着头颅
不过是大地上刮过的一阵风烟

人类不珍惜血液的流量
因而就放纵血液
让它渗进泥土　渗入生命的根源
大地不挽留河水　江河便切开地图
和浅草的根须　不倦地运作和循环
不必找出理由　不必需要解释
万物从地上撤退　正如万物从地上来临
谁会追究人类的根底？
谁会怀疑我们生存的法则和灭亡的大限？
必有一天　人的命脉会断落
必有一次争杀从最后的深渊中升起
带来沉寂与荒蛮
像时光从沙漏中流尽最后一个沙粒
像历史压迫住最后一声呻吟
一个人倒下去　流尽了血液

第一部 人　间

一群人倒下去　是生活屈服于死亡
是肉体屈服于子弹　是空间屈服于时间
现在战争正从对面向我开炮
战争是人类对自身的打击
我处在战争之中　不知生死
我不禁要问：谁是人的敌人？

江河经世　有没有捆绑河流的锁链？
血液奔流　何处盛放人类的骨灰
和体内深藏的盐？
我已准备好身体和血液　供战争使用
我在反复衡量　我和炮弹哪一个更重
我和死亡哪一个更接近人类的终点？
现在战争呼啸而至
驱赶着成吨的肉体化为泥土
一个　百个　万个人倒下去
人们倒下去　我也会倒下去
我不幸被大地滋生
也必将被大地无情地索还

　　　　＊　　＊　　＊

仿佛历史已经安排好了这一日
一个惊心动魄的拂晓终于来临
冲下高山的西风　从我们身后扑向东方
朦胧过后曙色渐朗　地上隐隐露出村庄
我们的队伍跑步前进　向东穿插
从苍山以北接近了主战场

这时大地无遮无蔽　一派苍凉

悲 歌

秋天正离我们远去　许多事物退入了以往
时间不指向未来　而是撤入历史
造物这样安排我们的生活：
让衰老的继续衰老
而到来者将一再地来到我们身旁

透过风尘　我望见了白色烟缕
和风中弯折的草木
那些平凡的事物不断显现
而更多的事物躲开了我的视线
它们隐藏于世　独自承受着自己的命运

但是有什么在耗散？什么能够
回避时间的扑打和追击？
我看见茫茫战场上
曙光所照耀的村庄正在远方
呈现出清晰的轮廓
几片高天里的云翳　却在晨曦中消亡

这时大地尽头出现了旭日
与我并行的道路上人群来往
我在奔跑中计算着生死的距离
战争在奔跑中收缩着神经
等待绷断的一日
这一日已经注定　是不是就在今天？

今天　晨风经过黑压压的人头向平原推进
中间没有停留　我从后背感到大气
一直在流动　这虚无而持久的力量

与我们的生命一样　凄凉而浩大
对世界的建树正好等于对世界的摧毁和杀伤

　　　　*　　　*　　　*

晓风吹拂着战场　新日带来了更大的死亡
从弹洞到尸体　中间要经历多少痛苦和绝望
凭着一道斜坡　我看见远近的村庄在燃烧
枪炮声连绵不绝
黎明在远方拉开了红色的幕帐

这时朝霞渐渐散开　滨海走廊上
旌旗漫卷　密如蚁阵的人群在曦光中蠕动
而西风追赶的鸟群在高空里
被炮声所惊吓　越过战场向东飞去
消失在空旷的远景之中

比之于大自然缓慢的摧毁
人类选择了暴力　把战争推向高潮
现在一场决战已经展开
并进入了激烈的争夺　现在是沸腾的早晨
冒烟的原野呈现出一种旷达浑茫的气象

我力图从血迹和霞光中分辨出火与灰
从炮声和盲音中离析出众生的喧嚷
但是人潮推开了我的视野
使我看到　无数死者眼中的世界早已凝滞
而万里江山之上还有多少生灵在梦想和奔忙

我惊呆和激动于这战场上发生的一切

悲歌

我还是第一次经历如此规模的围歼战
如此的穿插与分割　截击与合围
以冲决和淹没之势　陷敌于汪洋之中

现在冲锋的时辰已到　献身的时辰已到
英雄在历史的召唤中已经出场
我已无法按捺住自己　我甚至感到
一部战争的卷帙正在我的内心里徐徐展开
上面出现了辉煌的一日　那就是今日——

西风漫过铁路和村庄横扫战场
荒草萋萋的原野上到处都充满了人的叫声
这时黄铜的号角从四面响起
大地在轰鸣和震颤　对阵双方搅杀在一起
展开了一场混战　而太阳
那君临万物的恒星——正在升起
它已超出了生死　按照它伟大的律法运转
向我们投下了光芒

　　　　*　　　*　　　*

杂乱的荆丛中混生着茅草　一道斜坡上
冲锋的号声过后闯下了尘土和人群
我从三种角度观看到战场：
时间的消逝性　空间的确定性　战争的坚硬性
我从另外的角度分辨出群生态：
奔跑的　死亡的　自动的和受动的
人们　在这个早晨共同参与着一个事件：战争

是时地上的高粱和玉米都已卧倒

第一部 人 间

以便使战争有充分的余地纵横驰骋
我冲下山坡　感到脚下的江山在倾斜
大河与人群流向低处
只有父性的暴力在炮火中升腾
我必须承认子弹和西风具有同样的穿透力
而更深的杀伤是看不见的
在战场以西　那似乎永远不动的
苍山在背后挪动着庞大的阴影

就这样一个早晨与死亡产生了联系
它的结果是：道路突然折断
众多的人在生命中途向深渊下沉
但泥土否认了人类　它只接纳血肉
而不接纳灵魂　只有风
从烟尘中起身向远方奔跑　试图追回什么
这是徒劳的　我对消逝的事物不抱任何幻想
我对未知的一切疑惑重重

我所能抓获的只是现在
是枪　是身边的石头
是凌空而过的鸟群和霞光
是爆炸中飞来的碎肉
和血色中固执不变的殷红
我是个现实的在场者　从此上溯百年
人类埋伏着我的姓氏　从此下达百年
我就是永恒和宁静　而此刻
战争迎面而来　我必须冲锋陷阵
既对生命充满敬意　又对死亡报以无畏和英勇

悲　歌

　　　　　＊　　　＊　　　＊

　　战争是否定的力量
　　以死亡为支点　撬开历史的闸门
　　人潮倾泻而下　冲击着精神和肉体
　　一次又一次地完成人对人的征服和占领

　　在生物进化史上　人类已不再有对手了
　　人类的敌人　只剩下人本身
　　服从于利益和冲突　人与人搏斗
　　服从于生存的法则　战争高于生命

　　我从互否的力量中感到人类
　　一直在结构着无底的旋涡
　　有多少人在其中泛起和沉沦

　　现在　战争的冲击波在人群中
　　产生了对撞　人头像漂浮的泡沫
　　聚集　移动　尔后消失
　　在历史的绝壁前　万籁都将寂静
　　只有血液掀起狂澜　从远古和未来两个方向
　　隐隐传出不绝的回声

　　我就是这狂澜之一粟
　　穿过荆丛和倒伏的玉米地　发出了吼叫
　　我瞄准了敌群　在他们胸前射出了窟窿
　　我直立起来　用两条腿奔跑
　　速度超过了猛虎　猛虎又怎样

/ 第一部　人　间 /

只有死亡才能使我停息下来　而死亡
只能减少人类的数量　却不能终止战争
就是战争也停息下来　也无人能够
改变古老的人性

是人性在把握和平衡这个世界
以牺牲为代价　推动着历史的进程
我看到汹涌的人类在时光中蔓延
淹没了多少白骨　这泥沙俱下的群体
比洪流更持久　在不断的冲刷中
完成对自身的摧毁　重构　创生

　　　　*　　　*　　　*

这个早晨　烟霞转变成阴霾笼罩着战场
阳光停在战争之外　受阻于细密的人影
而远山的峰顶上　白霜融化得无声无息
树叶从哪儿升起　又从哪儿落回大地

生命是暂存的事物
有来临　就必有归终
一个人死在战场上
等于落叶扑向风暴　大火灭于灰烬
今天　将死之人数以万计
他们暂时在奔跑　射击
暂时在呼吸和喊叫
很快就会变得寂静

战争不原谅任何人
在这狭窄的战场上拥挤着几十万军人

悲 歌

我从战争的边缘进入了战争的心脏
我在冲杀与被杀之间
看见地图抖动着　落满了鲜血和灰尘

十月的北方风烟浩荡　兵马倥偬　万木凋零
大河匍匐着分开平原　却熄灭了涛声
只有荒凉的大海一直在远方激荡着
那众水之命所传出的呼唤
让我们彻骨悲伤　又忍不住热血沸腾

　　　　*　　　*　　　*

这是杀戮的一天　绝命的一天
从炮筒飞出的炮弹　带着呼啸落向人群
到处是汽车的残骸　人的尸体　燃烧的火
和空中落下的灰尘　是爆炸留下的碎肉和深坑
我在战争的中心看不见战争的边缘
硝烟挡住了太阳　栅栏截住了亡灵
只有时间才能拉开距离
让我们俯瞰到战争的全景
而现在时间是个旋涡　激荡着血液
就是祖国横躺下来　也无法阻止它的流动

今天　暂时活在地上的一部分人
败局已定了　一个兵团就要死去
它们已经无法逃出重围与厄运
今天是我杀人如麻的一天
我射出的子弹已使无数个母亲失去了儿子
无数个妻子失去了丈夫
无数个儿女失去了父亲

第一部 人　间

我给人的血液制造出口
我给人的眼泪配置哭声
我骑着战争这匹黑马从人类的胸脯上
疾驰而过　留下了血迹和伤痕
我为什么要这样？我是否必须这样？

没有人回答我　人们都在冲杀　奔跑　赴死
人们已不顾自己的命　战争就是要命的游戏
不考虑死亡和疼痛
人在死亡之前不属于死　因而死不足惧
人在死亡之后命已不在　更无须怕死
生命对于战争　是一次集体献身
我时刻准备着用身体接纳子弹
我真的接住了子弹　身上穿出一个洞

子弹是那么小　那么灼热　钻进了我的胸膛
我低下头　透过弹孔看见自己鲜红的心脏
在剧烈地跳动　风从那里穿过去
发出了尖利的音响
仿佛是紧急集合时连长吹出的哨声
我突然觉得周围的一切都围着我旋转起来
我在瞬间成了世界的中心
我看见时间以台风的速度旋转
形成了一个巨大的漏斗　而我就是那个漏斗的洞
万物从我的身体里沉下去　永远没有尽头
我感觉我就是一个危险的陷阱
和时间的隧道　通向了未知的世界
我的边界模糊　我的去向不明
好像有一个血红的深渊在吸引着我

悲 歌

我在下沉中感到从未有过的满足
和彻骨的宁静
我看见有一片炫目的光晕
从深渊的底部升起　笼罩了我的全身
这光晕形成了绚烂的霞光
从我的周身向外散开
飘弥　舒展　廓开了天空
我听到蔚蓝的天空里传来了人群的欢呼和掌声
这时一对红色大门徐徐开启
从那遥远的地方涌出无边无际的人群
望着他们　一股不可名状的激情从心头升起
我感到有人在我的身体里烧火　我感到
我的所有缝隙在冒烟　在试图发出声音
这时　我看见我的伤口轰然裂开
从里面走出一个人　这个人向着人群迎面走去
他替换了我　他使我看见了自己的真身

另一个我代替我走进了人群之中
我进入了一个过时的生命体系
我所见到的全是旧人　在这里
我又一次见到了王者　他离开古城已经很久
依然捧着自己的头颅　在寻找亲人
"公孙　你是怎么死的？"
"是子弹　在胸脯上穿了一个洞
当时我正在奔跑　枪从对面打来
战争向我开了一枪
我死的时候　战争正进入高峰"
"公孙　你死得比我轻松
而我必须抱着头颅

否则一个无头的人　不被人承认"
这时我才感到我已经死了："我真的死了吗？"
"是的　你已经死了　是死使我们在此重逢"
"那么　我是不是在地狱里？"
"不　这里是恒界　是生命的栖所
人间才是地狱　充满了险恶和暴行"
这时人们围拢过来　质问我：
"你叫公孙？你为什么要打仗？"
"报仇""为谁？""为了蕙"
"是谁害死了她？谁是你真正的仇人？
你可以杀死士兵　但杀不死战争
你杀死战争　但杀不死军队
你杀死军队　但杀不死国家
你杀死整个国家　但你杀不死地理
你把地理撕碎　但你杀不死古人
你杀死了古人　却无法杀死传统
传统就是历史和文明
你最终只是杀死了肉体
而没有杀死精神"
"公孙　你征战南北　最后杀死了你自身"
"公孙　你现在也是死人了　你说说
谁是人的敌人？"
王者打断了人们的质问　对我说道：
"人生就是一场梦　人们苦苦挣扎
活着太难了　如果让我回到人间　毋宁死"
另一个人挤过来　又一次插话：
"如果让我回去　我会扳住生活的车轮
让它停住　不让它在必死的道路上无谓地前进"
他们抱怨不休　恨透了生活

/ 悲　歌 /

仿佛受到一次欺骗　永远不愿再生
我转过身　对王者说道：
"据我所知　人类活得兴致勃勃
在我们死后　依然有人不断地出生"
王者说："人生是一个不断死亡的过程
出生即是入死　来临就是为了消逝
因此人生带有盲目性
人们带着好奇心涌向人间
发现上当时已经晚了　只好活下去
我们都活过　结果是徒劳一场　两手空空"
他说话时双手不住地摆弄头颅
从那僵硬的嘴里发出声音
我接过他的头颅　替他抱一会儿
继续交谈："从另一个角度看
生命是一个不断出生的过程
死亡只是让位　以便空出地方容纳新人
但我不知道人的目的何在
人类匆匆地往前走着　到底要去哪儿？
我对人类的行踪所知甚少
我愿意再次冒险　回到人间
对人类进行追问"
这时人们熙熙攘攘散开
只剩下我和王者　依然在争论：
"你不必追问了　据我所知
人生是一条死路　我活过　死过
我有一种受骗的感觉
并因此发现了生活的荒谬性"
王者很固执　在古城战场上
他宁死不屈　是战争杀死了他

第一部 人　间

今日我也死了　我们是以死者的身份
在共同回顾人生："我觉得人生值得一活
如果不曾活过　我们便没有资格
对其进行赞美和否定
尽管生活是残酷的　尽管人是一种可怕的动物
我依然支持生活　我认为
人生丰富了世界　死也是必要的
生死是两极　而人是这中间最重要的部分"

正当我们谈论着
恒界的大门外又进来了许多人
多为战死者　他们的肢体不全
有的缺少头颅　有的手捧着自己的脾脏
其中一个肩扛着三条大腿在寻找失主
还有一个孩子　脑袋被炸烂
心脏挂在外面　还在不住地跳动
我看见一个妇女边走边从胸膛里掏出弹片
她的腹中怀着胎儿　但已不可能出生
我迎上前去　问道："家里可还有孩子？"
她说："还有一个女儿　刚刚三岁
我的丈夫是运炮弹时死的　我要找到他
他的腿掉在路上　已被汽车轧烂"
说完她向人群中走去
她的身后人群拥挤　来者不断
我从中认出十个熟人　其中一个告诉我：
"部队还在等你回去　你要服从命令"

"回去？回到战争中？回到人中间？"
我真的想回去　却又有些犹豫

悲　歌

我累了　生活完全是一种负担
你越是处在生活的轴心　负担越重
而人生没有边缘　每个人都在旋涡中运转
并自转　惯性推动着生命的潮流
是血肉在大地上咆哮和奔腾
我主动或被动地穿过生活　白活一场
什么也没有看清　我只活了那么一瞬间
既未去过历史　也未深入未来
也未认识自身
我的思想极其肤浅　我的身世恍惚不明
不足以探明人类的真伪和属性
如果我能回去　如果有机会
我想回到时光的源头　看看人类的根须
和生长的基因

"你千万不要回去　世界过于凶险
死亡随时都在跟随你　使你陷于被动和尴尬的境地
也就是说　生命是一场骗局
你注定是输家　你的得失相抵　正好等于零
而据我判断　整个生命最终也是一场败局
但生命太固执　它被自身所蒙蔽　不可能清醒"
王者还在劝我　他有他的见解
也许代价惨重的人　反省最深
他不同意我回去　他说人间就是刑场
谁去了　谁就必死无疑
而我既已死了　何妨再死一次
"生活是一场较量　没有胜者
我愿以命做抵押　再赴一次人生"
"如果你愿意　你就回去　请你多多保重"

第一部 人 间

"你也多保重　也许我去去就来
我们还会相逢"

这时　一个老者倏然出现在我面前
他的白发和白须飘到地上　像一个透明的幻影
我曾在早年见过他　当时他指引我
溯河而上　寻找人的路和大河的源头
当时他飘然而去　我只听见他的话语
没有看清他的行踪　今天他又一次
出现在这里
绝不是偶然的　他要干什么？
"我是来接你回去的"　他说话了
他站在我面前　而声音却像来自远方
仿佛是天空里动荡的回音：
"你已经完成了出生入死的过程
你的生命尚未结束　你还有更远的路
更大的使命　但你必须通过死亡而自省"
"我们现在就走吗？"
"不　你要更换一条命和一颗心"
随后他领我到一个秘密的去处
那里云蒸霞蔚　到处走动着透明的幻影
一个陌生人走过来　用刀切开我的胸膛
取出我的内脏　向里面装进一颗大心
这颗大心占满了我的整个胸膛　在强劲地跳动
老者说："好了　我们该起程了
你闭上眼睛　就会返回人生"
于是我闭上了眼睛

当我睁开眼睛　四周一片朦胧

悲 歌

黄昏笼罩了旷野　隐隐还有零乱的枪声
战场上人群在疏散和集结　硝烟还在弥漫
而炮声已经稀疏　夜晚正在来临
我发现自己躺在地上　胸前有一道长长的伤口
正在愈合　而心跳却变得异常沉重
我知道我已经死过了
我还能依稀记得死后发生的事情
现在我醒来　我又回到了人世间
而我已经不是原来的我了
我对这个世界已经陌生

一场战争可能不足以改变历史
而一次死亡　却足以改变人的一生

经过一场战争和一次死亡　我已是另外的一个人

　　　*　　　*　　　*

一场大战结束了　死去的人留在了北方
活下来的人还要继续作战
我们奉命转移　跨过长城向关内挺进
我走在队伍中　前不见首　后不见尾
只见烟尘滚滚　北风呼啸　兵马萧萧过大关
人们在匆忙地经过尘世
人们太急了　以至于跑步冲向终点
而沉默的永恒的山河构成地理　似乎永远未动
是我们在王朝的更替中一再消失　又匆匆闪现

/ 第一部 人 间 /

楔 子（二）

到此　一场大仗已经打完了
诗也告一段落　纸上还不时传来隆隆的炮声
但我必须从公孙的文字中走出来
回到现实生活中
我该离开老家　返回城里去了
那里巨大的工业在运转　商业推动着纸币和人群

这几天　我一直沉浸在公孙的诗里
那已逝年代的硝烟　常常漫出纸页
呛得我睁不开眼
时隔多年　我仍能闻到当年的血腥
在他的诗里　我没有发现"胜利"一词
因为战争是群体的硬性较量
对于肉体和生命　人类只有牺牲

"你在看什么？"　母亲走到我身边
轻声地问　她说话时正好有阳光从白发上洒下来
照耀着额前的皱纹
而父亲在院子里正用斧头劈一块木墩
他老了　却从不怜惜力量　"力气这东西
省下来也没用"　他常这样说
然后阔步走向田野　有时背着手
径直走进山顶的乌云之中

"我在看一部长诗　是一个人的生平自传
我这次来　就是要写这个人"

悲 歌

"我不懂你们作家的事　但不管写什么
千万要小心　我听说有人写书
被抓起来判了刑"　母亲说着
使我感到内心里突然有一股冰凉的风暴
越过黑压压的群众　冲出山口
像政治　释放在所有的岁月中

我知道　母亲是个普通的农民
她没有别的想法　只愿儿女们生活平安
她常说："不要违抗官家　活着要小心
如果在外生活艰难　就回老家种地
如果种地也艰难　那就只好认命"

　　　　　＊　　　＊　　　＊

"我从电视上看到　有一个老人在雕山
已经雕出了许多古人"　父亲放下斧头
站在院子里　望着我　脸上流露出疑惑的神情
"真有这事吗？"　"有　这个人叫公孙
看　我正在阅读的这部长诗手稿就是公孙所作
我现在就与他通话　讨论这部书的内容"
我拿出手机当即拨号　而父亲愣神看着我
对此困惑重重

"喂　是公孙吗？　我是大解
我已读完了你的《悲歌》的战争部分
我要跟你讨论一个问题
我且不论你对战争的反思
因为内容所指关涉到诗的本体论
现在我要质疑你的叙述方式　我认为

/ 第一部　人　间 /

你是个伪叙述者　根据是：
你不可能身在战场的某个局部
而看到整个战争的全部过程
你也不可能一边端枪射击和奔跑
一边写下：'我正在冲锋'
因为战争和叙述不可能同步
因而你的诗篇是'正在进行时'事件的一个伪证
在你亲历'此事'和写下'此事'之间必有时间差
从你的诗中　我实际上看到的是文字
是事后的描述　而不是正在发生"

我与公孙对话　父亲依然看着我
他对远距离通话视若神明
我继续说："是吗？你承认这些
对　对　这就是语言的局限性
同样的叙述不仅仅在诗里
也可以在生活中找到另外的证明
比如电视剧中的故事正在打动着观众
但我们所看到的不是真的事件
即：不是事件正在发生
而是被描述　被摄影
被编排和剪辑之后的影像
就算故事真实无疑　属于即时现场报道
我们依然受到了愚弄
因为我们看到的根本不是人
而是人或物的一个投影
甚至连投影也不是
当你打开电视机的后盖
看不到任何事件的蛛丝马迹

悲 歌

只有一堆电子元件和线路
只有电视信号和频道　波和粒子
在空中移动
因此电视是个欺骗者
它所上演的一切　对于观看者
是一切均未发生"

"喂　公孙　你的电话里杂音太大
请你大声点　我听不清　好　我是说
这是语言的局限和叙述的虚伪性
当你说出'这一秒'时　'这一秒'已经过去
你永不能描述'此时'的事物
你被时间所推动　永在伪证的席位上
这不仅是叙述　也是生活的荒谬性"

"荒谬性？"　父亲听着　不解地举起斧头
用力劈下去　木头啪地裂开
斧头砍进地里　在石头上爆出了火星
他解决问题就是这样　使劲过大
从不拖泥带水　不像春天的云彩
丝丝缕缕　既不下大雨　也不开晴
不是我喜欢这样比喻
看　确实是又阴天了
唉　这个时节
即使有雨　也很少出现雷鸣

　　　*　　　*　　　*

下午　父亲从田野中回来
鞋上沾着湿土　显然不是露水

而是细雨在禾苗和草叶上滚动
打湿了人们的裤脚　也影响了人们的心情
父亲说　禾苗已长高　无法再丈量土地了
村里已宣布　等到秋后再分配和调整

"我看这样也好　可以从容地
用一整个冬天划分土地和树木
我愿意在雪地上行走　就像分配白糖
和面粉""你还是这么没正经"
母亲冲我笑起来　她是用皱纹在笑
我的母亲　是一个劳累一生的苦命的人

"我看你衣服上的扣子松了
妈给你缝一下　你小时候就这样
总爱掉扣子　好像你喜欢漏风"
说着　她找出了针线
但她眼睛昏花　已经纫不上针了
她的手指也不灵活　动作显得笨重

我记得母亲年轻的时候
经常纺线到深夜　有时直到天明
那时她要做衣服　做鞋　供九个人的穿戴
那时油灯是多么小　而夜太长
她从早忙到晚　一声也不叹息

现在　母亲埋头给我缝扣子
她已经看不清针线了
她是凭感觉在缝
她低着头　她的头发几近全白

悲 歌

到如今　她的心是不是已经碎了？
她的心里装着一家人　惟独不曾关怀过自己
母亲的一生　是专为别人而生的

父亲也一样　他操劳了一辈子
被土地牢牢拴住　最远只出去过二百里
他惦念的远方不超过石家庄
他挖过的土坑深度不超过墓穴
他种过的庄稼无数　减去灾害和交纳
只够养活一个家庭

"谁家不是一样？在村里
我们的日子是好的"　父亲知足常乐
他在石头上搓去鞋底的湿泥
然后跺了几下脚　去墙上取下锄头
而母亲低头缝补　不小心扎破了手指
母亲说："又扎了手
你呀　总是让人心疼"

　　　　*　　　*　　　*

山村的细雨又一次下起来
云雾蒙蒙的山川笼罩在烟雨里
树叶遮住了鸟鸣
农人们躲在家里　搓绳子　做扫帚
把捆好的烟叶拆开　以防潮湿发霉
而小学校里　从漏风的窗户纸
传出孩子们走调的歌声

许多年前就是这样

村庄似乎一成不变地沿袭着古老的风习
山还是那些山　水在减少　人在更替
雨下了又下　那些庄稼和青草
生了又老　老了又生

这时谁走在雨里　谁就是急不可待的人
他必定有要紧的事　他必须冒雨赶路
雨不大　对于农民算不了什么
但人们还是不愿意淋雨
雨落在地里是有用的　雨不能白下
它关系到庄稼的长势和秋后的收成

近几年　北方春旱少雨
难得有和风细雨　这么知情达理
这雨比汗要珍贵　比油要香
雨啊　下吧　再大一点　再密一些
落在田里与落在屋顶　没有什么不同

记得小时候　雨天昏昏沉沉
最好是睡觉　而今天不一样
我要看着这雨　我要在窗下
等待山风从雨的缝隙刮过来
带来清凉的气息

我要在安静的雨天　阅读公孙的《悲歌》
如果雨从窗外斜飘而入　那是老天的意思
它找到我　一定是接受了诗歌的邀请

第二部 幻象

第二部 幻象

第一章 我在不觉间进入了蜃景之中

一、黄昏

沿着渤海湾平阔的原野　北风带着尘土
吹刮着远近的村庄和树林
燕山余脉的峰峦呈现出灰黑色　壁垒在走廊以北
那些山脊和斜坡停止了起伏　而与它们对应的
新月形海滩却在永世的冲刷中被波涛推动
我们的队伍行进在山脉和大海之间
跨过长城向关内挺进
这时来自西伯利亚的寒潮从蒙古高原南下
跟随我们的脚步一同入关
而更多的气流推动着高天里的云翳
在我们头顶上空缓慢飘移　预示着一场雪
将要在初冬降临
我在奔走中北望长城
看见鸟群和云阵混合在一起　越过绵亘城墙
在晚风中滑行
而在西方　落日的余晖正从地下冲腾而起
从那镶着金边的晚霞边缘
来自北方的云絮正在向黄昏靠拢
白昼就要消逝了

悲　歌

　　树林后的远山似乎在后退　它们的轮廓
　　渐渐重叠在一起　构成了起伏的地平线
　　也遮住了夕光下出没的人群

　　晚风的驱动力使一切虚浮之物富于动感
　　炊烟钻出大地　消弭在空中
　　而在民房的后面以至更远处
　　暮色聚拢着朦胧的元素
　　带着呼声从高处垂直降临
　　有消息说　今晚将有星星顺着山坡升起
　　并从云缝中漏下针尖大的光辉
　　今晚将有河流在星光下悄悄结冰
　　神明总是通过具体的事物传达他的旨意
　　和律令　今晚他将化为一个农夫
　　咔嚓咔嚓地踩着冰碴　为我们引路
　　以便使我们快捷地穿过此生
　　我有一种感觉　好像所有的人都在走着同一条路
　　所有的脚趾都朝着同一个方向
　　你可以退出　但不能逆行
　　只有风逆着我们的胸脯不停地吹拂
　　传递着嘈杂的人声和进军的脚步声
　　我听见大气在空中摩擦着翅膀
　　消失在渤海湾尚未升起的群星之中

　　所有的人都在走着同一的路
　　所有的事物都遵循着自己的法则
　　在大千世界中运动
　　远处的海波　近处的尘土
　　我们身边匆匆而过的面孔

第二部　幻　象

两个人在交谈　许多人在交谈　迈步
整个队伍在风中前进
而在阡陌纵横的田畴上
白杨和笨槐光裸的枝丫后面
一座村庄匍匐在迷离的暮霭中　一动不动
许多人从那儿出生　又在那里归隐

冬天加深了原野的荒凉气息
无论是在雪花盛开的北方平原
（那是战争岁月　枪声横穿道路
指向多少个肉体的黄昏）
还是这狭窄的走廊关隘（长城由此向西
垂下它年迈的锁链　我曾在早年
到过它风沙掩埋的段落
那里悲凉的箫声　聚拢着月光下的白马群）
我对冬天的记忆不仅限于寒冷
我对生命的指认远远超过现世的人群
有一年我说　乌云就要落下
它就真的落下了　有一年我说
乌云就要落下　但许多人死去　乌云依然在飞行
冬天清理掉世上虚浮的部分
而在杂沓的道路上　时间向两极无限地延伸着
既无始　也无终
几万人在我的前面晃动着背影
几万人在我的后面行走
我们走在地理的走廊上　也必将进入历史
一个人在有生之年　无法逃避时间的追踪

在战争岁月　也曾有过这样的经历

悲　歌

世界由明转暗　整个地球在隆隆转动
黄昏来得缓慢　原野从金色
变幻成朦胧的暗红色　战场渐渐趋于平静
我们从大野的边缘地带绕道而行
进入了严冬　三座山峰挡住夕阳
把云瀑逼上绝壁　从那陡峭的霞辉之上
西风托举着云雀的翅膀　转而消失在暮霭中
那时生死攸关　原野伏在地平线上
等待一场战役拔地而起
而黄昏埋没了炮火和人群
使冬天更加空旷而寒冷
我能听见北方傍晚结冰的声音
那声音静谧　广大　暗含着肃杀之气
与今日的黄昏略有不同

今日　北方的民居在开门　关门
寒烟落照　空气中飘浮着暮色和人声
这一时刻　没落和辉煌同时呈现
使村野笼罩在朦胧而晕红的色流里
大地的边缘已经模糊不清
我们进入了白昼和夜晚的结合部
这是危险的部位　在这样的时刻行军
必须加快速度　否则有可能变成幻影
在我的记忆中　已有许多人似是而非了
他们的身影消失在黄昏里
恍若大雾飘出山口　后面跟着凄凉的风

一阵风掀起远方的尘土
更加深了黄昏的浓度

我们的队伍在加速前进

傍晚似乎带着倦意　从原野四周弥漫过来

使我们的视线变得朦胧

我举目四顾　前面人流尽去　只可望其项背

我的身后来者匆匆　无穷无尽

百万大军三路入关　向北平和天津挺进

骑兵纵马穿过原野　消隐在远方

晚云正向他们投下苍青的暗影

这时民间的屋舍若有若无

一切都变得模棱两可

山峰重叠为山脉　树木隐匿于树林

永不绝迹的人们在四方走动

生活在继续　而灯火尚未亮起

我隐隐约约听到远方传出嘈杂的喧声

梦境和现实在混淆　错位　改变着原意

我必须穿过事物和人群的缝隙才能进入夜晚

我必须露出又藏匿自己的本性才能生存

我似乎已不是我　而是一个概念人

我对自己的焦虑就是人类最终的焦虑

我对生命的怀疑有可能酿成对生命的否定

现在黄昏来到我的身边　通过毛孔进入了我的体内

我在黄昏中分不清我是谁

一个人的身体进入黄昏

等于心灵在蒙尘　他不可能清醒

一条走廊进入黄昏　等于世界承认了黑暗的必然性

现在我穿过这条走廊　走在生与死　夜与昼

战争与和平的夹缝中　走在人和人之间

看见远山巨大的阴影在黄昏里融化

悲 歌

　　有如一阵风　吹灭绢纸上的灯火和古人

　　　　　*　　　　*　　　　*

　　黄昏越发浓重了
　　随着暮色降临　晚风加速了它的进程
　　这看不见的大气呼啸着掠过树梢
　　发出尖利的叫声
　　折断的枯枝和荒草飞到天上　又卷回干燥的大地
　　晚云带来了北方的寒冷
　　我们穿行在北风里
　　沿着时间的走向　一条古道在西行
　　把我们领入苍茫的暮色中

　　"天色暗下来了　你的胡子和眉毛在变白
　　寒霜从脸上向外扩散　我能感到
　　你的内心也是冷的"　战友转过脸来
　　目不转睛地看着我　他从入冬以来
　　就常常说些类似的话　然后会意地一笑
　　仿佛一个智者看透了事物的本性
　　"是呵　天气变冷了　我的血液正在结冰"
　　"这没什么　我在一本书里
　　听到过冰山融化的声音
　　一个人的心脏会在春天里解冻"　他用手
　　摸了一下自己的胸脯　他的心就住在那儿
　　那是负过伤的胸脯
　　子弹穿过他的肋骨　留下了一个洞
　　他年长我几岁　说话时胡子上的白霜一抖一抖的
　　眉毛也全白了　仿佛是一个历经千载的老人

"我曾经死过　不知怎么又活了过来"
他又说道："我反对生活　却又处在生活之中"
他走着　脚下踢起的尘土随风而散
汽车从后面驶过来　车后拖着大炮和烟尘
"我闻惯了硝烟的味道　但对尘土却不能忍受
我总觉得其中有亡灵在出没　进入了我的肺腑
他们试图通过我　重新占有生命"　我边走
边揉出眼里的沙子　抱怨着
"可是风总是不停地刮　这些风啊
刮向东　刮向西　刮向南　刮向北
总是刮起尘土　我总觉得其中有亡灵在出没
并与人世发生了呼应"
"你的感觉是对的　我也曾在黄昏中听到过异样的声音
我至今还能记得那个傍晚　大风刮走了一群人
待他们回来时　头发像生锈的水草
在空中不住地摆动　后来战争来了
战争从四个方向带走了他们的身体
并从体内抽出了炊烟似的灵魂"
他形容事物有一种逼真的能力
这家伙真怪　说话时发出双重的音响
仿佛是两个人在交谈　说出同样的语句
同样的声音

许多事物在黄昏中变得迷离
当我说出我　又仿佛是另一个人
世界混淆了事物的边缘　有意让我们看不清过去
也望不见未来　对自身也产生了怀疑和否定
比如一面旌旗　我却看成了火焰
比如一座村庄　我却看成了坟茔

悲　歌

一棵树　忽然变成了两棵树
一个人　具有了双重的人格和身份
一个我在行走　另一个我也在行走
谁是真正的我？有时我怀疑自己
身体是否出现了裂缝　但一切都没有变化
身体是旧的　世界是旧的
我和另一个我没有本质的区别
是黄昏加深了事物的幻影

现在的情形是这样的：
我们的队伍走的路上
与我们并行的蚁群穿过沙粒和荒草
也开始了它们的远征
夜晚就要来了　晚风翻过山脉和原野
冲向海边树林　田野变得模糊起来
天空已隐隐约约出现了星星
我伸出模棱两可的手臂拍了拍战友的肩膀
他没有再说什么　我看见他的脸
在不断地更替着模样　已经变得陌生

　　　　*　　　*　　　*

物理世界有着不可穷尽的奥秘
变化是相对的　不变的是元素在永恒中
以最初的属性不停地运动
水依然是水　风依然是风
笼盖白昼的黄昏高悬在天上　依然亘古不倦地降临
当我说出星星　我并没有说出它的结构和引力
而是指认出它的光明　当我说出梦
也没有接近梦的本质　而只是描述了事物的幻影

总有一些东西躲在深处　让我们无法企及
使我们处在生活之中
又仿佛从未触及事物的核心
我有一种身在外围的感觉
被蒙蔽　疏离　愚弄　又时时地
被一只无形的大手所操纵
我真想即刻坍塌　碎裂为一堆原子
然后重组一个本我　从反向进入人生
我想在时间的长途上
肯定有一条道路在循环并暗藏着可逆性
肯定有一个细胞　参与了人类的整个流程
但在这黄昏中　我无法看清世界的真相
我只能外在地探究生活的原意
并一再地与这个世界相逢　对峙　周旋

现在　黄昏从四面八方包拢过来
黄昏弥漫着　像思想中升起的大雾
越过遥远的山坡和祖籍　飘到今日
抹去了世上的人群
在可见的范围内　我尽力从影子中
分辨出真实的事物
以便跟上队伍　踏着尘埃前进
"否则你将在自己之外　变成一个他人"
战友凑过脸来　似是而非地说道
他的脸依然在变化　他的语言含糊
在各种声音中摩擦　互驳　消解
深入集体的轰鸣之中

"我将在自己之外　成为一个他人？"

悲　歌

我重复着这句话　我觉得我有必要反复地
察看自己的身体　检验自己的心灵
因为我看见许多人都在变
脸在变　身体也在变
慢慢地　人们的棉衣变成了铠甲
整个队伍披金挂甲　在沉重地前进
人们并没有察觉自己的变化
依然向前走着　在车辆的嘶鸣中
北风使劲地吹刮　路上征尘四起
更使黄昏变得浓重　渐渐地
人们的铠甲不觉间脱落了
转而变成了布衣　又变成麻布
又变成树叶　我朦胧地看到
一条道路窜入远方　向夜晚延伸
路上拥挤着匆忙的古人
我惊诧了　这是怎样的年代　怎样的时辰
怎样的人们在奔走　浩浩荡荡进入了黄昏？
我不能相信自己的眼睛
我已不承认我自己　那么我是谁？

"事物在改变　这世上没有局外人"
有人在远方说着
夜晚一下子落下来　旷野消失了
只有人群还在行走　向西　向时间深处
不曾有片刻停顿
我瞠目细看　前面的人群依然在变
身上的树叶纷纷脱落　长出了长毛
我恍惚觉得是一群古猿在排队前进

我加快步伐向前追赶
遇见了人类的祖宗

*　　　*　　　*

渤海湾的上空阴云在弥合　夜幕低垂
云缝中漏下的星光细小又孤伶
我们穿行在原野上　渐渐进入了幻境
这时北风依然在刮着　这空虚的气流
从我的身上吹过去　一再地吹过去
又偶尔从远处回过头来　从海上带来史前的涛声

二、黑暗中站起一个人

这是一个似是而非的夜晚
蚂蚁藏进自己的窝里　停止了一天的运动
火在灶膛里熄灭　跳上民间的油灯
但光是暗的　还没有人清楚
黑是怎样一种物质
它推翻我们的视觉　甚至蒙上万物的眼睛
在我们可感的原野边缘　星光漏下云隙
冷　压迫着黑暗的大海和山峰
而阴云在风上飘浮　还不急于降下雪花
它们需要更冷的气流　更暗的夜
完成从天空到大地的飞行
透过夜色　我看见远方隐约出现一片灯火
那低矮的光又小又悲哀
仿佛远古遗存的一个梦

在夜色里行军　不知不觉地

悲 歌

我神志迷离地游离开队伍
一个人进入了混沌之中　四周一片昏暗
走　成为一种无奈的行动
好像有一个白色的影子在前面引领着我
他曾经在我的家乡出现过
他说过的话　我似乎还能记得
但已有些朦胧　现在他领着我走向高处
他离我越来越远　渐渐消失在虚无之中
我还不曾有过这样的感觉
脑袋开始膨胀　脚步飘飘忽忽
生命在瞬间失去了重量　我悬浮起来
越飘越高　当我俯身向下
看见地球正离我而去　它旋转着
似乎找到了新的轨道
把我一个人留在了空中

我在空中飘着
在风云所畅行的虚空境界
被一种神秘的力量裹挟着　向深处推动
一种巨大的恐惧感从我内心袭过　像风暴
带着雷电和石头冲出了肺腑
又卷起肉体中积压的灰尘
我分明感到　热血拍击着管道
以崩洪之势冲上我的头顶
我感到整个天空旋转起来
突然爆发出无数个星星　它们飞舞着
生成着　又从我的眼前消失
随后是深深的黑暗　从四面向我挤压
使我的心战栗不已　差一点松开自己的灵魂

第二部 幻 象

时间渐渐进入深夜
一群夜鸟从我身边飞过
它们摸黑在天上赶路　发出了叫声
许多年前我曾想过　一群鸟在天上
生命是否会变轻？
它们走在凡尘与上苍之间
既不远离大地　又不肯混同于芸芸众生
因而选择了一条虚空之路　在天上徘徊
以此表达对世界的超然解脱和不完全信任
鸟是怀疑论者　是生命的奇迹和骄傲
它们自觉地提升了自己　进入众神的行列
而又保持了对泥土的眷顾和亲情
它们最终要在地上生儿育女并悄然死去
在土坑中埋下自己的灵魂
而我却不能　我不是飞翔的种族
我惧怕悬浮　我必须脚踏实地
才能走完自己的一生

恐惧加深了黑暗　阴云在弥合
寒冷聚集着空中的颗粒　挡住了星光
和横穿北风的鸟群
凭高而瞰　大地上灯火迷茫　人生如梦
许多事物在生成　消失　渐渐趋于寂静
时间慢慢地散开　肉体在衰老
在摇摆　挤压　盲目地流动
我听见黑夜里骨头拔节和坍塌之声此起彼伏
多少个受精卵争相涌向世界
又发出了大失所望的哭声

悲 歌

人类拥挤在世上　黯淡　卑微　窃窃私语
冬夜正掠过他们漆黑的屋顶

我在悬浮中继续飘行
一切都消失了　我感到从未有过的黑暗
从四面包围而来
连黑暗也在黑暗中沉降
连时间也在向内收缩　被自身的引力俘虏　逆向流动
我感到无数个世代正从我的体内穿过返回到远古
我就是一个深渊在不停地堕落　旋转
向着原始的奇点塌缩和收拢
我的恐惧转变为惊奇
我的体内充满了欢呼的元素
我通过黑暗看见了更暗
我融入了更暗　我已看不见我自己了
我已不是我自己　而是一个宇宙初始的在场者和见证人

现在让我说出这眼前的黑暗
它是如此之黑　在此之前
任何光都还没有出生　更无所谓熄灭
"火"和"光"还未被命名
一切事物都是一个事物
一切色彩都是一种色彩　是黑和更黑
它是如此之黑
以致压迫住存在　使存在还原为"在"
"有"趋向于"无"
没有空间
没有时间
没有光

第二部　幻　象

没有边界
黑即无限和惟一
我来到了何处？我为什么在此？
有什么将要发生？
我感到惊讶
我试图说话　但找不到语言
这时世界还未赐给我言说的嘴唇

这是长久的黑暗之夜
万物不是在沉睡　而是尚未诞生
我像一个秘密藏在深处
在黑暗的中心
我感受到元素的胚胎在排列和组合
在厮打　摩擦　冲撞
等待着裂变和燃烧
这是无序的初始的动荡
没有规则　没有意识
偶然的演化酝酿着必然的结果
有限的边界包含着无限的时空
我不能在此之外　宇宙不允许有"之外"
我又必是我自己　"我"的意义不含他者
我是一个永恒的存在
在物之内　在物之初
进入了一个特殊的场
参与了时空的生成和演进

　　　*　　　*　　　*

黑暗不知持续了多久
我从浑噩中抬起头　看见一道光

悲 歌

从黑暗的中心迸出
先是试探性的微微一闪　又一闪
而后是惊天裂地的轰鸣
这是灿烂的一瞬
这一瞬分解开黑暗　裂开了天地
光交织着光　火融化着火
石头飞旋着运转为星辰
这时在光中　出现了一个巨人
这个人是卵生的　我看见他弓着腰
从天地间直起了身子
他的身上还带着地壳和岩浆
整个宇宙孵化了他　他终于破壳而出
他大喊着手抡巨斧劈开了黑暗
他开辟着世界
他是谁？
他是何时生成的？
他没有名字　他不必有名字
不必有言语　他不需要言说
他在言说之前拒绝了语言
他在出生之前拒绝了父亲
他自己就是自己的创造者
他是自生的　他是如此之大
以致清气从他的肩头上升　成为天空
以致尘埃在他的脚下沉降　成为大地
他头顶天空　脚踩大地　不断生长
世界无法阻止他的生长
除非他自己崩塌　碎裂为日月和山河
成为万物的始祖
现在是天地之始　他有事可做

第二部　幻　象

他不急于崩塌　他还在生长
他在生长中持续了很久
或许是一万八千年　或许更久
他工作着　顶天立地
身上长出了树木和野草
许多时光过去了　他依然不肯衰老
以致我上溯到时空的源头
在蜃景中看到了他开天辟地的一幕
我把他命名为"盘古"
意思是：第一人

时空的创生有它的自律性法则
它在众神出生之前　安排好山河
和闪烁的星星
让我们身在其中
而又不可穷尽其原理
终其世代难以指认事物的本性
它假装封闭住逆反的通道
不让我们回头　查看宇宙的雏形
它充满奥秘　却不排斥探秘者
它设置生命的大限　却不阻止出生
它让我误入蜃景　逆时而上
成为创世的亲历者
而又始终是那个时代的"外乡人"

我知道我是进入了神奇的蜃景之中
我看见了盘古和他开辟的新天地
我踏上他的大地　从而结束了黑暗而飘忽的旅程
我要消除"外乡人"的身份

悲 歌

适应并深入这个时代　我要赞美这大地
但不使用言词
因为言词是粗糙的　后造的
甚至脱离了原声和本意　不纯粹　不美
我必须用喊叫　从无数个星球上取得回声
我的喊声是孤独的　本能的
带着荒野的气息和血液的腥味
我的喊声在盘古的喊声之后
成为一个时代的尾音

这是刚刚开辟的世界
星星又大又亮　星星和星星
离得很近
这时大地上的山脉不叫山脉
星星也不叫星星
一切都是不定的　生长的　无名的
命名是对事物的限定和指称　带有强加性
这茫茫世界　谁是命名者？
谁在创世之后　说出第一句话
使万物得到承认？
这时还没有语言　只有喊叫
喊叫不是语言　而是一个单音
这时只有存在　没有先在
没有语言和言说　没有对话者
盘古独立着　他是一个自足者
他平行于自然　又是自然的一部分

不知过了多久　大地静下来　盘古消失了
熔岩渐渐凝固　江河开始向海洋流动

第二部　幻　象

我木然地望着这一切　停止了思想
目睹白云爬上远方的山顶　我深知
在万物造化中　思想是最轻的一部分
它对称于既有和乌有
是原子上的云彩和微风
我停止思想是为了减弱自身的引力
让事物安静下来　获得秩序　美感　个性
以便在自然中就位
等待漫长的演变史缓缓来临
现在我来到这里　成为初始年代的一个不速之客
是否违背了伦理　进入了禁区
影响了大地的发育和运行？
我不知我是人类的第几代　第几个子孙
我来到　我看见了　我已不复旧我
我已是返回远古的一个新人

　　　　*　　　*　　　*

时间慢慢地过去　地球开始匀速运转
在星际的引力中获得了平衡
这是一个物理的宇宙　在我的视界里
时间是一个无形的量
它这样确定我们之间的关系　其结果是：
时间是减法
时间的增加等于生命在缩短
正如热的耗散等于熵增
时间空虚　散漫　无处不在
它分出漫长的此前和此后
惟独"现在"极其短暂
仅仅大于零而小于无穷小

悲 歌

它沉积于历史深处
又在未来散开了无限的光阴

时间空空荡荡　长久意味着多少个时辰？
从日升到日落　从人（盘古）的到场至退出
似乎仅仅过了一瞬
而大地已是沧桑变化　万籁争荣
我看到山脉在远方起伏　生出了云彩
草木在原野上无声疾走
完成了对泥土的霸占和远征
在生命的登陆线上　大海晃荡着蓝色的波浪
把天边的云霞推到高处　而江河分开原野
正在埋头入海　躲避着来自高原的一场暴雨
风吹过来　又吹过去　那松垮的集体
恰与时间同构　闯下斜坡又漫过宽大的山口
散失在草地和白露之中

这是万物无主的时代
由于巨人的缺席
世界显得空虚而荒凉
多少事物兀自出现　又无由地消隐
这时人类才刚刚露出端倪
才仅有一个人来过　开辟和报到之后
又缓缓消失
我想知道　还要多久　人和人们
开始全面登场　成为历史的主演？
还有多久　人才能以后天的　受造的　动物的身份
从泥土中走出来
完成对自身属性的确立　成为哺乳类的一员？

第二部 幻 象

眼前这空荡的世纪
还无人回答我的疑问
盘古消失之后　许多事物悬置起来
等待着解释和发生
在"我"和"我们"之间
在人的两次到场之间　有一个漫长的空白期
可供世界做出决定　即——
"人"已经出现　是让他就此永逝
还是任凭他来临？
从存在的一切可知　从"我"可知
世界肯定了后者　是啊
没有人的存在　地球怎么转动？

没有人的存在　时空只是一个孤单的奇迹
没有人　星辰枉自闪烁　大海徒然汹涌
得不到承认和赞颂
没有人　火不是火　而仅仅是燃烧
水也不是水　而是蓄积和流动
山脉只是石头　肉体只是肉
"我"只是一个莫须有的概念
没有人　等于存在放弃了思想　思想放弃了自由
而现在我来到这里　正是这样一个时代
这里前人已去　来者杳无音讯　世上空无一人
我是惟一的闯入者
我偶然窥见了大地的历史
有如一个人窥见了父亲的出生

/ 悲　歌 /

三、她在歌舞的中心和我说话

盘古的诞生和消失是一个梦
现在我醒来　大地上正是春天
青草和花卉铺满了山坡
河流两岸绿茵坦荡　众鸟齐鸣
暖融融的太阳升上云端　并继续向上
从树影移动的地方　刮来了微风
我伸展开四肢　懒洋洋地
躺在草地上　回忆着梦境
在我眼前　宇宙创生的一幕还未散尽
一切都是模糊的　因为此前
经常有云丝飘进我的大脑　一直萦绕着我
在悠远的往事中投下阴影
我不知梦里的一切是否曾经发生过
我对现实常有一种错觉
时常把树影看成是树　而树是什么？
把人看成肉体和灵魂　人是什么？
这使我困惑重重
我认为感觉是靠不住的　而理性更不可靠
也许我们不必界定事物间的边界
我应该任凭它们在现实与虚幻之间
来回地晃动

事物不断在变化　而界限消失了
在我身上　时间是立体的　多联通的
没有先和后　没有禁区和边界
只有此在和可能

第二部 幻 象

因此梦里和梦外具有了同一性
现在我已从梦里走出来
活动着手脚　我沿河而下
沐浴着和煦的春风
大地松软而温热　水是平稳的
阳光透进水底照见了沙砾和鱼群
我沿河而下　一片野花悄悄地跟在我身后
它们纤细的脖颈上直接长出嘴唇
像一群哑巴孩子　不擅歌唱
却学会了倾听

这是值得倾听的时代
小鸟在树枝上交谈　涉及孵卵和爱情
即便是吵架　也用了歌剧的音韵
而单独鸣叫的昆虫被和声淹没
像音乐会进入了高潮
很难分辨出哪些是沉醉于自身
哪些是溢出生命的激情
我脱下行军时穿着的棉衣　让爽风
吹着我的胸脯　我沿河而下
信步吹着口哨　我是笨拙的
我试着用鳃呼吸　但鳃已失效
我试着用心灵说出话语
却在嘴唇上发现了声音

语言是美妙而单纯的
语言源于动物对声音的迷恋和表意功能
因而有了歌唱和言说
有了对话和倾听

悲 歌

语言高于存在　正如生命大于人
现在我沿河而下　听见远处传来了歌声

人的时代已经来了么？
谁在歌唱？谁在用语言表达着心声？
远方青草茵茵　野花遍地
和风吹拂着薄薄的云影
河水绕过山冈　在阳光下
事物变得透明
我沿河而下
听见歌声越来越清晰
先是一个细声在领唱　而后是众声的合鸣

今夕何夕？飘来的歌声如此美丽？
我看见白云让出了天空　以便使歌声飘得更高
暖风从花香中升起
在远方的森林里拉响了低音的风琴
我知道　这歌声肯定是来自于人的喉咙
我断定　在盘古之后
经过了漫长的空白期　人又出现了
人类加盟这个世界
带着善良的愿望和勃勃的雄心

　　　*　　　*　　　*

循着歌声　我沿河而下
终于看见了惊心的一幕
河边草地上　热土散发着蒙蒙的蒸气
遍地野花向一个女子簇拥
那是一个赤裸的女子

第二部 幻 象

她的身姿修长　散发披肩
她的乳房颤抖　腰肢纤细　面容白净
我猜测　她是不是女娲——这世上的第二人？
一群赤裸的孩子围绕着她
且歌且舞　远远地我就听见她的歌声

　　　黄土绵绵
　　　青草青青
　　　昊天生我
　　　其情殷殷
　　　我以自身
　　　抟土造人

我不曾听过这样的歌声
朴拙和悠扬中透出苍凉气息
引来众鸟和蝴蝶为她伴舞
随后孩子们围绕她　发出合声

　　　黄土绵绵
　　　青草青青
　　　女娲殷殷
　　　赋我以命
　　　子幼苍苍
　　　歌舞亲亲

幼童们的歌声尚未落尽
女娲的歌声又起
那彻骨的凄美　让我伤心
我沿河而下　被这歌声所吸引
这是太初的歌舞　太初的声音
人和语言同时出现
"人"已被命名　人在生长
春风吹拂着她们的身体

悲 歌

也吹拂着摇摆的河流和树林
　　黄土绵绵
　　青草青青
　　昊天生我
　　我生人民
　　大白日月
　　耀土为魂
黄泥捧在手上　太阳悬在高空
河流淹没了记忆和星星
我看见她的头发上　野花一朵一朵
开放又熄灭　花魂闪闪烁烁
孩子们聚集在她身边　孩子齐唱
野花听懂了她们的歌声
　　青草青青
　　摇摆不定
　　地极四方
　　水复山重
　　子幼苍苍
　　生命无垠
黄泥的嘴唇在歌唱
孩子和卵石散布在两岸
远山隐隐约约梦见了森林
种子和叶子洒了一地
种子和叶子在发芽
远去的孩子们四肢向下　还未扎根
　　黄土生命
　　其情殷殷
　　子幼苍苍
　　诗歌以颂

宛如青草
　　　不绝其根
多少年了　土地梦想成真
时光漫漫地过去　人已来临
在水之滨　在水中央
黄土淤积得如此深厚
我抓住一把黄土　其中会有几人？
　　　青草青青
　　　摇摆不定
　　　天地悠悠
　　　生我其中
　　　诗歌以颂
　　　祈福生灵
这么多人　啊　这么多人
分出了性别　是男是女　是力是美
在沿河而下　微风吹拂着低垂的肺叶
红色的暗河流向头顶
黄泥的孩子在长大　在散开
哪一个是我的至亲？
我也沿河而下　悄悄地走过去
我混杂在人群中　模仿着他们的歌舞
随声歌唱
　　　黄土绵绵
　　　青草青青
　　　女娲殷殷
　　　赋我以命
　　　恩泽于斯
　　　诗歌以颂
没完没了的歌声　随风而散

悲　歌

我流下眼泪　女娲也流下了眼泪
她用泪水和泥　塑造着新人
泪水和泥　成为人的宿命

终于　女娲发现了我——
一个来自"异乡"的
穿着衣裳的
持枪的
人
她惊异地走到我身边　轻声说道：
"你不是泥塑的
而是有性繁殖的深远后代里
一个回归故里的子孙"

　　　　*　　　*　　　*

接近女娲　我终于从歌声中
分辨出她的话语　她赤裸着
一边手捏黄土　一边看着我
流露出惊异的眼神："孩子，你从哪来？
你叫什么？是哪个时代的人？"
她叫我"孩子"　她说话时众多的泥人纷纷走开
息止了他们的歌声
"我叫公孙　生活在距今十分遥远的后代
在一场人与人厮杀的战争中
行军时误入了蜃景
我看见了盘古　现在又看见了你
和众多的泥人"
"孩子　你都看见了　我造了这么多人
我让他们散布各地　繁衍生息

也让他们衰老和死亡
以便使生活流动　生命常新
他们来自泥土　也将归于泥土
我把他们统统叫做'人'
人必须通过肉体获得自己的一生"
她捏好一男一女两个泥人放在地上
向他们吹了一口气　这两个泥人就活了
"看　我就是这么造人的
我用了最简单的元素和简单的方法
造出了男和女"　她手指着这一男一女
说道："这两个人就是你的先祖
他们的子孙遍及世代　你就是其中的一个
但只有你看见了他们的诞生"
我看到　他们俩从女娲的身边起身
手拉手沿河而下　在地上留下了歪斜的身影

"我来到今天是个错误
我怎样才能返回我的时代？"
"孩子　你既已进入这个时代　不妨走一走
经历一下人的最初的历程
在漫长的岁月里　你有足够的时间
做你愿做的事情
我可以满足你的愿望
你最想做的是什么？"
这时她又捏好了两个泥人　一男一女
然后向他们吹气　她吹着气
风从她的身后吹过来
温暖的远山在阳光下摇晃着淡淡的阴影
一切都是清晰明朗的

/ 悲　歌 /

又一切都让人捉摸不定　像是在梦里
我恍惚答道："我来自于战争
现在我想做一个善者　安抚众生和亡灵
我还有一个无法实现的愿望　那就是
和蕙相会　她是我惟一的恋人
怎奈她已升到天空　化作了燃烧的星辰"
"好吧　孩子　愿你成为一个善者
你终将能够和蕙相会　并且永远相亲"
"真的会这样么？"我惊异了
"那么我何时才能回到我的时代？"
"你在该回去的时候回去　你必能回去
因为肉体属于大地　赝景属于灵魂
孩子　我会帮助你的　去吧
你随着这两个泥人一起走吧
你能上溯到今天　是个奇迹
你是个有福的人"

说话时　她披肩的散发随风飘起
她赤裸的身体散发着圣洁的光辉
众鸟和蝴蝶围绕着她　众鸟齐唱
重又引起了泥人的歌声
我在歌舞中心　双膝跪地向她拜别
然后随着泥人沿河而下　这是两个健壮的泥人
男的叫"祖"　女的叫"汝"
我们结伴而行　远远地还能听到身后
传来的谣曲　依然是：黄土绵绵　青草青青……

四、沿河而下　我好像变成了一个他人

多年以后　当青藤和菟丝子纠缠在一起
遮成浓密的绿阴　夕阳的光线透过绿叶
照在草地上　使我陷于对往事的漫漫回忆里
我依然认定　拜别女娲后
我和两个泥人沿河而下
是我一生中最神秘的旅行

我们沿河而下　身后的歌声越来越远
大河日夜不歇　泛着粼粼波光　向远方流动
太阳歇息在云端　从那云缝中漏下的白光
偶尔射在对岸的树林边缘　又偶尔弥合
在我们身上投下柔和的阴影
春天总是带着倦意
暖烘烘的风　掀动着树叶和青草
从我们身边擦过　不知名的鸟兽也倦了
它们在茂密的树木深处午睡
懒洋洋的　做着梦

我们从地上拣些果子吃起来
祖折断了一根树枝　挖取草类的根茎
汝也在挖　河水漫不经心地流着
像一条白亮的大道蜿蜒而下　通向原野尽头
在那扁平的地平线上　天边的乌云在集合
并从裂缝处传来沉闷的雷声

大雨降临之前　闪电试图在天空扎下根系

悲 歌

那陡然的光芒一再闪现
似乎有河系伸展开枝丫　承认了它的幻影
远方的一场阵雨不会给春天降温
它降下雨滴留下乌云　它降下乌云留下天空
温热依然在泥土上生成暖风和湿气
让我们骨头拔节　神志恍惚
常在白天里做梦
"我是不是长高了？"我似是而非地说道
祖和汝看也不看我一眼　低头回答：
"太阳在空中移动　拉长了我们的身影"
"我好像梦见一滴雨在我的血管里滚动
那里面藏着小闪电和小雷霆"
"是吗？难怪我们看见你的身体
一阵阵发亮　并伴随着响声"
"这是真的　刚才有一片乌云被我看见
它进入我的眼睛里一直没有出来
好像还在大脑中飘来飘去"
"那就飘吧　春天需要雨水
透明的　蓝色的　绿色的均可"
"我们的四肢向下　一直没有扎根
可能就是缺少灌溉　又因我们好动
不能久站一地　让头发上长出绿叶和花粉"
"我好像也梦见了雨"　祖一边直腰一边说道
"是啊　雨下起来了　雨来得真快"
汝一边弯腰　也一边说道
我看见大雨从远方悬挂而来　越过旷野与河流
追赶着奔跑的野兽　荒乱之中
几个泥人死于践踏　而以身饲兽者
正把鲜红的血　涂上老虎的嘴唇

阵雨很快就过去了
地上汪着浅水　树叶和草茎洗了一遍
显得非常干净
微风徐来　叶子上的水珠纷纷摇落
整个旷野一片清新
这时　下过雨的云彩已经变薄
从那透明的云絮边缘　阳光漏下来
洒在大地上　水坑越发明亮
水底的云丝在慢慢滑行
我擦去脸上的雨水　转身呼唤祖和汝
却发现　他们已在雨中融化　成为一堆泥土
在他们融化的地方　长出了一茬新人

　　　　*　　　*　　　*

不知不觉间　一代又一代新人悄悄出世
又悄悄地消隐　许多年代过去
树上出现了人的巢穴
树下出现了人的巢穴
人们围起来捕食野兽　也捉住了火——
那跳跃的红色精灵
我看见　人们的腰间围上了树叶
多年过去　树叶纷纷脱落　换成了麻布
转眼之间　人已成为一个大类
凡我所经之地　都有人的足迹
和人的叫声

世事在变化
回首和眷顾的人们渐渐成为背影

悲 歌

这地表之上　肉体闪闪灭灭　来者不厌其旅
生和死　都带着凄凉的哭声
我沿河而下　看见人的巢穴向四方遍及
人们喊叫　用石头敲打石头
用木棒敲打兽骨
整个晚上　火光映着月亮
整个白昼　头顶滚动太阳
人们喧哗和跃动　耗去了多少世代
是否找到了永恒的田园　栽种白骨和新人？

就这样我经过这个世界
在流逝的人群中　不被冲走
我看见了种子　从一只手传到另一只手上
像我们幼小的孩子
从一只卵中得到生命的基因
泥土中一直萌发着芽子　它们一群群
伸展开洁白的根须　紧紧抓住大地
人类可不一样　人类没有根须
一阵风吹就会散开　并转瞬消失

现在　让我说出世上的人数　已经困难
树上和树下　洞里和洞外
人　已拓展开自己的疆土
猎取和做爱　以强烈的繁殖欲　扩展种群
究竟多久了　燃烧的灰烬中
总有不灭的火种　为生活留下热望
总有乳汁从高洁的雪峰滴下　哺育苍生
但肉体毕竟是速朽的
死亡的栅栏上开满了白花

架设在生命的远方　人类最终
是在有限的围场里角逐　放纵　生息
这么多年了　我不曾见过谁永不坍塌和融化
也不曾有什么能够阻挡人类集体登陆
在漫漫之旅上　展开永世不疲的长征

人类小于肉体
生命大于个人

这就是我所知晓的事物的真相
我说出了事物的真相　但保留了元素的秘密
它们生成　演化　蜕变　能移
都太快了　我目睹它们的演变　有些眩晕
有一日　我眯眼看见了土中的水
水中的木　木中的火　火中的灰
以及灰尘之上日久的风吹
也是在不知不觉间　我对这喧嚣繁华的一切
有所领悟　我温习着原始的风习
忙碌而愚笨　折木　挖土　生火　喝水
用星辰历算季节和草木的兴衰期
在历久的枯荣中　我的神志有些迷离
当七颗太阳依次越过天空
我是不是真的在树下度过了七日
或在河流岸边　沐浴了七天的光辉？

以弯曲的天空为证　这些时日
时间在我的心脏里盘成发条
它松弛的速度太快　仿佛一瞬间
已过了数万年

悲 歌

我沿河而下　在许多部落里
停留　交谈　吃和睡
我似乎已更换了无数次模样
当我临近河水看见自己的倒影
我已认不出我自己
我好像完全变成了他人

　　　　*　　　*　　　*

"你是谁？从哪儿来？"　转眼之间
地上出现了稀疏的村落
一个长老走过来　向我发问
他身上披着麻布片　手里拿着绳子
打结记录着事情　我随口回答
"我叫公孙　从女娲那里来
相随的祖和汝　早已化作了泥土
这沿河一带村落　人丁兴亡
都是他俩的子孙"
"我就是祖和汝的后代"　长老说道
"记不清多少代了　我已活了这么久
我只有进入泥土　才能见到自己的祖宗"
说话间他的白发随风飘散
肉体脱落为泥　剩下的白骨也零落成尘
我的眼前突然空茫了
只有远山依旧　大气从山后冲进天空
追逐着几片闲云

河水依然日夜奔流
星星和蒲公英的绒毛
飞过人们的头顶

第二部 幻 象

春天依然有花开
和花落　有白雾和烟缕
飘弥不去　成为暧昧的风景
"我还是我么？"　我开始怀疑自己
"一个人会有几条命？
要经过多少具尸体才能到达永生？"
我一直在想　我在春天里热爱思考
但却无法回答内心的提问
"我肯定已是另外的我了
我用过的身体是否已经不计其数？
'我'究竟是一个人还是一个连续的系列
在不停地生活和死亡并超越了自身？"
我边走边想　这时
有三条小道从远方爬过来　停在我的脚下
像一个种族在原野上分岔
我是选择其中的一条
还是把它们拧在一起　恢复原始的麻绳？

这不难做出决定
我不考虑目的　因而不必有结果
我只注重行动和过程
人有三种先决是无法自己选择的
即：出生　性别　父母
现在我已经被出生　被指定为"人"
并活了这么久　还有什么值得犹豫？
即使在思想的岔路口
道路纠缠在一起　乱成一团麻
我也会把它们一一拆开　分理
并揭下那些重叠的脚印

/ 悲 歌 /

这是有意思的事情　我愿意这样做
我不必要结果
我的行动充满了无限的可能性

看　我沿着三条道路分别走下去
我的前面出现了必然的村庄
和必然的人
春风带着草木的鲜味和淡淡的云影
漫过零散的屋舍
在他们近旁　埋葬不久的老人
正在悄悄地腐朽　供养着地上的草根
他已经被废弃　被另外的肉体所取代
那些活下来的人　都自称为"我"
他们在地上来回地走动
从三条道路上　分出了此前　此后　此生

五、五个部落发生了战争

夜晚　在一个古老的部落里　我歇下来
围观的人们渐渐散去
从漏风的栅栏缝隙　星星向里窥望
并从深远的天空里带来了清风
我有些倦了　胡子已经很长
臂上的伤疤也在隐隐作痛
那是一块肉体的勋章　显示着战争岁月的光荣
是啊　我离开队伍多久了？
我取下背上的冲锋枪　用手反复擦拭
我不能让它生锈　这些时日
我曾几次用它瞄准了狼群　但没有射击

第二部 幻　象

我对野兽充满了敬畏　不敢激怒它们

是夜　令人恐怖的嚎叫声一夜未停
一个老者在屋外的火堆旁添柴
火光照亮了闪烁的绿眼睛
直到夜半　我才恍惚入梦
我梦见了蕙在河边洗浴并长出翅膀
她的身上开满了小白花　怀里抱着一堆星星
凤凰在空中搭起一道弯曲的彩虹
她从彩虹上走过来　喊着我的名字
众鸟在空中报以掌声
我喊着蕙　不顾一切地冲过去
这时大地轰然裂开　岩浆淹没了我
我感到窒息　我挣扎着醒来
看见外面的火堆依然亮着
夜已静下来　整个部落都已入睡
只有野兽还醒着　它们毛茸茸的孩子
没有姓名

我翻了个身　许久不能入睡
想起了蕙和一去不复的爱情
我不禁黯然神伤　老泪纵横
此刻　蕙是否也在梦着我？
她闪烁的光芒在天上　与众星辉耀
躲开了世上的纷争
只有我才能梦见她　遥望她
她是整个天空中惟一属于我的星辰

大约黎明时分　我又一次入睡

275

/ 悲　歌 /

我抱枪而眠　却被战友们推醒
战斗就要开始了　部队入关后
迅速包围了一座城　并发起总攻
已经死去多年的战友们依然还活着
他们和我一道冲杀
突然一场大风掀开城墙冲进了街道
又把西北部天空撕开一角
天上漏下无数颗流星　流星纷纷坠地
发出振聋发聩的轰鸣
我看见整座城池在倾斜
街道上挤满了蚂蚁　楼房露出了窟窿
大风灌进每一个居室　硝烟在平原上流动
大风把死去的战友全部吹空
把我连根拔起卷到了天上　又狠狠地摔下来
我一声惊叫醒来　外面的火光还未熄灭
黎明像一块热炭　正在飘越天庭

我揉了揉眼睛　翻身坐起来
怀里的枪还在　我还在
而战争和战友却留在了梦里
那惊心动魄的战斗　让我的心狂跳不止
像失控的发动机悬在空中

　　　　*　　　*　　　*

我翻身起来　走到屋外
心中还残留着昨宵的梦影
晨风从草叶上刮过来　经过我身边
带着春天的芳馨　我伸展开手臂
呼吸着新鲜的空气　把心中的硝烟扫荡干净

这时灰蒙蒙的天幕上　启明星还未消失
夜里驱除野兽的火堆只剩下灰烬
部落中年长的人们已经起身开始劳作
这是农耕萌芽时代的一个村落
圆顶的柴屋糊着黄泥　有的地方已经剥落
露出了夹层中的草木
几十个泥屋松散地聚集在一起
村落的中心有一个圆顶大屋
有人在那里出出进进
显然这是一个部落的中心
我看到村落的外围架着栅栏
栅栏外是深深的壕沟
沟里的水生着绿苔　看不见流动
村落以外　大火烧过的密林拓展为田野和荒地
此时已铺满了绿茵
我看见大猪和小猪在栅栏里吃草
羊在圈里　狗在散步　乍看去像野狼在出没
它们已被驯化　成为善良的牲畜
渐渐地　村落中升起了烟火
穿着麻裙的女人在出入　她们看见了我
流露出陌生而温和的神情

这就是祖和汝的后代　泥土养育的
不灭的子孙？多少年了　我心存话语
未敢深问　你们活过了这么久
死死生生　是否厌倦过生命？
是否怀疑过这个世界　并追问过目的和原因？
你们究竟要去哪儿　要走多久？为什么？
从母系到父系　从远到近

悲 歌

我一直心存话语　未敢深问
我怕我冒昧的话语伤害了你们勃勃的雄心

我在村落里走动　引起了人们的注意
一个老者走过来和我攀谈
他的头发过于散乱　上面沾着草叶和灰尘
"你背上背的是什么？"　他问我
"枪　一种火器　可以杀人"
"杀什么人？"　"杀敌人"　"你说的是战争？
我们龙部落曾和虎部落打过仗
豹部落和狮部落也打过仗
只有麒麟部落没有参战　那一年
我们部落死了很多人
许多女人和牲畜被掠走　屋舍被烧毁
孩子们四散奔逃　有的至今没有回音"

我的心怦然一动　我感到战争的杀戮
令人心碎　人类这么早就开始了血腥争夺
我的血液里肯定沉淀着上古的泥土
和杀伐的基因　我把枪抱在怀里　告诉他：
"我就是一个战士
我所在的那个时代正在战争"
说话间已有许多人围过来
他们恐怖地议论着　有人摸着我的头
像抚摸陶罐和骷髅
有人在跺脚和拍手　不知是欢乐还是仇恨

　　　　　*　　　*　　　*

又一个黎明降临到龙部落

/ 第二部　幻　象 /

我在一阵急促的鼓声中惊醒
部落中有人跑来跑去　脚步慌张而杂乱
夹杂着叫喊和训斥　打破了黎明的和谐与宁静
这突然的变乱使我警惕
一个挺身站起来　抱起冲锋枪

此时　村落的空地上已经站满了人
鼓声依然不停　在震撼人心的鼓声中
孩子和女人们跑着
青壮的男人们手持棍棒　投枪　弓和盾
正在集合　一种恐怖气氛让人感到大难将临
我看到晨雾包裹着远方的烟岚
没有风　吹拂这里的树木和尘埃
没有人知晓死神从何处突然降临
鼓声由急转为缓慢　最后停下来
人群一片安静　人们像泥塑般沉默不动
一个威严的男人站出来　对着人群说道：
　"族人们　虎部落突然向我龙部落发起攻击
已经侵占了我们的三个村落
打死和掠走多人　并正向中心推进
我们要集合全部落的勇士
夺回村落　杀死他们"

这时　人群中有人喊了一声
声音不大　却引起了震动：
　"是那个生人给我们带来了灾难
宰了他　他是个凶神"
人群中暴发出狂乱的喊声　人们怒目而视
指向我　我被这突如其来的怒吼所震慑

悲 歌

头发竖起来　嘴唇僵硬　嗓子发干
我似乎在喊叫　却发不出声音
我觉得话语在舌头下　被压迫
被凝固和封锁　成为一块石头
又咽回到心里　在胸中撞击着
让人因委屈和愤怒而疼痛
"先把他捆起来"　那个像是部落长的人说道：
"待我们战胜而归　再炖了他　以敬天神"
话音未落　几条壮汉冲出人群
我还来不及分辨和反抗　就被他们连人带枪
一同捆在了树上　身上缠着粗壮的麻绳

在一个古老的部落里
战争的起因和胜败　往往归于神灵
我来到这里　恰好发生了战争
我已必然地成为部落的灾星
现在我已无法挣脱了　我被捆在树上
看到他们在集体跺脚　在杀鸡饮血
并用鸡血　把脸涂得通红
鼓声又一次响起来　震动着整个村落
女人和孩子们在远处一齐跺脚和拍手
嘴里喊着什么　我难以听清

这是一个春天的清晨
黎明像鸡血涂红了天空
我看见村外旷野上　一片烟尘移动着
也响起沉闷的鼓声　不多时又一片烟尘
从另一个方向移动过来　向这里汇集
从我身后的方向　遥远的鼓声更加急促

/ 第二部 幻 象 /

几路人马在向这里接近
一场恶战就要开始了　战争从远方席卷而来
夺人心魄的战鼓催动着人们出征

卷带着烟尘的人群从几个方向
越来越近　这时太阳从天边的云雾里
一下子露出了全部轮廓
它不是慢慢升起来　而是腾地跳出来
使大地显得神秘而扁平
这初升的太阳还发不出光来
但已足可照见移动的重重人影
几路人群来得这样远　这样众多
四面鼓声伴随着呼喊　那声势之大让人心惊

恶战就要开始了　而部落长
那个下令捆绑我的男人并未惊慌
他手握大棍　镇定地吩咐着什么
女人和孩子们躲进屋里
男人们列成方队　跺着脚向前迈进
他们踏起的尘土淹没了自身
只见一团烟尘在滚动　移到村外的旷野上
渐渐地　几个方向的人群在接近
最后汇聚到一起　而战斗并未发生
他们集结成更大的群体向远方飘移
一片烟尘卷荡　直到风起
大地反光　旷野完全呈现在晨明之中

　　　　*　　*　　*

历史是死亡的过程　是时间的纪念碑

悲 歌

它高于地平线　又平行于生命
而现在是春天　未来正以每一刻为起点
向外延伸　让人类盲目而自信
认定岁月是无穷的　只要走下去
就会有不绝的子孙相继而来
有草木从衰亡中发芽
预示未来的事物必将莅临
事实正是如此　在我们所经之年
春天遍地生长　万物获得了机会
在生存法则中履行自然的约定

未来和历史并立着　谁也不会消失
而现实是惟一的基点　在时间中位移
构成了生活的流动性
我正视现实并接受它的安排是因为我尊重历史和未来
信任有形的世界和物理中自由的精神
在时间的意志里　压迫来自于心灵和肉体
在空间的法则中　痛苦不存在
人类让位于尘埃和虚空以及旋转不灭的星辰

现在　命运把我推到古老的时代
像时空的一个错误被万物否定
我被捆束着　在历史的来去之间
在星辰与星辰的闪烁之间
成为一个身份不明的闯入者　我的到场
使历史变得虚幻而尴尬　仿佛人类不过是一抹烟云
仿佛生存不值得骄傲　而是一场闹剧
又长又无聊　没人喝彩　主演即是观众
我突然到场目睹了这一切

第二部 幻 象

等于我掀开后幕　使整个人类变成了陌生人

我站在这里　不是被道路和愁肠所捆绑
而是被束于麻绳　我为什么要进入历史？
谁使我进入？历史是凝固的河流　早已失去了弹性
我最终是个外人　无法融在过往的岁月中
我显得孤立　多余　不合时宜
像一个冒牌的在押者等待着判决
我站在自己的中年　反问自己
我到底是谁？我见证了历史
谁在历史中出面　为我作证？

此刻　进入战争的人们已经走远
春天的暖阳照在热土上　有风吹来
我背贴着树干　感到树在轻轻晃动
时光是那么虚幻　恍惚　不宜存留
我看见部落里的老人在摇摆　抵抗着衰老
而孩子们绕着屋舍奔跑　他们的影子
忽长忽短　像时间在变换着尺度
丈量着匆忙如梦的人生

　　　　＊　　　＊　　　＊

部落里的夜晚少有安静
野兽在黑影中出没　发出骇人的叫声
火光又一次燃起来
狗在朝天而吠　为部落值勤
一天来　出去征战的人们音讯皆无
守夜的人们还未睡去
占卜者仰头不语　察看着星星

283

悲 歌

一种不安的情绪在夜空中弥漫
人们躺下又起来　站起又坐下
仿佛等待着什么来临和发生

春夜还有些微寒　薄云擦过月亮　它的光
总有些凄凉　让人生出莫名的忧伤
我骇怕这样的夜晚　骇怕凄凉
进入我的骨髓　染上古老的怀乡病
多年来我流落异地　真想安静地过上一夜
像一块石头　躺下　睡去　做一个从前的梦
但今夜是不可能的　今夜人心惶惶
流星在天上飞来飞去　是如此匆忙
以致在一闪之间　便了无踪影

我被捆在树上　在火光映不到的地方
被人们渐渐遗忘（星光和月光
毕竟太黯淡　只能洒在屋顶
和宁静的梦乡　它们不足以照亮我的心房）
已经一天了　我挨着受难的时光
等待机会　我必须借助黑暗
才有可能松开绳子　逃出这个部落
我不能孤独地等待死亡

我试着从绳索中抽出一只手　但手已麻木
我等待血液进入这只手　给我力量
天上斗转星移　神秘的夜晚越发寒凉
约摸已是子夜了吧　单调的犬吠声又一次
越过屋顶散入空冥　引起了孩子的哭声
我加紧活动这只手　终于从麻木中

/ 第二部 幻 象 /

唤醒了这只手　它恢复了活力　慢慢地
它真的从绳索中抽出来了　它成功了
这只手帮助了我　这个分叉的老伙伴
给我带来了希望　它费力地松开了另一只手
然后两只手向树后摸去　我摸到了绳扣
我解开了绳扣　我自己擅自解放了自己
我活动着浑身酸麻的骨肉　在风中打颤
一半是耐不住清寒　一半是缘于激动

部落的夜晚终于安宁下来
有人往火堆上添柴
火舌带着爆响的火星窜入空中
他没有发现我的行动
他依然在添柴　我初到这里的时候
他就一直在生火　这个守夜的老人
以火焰为业　从木柴到燃烧　从燃烧到灰烬
从夜晚到黎明

我向四下探望　甩过背上的冲锋枪
捆好腰上的子弹袋　依然站在树下
我必须隐秘地测算好距离并躲过狗的眼睛
否则有可能前功尽弃　再次被捆
成为部落习俗中一个祭神的牺牲品

　　　　＊　　　＊　　　＊

趁着黑夜　小心翼翼地逃出了龙部落
我在月光下奔走　四野朦胧而空茫
身后的部落越来越远　渐渐消失在视野里
只剩下一处暗红的火光

悲 歌

这是野蛮时代的旷野　黑影重重的旷野
野兽的陷阱和乐园　隐匿着生机和死亡
我沿着发白的小道向前摸索　不知去向
空中隐约传来天狼星的叫声

是那么神秘　孤独　凄切
我似曾听到过这样的呼喊　我似乎
产生过回答的念头　但恐惧
压倒了渴望　我最终还是沉默了

在黑暗的夜晚　一个人要学会隐藏
和躲闪　才能活下来
人在野兽出没的夜晚是个低能动物
不敢与原始的暴力相对抗

穿过蜘蛛罗网和松弛的星光
不怀好意的猫头鹰在树梢上拍打翅膀
这家伙使我后退了好几步　吓出一身冷汗
而它却大笑起来　像个放荡的婆娘

我真有些害怕了　不知是该走下去
还是该停下来　慢慢地等待天亮
我抱紧了冲锋枪压好了子弹
机警地走着　随时准备反击

而危险总是突然到来　当扑的一声
从身后响起　我甚至来不及转身
一只兔子已横穿过小道

第二部　幻　象

消失在丛生的阴影之中

月光的清辉下适合于豺狼出没
也适合于夜莺为爱情歌唱
据说它们偶尔也会悲哀地含着眼泪
在树梢上歌唱死亡

通向地狱的路口被尘土掩埋
因而世间的游魂在夜晚出没
而上苍太遥远　不可能有梯子
直通星光闪烁的天堂

是死是活　我只能在现实这惟一的小道上
荷枪实弹地前进　碰上老虎就算我倒霉
碰着狼群我就鸣枪壮胆　或者张开大嘴
放声怒吼　装出一副凶狠的模样

夜晚终究是可怕的　许多动物在捕猎
奔跑助长了猛兽的兴趣　我不能跑
奔跑等于自己承认了恐惧　我要慢慢地走
模仿兽王在大地上散步

而我的腿却不由自主地加快了脚步
我心中的狼群越聚越多
我看见什么都像魔鬼　并跟随着我
我不住地回头　生怕它们追上

终于　一棵大树突然出现在我的面前
树上栖息的群鸟呼啦啦飞散

悲 歌

它们惊叫着　仿佛遇上了强盗
这些鸟儿过分地估计了我的力量

它们不知道我是多么害怕
我逃出了杀人的部落　又陷入了黑暗的重围
横竖都是险　索性就这样走下去
不知不觉已是很远了

这时远近响起了异样的动静
我四下张望　不止一只野兽在向我接近
它们真的来了　我已无处逃脱
我就近爬上一棵树　骑在高高的树杈上

我握着枪　看见它们在树下打转
这是一群狼　它们蹲在地上不走
事到此步我反而无所畏惧了　我手抠扳机
目不转睛　随时准备开枪

就这样对峙着　直到黎明到来
曙光从原野边际推开红霞跟随鸟群
带来了新生的太阳　野兽们渐渐散去
而人类走过的小道又弯又亮

我终于脱险了　顺着小道走下去
我不知通向何处　我希望
遇着一个善良的部落　与善良的人们一道
生活　耕种　建造美好的村庄

　　　　＊　　　　＊　　　　＊

第二部 幻 象

野果为食　大地为床
许多个夜晚在恐惧中过去　我终于在丛林深处
发现了村庄　远远看去烟霞一片
是耕种的田野告诉我　这里人丁兴旺

小道连着田畴　粟黍青青
还未长高　坎坎伐檀者沿着小溪
走到了村外　他腰上的纯铜佩饰
在上午的晴空下反光

有多少事物需要发现　多少事物
在大地上暗自生长　没有人知道
生活的源泉在何处　而流动不息的
大河汤汤入海　带走了我们脚下的泥浆

有关人民的事迹我还所知甚少
他们过于众多　又过于分散
能够分身行走者还未出现
即使他磨损掉脚和腿以至全身　只剩下颅骨

也无法走遍大地　他只能历尽沧桑
我可不想费那么大的劲到处乱跑
我只想让双腿扎下根须直到牢牢地
抓住大地　并触摸它灼热的心脏

但这是不可能的　许多事情无法做到
只可随意地想象　也真是的
我怎么就生出这些怪异的想法
想起来真可笑　人有时就是这样

悲　歌

　　一会儿现实　一会儿历史　一会儿又心游八极
　　在内心世界里漫无目的地闲逛　但此刻
　　我可没有闲情逸致　我需要找到一座村庄
　　给我的身体加油和检修　填充些谷物

　　我需要加快脚步　在进入树林之前
　　截住那个伐檀的老者　我必须
　　诚恳　温和　不怀敌意地
　　和他攀谈　直到他微笑起来

　　把我领回他的村庄　他会这么做的
　　我知道春光流失得太快　有些人一闪即逝
　　有时你牢牢认定他离你不远
　　而接近他　却需要一生的时光

　　　　　*　　　　*　　　　*

　　这是些和龙部落相似的村庄　老人指引我
　　穿过十几个相同的村落　来到部落中心
　　见到了部落长　他看上去有六十岁　名叫勤
　　白发披肩　胡须尚未全白　脸上棱角刚硬

　　他的圆顶屋上铺着细而硬的茅草
　　泥巴涂抹的墙壁上　漏风的缝隙
　　透进来一丝阳光　宽敞的门可任两人并出
　　这是村里最高大的建筑　举棍够不着屋顶

　　"我们是狮部落"　他开口说话了
　　他的墙壁上挂满了野兽的头骨

还有弓箭和投枪　凭着人们的恭敬可知
他是部落中的王

"我们拥有五十个村庄　人口四千余众
牲口和土地无数"　他的墙上挂着绳子
绳扣各不相同　我无法破译出
哪些记录着人丁　农事　季节和气象

他给了我水和肉　还有一些植物的根茎
命令我吃下去　我看见他长长的脸上
一双细而小的眼睛上下打量
目光停留在我腰间的子弹袋和背上的冲锋枪

"这是什么物什　油黑发亮？"
"这是战争的武器　叫做枪"
"枪？杀人的东西
用它可以打仗？"

他伸手去摸　我立即后退了两步
"不要碰它　这种武器杀人如麻
用手轻轻一碰就会发出巨大的响声
并造成众多人伤亡"

我看到　他先是一惊　随后脸色倏然一变
露出了暗藏不住的阴影
仿佛许多事物在内心里翻滚　蒸腾出云气
从眼睛里飘出　释放出灵魂深处的忧伤

我的心突突直跳　不知他要怎样？

悲歌

在经历过捆绑之后　我一直心有余悸
但见他神情庄重　面容祥和
说话略有些嘶哑　声音沉宏：

"不要害怕　我不会杀你
但我要借你的枪一用　我要看看
它的威力如何　是否胜过我的木棒？
来　拿过来　让我试一试"

"还是我来演试吧"　我抱紧了枪　连忙说道：
"这家伙机关太多　用不好会伤了自己"
"好吧　那儿有一条狗"　他走到屋外说：
"你能把它打中？"

这时天上正好飞过一群大鸟　我举枪射击
枪声震撼了围观的人　也震撼了部落长
只见他后退了几步　有些慌恐
但很快就镇定下来　仰头望着天空

随着枪声　有三只大鸟从鸟群中掉落下来
落在百步外的空地上　人们纷纷跑过去
部落长惊异地看着我　好像发现了神人
眼里露出无可名状的光芒

他看着我　突然伸出大手
拍打我的肩膀："走　回屋去
我有事跟你商量　其他人走开
无事不得擅入"

第二部 幻 象

回到屋里　他坐在我的身旁　说道：
"我们败给了豹部落　多年来
争战连绵不断　人丁伤亡
农事多有衰废　部落士气颓丧"

"近期又要开战了　好战的豹部落
垂视我人民和土地　一次再次
掠夺我牲畜和妇女　我已不堪忍受
你的枪有如此威力　请你救我部落于危亡"

说罢　只见他双膝跪地　举臂向天而叹：
"天哪　救星啊　只要胜战　我愿禅让于他
我愿献出全部　为他流血牺牲
我愿我的部落人丁兴旺　永世昌盛"

他在对天发誓　又似乎是在对我
我对这突然的跪拜和誓词受宠若惊
也双膝跪地　但一时语咽
不知所措　我能说什么呢？

"我来自于战争　却仇恨战争
你们部落之间交战　我不想介入争端
而为了和平　我又愿意帮助你
用战争　去制止和消灭战争"

"我把我的部落和人民交给你"
"不　你是部落的权威　你依然做你的王
我还不熟悉你们的习俗　我只是个过客
我参战不是为了统治　而是为了和平"

悲 歌

"我叫公孙　来自于另外一个时代
是在行军途中误入了蜃景
我只携带几百发子弹和一支枪
但这足以战胜古人"

"我不管你来自哪里　也不管你叫什么
我只要你为我们参加战争　并且取胜"
"我发誓　我要用这支枪
帮你统一全部落　直到愿望成真"

这个老部落长　拍着我的肩　含泪大笑
我从未听过这样的笑声　他大笑着
走出他的屋子　我看见太阳在他头上
旋转　飞越　洒下纯金的光芒

　　　　*　　　*　　　*

这一天过得极其缓慢
我大睡一觉之后　醒来已近黄昏
几天的疲倦和恐惧渐渐消除
心情也放松下来　变得舒畅

我抱着枪在部落里闲转
是武器使我赢得了爱戴和尊重
在这荒蛮的时代　我必须时刻抱着它
否则我两手空空　心里实在发慌

部落的黄昏弥漫着一股烧烤的味道
绕过几座屋舍我看到一块宽敞的空地上

/ 第二部　幻　象 /

升起了火光　整个村庄的人围着火堆
火中飘出了烧肉的浓香

见我走过来　人们微笑又拍手
这是友好的表示　部落长分开人群走近我
他高大的上身光裸着　胸毛有烧过的痕迹
腰间的麻布纹理细密　有些与众不同

春天的黄昏是温热的　人们半裸着身体
女人们颤动着肥硕的乳房　而孩子们
干脆一丝不挂　在原生状态里
肉体并非尊贵　蒙昧的美感服从于欲望

部落长从火中拿起一只兽腿
他尝了一口　然后双手举过头顶递给我
随后人们各领其食　围着火堆吃起来
木头的爆裂声和着泥罐的敲击声响成一片

这时西天里的红霞由明转暗
群鸟在低空里飞翔　晚风阵阵
摇晃着蒙头转向的阔叶树　它们动用
浑身的巴掌轻轻拍打　为远方的森林低音伴唱

火光中上升的星星带着火舌窜入空中
这短命的木炭屑飘浮着
瞬间化为灰烬　夜幕降临以后
只有天上高悬的石头才能发光

我大口嚼着熏香的烤肉　围着火堆

悲 歌

孩子们跑来跑去　他们有不倦的精力
在大人们中间闪闪追逐　好像野生的
动物们都是如此　才得以强壮起来

是啊　快快长大吧　世界空出那么多地方
供你们奔跑和角逐　如果夜里闲不住
也可在梦中追赶老虎　或者追赶前人
直到他们死去　直到后人把你们埋葬

　　　　*　　　*　　　*

黄昏和夜晚没有明显的界限
星星出现不久　东方升起了月亮
这是一个月圆之夜　狮部落里篝火熊熊
人们围着火堆舞蹈和歌唱

我在人群中　也跟着拍手和跺脚
但听不懂他们的歌声　这歌声太低沉
太迟缓　类似于呻吟和吼叫
音律里暗含着致命的悲伤

白蒙蒙的夜晚包围着火光
月亮和星星格外明亮
一个氏族在合唱
歌声弥漫了村庄

我的心就要碎了
我在歌声中哭了
添柴加火的人们
已是泪眼茫茫

/ 第二部 幻 象 /

什么样的欢乐与悲哀连在一起
加重了人们的心事？什么样的磨难
在漫漫岁月中沉淀为隐痛　使他们
变得如此忧悒　而又不肯绝望？

这集体的哀愁从歌声中
透出彻骨的凄切　让人揪心
让人有泪而无处倾泻
有口而吐不出　寸断肝肠

今夜　火光映红了部族的脸庞
火光映红了有月的村庄
多少往事沉埋在泥土里　又有多少记忆
泛上心头　在歌声中回荡

我听见部落长粗重的嗓子带有沙粒
在风暴中摩擦的声响　而更闷的低音
和着悠长的细韵　仿佛来自两极的音流
汇合到一起　在交织和碰撞

人们在拍手　跺脚　慢慢地
晃动着肩膀　敲打着陶罐和燧石的人
是些长者　他们坐在地上
随声而歌　陷入了冥思和怀想

从旷野上吹来的晚风漫过村庄
和火堆　消失在灰蒙蒙的苍穹
夜空里星斗稀疏　圆月飘移

悲 歌

没有一点声息

虚缈的上苍太高大　太遥远
听不见人世的喧嚷　而随风而逝的
时光吹干了多少血泪　它所带走的人们
已永不回故乡

这是心酸的夜晚　合唱的夜晚
亡灵也在歌声中悲伤　仿佛一只
安魂的大手抚摸着原野
把尘世的大门轻轻关上

万籁承认了这个夜晚　万籁静下来
小溪在村外潺潺流淌　鸟儿们哄着孩子
在梦里飞翔　那些出走的豺狼温顺地
垂下它们的睫毛　又害羞又善良

我还是第一次参加这样的合唱
我的灵魂受到一次洗礼
似乎从歌声中追溯到源头
看见了血液的狂涛在峡谷中激荡

那是超越个人命运的起伏　是穿越生死的
民族在悲鸣和跌宕　我在其中
看见滚滚人头冲决而下　淤积成原野
像腐烂的岩石深埋下自己的骸骨

等待新的洪流切开森林和大地
等待新人在火光中歌唱　今夜我来了

/ 第二部 幻 象 /

我从骨头中渗出的悲伤聚集在心头
形成了沉默的力量

我抱紧了怀里的枪　我知道这歌声
是一种召唤　它唤醒了我　它让我
为一种神圣的事业而献身　我听到了这召唤
是悲哀使人性复活　激起了人的雄心

我在火光映照的夜晚
看见地下的先人和来者　正在起身
拍打去身上泥土　向着我和这个部落
向这个夜晚　发出了和声

接受心灵的指使　我无法控制地
扣动扳机　向天空开了几枪
这枪声震撼了我自己
歌唱的人们突然止住　惊恐不已

人们停下来　而火堆依然在燃烧
只有一个人继续唱着　他注视着我
他粗重的嗓子里有风暴在穿过
他孤独的歌声更加凄凉

他是部落长　他没有停下来
他把双手举向夜空　又向大地俯身
他唱着　祈祷着　这个王者
是部落的心脏　离开胸膛也会跳动

　　　*　　　*　　　*

悲 歌

　　在部落时期　除了雷声和鼓声
　　人们从未听到过枪声　人们既恐惧又好奇
　　震慑于这声音的威力　又忍不住围过来
　　抚摸着枪　表示不可理解

　　人们七嘴八舌　议论纷纷
　　火光映照着夜晚和村庄
　　只见部落长走过来　他的身影越发高大
　　与身后的夜色融为一体

　　他说话了："大家都去睡吧
　　我还有事要与公孙商量"
　　他拉住我的手在火堆边坐下
　　人们各自散开　夜晚渐渐归于寂静

　　我还沉浸在他们的歌声里　人们散开后
　　更加深了内心的空旷　我对着星空
　　有说不出的悲伤　而部落长
　　拨动着冒烟的柴棍　默默地坐在我身旁

　　我知道他在想什么　他不能不想
　　他是部落的心脏　五十个村庄在他心里
　　点燃了火堆　五十个月亮在今夜
　　照耀着五十个村庄

　　月亮在西沉　村外的树木变得幽暗
　　夜风扫起尘土和灰烬　带来了寒凉
　　狗的叫声断断续续　仿佛叫也可
　　不叫也可　总有些漫不经心

/ 第二部 幻 象 /

有关大地的消息被黑影遮住
夜色拦截了人们的目光　老部落长
慢慢倾吐着他的心事
他跟我说话　眼睛却一直向着远方

仿佛远方有辽阔的土地　吸引他瞩目
而眺望是徒劳的　他只是一边说话
一边沉思　我一边倾听　一边沉思
火光在眼前跳跃　流星在天际消亡

就这样　我和勤一直坐到天亮
一个联合麒麟部落和虎部落　抗击豹部落的战略
渐渐生成　我看见他胸怀大略的眼睛里
透过蒙蒙血丝　升起了火红的太阳

　　　　*　　　*　　　*

刻不容缓　派往麒麟部落和虎部落的使者各十人
赶着牛队　驮着兽皮　珍果　铜和麻布
各带弓箭和棍棒诸防身器械
在人们的目送下　相继起程

与此同时　全部落五十个村庄吹起连营号角
集结壮勇开始练兵
五十个村庄里喊声阵阵　棍棒飞舞
只待临战汇集的鼓声

整个部落里战气日盛　勤的心中却掠过一丝
焦虑的阴影　距离豹部落的进兵期越来越近

悲　歌

不知麒麟部落是否助战　虎部落曾与狮部落有过摩擦
是否愿意联盟？使者已去数日　还不见回归的踪影

这些时日　我也有着深深的忧虑　部落开战
是一种原始战争　倘若部落联盟无法实现
狮部落孤军出战可有胜算？
在上一次交战中　勤的长子——大勤　已经战死
次子二勤也已战死　我是否也要挺身而出冲锋陷阵？
我曾经发誓不再杀人　要做一个善者
而现在部落战争在即　我要尽量
让他们最少地伤亡
我要改变古老的战法　相机进退
不守一格　以胜战为本

勤采纳了我的策略　打造弓箭
五十个村庄里箭镞飞鸣　有一日
勤告诉我　他梦见自己变成了一头狮子
插翅飞上苍天　拉开弯月之弓
以光为箭　射中了天狼星
他相信自己的梦　他以梦为凭
对战争充满了必胜的信心

就这样数日过去　去往麒麟部落的使者
带回了消息以及回赠的礼品
有玉器　石器　蚕丝和好看的果核
并相约下一个月圆日　在部落交界处汇集
双方共同起兵
部落长大喜过望　夜里又一次甩动白发
唱起了悲歌　歌声感动了上苍

有人看见五十颗星星聚在他的身边
又闪烁着盘旋而上　散入了空冥之中

　　　　*　　　*　　　*

与此时隔三日　黄昏降临之前
去往虎部落惟一回归的使者
骑着一匹白马从远方来临
人们望见了他　企盼他的消息
但又惧怕这白马　躲进了泥屋之中

我怀着惊惧的心　看见了这白马
它飘逸　威武　雪白　它的颈上
长着一颗人的头颅和银白的胡须
他白色的头发和鬃毛连在一起
随风飘扬　让人看不清它的步子
又无法怀疑它的速度　它带着陌生的颜色
和陌生的力量　冲进了村庄
它是这样白　以致落日推迟了下沉
以致黄昏为之一亮　它无疑是一道闪电
谁直视了它　谁就必然会惊心
像在大雪中赶路　迎面遇见了奔驰的雷霆

使者骑着这匹雪白的人头马飞驰而来
几乎所有的人都看见了它　并避开了它
它穿过弯曲的小道冲进了村庄
它在冲进村庄的一刻发出了人的喊声
它使骑手的头发飞扬起来　展示出风的方向
这匹神马　给部落带来了惊奇和震动

悲　歌

所有的人都避开了它　部落里只有风
跟随它到来　摇动着树叶
在黄昏发出声响
只有一个人迎面向他走来　这个人
披着一头白发　眼角上有着深深的泪腺
他走过来　迈着宽阔的步子
他减缓了速度　使风停下来
他和人头马相向而来　我看见
使者从马背上翻身而下　闪到一旁
只剩下他和马在一步步接近
这时红日落下大地　黄昏变得迷茫
雪白的人头马走过去　站在了他的身边
这个人就是勤　是部落长
我看见黄昏漫过他和白马　进入了村庄
他转身的一刻南风吹动　更使他白发飘蓬

去往虎部落归来的惟一的幸存者报道
龙虎部落间发生了战争
虎部落战败了
三方联盟已不可能
只怕龙部落从此势大　趁机扩张
但我们得到了神马　此乃上天之意
是我部落兴旺的征兆　我们必胜　必将实现和平"

　　　　　*　　　*　　　*

多少个不安的夜晚降临村庄
月亮由圆变缺　最后完全消失
只剩下点点星光　老部落长
头发越发雪白　额上的皱纹又深了几许

春天也在加深　四野一片葱茏
静夜里能听见草木在生长

他仰望夜空　推测着星象
他凭借星星的运转预感事物的生长和消亡
土地太博大　遥远　望不着边际
他却在黑暗中发现了高耸的殿堂
他相信夜空中有神秘的部落
各居其址　每夜都点燃自己的火光

我不能告诉他　那是高悬的石头
在苍穹闪烁　并遵循着伟大的道路不停地运行
我无法说服他
他有他朦胧的宗教　崇高的信仰
他敬畏自然　臣服于造化
对天地的力量诚惶诚恐

他从不怀疑和否定
他顺应而不反抗
他对世界的认识从心灵开始　到心灵为止
多么可爱啊　在理性之光闪烁之前
他沉迷于感官中既有的一切
他推测而不判断　他观察而不思想

但是他忧虑了　战争已近在眼前
战争所带来的摧毁和杀伤
已深深地伤害了他的心　他已不能安睡
像部落的灵魂在村庄里游荡
从夜晚到夜晚　从黎明到黎明

悲 歌

他沉默寡言　日渐消瘦

而兵士们却加紧演练　越来越壮
五十个村庄里棍棒飞舞　箭镞飞鸣
五十个村庄看见五十个月牙
又一次升上屋顶　这是上苍的长弓
看不见弦索　像部落长坚韧的心弦
紧绷着　随时准备引射

他已决心开战："即使只剩我一个
也要战到最后"　他从星空下转过脸
低声对我说："鹿豹星座正在黯淡
麒麟星座闪烁莫测　而我狮子星座
当空高悬　越来越亮
我有一种胜战的预感"

"按你的战法"　他又说："我正面交锋
骑白马上阵　你带人绕到敌后
断其退路　埋伏不动　三勤四勤伏敌两侧
布置弓箭　相机配以火攻
待交战开始　以号角为令　三面同时出击
敌若退　你从后路杀出　使用冲锋枪"

我突然感到　这威严沉默的部落长
变得铜一样坚定　他已从心中驱走了悲伤
在他说出阵法时　我感到一种可怕的力量
他使用了谋略　用埋伏和暗算
使战争变得复杂而凶险

临着星光　我看到他的白发
覆盖着宽阔的肩膀　他的身后
人声喧闹　部落里又燃起了希望的火光
我看不清他的表情　只见一个高大的轮廓
面对着村庄　他像在自语　又像是对我说
"我的人民不会灭亡"

六、他立马仗剑　率军出征

这是一个春末的凌晨
星空还在朦胧的天空闪烁不定
黎明出现之前　大地上还残留着黑夜的阴影
狮部落里　火堆在风中渐渐熄灭
新的一日即将来临

这时村里响起了沉闷的鼓声
我知道这是出征的战鼓
一个部落在这鼓声中颤动着心灵
我推开泥屋的柴门看见
人们沉默地走出屋舍　全副披挂
没有喧闹和惊慌　村庄里除了鼓声
仿佛不再有别的声音
而村中空地上已默默地集合起人群

再过几千年或几万年　人们也许不知道
这里正要发起一场战争
而我进入了这个部落的生存史
看到了这样的一幕：人类体内的黑夜
还未散尽　远方已经现出了微明

悲 歌

人们沉默着　战鼓由沉闷转为激越
这声音和节奏的变化是缓慢的
仿佛暗合着历史的进程
我有一种无法言说的痛楚感在每一根神经上
传递　游走　最后集中到心里
化解为上升的激情
这鼓声就像是从我的胸腔里传出
太沉重了　它不会在时光中消散
它将落地为尘　渗入到深厚的泥土中

人们聚集着　这些沉默的人们
有熔岩在体内运行　寻找着火山口
一种力量在沉淀　冶炼和挤压之后
会变得异常坚硬
我能感到他们的肌体里蕴藏着无穷的摧毁力
有如悲哀的大地在震前忍住撕裂
使沉默达到顶峰

战鼓一直在敲着
天色渐朗　雾蒙蒙的朝暾透出晕红
几天前的一场细雨已把天空洗净
现在看上去　新醒的鸟群在空中
只是些多余的污点　它们飞得过高
像是要离开这个世界
又一时找不到可以栖落的星辰

鼓声使群鸟惊飞　而人群却在集结
五十个村庄在大地上奔跑　携带着弓箭棍棒

和能量　五十个村庄星夜兼程
要赶在满月前七日聚集在一起　按期出征

*　　　*　　　*

日出时分　东方传来了鼓声
这与太阳一起来临的队伍
是沃地的十个村落　盛产粟黍的田畴
隶属于三勤
只见长队蜿蜒而来
为首一人高大又粗壮　披发长脸
身背弯弓和利箭　手握大棍率先而行
他的兵丁壮硕众多　只见其头不见其尾
其间夹杂着负重的牛群
当他走近　我看见他的脸颊上有块伤疤
据说他与豹搏斗过　死过
又从死中获得了新生
他率军二百　谷粟二十驮
领着他的队伍向场地集中
这时村外又响起了鼓声　人们抬头望去
看见西方的队伍迎着朝阳而来
这是岐山以东四勤的纵队
那是有着凤凰和铜的十个村落
人民善射和攀援
他们长弓在手　身背箭袋　迈着阔步
皆赤胸袒背　冒汗的肌肉在太阳下反光
我看见四勤高人一头　腰粗膀阔
胸前覆着浓密的黑毛
脸上胡子茂密　一头披发蓬勃
像堆在头上的杂草

悲 歌

他率勇士一百五十　兽皮十驮
他们身上有着山野之气和大地原生的力量

两路队伍集结在场地上
昨夜里燃烧的火堆早已熄灭
有人在风中搬运着灰烬　一股飘灰被旋风卷起
夹杂着浮土　在空中立起一根尘柱　直通天顶
集结的人们被风吸离地面丈余　在空中旋转
直到晕头转向　又轻轻地落回原地
人们仍然保持着原来的队形
随后这股旋风越过场地并沿着弯曲的小道
向村外移动　人们一直目送着它
直到它弯下腰来　在空中折断
慢慢地消散　一切又恢复宁静
太阳在上　发出隆隆的滚动声

我能辨出　这不是太阳的滚动声
这是两个方向的鼓声在空中相遇　互旋
所传出的轰鸣　果然如此
南北两个方向的队伍同时出现了
一队来自岐山之南　有着细水所滋养的
壮硕的腿和臂　他们挖穴而居　擅养牛羊
为首的一人因梦见过白马而自命为王
王年轻披发　腰围细布　威武英俊
他率十个村落的兵丁一百八个　干肉十驮
一路鼓声与号角齐鸣
那长长的牛角像月牙在呼喊　发出透明的声音
而北来的队伍是岐山之北的十个村落
为首者名累　带兵一百　谷物五驮　干肉五驮

/ 第二部　幻　象 /

一路擂鼓而来　只见累的头发割得极短
他粗矮　嘴唇肥厚　色如黄土
相传他力大无比　能把巨石推到山顶
两路纵队与三勤四勤的队伍云集在一起
时已日上三竿　部落里烟气腾腾

四方村落均已集结　最后出现的
是部落长直属的十个村落的勇士
人们三两为伍　从八方同时来临
像十个手指在慢慢地聚拢　他们来了
先是环队　又迅速地变为方阵
约有二百余众　在地上跺起了浮尘
这是英武齐整的队伍
勇士们赤胸袒背　结发头顶　手执大棍和长弓
这时方阵中有人竖起一根长杆
杆上系着一块本色粗布
人们望着它一齐跺脚拍胸　发出了吼声

　　　　＊　　　＊　　　＊

队伍集结完毕　太阳已经升上头顶
整个部落的勇士组成了一个大方阵
五个大鼓一齐擂动　这是五头牛
用皮肤在呐喊　模仿着雷声
人们的心在震颤　在沸腾
有人看见部落上空　扁平的太阳又大又红
像一摊污血　停泊在深渊里一动不动

这时从部落中心　一个人
骑着白马出现在人们的视野里

悲 歌

人们不约而同地转过身　张着嘴
惊愕地望着他　发出一片嘘声
只见他身穿龟甲　手持铜剑　纵马而来
奔至阵前　白马突然停住　前身腾起
发出一声大喊　这时人们才看清
这白马长着人的头颅和雪白的胡须
白发和长鬓随风飘起　带着一股雄风
而马背上的骑者　白发更白
长脸像裸露的岩石带着岁月的凿痕
他握着剑——人们从未见过剑
在此之前　铜只用于佩饰和敲打
发出悦耳的声音
他骑着马——人们从未见过人头马
它向着人群放声大笑　有如雷霆和风暴
冲出了它的喉咙　人们惊愕地看到
这个立马仗剑者　身上的龟甲丁当作响
那串连成衣的龟甲像百个小盾　灵活而坚韧
人们望着他　从惊呆中醒过来　认出了他
他就是部落的王——老迈而英武的战神——勤
人们跺脚拍胸　向他发出集体的喊声

春天的太阳悬在部落上空
春天的大地上生机四伏　到处都是蓬勃的生命
人在春天里　体内会有岩石和山洪一起滚动
我感到胸膛里传来遥远的撞击声
一股燥热的洪流卷荡而来
带着原始的暴力和野性　在冲刷　决口
我被自己的波涛所淹没　深陷于汪洋之中
我除非大喊才能吐出心中的淤泥和乌云

/ 第二部　幻　象 /

我除非跺脚和拍胸才能稀释开血液
为古老的冲动减压　释放出心中的崩堤裂岸之音
看　不仅我一人如此　那么多的人们
喊声使自己动摇起来　像风
摇撼着粗树干　身体来回地晃动

就这样　勤在马上　太阳悬在他的头顶
这太阳还是从前的太阳　照见了世间的一切
它知道战争即将发生　这只上苍的独眼
布满了血丝　它看见　它见证　而它永不说出
现在　它使部落长的头发更加苍白
他不怕苍白　他热爱这苍白
他迎着风　他等待一场更大的风
把生命峰巅上的积雪全部吹散　直到那裸露的
呼啸的岩石也化作灰尘

而此刻　他正在走向自己的峰顶
我看见他白发飘飘　翻身下马
向他的部落勇士走过来　他走过来
人们目睹他走过来　停住了呼吸
也停住了鼓声　他一步步走近　再走近
他踏上了一个土坛　然后转过身　面对着方阵
人们屏住呼吸
仰望着他　像仰望自己心中的神

　　　　＊　　　＊　　　＊

许多年后　当我仰望山巅
目睹人们建造通天之梯
我曾不止一次地回想到今天　一个小部落

313

悲 歌

出战前的情景　勤——这位老迈而英武的部落长
长剑直指青天　发出洪钟之音：
"族人们　死于征杀的英魂们
豹部落杀民掠物　欺我太甚
近期又要向我们开战了　我们是等死
还是出击　消灭他们？"
"消灭他们　消灭他们"　整个人群
爆发出同一的喊声　牛皮大鼓轰响起来
人们在跺脚　又一次踏起了烟尘
我感到大地在颤抖　树干也在抖
远方传来沉闷的声音　这声音由远而近
仿佛有人在地下奔跑　并用麻绳
捆绑和押送着雷霆
这声音让人惊慌　抑制不住内心的恐惧
方阵外的妇女和孩子们发出了尖叫
洞里的老鼠纷纷窜逃　狗在乱跑
地上的石头颠起来　胡乱地移动
整个方阵停止了呼喊　人们惊呆了
人们望着部落长　而他手举长剑
屹立在土坛上　身上的龟甲震得哗啦作响
像生锈的铜片　发着暗绿的光

在我后来的岁月中　多少人在地表上出现
又融化在泥土里　不留下一丝踪影
我依然认定——勤　这个白发老人
是肉体的杰作　他不同于常人
他使大地害怕地抖动起来
而怕是徒然的　他的决心已定
他已不再屈辱和悲哀　他要出战

第二部　幻　象

以战争和牺牲赢得部落的安宁
我看见他面对方阵　扑通一声跪下来
流泪说道："苍天啊　大地啊
保佑我们　战而必胜"
这时三勤　四勤　王　累　我
也一齐跪下来　整个方阵都跪下来
向天地祈祷："苍天啊　大地啊
保佑我们　战而必胜"

随后　鼓声再次响起来　人们的心震荡不已
而大地却平静下来　它伸展着边际
等待着这群人从它的上面踏过去
展开一场流血的战争

　　　　＊　　　＊　　　＊

春天不是战争的好时节　树叶丛丛
到处都是绿　即使天晴气朗
人们依然望得不远

草木葱茏　生机覆盖原野
隐藏在树枝上的巨翅鸟凌空而起
追随着受惊的白云在我们头顶上空盘旋

它们看见一个部落在王旗的引领下浩荡出征
而留下的村落里妇幼稀疏
护卫者在尘埃散尽之后　关闭了粗重的木栅栏

此一去　有多少人将从守望者的眼里永远消失
那些去而不还的人

悲 歌

只能在生者的梦里飘忽出现

而现在这些壮士们还是完好无损
他们组成的纵队正向东南方
蛇行而进　木杆上的麻布迎风飘展

我在出征的队伍中回望村落
泥屋隐没在树叶丛中　生活的气息已在人们身后
化为阳光下弥漫的一片烟岚

生和死　在人生的两端
都显得那么遥远
只有脚下的道路延伸着　与我们命运相连

而这绳子似的道路会不会突然挣断？
我曾在梦里见过比这更细更松弛的绳子
我见过一个人惊叫后崩裂的心弦

此刻出征的人们脚印重叠
五路人马压迫着同一条小道
五个方向的风　穿过同一个时辰

我看见勤　骑着高大的白马
他的身前和身后簇拥着威猛的壮士
他的铜剑在太阳下反光　像一道笔直的闪电

队伍中夹杂着牛队　它们负重的脚步
总是太慢　它们不适于战争
只适于哺乳和耕田

第二部 幻 象

这使我想起穿过辽西走廊入关时
似曾相识的一幕　那时我见过的人群
是不是今日出征的背影？

那时我走在行军途中　夕阳迎面而落
雪花含苞未放　群鸟在黄昏以前
翻越过长城和北方的群山

而今春光明媚　白昼正绽放着它的华彩
天空晴得发蓝　我亲历在部落中
荷枪实弹进入了人类的童年

一场战争将在某处拦路而出
现在道路从丛林进入了一片开阔地
沿斜坡而上　几片白云停留在远方的山巅

我感到体内的汗水和尘土也在升起
一股青烟正通过喉咙寻找着出口
有人喊道："水　水　我要水　浇灭内心的火焰"

　　　　＊　　　＊　　　＊

月亮由缺变圆　经过数日的行军
狮部落的队伍前锋到达了麒麟部落的边界线
是夜皓月当空　繁星列阵
夜幕里的野兽和惊鸿逃向天边

月光下的人群模糊一片　像灵魂
在风中聚集　赶赴一次人间的盛典

悲 歌

而夜色乌合　除了白马在星群下反光
还有什么能够闪现？

在一面草坡上　队伍陆续而至
钻木者燃起的火光引来了飞虫
那些沉默的阴影是远山在睡觉　它们梦见的事物
多半是假的　因为百年不过一瞬

许多事物将在时光里消散
而今夜是聚集的时刻
一个部落的兵士来自于五十个村庄
一个部落的首领　来自于民族悠远的血缘

他勒住他的白马　而风还在头发和鬃毛上奔走
他停下他的队伍　眺望着夜色
他看见大地黑色的披风上缀满了宝石和星星
他看见自己发光的心脏已上升为胸中的灯盏

与月光相映的事物必是神明所赋予
生命的光辉　人性的幽暗
共同构建着生活　使他直立在世上
听从于本能和心灵的双重派遣　双重召唤

他来了　带来了他的部落　现在时辰已到
火光止住了人流　道路在草坡上打卷和折叠
变成方阵　人们偃旗息鼓集结在一起
等待着麒麟部落的盟军

而他们没有出现　夜色覆盖着草地树林和远山

第二部 幻 象

隐匿在暗处的村庄踪影渺然
生机构成了秘密　露水汇成了溪流
石头挨着石头　早年落地的流星还未腐烂

黑夜里看不见远方
我们只能望透苍穹　一睹星星的阵列和光环
大地遮蔽的东西太多　以致使天空承担了照耀的使命
试想没有光　万物多么黯淡

没有光　我们不会长出双眼
正如没有心跳　我们的肋骨只是两排多余的栅栏
而世界已经开蒙　多少事物闪烁不定
我们看见了光　和那永不熄灭的源泉

今夜月明星稀　草坡上清风阵阵
晃动的人群被月光吹拂和聚敛
是谁说悲剧耸立在远方　等待着揭幕
我看到人生就是葬礼前的一次庆典和狂欢

我们来了　死亡也无法阻止我们到来
我们到来　一个兵团集结在部落的边缘
人们呼喊着　并以火光召唤着盟军
而那暧昧的麒麟星座已经沉下了西南地平线

黑夜加重了阴影　壮士们聚在草坡上
转动的头颅黑压压一片　犹如熄灭的星辰
而木头却释放着体内的红光　像血液和骨头
在燃烧　用火焰在征服黑暗

悲 歌

我看见一个悲哀的部落已经振作起来
他们不再屈辱　他们要战斗　牺牲　征服
一群狮子一旦愤怒必将使黑夜震动
并带来厮杀和灾难

这无法回避和拒绝的事实已经到来
黑夜不可能阻止住这个雄狮部落
历史走到这一步不会停顿　历史不问结果
只要生命和时光不灭　历史就会向前延伸

　　　　*　　　　*　　　　*

黑夜漫漫过去　凌晨的风扫净了星光
和大地上的阴影　我们的队伍裸现在晨明之中
这时麒麟部落方向人群隐现　远远望去
可以看到一彪人马　向这里缓缓移动

我们的队伍欢呼起来　疑虑消失了
我们终于盼来了盟军　勤的脸上露出喜色
他骑着白马　站在阵前　等待他们到来
当人影清晰地出现在视野里
我感到人马后面　隐约移动着更大的人群

走过来的是一支小队伍　只有百员兵士
为首的汉子手握长棍　腰围精麻布
方脸上胡子茂密　裸胸色如黄土
他们后面的人马藏在了树林里　不再前进

他们来到草坡上　列成一个小方阵
举棍　落棍　一齐发出喊声

大胡子走到阵前　向勤抱拳禀报：
"麒麟部落一百壮士　愿听大王调遣
我等愿拼死效命战争"

我心中感到疑惑　只出一百人
何以称为盟军？只见勤的眼睛仍然望着远方
他喃喃说道："你们还有更多的人隐在树林里
为何不来随我出征？"

大胡子拱手于胸前　瓮声说道：
"更多的人马用于守卫　不能随之征讨
麒麟部落和狮部落都需要防御力量
以防劫掠者入侵"

"不要再问了"　我走到勤的马下　直言说道：
"他们是疑心我们顺路洗劫　因而藏兵于暗处
一旦有变　他们将立即包围住我们
如果一切正常　他们就按兵不动
只派一百盟军随我们出征
胜则有功　可以平分战利
败则小损　不致全军输尽"

"既然如此　何劳我们绕路而来
迢遥等待盟军？你们愿意结盟就随我出战
不愿　亦可就此收兵
即使只剩下我们一个部落　也要打败豹部落
我们能够胜战　我们必胜！"

"我们必胜　我们必胜"

悲 歌

方阵立刻爆发出喊声
这是被激怒的狮子所发出的吼叫
人们的骨节在嘎嘣作响
人们有一种厮杀的欲望　在这倾斜的草坡上
如果不是岩石压住了地皮和狂风
定会有一股热流扑向黎明
我看见勤咬住了牙关　他立马仗剑
不再说一句话　眼里射出的光芒可以杀人

我们的队伍转而南下　从草坡
走向一片平野　这时太阳刚刚露出一道红边
朝霞在晨风中滑行
我回头望去　阳光已经覆盖了身后的山顶
而坡上的麒麟部落的一百兵士还站在原地
他们没有跟随　也没有立即返回
像堆在坡上的一堆石头　凝固在历史中

　　　　*　　　　*　　　　*

从后来的事件知晓　在狮部落出兵之际
豹部落正在集结兵士　准备出征
他们意在征服狮部落后　东进扫荡麒麟部落
尔后与西北方庞大的龙部落相抗衡

而麒麟部落谎称与狮部落联盟
却不愿出兵　他们在防范豹部落进攻的同时
也在防范狮部落　如果狮豹相争
各有所伤　则等于麒麟部落不战而胜

这里三方在互争和互防　尚无结果

西北方的龙部落在吞并了虎部落后
正在休养生息　随时准备东进
他们在胜战之后　已有一统山河之心

而在龙部落的西北方　一个更远更强的
庞大部落正在向四面扩张
他们有长弓和利斧　有冒火的燧石
在夜晚敲出火星　多年以后
他们统一华夏　建立了庞大的部落联盟

历史需要时间的推进　现在的事实是：
狮部落正在南下直扑向豹部落
我背着枪和子弹走在行军队伍中
南风拂面　汗流胸背
粗心的人们看不见
血红的太阳生出日斑　正在云翳里下沉

七、平野之战

春天是多云的季节　雨水在天上孕育
南风从树林里吹来潮湿的气息　推搡着行人
这看不见的兵团迎面而来
仿佛一群和气的劝解者　试图阻止一场战争
但这是不可能的　我们的队伍已接近了豹部落
豹部落的兵士也在路上　两股相向的人流
一旦撞在一起　肉体必将会冒烟
迸出红色的火星

我们行至一片开阔地　时已过午

/ 悲　歌 /

阴云向四方散开　　露出了天空
人们看见两个太阳一前一后　　相挨着
向西移动　　天气突然热起来
像是白昼叠着白昼　　大地变得异常光明
我们队伍的前锋停下来　　探子传报
前面五里　　发现豹部落的兵士正与我们对进
我意识到战争就在眼前了
一场血战已经不可避免地来临

这时队伍中响了牛角号声
人群迅速收缩　　牛队和后卫停下来
隐蔽在树林里
人们在开阔地上　　快速集结为五个方阵
勤立马指挥　　我和王　　累　　三勤　　四勤
走到勤的马下　　等待他的命令

"各部听令"　　这时勤发出他威严的声音：
"豹军就在前面　　我们要在这开阔地上等待他们
这里就是战场　　你们要英勇杀敌　　以雪旧恨
三勤率部在东　　埋伏在树林里　　以防东侧之兵
四勤率部在西　　埋伏在树林里　　以防西侧之兵
我的亲部和王部正面迎敌　　与豹军交锋
累率部绕道向南　　进入敌后埋伏起来
一是截击南来增援之敌
二是准备向北夹攻　　待我交战
以号角为令　　三勤由东向西　　四勤由西向东
向敌夹击　　我和王由北向南推进
在敌溃败南逃之际　　累率部截击　　射杀敌军
而公孙　　你要占据高地　　在我开战之前

用枪——那威力无比的铁器　扫射敌群
以展我狮部落的雄风"

一声令下　三勤四勤率部各奔东西
累率部绕道南下　进入了隐蔽的树林
勤和王原地不动　等待豹军来临
我走到高处　在一个树根腐烂后形成的土坑里
蹲下来　这天然的掩体居高临下
既是射击的最佳点　又可观望整个战场
进可以冲锋陷阵　退可藏入北面树林
我看到开阔地上低草轻拂　有着开垦的痕迹
草丛中杂生着谷粟　泥土中还残留着早年烧荒的灰烬
开阔地的周边树木茂密
一条道路由此分开三岔
向西北是狮部落　向东北是麒麟部落
向南是豹部落　在这三部的交界线上
战争在两个太阳的光耀下拉开了阵容
而豹军自恃强大　正在贸然而进
他们并不知道有一路人马等在路上
已经设下埋伏　为他们备好了死亡的陷阱

　　　　*　　　*　　　*

南风有着数不清的脚　在大地上前进
不管他们走向哪儿　从不留下脚印
今天格外热　确实需要风
从四面吹来　为一场战争降温
我在掩体里看到　各部迅速进入了隐蔽点
勤和王的兵士趴下来
旷野里看不到一个人影

悲 歌

这时双日经天　燥热依然没有退去
人们的赤背在太阳下已经晒得通红
渐渐地　豹军出现在视野里
其人之众　多于狮部落
他们手执长棍　弓箭和盾牌
腰围粗麻布　头上戴着草圈
既可压住乱发　又可遮下片荫
脚上绑着兽皮　人群过处飘起烟尘
我们趴在草地上　不发出一丝声响
只见他们从林中小道进入了开阔地
前锋好像发现了什么　停止了前进
后面的队伍不知其故继续向前
开阔地上渐渐集结起一个庞大的人群

突然　北面响起了急促的鼓声
一团兵士拔地而起　有如神兵天降
只见勤跃马仗剑横在阵前　威风凛凛
豹军在突然的截击面前有些慌乱
他们先是一惊　随即快速变化队形
组成了四个方阵　向四个方向散开
之间互为犄角　又可以随时撤退和进攻
四个块垒的中间站着几员大将
其中一个头戴花环　威武壮大　手握长棍
他走到阵前　相隔一箭之地
与勤对峙着　不敢贸然前进

此时双日西移　云彩飘向别处
天空露出了底色　热风刮动着青草和士兵
勤穿着龟甲已经是汗流浃背

第二部 幻 象

他不能再忍受了　他从兵士的手中接过长弓
只见他搭箭拉弓　仰头向天　射出了一箭
人们不解其意地看着他　以为他要射穿天空
他又射出了第二箭　同时咔嚓一声长弓断裂
豹部落发出一阵嗷嗷的嘲笑声
头戴花环的汉子高声喊道：
"射天之人是勤吧　你等败将
就凭这几百兵卒也敢拦我去路
我要再次征服你们狮部落　我要杀死你
占有你们全部的土地、牲畜和女人"
这时勤不搭话　从兵士手中接过一张更大的弓
又一次拉开双臂　向天射出了第三箭
只见这利箭带着响声向一颗太阳飞去
过了许久　天空爆然一亮
发出炫目的强光和巨大的轰鸣
在这一瞬间　人们的眼睛突然失明了
耳朵嗡嗡作响　身体摇晃不定
从虚无的天空里刮下来灼热的强风
我感到浑身发烫　仿佛皮肤在燃烧
血液变成大火在内心里冲腾
我从未见过这样的爆炸　白光一闪之后
黑夜突然降临　我的眼前一片漆黑
脊背上落满了树叶　强风摇撼着四周的树林
我几乎失去了知觉　不知过了多久
我慢慢地醒过来　看见人们伏在地上
而天上那古老而惟一的
太阳之星　依然在闪耀　它不需要陪伴
它是我们共有的光明之神

悲　歌

　　开阔地上恢复了平静
　　人们抖落掉身上的树叶　从地上爬起来
　　重新面对这场过不去的战争
　　我看见豹军首领头上的花环已经枯萎
　　兵士的头圈也只剩下草茎
　　四周树林的叶子几乎已经落尽
　　仿佛在一刻间进入了严冬
　　而地上的草还绿着　落叶还绿着
　　人们又恢复了知觉　好像刚刚经过一场梦
　　勤依然骑在马上　他已成为射日的英雄
　　（后来得知　那力射九日的后羿
　　就是他的子孙）　人们望着他　齐刷刷跪下来
　　由骇怕他的威严和力量　变为内心的崇敬

　　而头戴枯萎花环的豹军首领却没有跪
　　他怒吼着　又唤起了他的全军：
　　"都起来　射下个太阳有什么值得惊惧
　　我照样可以打败他　我们是无敌的部落
　　何况他们只有几百人　我要与他较量
　　看看谁是英雄"　他怒吼着
　　喉咙里喷着沙子和血丝
　　他挥着手　豹军的四块人群变化为三块
　　他走出阵列　手握长棍　向勤直奔而来
　　勤手握铜剑跃马而出
　　身上的龟甲丁当作响　显得坚固而笨重
　　两人在接近　双方的鼓声响起来
　　一个在马上　一个在地上　对冲着
　　豹军的首领名叫须　是个浑身长着粗毛的人

我还不曾见过一对一的拼杀
我的战争概念是：人群对人群
（我记起来了　在古城战场上
我曾和王者搏斗过　他被炸弹削掉了脑袋
剩下的躯干抱着头颅走进胡同里
消失在呼啸的北风中）
而现在是春末　初夏已备好成片的野花
等待着金色的小蜜蜂　可人们已无暇顾及这些了
现在是战争的时刻　勤和须就要交战了
两军列阵在擂鼓助威　跃跃欲试
豹军人多势众　以为狮军只有三百人
这时三勤　四勤　累三股兵力
埋伏在树林里一动不动　仿佛那里只有风
掀动着刚刚落下的绿叶　只有鸟
从晕头转向的天空又飞回到树林
我架着枪　潜伏在土坑里时刻准备着射击
一旦我射击就会有人群成片地倒下
一旦他们倒下就会有许多后人不能出生
这时一个人不只是一个人　而是一群人的源头
我见过他们的血　在多年后的土地上
还在流动　并且依然鲜红

须和勤在周旋　两人终于拼杀在一起
白色的人头马在开阔地上奔跑和腾跃　棍和剑在碰撞
看不出功法　只听见厮杀的声音
我没能在他们交战之前开枪射击
在我的射程之内是豹军的一片胸脯
与其众人去死不如射其首领　终止这场战争

悲　歌

我在等待机会　勤也在等待机会
他没有吹起号角　他要在单战中取胜
我看见他的长剑当空劈下　须举棍相迎
由于力量过大　铜剑变得弯曲
已不能有效地防御和进攻
而须却越战越勇　他抡棍横扫马腿
人头马一个跳跃腾空而起　向须扑下来
须躲闪迅疾　回棍直触勤的前胸
勤向后一闪　躲过须的棍子　勒马返回阵列
须紧追不放　并吹起了号角
三个块垒的阵列向北压来
势有踏平旷野的威风

随着号角响起　战争突然发生了变化
旷地东西两面的伏兵闻号而起　冲出树林
王从北面又率部杀来
豹军被三面包围　眼见就要处于弓箭的射程
我不能再等了　我必须抓住时机开枪
一旦人们混战在一起　我就无法射击了
我的时机极其短促　我瞄准了奔跑的须
扣动了枪机　枪声震撼了整个战场
人们惊得目瞪口呆
以为天上掉下来干脆的雷声
我看见子弹擦着低空向前飞行
这子弹钻进了须的胸脯　他的身体震动了一下
然后转过身訇然倒下
头上枯萎的花环掉在地上　在风中滚动
他倒下了　人们看见他倒下
他的身体压住了青草　血从胸背向外奔流

第二部 幻 象

草地上染得一片殷红
我看见一个影子从他的身体中分离出来　慢慢地站起
透过这影子可以看到远处的树林和高高的天空
这影子是一个透明的人
他顺着南风向我走来　我看见他走来
但却听不见他的脚步声　他走得很快
向我狠狠地扑过来　我起身射击
但子弹已无法杀伤一个灵魂
就在他伸手抓住我的一瞬间　我扔下枪
与他展开了搏斗　他把我摔倒在地
用手扼住我的喉咙
我与他扭结在一起　在地上滚动
这影子力大无比　又一次压住了我
他用拳擂打我的脑袋　就要致我于死命
我不能死在一个影子之手
我是身经百战的人　怎能输给一个灵魂
我用力卡住他的脖子　然后腾出双脚
用尽全身力气向他猛地一蹬　把他蹬入了空中
这时一股南风加大了气流　吹在他身上
我看见他随风飘起　无法再落下
这个恍惚可见的影子越飘越高
最后消失在空中

我从地上爬起来　看见开阔地上
狮部落正从三面向中心放箭
豹军中箭者倒地百余
随后两军混战在一起
整个开阔地上　响彻一片杀声

悲 歌

这时日已西沉　夕阳带来了晚风
飘渡长空的云彩松散开来　镶着金色边缘
给大地投下苍苍暗影
那颗爆裂的太阳变成碎石飞了这么久
刚刚落向西方　像划过白昼的流星辉耀着天空
流星落尽　金色褪去　天色变得银白
树林在开阔地的边缘伸展着阴影
整个战场上只有勤骑在马上　高于众人
他抛弃了易弯的铜剑　用木棍抡杀
豹军早已大乱　方阵碎为混战的人群
我在树林的边缘绕道向南
要赶在豹军撤退之前
配合伏在林中的累的队伍　共截敌军
我已绕到开阔地的西边　顺着夕阳的光线
看到战场上激战如潮　杀声震耳
累的部队按捺不住　已冲出南面的树林
这突如其来的力量彻底从精神上压垮了豹军
他们没有经过这样的阵法
他们害怕勤的谋略和勇猛
勤所到之处人皆胆破　纷纷逃命
就在勤的奔腾杀伐之时
豹军的箭镞射在他的龟甲上
那金黄的甲片丝毫无损　但终有一箭
带着飞鸣向勤直飞而去　射中了他的喉咙
人们听到一声惨叫震动了整个战场
那白发的狮部落长　勇猛无敌的勤　应声落马
倒在青草丛中　透过混乱的人群我看到
他从地上一跃而起　拔下箭镞
又一次冲向豹军　他奔跑着

第二部 幻 象

他在流血　他已经站立不稳
这位老迈的王又一次倒下来　他忍住剧痛
开始用四肢奔跑　用牙齿咬人
他奔跑着　冲撞着　又一次中箭
只听他一声大吼　挣碎了身上的龟甲
瞬间变成了一头雄狮　他雪白的长发化为鬃毛
在夕阳下随风飘动

多年以后　当人们雕出雄狮
纪念这位勇武的战神
从那花岗岩的喉咙里　你是否还能听到
他冲锋陷阵时震撼人心的吼声？
当时夕阳西下　晴空绚丽
凌天而过的巨翼鸟盘旋着　等待收拾战场
饱餐地上的死人　它们知道人类的厮杀最为惨烈
它们早已闻惯了人类的血腥
我处在战场的一角　看见一场战争
在阵阵鼓声中达到了高峰
我惊异地目睹了勤变化为狮的全部过程
他中箭倒下　再次中箭　他用四肢奔跑
他从自己体内解开一头猛兽
并恢复其原始的野性　他已不是人了
他越过人生进入了另一个进化序列
他不经死亡而直接到达了永生
他甚至闯入岩层等待后人们开采和雕凿
他甚至闯入夜空伏在狮子座
追赶着亘古不灭的星星
而现在这尊威猛的花岗岩雕塑还没有凝固
他正在地上奔跑和咬杀　与豹军厮拼

悲 歌

他已从一个部落的首领
上升为一个部落的图腾
看哪　他的牙齿锋利　四腿粗壮
他的头发威严　眼睛露出征服一切的雄心
他奔跑着　战场上的人们都看见了他
——这头狮子　嘴角上带着鲜血　爪子按着大地
胸中的热血腾达而起　呼应着西天的火烧云

就这样一场战争在半日内见出分晓
狮部落四面合围　取得了决胜
豹部落死伤过半　余部向南突围
又被我枪声截住　后面的追杀压迫而至
时至黄昏　豹军余部纷纷缴械　俯首就擒
这场战争结束了　战场上滚落的草圈随处可见
这曾经至上的戴在头顶的圈套
空空地躺在地上　像一个个致命的陷阱
不知还将沉下多少人生

战后的野地一片凄凉
死人躺在地上　伤者在疼痛　活人走在风中
这是春末的傍晚　黄昏笼罩了开阔地
准备在朦胧的天顶镶嵌星星
豹部落的几百壮士倒在地上
使那些等不及的鹰鹫从天而降
分享死神备下的盛宴
而乌鸦却忍不住眼泪　在树杈上大放悲声
人们低着头　跨过死尸和低伏的青草
向旷地的中心聚拢
我看见雪白的人头马闯出树林

/ 第二部　幻　象 /

绕着战场奔跑　像一道落地的闪电
绕场三周　然后向西北驰去
发出了震人心魄的哭声
而更多的人们都目不转睛地望着那头雄狮
它站在一块高地上　伫望着人们
它在人们的呼喊声中恋恋不舍地离去
沿着白马消失的道路　缓步进入树林
在它身影消失的一刹那　人们放声大哭
四周一下子黑下来　天上倏然亮起所有的繁星

　　　　＊　　　＊　　　＊

平野一战　豹部落全军覆没
狮部落死亡数十　伤者百余　获得大胜
而那白发苍苍的部落长却离开了我们
他已化作雄狮归入了树林
也许他原本就是一头狮子
也许他借助人类的肉体生活　却早已经
与雄狮交换了命运和灵魂
他没有死　他在死亡的一瞬间
完成了自己的再生
我记得出战前的一个夜晚
星星密集地聚在树上　压弯了枝头
他站在树下　体内发出过雄狮的吼声
我知道他的体内潜藏着一头猛兽
并寻找着出口　如今时机到了
他借助伤口释放开封闭的栅栏
以便在夜晚进入狮子座
接受星星的朝拜和引领
他实现了自己的愿望　他用自己的命

悲歌

赢得了部落的和平与安宁

黄昏过后夜色迷茫　残月迟迟不肯升起
我坐在青草地上　仰望着浩渺的星空
内心升起无名的悲伤
人们在大哭之后准备在旷野上过夜
有人用绳子串起了降兵　有人在抱柴
野地上燃起一堆堆篝火　火光驱逐野兽
烟雾驱逐蚊虫　人们围着火堆放声嚎叫
庆贺战争的胜利　也凭吊战死的族人
这时三勤四勤唱起了悲歌
歌声呜咽而沉闷　像吐出的血
又咽回到喉咙　人们相随着唱起来
哀音切切　韵律悠长粗重
这歌声带有硬伤　像骨头折断在肉里
透出难言的隐痛
我看见一具死尸翻身坐起　流下了眼泪
接着所有的死尸都站起来
围着火堆轻轻拍掌　赞美英雄和生命

　　　　＊　　　＊　　　＊

夜里，我躺在青草和树叶上，身上盖着星空，不知不觉进入了梦境。我梦见战后之夜，人们围着火堆唱歌，大地抬着人群向天顶上升。从那虚无的风中飘出影子，来到火堆边，我认出他是须的灵魂。随后众尸体纷纷起身围住了火焰，且歌且舞。狮子也来了，星星也来了，谷粟、麻也来了。森林在远方奔跑，向这火焰聚集。火焰的中心走出一位女神，她用透明的身体，莅临这万物齐集的一夜。

火焰女神——今夜，世界没有中心，今夜我代表中心为你们主持仪式，祈祷战争歇息，和平降临。我是女娲的女儿，人民的母亲。在生息的土壤上，最先发芽的是嘴唇，最后熄灭的是灰烬。而我是这其间燃烧的过程。今夜你们点燃起火焰，就是唤醒了我，我要用呼吸释放出体内的光明。我保存了你们流尽的血色，我是燃烧的血，向天空推荐不安的灵魂。你们来了，你们都看见了，我在发烧，我在燃烧。我指出了通向天堂的可能性。我是大地上出走的激情，经过炼狱向万物还原，以牺牲为代价剔除了体内的灰烬。因而我纯粹，透明，炽烈，把泥土中最暗的部分冶炼成光，向上升腾。火焰是事物最后的裸体舞，是抱在一起的狂欢的灯，在大地上殉情。如果你们愿意，请接受我的指引。

众尸体——火焰女神，让我们围着你，呼唤远去的灵魂回到此夜，跟着你上升。我们是泥做的躯壳，终要回到土地，而我们的灵魂获得启示，已然富有神性。我们愿意在你的引领下，推翻此世，得到新生。

火焰女神——我的成分是光和热，我的身世是煎熬和疼痛，并在燃烧和毁灭的历程中再生。我的道路永不向下，决不。你们若跟着我，请放出体内的阴影。

须的灵魂——女神，请让你的人民让开一条道，我要临着火焰的光辉向你提问：人世为什么是短的，血为什么是红的，光为什么是亮的，火焰为什么是热的，夜晚为什么是黑的，灵魂为什么是轻的，死为什么是静的，我的躯体为什么是泥的，人为什么活着，心为什么跳着，尸体为什么躺着，战争为什么不停，为什么发生，人为什么会死，死为什么又生，我为什么问了许多人，却无人回答我的追问？

众尸体——是啊，为什么无人回答他的追问？

众星——（聚集在火焰上空，像磕磕碰碰的铜铃，发出神秘的天

悲 歌

籁之音）谁在提问？谁在呼吸？我们怎么听见风来的声音？

谷粟——是啊，风来了。农业出现在大地上，我们听见万物发芽的声音。

麻——是啊，风来了，经纬出现在大地上，我们看见后世的人群在流动。

狮子——风真的来了，人民出现在大地上，我听见死亡来临的声音。这个世界充满了秘密，但我不提问，我只生活。万物呈现着自身，不需要解释。我崇拜自然，热爱并领悟自然的精神。今夜，我回来看看我的英勇的部落将士，我来向他们致敬。

（众尸体一齐起身，朝向狮子，火焰在燃烧，透明的火焰女神看见了狮子，而森林在远方弯腰，向他鞠躬。）

狮子——（环顾夜色，向他的部落发出了吼声）狮部落的将士们，被俘的豹部落的将士们，两个部落中战死的人们，我向你们致敬。你们完成了人类史上的一次战争。战争是一种生存法则，正如死亡是生命的阴影。人类就是这样一种动物，从诞生到消亡，永远会有战争。你们为战争而战、而伤、而死，你们是英雄。今夜，我以肉体的资格加入这晚会，并请火焰女神为英雄们加冕，给你们全身镀上光辉。

火焰女神——我答应你的请求，我还要请求上苍降下旨意，让星星们散开，向这转动的大地投下光辉。

（一个声音出现在天上，极其遥远而巨大，仿佛整个夜空在说话，从星星上传来了神秘的回音。随即星星们无声地散开，各回自己的位置。我看见火焰照亮的众人和众尸体，须的灵魂、谷粟、麻、森林和草地，在相互点头致意。合唱的声音慢慢响起——）

合唱——战争已经结束，和平降临部落，火焰女神在燃烧，给大地增加光辉。

众尸体——（围着火焰舞蹈，众尸体聚集在一起，齐声独白）人已从我们身上退去，人是谁？我们曾经是谁？我们现在是谁？我们将来是谁？我们死于战争，退出生活，把呼吸还给空气，把心跳还给寂静，把灵魂还给虚无的天空。我们不再有痛苦和忧愁，不再有劳累和衰老。我们停下来，成为死，把命截住，封住记忆的大门，让思想的激流在时光里结冰。我们是对生命说"不"和表决否定的人。不，我们已不是人，而是盛放过生命的容器，如今已被废弃。现在我们六亲不认，不理睬眼泪和哭声。我们身上的伤口已不再流血，我是就是死本身。

须的灵魂——你们就是死？那么，谁是最后的死？谁是死的父亲？（转向火焰女神）女神，你还没有回答我的提问。

女神——我无需回答你。万物不证自明。你不可能找到真理，因为你就生活在真理的运转和变化之中。真理就是万物的命。

须的灵魂——我已经没有命了。我离开了命，为什么还看不清人世的真容？

众尸体——（手拉着手，围着火堆跳舞，齐声说道）我们也都没有命了，我们已死去多时，是否可以在距离之外，体悟不倦的人生？

火焰女神——死也是生命的一部分。生命一旦穿过死，就会进入永恒。正如木头通过燃烧，成为光；人只有通过死，才能从肉体中抽出自己的灵魂。灵魂和光都是透明的。

/悲　歌/

须的灵魂——我现在是透明的吗？我怎样才能看见我自己？

众尸体——我们看见了自己，我们是灵魂抛弃的废墟，已经没有什么用。

狮子——我既有灵魂又有肉体，我是狮子，我向我的不绝的子孙和活跃的身体致敬。

三勤、四勤——我们向伟大的父亲致敬。

王、累——我们向部落的灵魂和图腾致敬。

火焰——让我们也向战争和死亡致敬。向血液和止息的心脏致敬。愿泥土尽快地收容他们。

合唱——我们全体向生命和世界致敬。向女神致敬。

（众星辰一闪一闪，在空中发出密集的掌声。火焰向上升腾着，火焰已经透明。火焰女神款步走进火焰之中，她与火焰融为一体，火光映红了整个夜空。）

合唱——纯洁的光辉，神圣的光辉，照耀着世界。赴死的女神，再生的女神，领导着生命。我们愿随女神，穿越死生，到达永恒。

我——我看见肉体的公孙和灵魂的公孙在握手和交谈，映着火焰的光辉。我的灵魂从众人的合唱中站出来，面对火光朗诵《悲歌》，然后两个我合抱在一起，合成一个公孙。当我朗诵到火焰燃烧的一页，万物起立，围着我跳起了狂欢舞。万物失去了自控。融化多年的泥人也从地下站起来，发出古老的回声。

（这时星斗旋转，大地在空中自转，我感到脚下激荡的岩浆从大地深处传出轰鸣。）

泥人——（从大地深处钻出一群泥人，他们赤裸着身体，向火光聚集。他们踏步前进时，溅起了风尘。其中一个高声说道：）我们是泥人，我们是先人，我们就是土壤和人类的根。我们在地下等待你们很久了，你们来了一些人，你们的身后还有很多人，你们陆续到来，向我们走近。你们也是土，土是生长的元素，也是死亡的元素。万物终将归于土，这是万物的命。

泥人——（齐声说道：）万物终将归于土，这是万物的命。（他们一齐转过身，向远方走去，火光照亮了他们的背影。人们望着他们远去，有些失神。）

狮子——（分开众人和众尸体，走到我的面前，庄严说道：）泥人已经远去，生命在继续，现世依然喧嚣，后人不断来临。公孙啊，你就是后人。你有力量统领全部落，你是我们部落的英雄。我愿把我的部落交给你，愿你使我的部落繁荣昌盛。

三勤、四勤、王、累——（从火光背后走过来齐声说道：）你是英雄，愿你领导全部落，繁荣昌盛。

我——（扶起狮子和众人）我乃是一个遥远时代的后人，偶然来到今天，参加了这场战争。我还要回去，回到我的时代，何况我何德何能，怎能引领古人？

须的灵魂——死后我才醒悟，战争是多么残酷，死者死去，生者

悲　歌

疼痛。如果让我再生一次，我要弃绝战争。公孙啊，我佩服你，你战胜了我，你亲手杀死了我，你是个英雄。你使战争发生了变化，你使我看到了战争的本质，你使我从死中体会人生。你是一个后人，你一定看到了众多的死。在你之前，前人尽逝；在你之后，后人无穷。你既已来到了今天，你使我死去，你平息了战争。你战胜了部落的王，你就应该统领全部落，让人民安居，生命繁荣。

（整个战场上全体起立——火焰女神、生者、死者、泥人，以及万物，纷纷起立，向战争默哀，然后大放悲声：）人民同族，何苦战争？战争已死，和平降临。生者生息，亡者宁静。愿此之后，天下太平。

我——（缓缓苏醒，夜色依然无边，火光渐渐熄灭，整个大地沉入梦境。）

*　　　*　　　*

黎明之前，我又一次入梦。我梦见我穿过众多的年代和起伏的人生。这时，我的枪支已经腐烂，我的身上长出了茅草，我试图拔下它们，却带出了泥土和水分。在古人和今人之间，在部落的生死和初萌的人性之间，我经历了漫长的血液流程，终于看见了自己的进化道路，我的变迁和身世，我的根源，我的世代不息的欢愉和苦难，像风化的岩石一样一层层剥落，肉体不断退去，生命一再来临。我找到了真正的我，我对我前世的生活心怀感激而又非常不满，我不是一个我，而是一个连续的"我们"，我们不仅是一条贯穿时间的直线，而是一片人群。我们不应那样过来，不应有残酷的争杀、剥夺、战取；我们不应死的那么多，那么快，甚至来不及思考一下人的意义，就过早地融化，成为一片泥土。也不应有梦，梦是什么？它究竟是平行还是高于生活？我们梦见了太多太遥远的事情。我在梦中看见一片国土来到我的脚下，上面住着许多人民，其中一个就是我，正在参加一场部落时期的战争。我梦见了篝火和死者，梦见了泥人、灵魂和火焰女神。其中一个泥人

/ 第二部 幻 象 /

握住我的手,流露出关怀的眼神。他是谁?他们是谁?如此关切人生?我叫不出他们的姓名,我把他们统称为"人",人来到了我的梦里,是那么多,像我进入一场梦。

醒来之后,我能记清的事情已经不多了。从女娲到部落,似乎过去不久,祖和汝沿河而下,我们共同听见了远处的雷声。那是春天的一日,藏在地下的叶子突然间钻出来,而棉花聚集在天空里,为我们酝酿雨水和阴影。那时的手指还是泥的,还不会制造工具;那时火焰藏在草木和燧石里,还没有确定燃烧和熄灭;我沿河而下发现了生活的雏形。我看见第一个死和无数个生,而后是死死生生。人类无法再停下来。人类穿上肉体之后,等于钻进了皮肤里,必将受困于生命。因此我看到一代代人为了摆脱肉体,付出了巨大的牺牲。人们甚至不惜拆毁自己,以求灵魂的解放,但最终又能怎样?死不是最好的办法,至少不应是惟一的办法,而事实上我们没有别的办法解决生命的困境。也许人类本该就是泥的,不应获得肉体,也许生命是个错误,不值得我们维持?我不记得祖和汝融化时说过什么,他们是无声无息融化的,他们消失于一场雨,而后来的许多人则消失于衰老、疾病和战争。我查阅过所有人的根底,他们都是来源于河流上游,是黄泥的后代,在生活中陆续死生。

生命与死亡的搏斗,是这世界上最初的也是最后的搏斗,没有胜者和输者,结果淹没在整个过程之中。生命在继续,而死亡一再发生。在这场部落战争中,死了很多人。我亲手杀死了须,又在回师途中杀死了麒麟部落的王。他们必须死于激战,而不能死于衰老和疾病。我记得在古城战场上,我和王者搏斗过,他把头捧在手上,他抱头而去。如果他不那样死去,死亡对于他还有什么意义?如果勤不化作雄狮,如果蕙不升为星辰,如果我不从蜃景进入创世的时代,我怎能发现人性中黯淡的灰尘和偶尔闪烁的光辉?这是世界的安排,也是《悲歌》的需要,我必须看见无数个死,才能真正领略生。

343

盘古开天之时可能太孤单了，因而女娲造出了万众，让这个世界一片喧闹；也许死亡过于沉寂和漫长了，人类极力在有生之年挥霍尽命中的激情。因此便有了躁动，有了群居和群猎，有了群体的战争。是啊，在成为泥土之前，人是多么短暂而活跃，在泥土生出人之后，大地已不可能回复寂静。"认命吧，承认这个世界吧。"有时我这样劝自己，我用话语解劝万物，用手指安抚心灵。有时我写出等式：

生＋生＝生生不息

生 ÷ 死 ＝ 0

但我又立即擦去，我怕我的情绪影响了万物的进程。我怕万众不愿死去，或不愿出生。我怕有人躲在生活之外，凭借肉眼看破红尘。但这样的担心终究是多余的。我穿过了这么多年代，还没有遇到一个否定生活的人。

人们在忙于更换身体和身份，人们喧嚣着，沿着时间的指向浩荡而下，只有我一个人迎面而来，看见了人类的脸，像拥挤的气泡在大地上不断破灭，又不断生成。

女娲造完人类之后，用剩下的泥巴涂在我身上，因而我是一个小于生命，大于自我的人。我的使命是指认这个世界，并揭示它的本性和本能。我知道了我的来历，我遇见并参与了这一切，这是我的命。

八、天　梯

平野之战　在狮子的率领下

狮部落征服了豹部落　回师途中又征服了麒麟部落

之后与西北方的龙部落建立了联盟

战争以后　狮子独自向北走去并游过黄河

进入了茫茫草原　从此无人见过他的踪迹

人们只在夜空才能仰望他的星座

他是狮子星座的一员　已被召回天庭
而须的灵魂被火焰女神带走　他在天空飞翔时
抱住了一只展翅飞翔的鲲鹏
他进入了鲲鹏体内　用翅膀征服了乌云和闪电
他在风之上　得到了天空

我重新理解了死亡的意义
死是一次升华的过程
死者一旦超越死　就会进入澄明境界
彻底看透人生　因而死是善的
死是一次离开和醒悟　从此进入自由时空
你可以多次梦见死者但不能把他们带回尘世
他们隶属于冥界　是思想中的影子
超越了形态和世俗法则　在虚无中运动
死不是减法　不是从一回到零
而是横跨此世　是向永恒阶梯的一次上升
我理解了蕙为什么燃烧
勤为什么化为狮子　须化为鲲鹏
超度此生者　才懂得灵魂的进化和净化
超度众生者　必将得到神的引领

平野之战后　部落结成了联盟
我砸碎了枪支　从此不再参加战争
我拒绝了人们的请求　不做部落长
而是作为一个自由人
在人类的童年漫游　追查人生和人性

战后月余　我参加了一项建设性劳动
已经很多年了　人们一直从事着这项伟大的工程

悲 歌

人们世代不停地建造
一座从遥远时代就开始筑垒
而至今尚未完工的天梯
那建在岐山之巅的巨大工程是部落强大的标志
也是众神下凡之路　灵魂上升的梯子
它骄傲的隐含意义是：大地的中心

这是万物开蒙的时代　人们已经开始敬畏天空
人们渴望与神灵和解　祈求天神的护佑
也有登天的愿望　把石头滚向山巅
层层叠加　努力接近月亮和星星
那是些笨重的石头垒筑的锥形巨塔
沿着螺旋形上升的通天之路　可以登入云霄
经常有星星在它的顶上燃烧
也有人群借助大风旋转而上　去天空里借火
夜晚火把点点　人影稀疏
其间夹杂着影子和亡灵

我在人群中　跟随喊声
把巨石推向山顶
这么多人在一起劳动　这劳动已超出了体能
是对重量和高度的征服　是对大自然的
一次修改和补充　我看到这集体的创造力
带着萌芽时代的蒙昧的冲动　一开始
就建立在峰巅之上　体现出人类的雄心
我为这光荣而神圣的劳动感到自豪
我们流着汗　向上推动
在这重力劳动中　人们一丝不挂　全体赤裸
像原始的石头　毫无遮蔽地暴露在风中

第二部 幻 象

天梯在加高　石头在滚动
我在人群中认出一个逝者
他是我梦中见过的一个泥人
那是狮和豹部落战后的夜晚　他从地下冒出来
领着一群泥人聚集在火焰周围
他曾对我说过话　并流露出不安的眼神
记得在古城战场上　我也曾听到泥人在地下奔跑
并隔着地层传出沉闷的喊声
他们好像是同一群人
同一的肤色　同一的体型和血统
我敢断定　我身边的这个人我曾见过
现在他推动着石头　他又看了我一眼
他的眼里黄土堆积　体内长满了根须
他使我对自己产生了怀疑
总感觉他就是我的前身

人们是自发而有序地集合起来的
人们对于建设有着不倦的热情
而我可能陷于战争过久了
总是惯于摧毁　而对建设有些陌生
战争和建设是两个对立的概念
前者是破坏　后者是生成
我破坏了那么多人体和建筑
现在是到建设的时候了　我要用劳动和汗水
洗刷人性中的污浊　用命弥补这一生
我要与人民为伴　在大地上建造可靠的东西
不管它是多么粗糙和笨重　我都要用心去做
不枉活每一日

悲　歌

看　与我的愿望一样
我所熟悉的这个泥人转身回到地下
领来众多的泥人　并组成了逝者集团
为了使天梯更高　他们从死中回来
不分昼夜把巨石推向山顶

　　　　＊　　　＊　　　＊

战争过后三个月　皓月当空的一个夜晚
部落里人声沸沸　秘而不宣地
从四面八方拥来了送魂的人们
人们排着队　举着松明火把　默默地走上天梯
为战死的灵魂引路　以便使他们升上天庭
是夜月明星稀　人影绰绰
天梯的旋形道上燃着一堆堆火　一直到顶端
远远看去　天梯上火光簇簇　一片通明
这是神圣的仪式　悲哀的仪式
人生走在前面　灵魂紧跟其后
泥人排着长队　唱着凄凉的歌声
我夹在送魂的队伍中
看见月光和火光所照耀的亡灵们
沿着天梯而上移动着自己的虚影
他们要在亲人的引领下　登上最高一级台阶
然后与亲人告别　与尘世告别
在火光的指引下升上天空
而他们废弃的身体早已埋入地下
要经过多年的沉积才能成长为泥人

这是一次伤心的离别　灵魂在呜咽

人生在抽泣　死神躲避在黑夜里
他宽大的手掌拍打着人们的肩膀
像长者抚摸着自己的子孙
是夜　我看到一个泥人把他请来
让他安坐在石头上
他仰望着天梯上的火光和渺渺星空　发出了叹息
他感慨于生命的浩茫和持久　流下了伤感的眼泪

人生确实需要一次送行
需要这么一座天梯　这么多火焰
把灵魂送入天空
是啊　灵魂怎能在大地上久住？
在东北战场上　就曾有一群灵魂在地上奔跑
他们因无人指引而找不到上天之路　整日在风中飘零
我也曾见过一个白色的影子　须发及地
他对我说过话　随后便杳无踪影
而今夜　人们在送行
这么多灵魂低着头　在天梯上移动
连死神也流着泪　连泥人也唱起了悲歌
火焰女神在火焰中舞蹈
她们赤裸的身体已经透明

天梯上方　星星在膨胀
灵魂聚集在空中　飘浮不去
这时　一个长者站在天梯顶上　手举火把
仰天叹道：
魂兮　魂兮　离去矣
家有亲人　人有心肝
想念你们　牵肠挂肚

悲　歌

家有谷粟　粟有新香
想念你们　不思饱食
家有灶火　火有炊烟
想念你们　心如煎熬
家有幼子　子在怀抱
想念你们　啼而不止
家有大月　月上树枝
想念你们　彻夜不眠
家有千千愁思　思有千千愁结
谁与老幼共悲欢？
魂兮　魂兮　离去矣
此去高天多寒冷
多铺云絮少铺雪
此去高天多飘飘
风吹不定向何处
此去高天多空寂
从此不与家人共言语
魂兮　魂兮　离去矣
离去归来有天梯
任尔天地上下而来去
离去可要常归来
与我梦中同生死
魂兮　魂兮　离去矣

这时　长者手中的火把已经燃尽
灵魂飘飘　不忍离去
人们仰望着夜空和那位长者
突然爆发出集体的哭声
死神坐在石头上　低头悲叹

/ 第二部　幻　象 /

泥人抹着眼泪　放声大哭
我看见那位慷慨悲辞的长者昏厥过去
他呕出了自己的心　捧在手上
而他的灵魂却拒绝劝阻　执意走出他的身体
在众人的仰望中升向了天空

这是生死离别的一夜　悲情沿着天梯
升上了顶峰　时至天明时分
送魂的人们才相继散去
亡灵得到了归宿
泥人留在世上
而火焰女神走出火焰　结伴向黎明飞去
她们要在太阳——那纯阳的光辉里沐浴和梳头
直到身体更加透明

天梯下面　大地起伏　众生如梦
死亡继续着　不怕死的新人依然争相出世
他们哭闹着　挤破了人间的大门
但由于灵魂升天过多
造成了世上人多而灵魂在减少
致使灵魂不够用　因而出现了两种现象：
一是有些人徒有皮囊　而内心空空
一是有些灵魂宁可在风中游荡
也不愿附身于卑琐的俗人

　　　　＊　　　＊　　　＊

送魂过后三日？还是多日？
绳扣编织的日记在不断加长
有时也乱了套　让我们记不清历史和现实

351

/ 悲　歌 /

也难以区分真实和梦想

因此我只用太阳确定一天的长度
用梦去回忆往事　不影响白昼的安排
以便有充分的时间推动石头
把天梯垒到朝霞以上

看　新雨过后的天梯在拔节
那庞大的阴影躺在地上
像山脉的灵魂在睡觉
它只留下影子　不给大地增加重量

而泥人却是沉重的　他们在天梯上
滚动石头　甚至累倒在地
就像山峰被影子纠缠和拖累
只能随风摇摆　却不能远走他乡

　　　　*　　　*　　　*

近日　我似乎把记忆揉成一团乱麻
已经理不清头绪　像星星和沙子堆在一起
难以区分到底是什么在发光

那一夜之后　送魂的人群一直留在我的心里
我怀疑有人手举火把排队穿过我的胸膛
留下了永久性烧伤

我感觉我的心中烟雾弥漫
远去的战争一遍遍回来　死亡压倒了一切
我像一个时间的废墟遗留在世上

第二部 幻 象

这不是我的初衷　不是我的理想
一定是有人修改了我的记忆和身体
让我记住人类的隐痛

让我从四面同时看见一件事物
看见一个人的影子　灵魂　身世
以及世界的终极和本性

而我看见这些又有什么用？
就算我知道哪一个泥人是我的前身
我又怎能把他叫住　向他说出隐秘的实情？

　　　　*　　　*　　　*

一切都在恍惚间过去
来临的事物也变得迷离而匆忙

有一日　我登上天梯
看见一群灵魂从远方的旷野上跑过

像凉风追赶着一片烟雾　在他们散尽的一刻
黄昏突然蒙住了视野　用星星替换掉夕阳

我顷刻就在夜里消失了
但我真的消失了吗？我没有必要存在了吗？

我看不是　我在古城战场上已经死过一次
死也不是消失　而是躲到了另一个地方

悲 歌

没有什么东西能够真正消失掉
一个泥人曾对我耳语道:"死亡不过是一次退场

你欠下此身　你必须向大地还账"
说完　他浑身裂开　粉碎在地　变成了一堆土

我转身看见风声吹来　把尘土扬到高处
像一群隐身的术士在清扫大地　并带走了世间的喧嚷

而人生依然矗立着　天梯在加高
总有下凡的星星混在火把中　企图滞留在人间

但它们不熟悉生活　总担心没有合适的土壤
种养孩子和光芒

如果给我一片土地　我会刨坑浇水
种出无数个子孙　其中必有一群人开花结果

也必有一群壮士　成为人类的祖父
春种秋收　世世代代生活在大地上

　　　　*　　　　*　　　　*

又一个夜晚悄然降临　累倒的人们已经睡去
我和一个泥人坐在天梯顶端　守着一堆火　一声不吭
他也累了　虽然他热爱生活　也终有疲倦的时候
他坐着　似乎已进入了梦中:"我愿意做梦
在我生活不到的地方　我用梦来补充"
"我也是这样　凡是我活不到的岁月
我就用死亡去接近永恒"　我用树枝拨弄一下火堆

像是两个人在梦里对话　没有知觉
却有一种感应连接着心灵
他的嘴唇又动了一下　发出模糊的声音：
"有时我把死看作是休息　人生太累了
应该安静地躺下来　做一个梦
而当我死后才发觉　人生才是一场梦"
"你是怎么死的？你为什么要出生？"
"我是被生的　生我之前我不知晓
生我之后我已来临
生是被引领和派遣　你无法不遵从
而死是被收回　你又无法不认命
我是被生活压死的　我死的时候
父亲的时代刚刚来临"
"我也死过一次了　我死于战争
我在死后见到了许多熟人
其中一个对我说　你还没有真正认识这个世界
你得回去　在人类中找到自己的死因"
泥人站起来　围着火转了一圈
又坐回原地　他肯定地说："只要你活着
就永远无法认识死　对于生
死是一次完成和超越　是从梦中完全苏醒
生和死是事物的两极　而不是相互对立和否定"
"我和你不同　你已经是泥人了
你有充分的资格评价人生
而我只是死过一小会儿
人不到死　就不算完整的一生"
"是啊　死亡是个大限　你过了
才能恢复为自由的元素　与世界融为一体
否则你就是一个徘徊不定的人"

悲 歌

这时风从远方刮来　夜阑人静
野兽在林中出没　部落里的人们早已熟睡
只有我和泥人长者坐在天梯顶上　守着火堆
一边添柴　一边静静地谈论着死亡
火光照在他的脸上　我看到他的眼里星斗稀疏
夜空覆盖着苍茫的人世
原野和树林在黑暗中发出轻微的喧响
他经历的事情太多了
他把死亡看成是平凡的事情
因为死是不断发生的　他说："凡是泥人
都死过　凡是活人　都必死　这是简单的规律
造物就是这么定的　当时没考虑人类的呼声"
我看着他　不知是提问还是回答
喉咙里自动发出了声音："当时人类还太小
还不知道死是生命的反向力量
如果没有死　世界就无法得到平衡"
"有一个泥人躺在地下　问我
去往生活的道路怎么走？我说
你先找到死亡之路　然后转过身去
一直走到尽头"　他用手指了一下远方
仿佛生活就在他手指的方向起伏不定
他就这么领来了众多的泥人　向天梯上推动石头
他不关心生活的质量　而注重生活的过程
对于他　生活就是全部
包括死亡在内　都是值得珍惜的
因为死亡只发生在生命和生活之中
我不曾想到　一个泥人会如此深爱这个世界
他从反向理解生活　他从终点出发往回走

却与我在世上相逢

他不懂得文字和文明　他只凭经验和感觉

进行推理　判断　认识　否定

他的语言仅限于发声和言说　属于元叙述

不带杂质和污染　直接来自于心灵

当他说到死时　夜空显得格外安静

对于他　死是一个神圣的字眼　必须受到尊敬

死和生命是等价的　一个人的死甚至重于他的出生

"火光太暗了　我去抱一些柴

否则黑夜会压垮这个世界"　泥人站起来

向梯下走去　天梯顶上只剩我一人

我仿佛待在世界的顶端　居高而看

人间一片漆黑　天空包围着我和这一堆火苗

如果我和火苗一同熄灭　大地可能会失明

而一个没有光的星球是阴险的星球

不值得居住　正像一个没有心的人必是一个黑暗的人

他的良知已灭　熔炉也不能把他烧红

而现在天梯之上火苗还在燃烧

泥人又抱来了干柴　黑夜是有希望的

人类保存了火　以防在群星俱灭时

颅骨中盛满松香　点燃起长明之灯

夜已过半　四周越来越静了

连风也藏在石缝里安睡

树叶即使相互拍打　也只是游戏

不会使劲发出声音

在岐山之巅　天梯直指苍天

它顶端的火焰彻夜不熄

悲歌

像烧红的血液向天空流动
这火是神圣的　是人类生长的愿望
它在夜里显得格外明亮　热烈　不可缺少
我和泥人也是不可缺少的
我是一个后人　他是一个逝者
而此在的人生正在梦里
一旦他们醒来　世界将一片喧杂
道路窜入草地　并向四处分岔　延伸

　　　　*　　　*　　　*

大约是子夜过后　远处的天空传来了箫声
仿佛凄凉的风在孔隙里呜咽　集体发出了悲鸣
这声音越来越近　借着残月和星光可以看到
一个阴影从高空里飘来　正向天梯接近
我渐渐看清　是一个白须白发的老人
骑在一只大鸟的背上
那大鸟的长颈上长着一个美女的头颅
她长发飘飘　翅膀伸展　驾驭着天风
她是从风而来　风乃自然之气
气乃生命之魂　他们来了
向燃着火的天梯飞来了
泥人从火堆旁站起来　低声说道：
"伏羲来了　他骑着的大鸟就是玄女
玄女住在九重天上　是个飞翔的神"
正在我惊愕之时　他们从天而降
已经落在了天梯顶上　我看到
玄女高于泥人　伏羲高于玄女
我高于火　火在风中摇摆　高于灰烬

第二部　幻　象

这时夜晚进入了极静
除了木头在火中燃烧　听不见任何声音
伏羲止住了箫声　他的白发和白须长可过膝
像我早年见到的影子　而玄女像是一只白鹤
长长的腿和颈　长长的头发
宛如飘起的乌云
火光看见他们到来　浑身变得通红
我和泥人迎上前去　我握住伏羲的手
而玄女握住泥人的手　向我行低头礼
她的美丽让人倾倒　她洁白的翅膀和胸脯
由于兴奋而不住地颤动

"我们是来借火的"　稍息之后
伏羲直言说道："天上一场流星雨
落下来无数的冰　冰层覆盖了北方
大地突然变冷　并引起了一场持久的风"
玄女抢过话　说道：
"坚冰埋没了所有的燧石　风
又吹灭了所有的火焰　人民在颤抖
一个漫长的寒季已经来临"
"那么　燧人氏呢？"　泥人问道
"燧人以老　火种留在灰中
被一块寒冰压死"　伏羲流泪答道
"我们本想去往星空　却看见了天梯
和燃烧的火"　伏羲双膝跪地　向火膜拜
然后仰天长叹："火啊
我们找到了你　愿你永世不灭"
"火啊　愿你永世不灭"　玄女随声颂道：
"永世不灭　温暖人民

359

/ 悲　歌 /

和我们的子孙"
说话间　我看见透明的火焰女神从火堆中走出来
向我们一一行礼　然后轻声说道
"让我随你们去吧"
伏羲　玄女　泥人和我先是惊诧
而后齐声欢呼　我们四人眼含热泪
把火焰女神捧起来　举到了空中

随后　伏羲骑在玄女的背上　洁白的玄女
展翅飞上高空　火焰女神在风中行走
像一个红色的幻影
他们三人向西北方飘去　渐渐进入了星空
这时天风相送　箫声又起
遥远的山脉在梦里耸起了纯洁的雪峰
我和泥人目送着他们　仿佛看到
远方的人民在山坡上聚集和企望　正在奔走相告：
火就要来了
火　正走在星空里　那是一个温暖的女神

   *   *   *

这是一个神秘的夜晚
天梯上的火焰　一直燃烧到天明

   *   *   *

借火过后多年　我依然故我
只是老了许多　劳动改变了肉体
也洗刷了人的心灵
我已变得单纯而健壮
渐渐淡忘了以往的事情

/ 第二部　幻　象 /

这些年　天梯依然在增高　人民依然在死生
我和一群泥人向山上推动着巨石
人们发明了口号　劳动被喊声统一
喊声拉长之后　渐渐变为歌声

这是一个晴朗的秋日　岐山高入虚无
薄云退到天幕以上　极目可以看见万里之外的
雪山和飞鸿

有一种力量主宰着大地
还有一种力　支配着天空
我多少知道一点世界的秘密
但我不说　我来到时光的上游
是一个外人

正因为我是一个外人　我才看得更清
我进入了人类的童年和梦境
我在梦中建造天梯
在一个秋天的下午　凭高远眺
看见了传说中的太阳
乘着六龙之车　在天空里驰骋

　　　*　　　*　　　*

是时　我们正在天梯顶上
忽听人间一片唏嘘
人们禁不住望去　只见一轮红日
正坐着六龙之车横越天空

悲 歌

一个泥人说道:"那其中的一条火龙
就是我的父亲　他留在世上一百个儿子
都已形成群落　只有我一人建造天梯
以黄泥之身为灵魂服务"

他说话时　嘴唇上的土粒斑驳脱落
体内的根须在挣扎　试图用河流替换血液
他试图继续成长直到高于山脉
但是泥土和天空考虑到极限　制止了他的欲望

他不承认失败　终于怂恿他的后代
长出一个巨人　并给他取名为夸父
他骄傲地说:"现在　夸父正在大地上奔跑
要在日落以前追赶上太阳"

我惊愕地看着他　这个泥人
体内响着哗哗的流水声
似乎有人群在他的身体里奔跑和进化
像拥挤的氏族在穿过同一道门
他可能是一群人的故乡
和墓地　集生死于一身
他用嘈杂掩盖寂静
用泥土遮蔽肉体的荒凉
在遥远的时光　他曾用栅栏阻挡大风和闪电
用麻绳捆绑闹事的亡灵
但如今他老了　泥土代替了他的生活
他说话时喉咙里传出群众的脚步声　摩擦声
和杂乱的喧嚷　我抛开杂质
从中分辨出一句话　大概意思是:

夸父就要来了　他是一个勇士
正在大地上追赶太阳

他说着　但人们已不再听他说话
人们相信了他　已经开始遥望
人们窃窃私语　等待着奇迹发生
大约夕阳时分　远处传来沉重的脚步声
我们循声望去
只见远方地平线上
一个巨人正踩着山顶向西奔跑
他的头发飘起来　留下了风的形状

这就是夸父吗　他真的来了
人们惊呆了
人们看见了他　一个高大健美的男子
正健步如飞追赶着太阳
由于太远　我们看不清他的脸庞
他的腰间围着树叶　他的胳膊一前一后
在摆动　他高于大地　但低于天空
当他经过岐山附近
人们欢呼起来
祝福他　给他勇气和力量

我看见一个泥人骄傲地举着双臂
大喊着："追呀　太阳已经衰老
火龙已经衰老
人民支持你　追赶上太阳"
这时人们齐声呼喊：
"太阳已经衰老　火龙已经衰老

悲　歌

人民支持你　追赶上太阳"

人民在呼喊　人民的喊声在拉长
渐渐变成了合唱
整个大地上的人民都唱起来
音域辽阔而苍凉　仿佛人生是一个剧场
主演已经出现　全体起立　齐声歌颂
赞美勇士和夕阳

勇士和夕阳
一个在地上　一个在天堂
距离越来越近

夕阳和勇士
一个是造父　一个是赤子
展开了较量

夸父在奔跑
野兽追随在他的身后　集体发出了呼喊
鸟群飞在天空　齐声歌唱
我看见森林晃动着身子　在轻轻拍手
为他们热烈鼓掌

夕阳在前　夸父在后
风在天地之间　传送着人民的歌声

六条火龙在天空里奔跑
运载着一个太阳　六条火龙已经衰老
经不住追赶

而年青的勇士血气正旺
他越跑越快　已经接近了夕阳

啊　夕阳　火红的
衰老的夕阳
经过一天的路程
已经没有力量
它太累了
就要被夸父追上

我看见夸父张开了双臂
他要抱住太阳　他要把太阳背回来
放在高山顶上　怎奈太阳又大又烫
像个燃烧的火球　正在放射着最后的光芒

泥人们欢呼着　其中一个
已经疯狂　他揪下自己的脑袋
向天空抛去　而另一些人用拳头
擂打着自己的胸脯　发出了震人心魄的鼓声
我听到人民的合唱已到高潮
天空像一匹蓝布在呼啦啦飘着
被歌声所震荡

太阳在西天飞翔
晚霞和群鸟在夸父的上空飞翔
晚霞和群鸟看见夸父
汗水洒在地上

我们的勇士奔跑着

悲 歌

他在奔跑中洒尽了汗水
现在他需要水　需要大水
灌溉体内的荒原
把大旱推向边疆

远方的黄河看见了他
向他奔流而来
夸父啊夸父　你是否看见
遥远的黄河　在夕阳下闪光

黄河从高耸的西方
奔流到你的身边
它带来了岩石中的泉流
和来自草地的露水
夸父啊　你知道吗
黄河来了
它的流水就是它的血液
它的血液就是它的生命

夸父啊　你要追上太阳
你要喝水　你喝一口水吧
路途遥远　时日漫长
你不能太渴　你需要力量

夸父奔跑着
听见了人们的呼唤
也看见了黄河
在大地上流淌

第二部 幻 象

他与黄河相遇　他跪下来
捧起黄河之水　临风畅饮
黄河把它全部的血液
献给了夸父

黄河的水渐渐少了
我们的勇士
喝干了黄河
又喝干了渭水
仍渴不止

夸父啊　如果你需要大海
我们指给你方向

人们看见夸父
在寻找水　他似乎听到了
大海波涛的喧响

夸父仍喝不止
他奔跑着　继续追赶太阳

这时夕阳已接近禺谷
那巨大的深谷是它睡觉的地方
夸父追上了太阳
就在他抱日的一瞬间
六龙之车跳进了禺谷
在西天溅起陡立的霞光

人民止住了歌声　屏住呼吸

悲 歌

眺望着西方　人民看见夸父
像一个剪影
在红色的天幕上

红色的天幕
覆盖了夕阳
扁平的大地上　秋风浩荡
一个追日的勇士
去往西方

人们屏住了呼吸　不再喧嚷
那个抛头的泥人　弯下腰去
拾起头颅又放回到脖颈上
他已经静下来　等待着结果
我看到森林的枝丫上　芽子蜂拥而出
为了一睹勇士的风姿　它们提前来到世上

万物静下来　谁也不说话
鸟群也闭住嘴巴　不再歌唱
只有风
擦拭着天空　以便露出细小的星光
这样过了许久　祝福的歌声又漫漫而起
晚霞散开湮没了万物
整个大地消失在黄昏里
只有合唱不息　赞美着英雄——

颂　歌（一）

太阳跳下去了　夜晚已经到来

夸父在天边　遇见了星光
夸父遇见星光　是蓝色的花朵
开在天幕上

蓝色的花朵　一闪一闪
撒下小小的光芒
夸父啊夸父　星星照耀你
去向遥远的地方

颂　歌（二）

夜晚已经到来　远处是漆黑的山冈
夸父你累了吧　累了你就躺下
躺在平坦的地方
远方有风　吹在你的胸脯上

远方的风是软的　夜是凉的
夸父你渴了吧　渴了你就喝水
你的北方有大海
在日夜不息地激荡

颂　歌（三）

水在流淌　风在流淌
祝福的歌声飘向远方
追日的英雄
正走在路上

天下黑了　大梦来了

/ 悲 歌 /

追日的夸父看不见了
夸父啊　我们看不见你
我们想你

颂　歌（四）

夸父啊　我们想你
你要跑得更快
你的脚指头流血了
你的头发飞向脑后了

泥人的嗓子已经沙哑了
我们的歌声已经黑了
夸父啊　你追上了太阳
你要回来

颂　歌（五）

你追不上太阳　也要回来
你追不上太阳　就带回星星
你带不回星星　就带回光芒
你什么也不带　也要回来

你现在就回来吧
夸父啊夸父　远方太远了
太阳太热了　你回来吧
你回不到人群中　也要回到我们心上

颂　歌（六）

夸父啊　你不回到我们心上
也要回到光中
你是光的赤子　力的化身
父系时代的骄傲

你要在光中回来
你回来　带回你的身体
你不带回身体　也要带回你的灵魂
你的灵魂就是太阳

颂　歌（七）

我们歌颂你　祝福你
夸父啊　今夜短暂　来日方长
你回来的时候
必有大光　出现在天上

那光普照万物　万物亮堂堂
那光普照万物　万物在生长
我们在光中　会看见你
走出那火红的太阳

七首颂歌反复吟唱　像回旋的七星
在夜晚发光　颂歌唱到深宵
七首颂歌合成一歌　变成了轰鸣
整个夜空像一个屋顶　回荡着同一的和声

/ 悲　歌 /

而夸父没有回来
夸父已经走远　到了遥远的远方

多年以后　人们纷纷传说：
夸父继续向西赶路　渴死在途中
我不信　我不承认这样的结局
夸父不会死去　他还会回来的
我和泥人在天梯上点燃圣火
等待他在星光下归来　每夜每夜
守候到天亮

第二部 幻 象

第二章 长 梦

一、在死人堆积的历史上

天梯在增高　时光变得漫长
我和泥人们向山顶推动石头　螺旋形上升的
天梯旋道上人来人往　每到夜晚
送魂的火把引领着隐秘的人们盘旋而上
把灵魂送往天空
一夜　送魂过后人影稀疏
我躺在天梯顶上　等待着夸父归来
却看见北斗七星带着玄妙的光辉
聚集在天梯上方　它们变幻着阵列
围着我旋转　我感到这七颗星星
的光束拧在一起　从天顶向下贯彻
直刺进我的肉里
我的整个身体被点燃　被烧伤
我感到有一个虚幻的我披着七星的光辉
走出我的身体　走向时间下游
进入了梦境
我梦见我灵魂的另一面
像一个照镜子的人透过镜片
看见了不存在的人

悲　歌

我恍恍惚惚进入了一个王朝更替的时代
农耕的田野上阡陌纵横　人民走在路上
烟缕飘在风中　旌旗和兵马在烟尘里嘶鸣
从那带着棱角和胡须的人群中
我大略能认出哪些是勤的后代
哪些是须的子孙
而那些陌生的面孔　是遥远的祖和汝的支系
以及他们同时代的泥人的传人
他们依然保留着最初塑造的形体
只是手指更灵活　舌头更柔软　血液更鲜红
我与他们说话　我说："我现在正在梦里
我梦见了你们　我要加入你们的队伍
推翻旧王朝　建设一个新的国家"
一个模糊不清的人转过脸来　模糊地说道：
"你的欲望太大　你是一个贪婪的人"
"谁都有欲望　我想了　我去做
我做了　你就得承认
人生一世就是赌　我要用此生赌个输赢"
"你可以一赌　生命是你的　你随便使用"
"是的　生命是短的　不用也是白白费掉
何不大干一场　不枉活这一生"
"看来你不是贪婪　而是野心"
"贪婪是获取财物　而我是挥霍生命的人"
他在我身边走着　并不看我
他的身上透着汗臭　粗布衣衫上
沾着干巴的泥浆和油渍
说话时嘴角冒着唾沫　但并不四溅
好像他的黏液不多不少　正好可以糊住嘴唇

第二部 幻 象

我看到他从泡沫里发出声音：
"我见过一个贪婪的人"　他说
"他在来到这个世界之前
跟他的父亲打赌：只要你让我
到世上走一趟　我能聚敛无限的财物
父亲说：吹牛
人间又喧闹又险恶　谁都将空手而归
他不信　他出生后不久便开始强取豪夺
他把石头藏在山坳　提取其中的金子
他把道路卷起来　揭下上面的脚印
他用漏斗堆积时间　用胸腔盛放灰尘
他用尽心机　但所得仍然有限
这使他苦恼　什么叫更多？
他计算过星星的数量
但星星是天庭的油灯　难以得到
他收藏过世上的美女　但美是易逝的
人类的肉体不易保鲜
他苦思冥想　终于找到了一条豪富之路：
他堵住自己的耳朵去偷铃铛
他把灵魂兑换成财宝　藏在匣子里
他七天七夜不眠　等待星星掉下来
最后　他把自己赶到街上
标价出卖自己的命
他得到了　却累倒在地
当他身背大地走在黄泉路上
遇见了他的父亲　父亲说：儿子
你要这么沉的东西有什么用？
儿子说：咱俩打赌我赢了
但因我太贪　老天惩罚了我

375

悲 歌

让我背着大地行走　永远不能脱身"
他边讲边回头　好像那个贪婪的人
就在他的身后追赶　他攥紧了拳头
随时准备回手给他一拳
但这只是假想　那个人没有出现
他走在地狱里　不可能来到我们的队伍中
我说："我也见过一些贪婪的人
他们是些道貌岸然的家伙
他们的皮囊里　除了贪欲　伪善和燥热的内脏
还有一个肮脏的灵魂
他们一边泡在污水里　一边写下纯洁
他们刚刚藏起脏物　便宣称崇高和良善
他们烦躁不安　夜做噩梦　灵魂刚刚出窍
就被绳子捆住　押往严正的法庭
他们心胸狭窄　养尊处优
他们处心积虑　把乱麻堆在心里无法处理
他们利令智昏　走到了悬崖边还在走
他们把头钻进钱眼里　他们用自己的手
把自己推倒"
"你说的我有些听不懂"
他惶惑地看着我　突然感到陌生
他喃喃说道："你好像是个后人
来　让我看看你的脸"
他用手捧起我的脸　神秘地说：
"你的来路不明　我看出来了
你是个距今十分遥远的人　你叫公孙
在你那个时代　有一个名叫王者的人
死在了你的面前
他抱着自己的脑袋走进了黄昏"

第二部 幻 象

"你说的没错　我后来又见过他一次
是在我中弹死后　他在虚界
依然抱着头颅　在寻找自己的亲人"
"你还爱过一个少女　她叫什么名字?
她好像化作了一颗星星"
"你真是个神明　你看透了世界
也看透了人生　那么你是否知道
我在梦里是否能够夺取江山?"
"你不是个贪婪的人　只有膨胀的野心
你只要敢想　就能做到
因为你是在做梦"　说完他加快了脚步
像是要躲避我　他挤到队伍前面
像一片模糊的阴影

我跟在队伍里　参加了许多战役
与部落时期的战争大体相似
梦里的战争持续了多年
我从小卒成为一个将领
在死人堆积的历史上　我主宰了战争
又经过多年征战　我终于夺取了王位
我自己为自己加冕　成为一个新皇
我一厢情愿地喊出："万岁!"
我喊出之后　全地上的人们响起了回应
我在人民的呼喊声中走进了宫殿
我坐上了使无数英雄折腰的
梦想的　仰望的　争夺的
辉煌的王座
我坐在那里　而无数个人躺在地下
他们的白骨已经生锈　渐渐在泥土中生根

/ 悲　歌 /

思想中的宫殿属于思想者
庸人难以进入　而梦中的皇帝只要你敢梦
就可以梦想成真
我诏告天下　修渠　整地　纳粮　征兵
搭造炉台　打制刀剑和弓弩
划定边界　委任官宦　建立强大而严密的朝廷
安内和御外　国济而民生
我励精图治　社稷繁荣
没有人产生过怀疑　没有人站出来否定
人们习惯了统治
人们需要一个强有力的统治者
以强权主宰国家的命运
我这么做了　别人就去适应
我做得过了头　人们依然首肯
人们承认了我的特殊性
在这之前　我是非法的　不合理的
在这之后　我是合法的　不可替代的
我成了一个低于天空　高于人民的人

　　　　　*　　　　*　　　　*

时间过得飞快　一晃已是多年
我坐在宫中　成为整个江山的中心
集权便于统治　统一利于和平
我建立的权网和法网像交织的道路
遍及大地　构成一个疏而不漏的网络
我收拢道路　道路就绷紧
我松开河流　河流就飘起来
流向晚霞和晴空

我说："人民啊" 人民就齐刷刷地面向我
像葵花转过它们谦卑的脖颈
人民是多么好听的字眼 多么正当的称呼
我以人民的名义建立王朝 修筑宫殿
以人民的名义征收赋税 平息叛乱
以人民的名义统治人民
我把人民叫做黎民百姓
人民是人的群体 是以类而居的活着的人
我无法深入到民间 在历史宽大的河床上
我被流淌的人民浮起来
我的人民浩荡 生死不可阻挡
而我不在人民之中
我在人民的上方
是离开河流的一滴水 是火山口上的一块冰
我不是被人民淹死 就是被人民推到石壁上
成为不朽的雕塑 留下永世的名声

但世界在变化 人类在运动
我渐渐感到时间在松解着所有的关节
整个王朝在疼痛
法律松弛 像绳子落在草地
权力紧缩 像国家的手指在收拢
我夜夜无眠 绷紧了神经
我听到人民在月光里私语 在石头上摩拳
有人摸黑走上山巅 举着长明的火把
有人在太阳下染色 准备自己制造黎明
我感到宫墙外面有黑压压的人民在举手
他们像水流被狂风掀起
并在自己体内发现了闪电和雷霆

悲 歌

我非常不安　我有一种预兆
好像所有人民在密谋　在行动
在做一件大事情
人民太多了　让我无法认清他们是谁
人民是许多张陌生的脸　在一起聚集　闪烁
像模糊的往事和历史中积压的层层阴影
我感到恐慌和危机
如果人民一齐动手　会把整个王朝掀起来
覆压在我的身上　我将被历史压死
这不是我的初衷

我像一个老蜘蛛坐在网眼里
风雨飘摇　失去了往日的奢华与安宁
由于年久失修　朝廷也会腐烂　发霉
出现坏损和漏洞
一种腐败的气息从四方飘来
弥漫在空气里　我感到眼前一片昏暗
天空里出现了数不清的眼睛
有期盼的　渴望的　无奈的　失望的眼睛
有忧伤的　愁苦的　悲哀的　不安的眼睛
有愤怒的　仇恨的　抱怨的　狂躁的眼睛
无数双眼睛
在整个天空里分布着　看着我
向我聚集和游动
这是人民的眼睛　眼睛里有光
有话　有诉说　有无告的言语
有巨大的喊声
我认识这些眼睛　这是我的臣民的眼睛
这些眼睛曾经望着我　是给我信心和力量的

第二部 幻 象

给我江山社稷的　给我衣食住行的
给我血和汗的　给我生和死的　给我权和利的
臣民的眼睛
这些眼睛与另外的眼睛不同
我还看见官僚的眼睛
那是些傲慢的　长在头顶上的　冷酷的　残暴的眼睛
是丑恶　卑鄙　无耻　献媚　贪婪　放纵的眼睛
是虚假　伪善　欺骗　狡诈的眼睛
是围在我周围的欺压百姓的眼睛
他们一齐向我聚集　死死地盯着我
我被眼睛包围　已经无处藏身
我向四个方向奔跑
四条路全部折断　我向自身的方向奔跑
突然掉进了一个空门
这是一个垂直上下的门
门里人声喧杂　我看见门里还有无数个门
敞开着　有人出出入入
其中有两双眼睛
盯着我　看透了我的心

这两人是后世的老子和孔子
教我以治国之道
一个捧出《道德经》
一个领出七十二个门徒
我一一拜见之后　又拜见了春秋诸子
我游历了诸国城邦
遍访贤士　体察民情
似乎领悟了王权与人生

二、一个王朝的幽灵

离开圣人　我又回到朝廷
不容我施行新政　那些布满天地的眼睛
依然在漂移　在闪烁　向我无声地聚拢
这是无数个人在向我包围　逼近
是人民在流动　我已处在旋涡的中心
我甚至能听见千里之外的人群
在群山后面怒吼　而在平原和丘陵地带
人民结成队伍　正穿过田野间的土渠
向大道汇集　有人以丝绸为旗
从树林的叶脉间引来了西风
我听到沿途急促的脚步声　官府倒塌声
喊声　击打声　哭声　笑声　混杂声
我感到朝廷的宫殿在摇晃
有人在攻城　有人在放火
战争已经来临
我以战争夺取王权　又被战争包围
这是劫数还是报应？是轮回？是必然？
是气数已尽？我能感到国土开裂的声音
从远方传来　夹杂着战争所带来的
瓦砾　摧毁　践踏　饥荒　人祸
像撕开地图时那种疼痛
这是国家的疼痛　伤痕和鲜血
加快了死亡的速度
我不能等死　我要用战争与战争对峙
我要以人民的名义　稳住这片大地
使王朝恢复往日的和平与安宁

但酷政加剧了崩溃的进程
我越发感到　人民的来势不可阻挡
人民太众多　人民中有英雄
英雄起于草莽　大旗荡开西风
战争从四方涌起
踏着血泊和尸骨　把一个王朝逼上绝路
我看见了死　正在人民和王朝之间争夺人命
这时整个国家在战斗　在死亡
矛刺向盾　剑刺向肉　火扑向失败的城
战争是人类的硬伤　以死亡为代价
把人性中最硬的部分折断　留下永久性伤痕
我看到灾难深重的土地又一次
经受了战争的蹂躏
但我依然没有退却
我可以让出生命　但决不交出王权
除非这个王朝倒在地上　除非人民
越过高山和平原　用宽大的手掌拍打城墙
迫使我退出历史　否则我决不放弃
我将战到最后
直到战争毁灭了一代又一代人
只剩下伤疤和皱纹活在世上
只剩下眼泪在流　瓦砾长满荒草
只剩下战争的骸骨在月光下变白
等待着日久的凉风

但终归是大势已去
经过多年战乱　我的王朝死了
我的王朝死去　陪葬的依然是人民

悲 歌

只有人民的白骨堆起来　高过了战争
一个新的王朝才可能建立起来
取代旧的朝廷
时代在更替　历史在前进
而帝制是不变的
我看到人民弯腰
在土地上劳作　依然是破屋漏瓦
依然是黄色的脸　黄色的脊梁
黄色的泥土上一成不变的命运
这就是为我夺取江山　建立霸业
又转身推翻我的
苦命的臣民？
是谁在摆布人民　使用人民的激情
让他们一次次推翻旧政
而最终什么也没有改变？
是我　是我推翻的人　是推翻了我的人
是我们这些人　是野心和雄心
使历史在滚动
也许　历史更替的原动力
来自于生活的阻力和压迫
能量积聚越多　动荡越大
战争就是一种释放的过程
我就是利用战争夺取王朝的　我不是英雄
我只是一个握住杠杆撬动历史的人

　　　　＊　　　　＊　　　　＊

梦在继续　梦里的王朝在不断倾覆
我看到人群在大地上流动
许多人脸一闪即灭　不等我走近他们

就消失了踪影　这常常使我错误地认为
人生是虚幻的　生活不过是一场梦
有一次　我走在通往明天的路上
迎面过来一个模糊的人
他像一片浓雾飘在风里　好像随时都会解散
而又不急于化为泡影　我认出
他就是和我一起参加战争的人
他也认出了我："你是公孙
很久以前　你的王朝被取代
你现在是一个流亡在世的人？"
"是的　如今许多朝代已经过去
我穿过时间的隧道　发现历史在惊人地重复
好像同一个王朝在大地上翻跟斗　这种表演
非常拙劣　却一再地赢得人们的参与和掌声
而最终人们发现全错了　于是再来一次颠覆
其结果仍然一样　人民总是处在底层　总是
被利用　王朝总在建立和倒塌中更替和演进
人类是一个自我复制的群体　一再地上演着
同一个悲剧　并且饶有兴趣　从来不肯停顿"
"你说对了　公孙　你亲历了这一切
你发现了人类记忆中丢失的部分
当你把岁月叠起来　装订成册
你会看到惊人的相似之处　每一页都是另一页
每一个人都是另一个人
你还会发现　王朝的心脏里是同一脉血液
在不同时代的循环流动
什么都没有变　变的只是时间和面孔
我不妨和你一同走向时间的深处
看看历史重复到何时　才会出现断裂

悲　歌

我要看看王朝之死
和悲剧落幕的时辰"
说完　他和我一同走下去
我们没有去向　没有路
对于未来　时间是封闭的
而对于生命　死亡却是敞开的
我们穿过许多世代　向前走着
偶尔看到　缺少英雄的时代是最平静的时代
像激流舒展在宽阔的深渊里　失去撞击和摩擦
听不见人类起伏的涛声

"人类在增加和延续
而生命却在减法中生存
你所看到的
是事物消失的过程"
他走在我的左边　我感到他的脸
像一团黄泥　从裂开的缝隙里发出声音
"我的脚有些疼　我走得太累了
我怕是走不出王朝的历史
就会磨损掉全部身体
像你一样　变成一个模糊的人"
"公孙　你和我不一样
我模糊是因为衰老　丢失了许多记忆
有时我甚至忘记了自己是谁
一次我丢失在人群里　找不到自己
整整三天　我翻遍了往世书
看到人们全是一样的模样　让我分不清
谁是我　谁是他人"
"王朝也一样　我看到现在

和我的帝国没有区别
生活在移动　而吏治没有变
包括死亡的方式也沿袭下来
除了暴力和战争　没有一个王朝
死于疾病"
"你看　远方的树林后面隐藏着人马和旌旗
战争又要来了　我们不妨看一看谁是胜者"
"不管谁是胜者　人民是失败的"
"人民是谁？"
"人民是一个永远的借口　一群牺牲者
是我曾经用过又一再被别人所用的
死而不灭的人群"
"那么我们现在是谁？"
"你是一个模糊的人　是人民的影子
而我是一个王朝的幽灵"

　　　　＊　　　＊　　　＊

"公孙　你好像是王朝的一个梦"
"是的　我是在梦里　我梦见的你
也不是一个真人"
"我是假的？那么我所经历的
也是一个漫长的梦境？"
"在时间深处　什么都会失真
包括我们的肉体和灵魂"
"让我看看你的心灵　哦　你的心太大
装满了整个胸膛　你不觉得你的心太沉？"
"我的心太沉　我有一种压迫感
好像整个祖国在我的胸膛里跳动"
"你是真的吗？你在梦里

/悲 歌/

我怎能相信你是一个真人？"
"你摸摸我的手　我的手是热的
你再摸摸我的额头　上面布满了皱纹
你再摸摸我的梦　我的梦里有一个你
正和我走在一起　穿过一个国家的历史
在谈论着什么是——真"
"我摸到了　你确实是公孙
你好像是一个集合体　而我太松散
像消逝的人群分散在不同的世代
彼此互不相识　因而变得模糊不清"
"看　从我们的身边过去了一代又一代人
许多个王朝沉没在历史里　像凝固的熔岩
已经变硬"
"现在　让我们重新加入到队伍中
去推翻那些堕落的王朝吧
就像我们最初相见的那一刻
你走在队伍中　我走在队伍中"
"然后怎样？重新建立王朝？
重复历史的悲剧　直到被颠覆？"
"难道历史不是这样吗？
你有什么力量阻止人类的运动？"
"我在梦里　可以让梦断裂
直到历史停留在悬崖上　像危险的夕阳
停留在山顶"

这时　危险的夕阳真的停留在山顶
我们走向时间下游　与我同行的
模糊的人　在一片树林里解体　化作了清风
我不由自主地裹挟在人群里

/ 第二部　幻　象 /

生活　战斗　死亡　再生
在时间的底线上　我惊诧地看到一个人
这个人又瘦又高　络腮胡子
脸上长着雀斑　他走路时摇晃
像一棵大树在刮风
我看见他扛枪走在东北大地上
正在攻打一个朝代
战场上炮声轰鸣　人潮翻滚
汽车和战马混杂在一起
红色的旌旗卷带着西风
我看见他勇猛冲杀　征尘仆仆
突然　这个人迎面向我走过来
他来了　迅速　准确
一直进入我的体内　他和我重叠在一起
我看见这个人
就是我自己
他已经溶入我的连续的生命之中
我必然要在此时看见我自己
我已经知道我是谁
我挡不住我自己的来临
这时一发炮弹在我的前方炸响
又有一发子弹穿过了我的胸脯
我忽然醒来
发现自己睡在天梯上
是时正是子夜　大地上万籁俱寂
熟睡的泥人躺在我身边　发出沉闷的鼾声

悲 歌

第三章　洪水没世

一、天　漏

梦醒之后　天梯的上方飘来了乌云
许多个夏天经过大地　消失得杳无踪影
仿佛树叶和清风不值得保留　只有梦
留在人们的记忆中　被雨水浸泡　发芽
在静静地生根　岁月沉积的腐殖质越来越厚
潮湿的彩霞和糜烂的泥土腐蚀着人们的心灵
往事越来越淡　而时光
在晃动的人群中扩展　弥漫
释放出大雾和黄昏
现实渗入梦里　如同雨滴渗入水中
如同个人混入人类　陷于相似的身体和面孔
说实话　我对相联的两个白天或夜晚难以分辨
时光的边界模糊　时光的体积雷同
因而许多个夏天叠在一起　不过是一叠夏天
看不出明显的个性
但是这一个夏天不同往常
它来得缓慢　迟疑　热流在风中疏散不开
乌云挤着乌云　拥堵在天空
雷也无法穿过它们的缝隙

第二部 幻 象

我曾试图用石斧劈开白昼
或在时光中开凿一个洞　以便走出此生
但乌云截住了所有去路　就像死亡截住了人类
这个夏天耸立起来　让我们难以翻越
而又无法绕行

乌云酝酿了七个七日　在空中越堆越厚
越来越沉　乌云已经压到了人们的头上
继而又压弯了人们的腰背　而大雨
依然没有降临　只有黑在加剧
黑达到了极限　人类的眼睛已经失明
最后乌云直接压到地上　进入土里
大雨依然没有降临
这是柔软的压迫　致命的压迫
七个七日　火在死亡　风在死亡
乌云停在空中　好像大地也停止了运动
乌云代替了空气和空间　黑暗和阴谋笼罩了一切

我和泥人被困在天梯上
我以乌云和石缝中的野草为生
偶尔也能从云中抓到小鱼和小鸟
但饥饿和黑暗和潮湿和阴冷　困死了许多人
已经七个七日了　天空黑暗又黏稠　没有一丝光
没有闪电和雷声　静　静止　直到更静
直到人们听见自己的心跳和耳鸣
乌云依然在积压　既不倒塌　也不裂缝
乌云在酝酿巨大的阴谋　一场劫数
在静静地来临
第七个七日的最后一刻　时辰到了

悲　歌

乌云从地面上升　直到露出了石头和树木
直到高山露出了峰顶　野兽露出了脊背
人　相互可以看见
鸟　终于望见了天空

时辰到了　沉寂了七个七日之后
突然间　没有任何预兆　出现了光
西北部天空出现了短促而耀眼的一道光
确切地说　那是天空的一道裂缝
伴随着振聋发聩的轰鸣
紧接着天空裂开了无数道缝
水从裂缝倾倒下来　形成了瀑布群
人们惊恐地目睹了这一幕　变得哑然无声
一个泥人在我身旁发出了垂死的叫喊——
天——漏了
随后他倒在地上　化为一摊泥土
在大雨中泛着泡沫　向低处流动

　　　　*　　　*　　　*

天　确实漏了　水在向大地倾泻
天裂不断弥合　又不断发生
伴随着乌云崩塌的巨大震动　强光闪烁不停
我看见地上的人群在躲避　在奔跑
一些人被雷声劈开　一些人被闪电拦腰截住
被迫交出身体和性命
而大树被泥土紧紧抓住　无处可逃
可怜的野花淹到了脖颈
已经呼喊不出声音
它们的呼喊太微弱　天空根本不听

/ 第二部　幻　象 /

天空疯了　谁也无法阻止天的暴行
乌云不过是天空用来蘸水的棉花
既可以堆积　也可以扔掉
因此乌云不是主谋　而是帮凶
这是一次天劫　是无法抗拒的一场天崩
天碎了　它必然要塌下来
天一旦塌下来　高山也无法支住
高山算什么　高山高不过天空
天空高不过星辰
而星辰只在晴朗的夜晚出现
现在天空太黑了　星辰不屑于照耀乌云
它们宁可相互照耀　或者照耀自身
现在天空里惟一的光就是闪电
是堆在天空里发光的树根
我真想拔出天上的根系　捆扎在一起
我想把雷声收集在口袋里　背进漆黑的山洞
但在大雨倾泻之时　什么都不可能
我只能任凭天的安排
也就是常言所说——听天由命

水在地上积聚
好像世间有太多的坑洼需要填平
好像天上有悬挂的海洋无法处理
必须堆放在人的家园或鸟的巢里　才得以安心
天空锁住了鸟道　除了水和云和裂缝
不再有空间　鸟只能蹲在树上
而不可能飞行
我看见水中的人民在向高处移动
水中的禽兽带着幼小的孩子在奔跑

悲 歌

遍地流传着溺水者呼救时绝望的哭声
水强行进入老鼠的洞里　迫使它们喝水
水占领了所有的洼坑
这貌似谦卑的液体　世上最软的东西
正在打击着坚硬的事物
水不仅仅满足于聚集
它还要流动　冲击
水搬起了石头　玩弄石头
水让最沉的东西相互撞击和滚动
水使大地变软成为稀泥
水卷起了稀泥　水把水搅浑　向下奔腾
这是乌云的力量　空气的力量
也就是虚无的力量
正像蜃景可以飘起一座城市
正像空间托起沉重的星星
天空悬挂着乌云　乌云携带着水
水在强行占领大地
以直接的　毫不留情的方式
落下来

这是一场浩劫
是强盗式的冲刷和洗礼
天的裂缝里漏下了水
漏下了洪水
人啊　你们谁曾见过这样的水？
兽啊　你们谁曾见过这样的水？
你们不曾见过　这水酝酿了七个七日
天变黑了　地变黑了　夏变冷了
这水必落下来　这水必落在地上

你们必看见这水　淹没万物
在水中　高山也要变矮
在水中　冰山也要融化
裸露出岩石的筋骨
你们躲不过这场水　就像躲不过死
和自己的出生

世界一开始就注定了要有这场雨
这是推迟的结果　雨不能积聚和推迟
就像积怨年深日久　最终酿成大恨
水终于来了　水从天上带来了涛声
水落在水里　也落在天梯上
水在流动时　闪电抽击着黑暗的森林
雷霆在暴打着埋头不起的山峰
这是暴力和摧毁　以灭顶之灾
血洗这个世界
仿佛万物犯下了大罪
必须经受一次致命的打击
我来到今天看见了这场雨　这愤怒的天空
和肥大的乌云
这是我的劫数和命运
谁使我来到今天？谁使我看见和经历？

雨依然在下　雨倾泻而下
从一日到另一日　天空不原谅任何人
天空啊　宽恕这些弱小的生灵吧
有什么恩怨不能忍受　坐下来和我们谈谈？
什么样的罪过招惹你大怒
这样不停地惩罚　而不留下一点活路？

悲 歌

生命是有限的　也是卑微的
不值得你大动干戈　把万物逼上绝境
我看见过辽阔的天空和虚无之上
明亮的星辰　也看见过雨滴中的闪电
和珍珠似的雷霆
但博大产生于善良　慈悲源于爱心
天空啊　你今日是狭隘的　暴躁的
你失去了理性　你已不配为天
你这暴君

雨一直在下　在倾泻而下
从一日到另一日　一刻不停
我看见泥人在雨中渐渐发胖
身上长出了野草　脚下渐渐生根
而泥和石的洪流从山坡滑向谷底
裹挟着树木　荆棘和花草
像大风把黄昏推出山口　向着平原
疏散和流动　水在轻易地改变着地貌
水搬动泥土有如时间推动着群众
你不能不前进　你的前面是人
后面也是人　你被夹在人中间
止于死亡而起于出生
水就这样流着　缓慢的或急促的
温柔的或粗暴的　清澈的或混浊的
水　顺着天的裂缝流下来
没有一点停留的迹象

水下到第三日　诞生了许多河流
水下到第七日　河流消失了

河流淹没在水中
水继续下着　后来闪电也消失了　雷声也灭了
水不累　水替换了雨　泻下天庭

　　　＊　　　＊　　　＊

我和泥人们在天梯下的一个石洞里
躲避大雨　看见众多的灵魂呼喊着口号
冒雨走上天梯　其中一个是火焰的妹妹
她赤裸的身体完全透明
她有点像蕙　在灵魂的簇拥下
像一个生活的核心
人们用巨大的树叶为她遮雨
护送着她　那个火焰女神　口中含着火种

雨依然在下　而人类没有失去信心
火焰就是生活的灵魂
死亡也无法毁灭的事物
必将得到神的引领
就是神也放弃了这个世界
我们依然要抓住生命不放
在绝路上求得生存
我看到水中的人民在逃亡
水中的幻影在泅渡　向高处移动
雨依然在下　雨越下越大
地上的水位在升高　水啊　别涨了
你埋没了河流但不要埋没生灵
埋没了石头但要把高山留下
火焰还在世上　生命还在抗争
我们自救的能力是有限的

悲　歌

水啊　你的心不能太狠

我和众泥人走出山洞
随着火焰的妹妹和众灵魂
旋着天梯而上　我们把火焰围在中心
这是一个绝美的女神
她的头发像烟缕　体态像燃烧
她的嘴唇像通明的炭　透出绯红
她是暖的　热烈的
在雨中　她就是希望的化身

我们沿着天梯旋转而上
雨依然在下　天梯上的泥土全部溜走
只剩下石头倔强地指向天空
灵魂们又喊起了口号
泥人也喊起来　我听出了语言的旋律
却不懂意义　我看出了仪式的重要
但不知道内容　在天梯顶上　我看到
众灵魂和泥人一齐跪下来
火焰也跪下来　双臂祈天
然后齐声说道："太阳啊　万物的明灯
我们的光明之神　你快出来吧
照耀这个世界吧
天已黑得太久了　雨已下得太多了
花已死了　兽要绝了　水要满了
人民已经无法生活了
太阳啊　从乌云中出来吧
从黑暗中出来　带着你的光　你的火
你的耀眼的白昼　到我们的头上来

领着你的九个弟兄一齐来

驱散这云和雨　这汪洋的水域

太阳啊　你出来　把我们烧成灰烬吧"

说完　所有的泥人放声大哭

融化在地上　他们是大地的儿子

又回到了泥土中　而众灵魂护卫着火焰

向天上走去　穿过大雨和乌云去寻找太阳

我只身一人留在天梯上

看见世间的大水和人民

沿着山坡不停地上升

二、补　天

大雨下到第五个七日　玄女从北方飞来

她的翅膀淋湿　头发上的雨珠像串起的露水

向下滚动　她的胸脯起伏　羽毛黯淡

流露出疲惫的神情　可以看出

她飞翔了千里万里　穿过厚重的乌云

当她落到天梯顶上　一个闷雷追击而来

她举起翅膀　把雷霆又推回到天空

这时地上的水位在上涨　山脉剩下了山头

如同千万个人头在浮动

森林变成了珊瑚　河流淹死在水中

到处是茫茫的水　仿佛大海在无止境地膨胀

水到至深时已不再流动　而是静静地上升

雨还在下　好像要一直下到死

好像要把世界填满为止　水要抹平万物

水覆盖了水　然后继续覆盖

悲　歌

"西方的冰山也融化了　水已升上了昆仑
天空的裂缝越来越多　我曾用泥土掩堵
但依然在漏水　人民和禽兽死伤众多
我要到远古去请女娲　一起修补天空"
玄女说着　流下了泪水　她的心肠柔软
她的话语呜咽　而我经过了众多磨难
心肠像冷却的熔岩　已经变硬

"让我陪你去吧　你一个人太孤单"
"不　你不会飞翔　反而增加我的负重
你就守在这天梯上　等待我们来临"
说完她振翅跃入空中　洁白的翅膀切开雨线
背负着满天乌云　向远古飞去
她要穿过遥远的时空和派生的人群
去寻找大地本生的一个女神

我看见她在空中回望天梯　头发飘起来
像一面黑旗与乌云搏斗　她骑着闪电
在暴雨中穿行　雷霆无法击落她
她超越了俗世和引力　进入了自在的境界
她得到了天的允许　以飞为命　为人类服务
当她消失在我的视野里　洪水正在没世
而天梯耸入云中　拥上来许多人

　　　　*　　　　*　　　　*

许多人涌上岐山　腰间的布片已经破碎
有的干脆赤裸　顶着大雨向上攀行
其中有勤的子孙和须的子孙

第二部 幻 象

以及战争之后各部落繁衍不息的人民
唉　山上的人民　地上的人民　死伤无数
茅草和黄泥的家园没于水中

而身体和命　还没有绝迹
赤条条的人生走向高处　带着双手
和泥浆　带着种子和胎盘在逃亡
我看见妇女走在坡上　男人走在前面
孩子死在他日和腹中　眼泪死在哭泣之前
在洪水中　眼泪还有什么用

人们涌上了岐山　沿着斜坡
向天梯接近　雨依然在下
雨中的裸体达到赤贫　雨中的活人只剩下
挣扎和隐痛　我见过其中的几人
曾向天梯上推动石头　那长着蓬发的
高大汉子是雄狮的后代　带领着人群

这时一只巨鸟从乌云中拍击而来
我认出它是大鹏　它凌天而过扑向水中
它从水中抓起一个人拍翅而起　放到山上
又反复冲向水域　救出了许多人
我看见它的翅膀上带着血　它的嘴角紧闭
它的体内有一个强悍的灵魂

当它发现了我　迈着阔步走到我身边
发出了人的声音："公孙　你可认识我？
我就是须　我在战死之后化成了大鹏
我在天空走路但在地上安家　我每死一次

/ 悲 歌 /

就升华一次　我每活一生就超越一生
是你使我脱去了人的身体　从而获得天空"

说完它振翅起飞　又去水中救人
而我把人们领到天梯下的一个山洞里
那里有泥人留下的一堆火种
人们生起了火　强壮的男人去山下救人
女人们照顾伤者　雨一直还在下
直到死亡漂起来　向世界疯狂地索命

　　　　*　　　*　　　*

三日后的早晨　天依然黑暗
黎明和黄昏没有区别　满天都是雨
只有闪电固定在一个地方
形成明亮的裂缝　在那狭窄的闪光照耀下
天梯像一座笨重的旋塔　通向天空
传说女娲就要来了
传说她正在补缀南方的天空
她将和玄女一同到来
她们会落在天梯顶上
人们每隔一会儿就不约而同地望着天梯
像大雨中疲倦的葵花一齐转动着面孔

有关女娲的消息早已传遍大地
人们用尽了想象　描述她的容貌和体态
但无人见过这位女神
我说："我见过女娲　当时她正在造人
她用黄土捏好了一男一女　命名为祖和汝
他俩就是这一带人民的祖先

他们融化的时候正是春天
一场阵雨过后　地上长出了许多新人"
人们惊奇地看着我　摇着头
表示不可相信

这时山下隐约传来嘈杂的人声
人们冒雨登上天梯向远方眺望
一个千古的奇迹正在眼前发生
只见天上的雨瀑向两边分开　像掀开的雨帘
而地上汪洋的水域裂开一条大道
一个女子从大道的尽头走来
她的头上众鸟环绕（玄女在领翔）
她的身后人民万众　一片呼声
她来了——女娲来了
她的腰间围着树叶　长发上缀满花朵
她的体态修长　透出青春的风韵
她领来了旧人和新人
她补好了南方的天空　又来补北方的天空

人们在天梯上欢呼起来
大鹏从远方领来了鸟群　迎接女神
而闪电停在空中　一动不动
不敢发出声音
女娲和人民从大道上走来
洪水壁立在两边　待人们走过之后
又悄悄地合拢

女娲和玄女领着人民穿过洪水
来到山上　她们掀开雨幕

悲 歌

沿着旋道走上天梯
在天梯顶上　女娲看到人们的遭际
流下了悲悯的泪水
同时也真诚地赞美了自己的子孙

　　　　＊　　　　＊　　　　＊

我必须记住这非凡的一天
在洪水淹没的世界上　有一群人
来到岐山　开始了补天的工程
这是一场改天换地的运动
在天地之间　在乌云和洪水之间
人　向自然的极限挑战
向体能的极限逼近

已经没有退路了
死亡推倒了生活　并截住人们的命
在人们的屋里堆满洪水　淹没田园
人们背井离乡向高处逃生
现在祖传的天空已经破碎了
再也不能用了　必须缝补天裂
才能止住漏水　获得生存

现在女神已经来了
一个是创世的女娲　一个是飞翔的玄女
还有如此众多的大地上生长的人民
补啊　用泥土补　用麻绳
一针一线地补　用石头补
五彩的石头堆在山上　火焰烧在雨中
女娲在炼石　人民在搬运

/ 第二部　幻　象 /

整个岐山一片沸腾

我走在运石的人群中
已经多年了　我向天梯上推动石头
我热爱这苦役　也爱那些与我一起劳作的
笨拙的泥人　而今他们都在雨中融化了
他们回到泥土中　但没能堵住洪水

需要多少石头才能堵住天的裂缝？
推动吧　搬运吧　冶炼吧
把石头熔化　把麻绳捻长　把骨针磨尖
女娲就要补天了
这已是最后的时刻　死和生在较量
洪水在上涨　大地只剩下了几个山头
雨依然不停　雨不可能停下
天空不会原谅我们

除了自救　我们没有别的办法活下去
面对生存的法则　人的力量大于本能

　　　　＊　　　＊　　　＊

补天　补天
女娲在补天
人民在补天
我们在天梯上
传递石头和麻绳

补天　补天
女娲在天上

405

悲　歌

玄女在天上
大鹏和众鸟在搬运
往返于天地间

补天　用麻绳补
人民看见了女娲
一针一线
在缝补天空

补天　用泥土补
亡灵和泥人
从大地起身
升上天空　用身体
塞堵天的裂缝

补天　用石头补
人民搬起石头
递给玄女和大鹏
玄女和大鹏
送到天空
人民看见女娲
在天上忙碌的身影

补天　用雷补
把雷扔到山上
炸开岩石

补天　用光补
把闪电折断

/ 第二部　幻　象 /

炼成真火
熔炼石头

补天　用乌云补
把乌云撕成棉絮
塞住缝隙

补天　用血补
用磨损的手指
把血
涂抹在天空

补啊　补天
女娲在补天
人民在补天
如果没有可用的东西
就用我们的命

　　　*　　　*　　　*

一天又一天
补天在进行
裂缝渐渐少了
雨渐渐小了

一天又一天
人民在搬运和冶炼
人民在牺牲
女娲在天上
忙碌不停

悲 歌

人民之中
有一群旧人
已经衰老
他们推动石头
雨水顺着下巴
向下流动

衰老的旧人
日渐衰老
我看见他们
脱下陈旧的肉体
只剩下骨头
继续推动

许多骨头
闪着磷光
走在人群中
天　还未补完
洪水还未退去
他们不肯休息

许多女人
被雨水洗净
女人有女人的事情
看　闪电堆在坡上
像弯曲的树根
她们用闪电和树根烧火
脸和乳房

| 第二部　幻　象 |

被火焰映得通红

亡灵和泥人
唱着挽歌
穿过忙碌的人群
他们排队走上天梯
向天空舍身
我看见他们
跟着鸟群
升上天空

补天　从日到夜
从生到死
补啊　裂缝渐渐少了
雨水渐渐小了
我们的女神已经累了

女神啊
你给了我们生命
又领导我们修补天空
你让我们活下去
我们活下去
直到永远

永远到底有多远？
女神啊　你正在补天
我们不便发问

　　　*　　　*　　　*

悲 歌

补天　地上所有幸存的人
都参与了这一浩大的工程
东方　西方　南方　北方
都在忙碌

地上的石头用尽了
人们就拆毁天梯
巨大的天梯
是通往上苍的道路
无数代人
为它付出了鲜血和生命

但是天还在漏
还需要石头
天不能不补
天上需要石头

补啊　天越来越高了
越来越亮了　乌云在变薄
只剩下一条裂缝了
人们看到了希望
在做着最后的努力

人们拆毁了天梯
直到把最后一块石头
送上天空
直到最后一个泥人
用身体堵进裂缝
天还在漏

第二部 幻象

天啊　适可而止吧
不要难为我们了
地上再也没有一块
可以移动的石头了
我们用尽了全力
还要怎么样

你不能太狠　老天啊
总要给生命留一条活路吧
就算是我们错了
也不至于毁灭　我们错了
但错在哪里？

人们仰望着天空
人们看见女娲
在天上徘徊
焦急地等待着石头
天就要补完了
就差一点点了

不堵上这一点点
就有可能造成天崩
天空再次崩塌
后果不堪设想

时间在消逝　天在漏
女娲看见汪洋大地
洪水淹没了山川

悲　歌

万物在受难
生命已经面临绝境

这时　天又发出了崩裂的声音
这是危险的声音
天又要崩了
更大的水　仿佛已经
聚集在我们头顶

是时候了　此时必须有人献身
堵住这裂缝　人们争相赴死
但没有人能够升上天空
人们已经绝望了
人们感到　最后的劫难
已经来临

我们再也没有补天的力量
和补天的东西了
我们倾尽了所有
再也无能为力

就在这时　又一声崩裂的声响
穿透了我们的心
天的裂缝在加大　水在从天空
向大地倾泻　人们仰望着女娲
一声不吭

这时女娲从天上下来
飘落到地上

第二部 幻 象

用手抚摸她的人民
女娲走遍了大地
她抚摸了我的头顶
她也抚摸了远近的山峰
然后她飘起来
又回到了天空

人们仰着脸
看见她飘上去
她像风一样飘上去
她进入了天空的裂缝
她躺在了裂缝里
我们的女娲
用身体堵住了天裂

水不再漏了
乌云渐渐散了
天裂已经弥合
我们的女娲
融化在天空里
成为天的一部分

天渐渐地变蓝
天蓝得让人伤心
亮黄的太阳
出现在天上
晃得人们睁不开眼睛

这时人们望着天空

悲 歌

发出了哭声
整个大地上的人们
发出了哭声
人们看不见女娲了
也看不见以身堵天的
亡灵和泥人

人们只看见补好的天空
蔚蓝而澄明
大鹏和玄女领着群鸟在飞翔
风托举着它们的翅膀
像托举着自由的精灵

风也吹着地上的水
无边无际的水
映着群鸟的倒影
水下埋着人们的屋舍
和田畴
和淹死的亲人

雨终于停了
七个七日的雨终于停了
天又回复为天
而人已历尽劫难
所剩无几

洪水过后
所剩无几的人们
又陷于饥荒和疾病

人们以草为食
以虫为食
以禽兽为食
以子为食
以树叶为食
甚至吃掉了树根

洪水的消退极其缓慢
这期间　世上走了许多人
又出现了许多人

三、填　海

洪水淹没了世界　消退极其缓慢
大地埋在水下　只露出高原和山峰
人们无奈地又活过了多年
有一天　从高原上走来一个老人
他手攥着一块土　已经走了一生
他在奔走中累掉了自己的血肉
骨头依然在走　他向我们走来
穿过了许多岁月和稀疏的人群
他磨损掉自己的双脚　继续往前走
继而磨掉了小腿和大腿
依然在走　他在风里走　在昼夜走
他有使命在身　他走啊　不停地走
磨掉了胯骨　磨掉了肋骨和胫骨
最后连头骨也磨掉了
只剩下一只手臂　依然向上举着
依然攥着那块土　当这手臂经过我们身边

悲 歌

我听见风中传来他洒在路上的
最后的声音："快　快接过这土
这是一个名叫鲧的人从天上偷来的息壤
放在水里可以不断地生长
他让我们送往八方　用以生长新地
制服洪水"　说完他把土递给一个少年
然后手臂当即粉碎化为灰尘
我看见那少年接过这土
向山下走去　其实只是很短的一段路
他却走了一生　当他也磨损掉身体
只剩下一只手臂时　他的后面
跟来了人群

人们一代一代往下传递
一直到水边　为此磨损掉许多人
人们攥着这块土　这救命的
创造新地的土　向水边走去
已经多年了　人们望着这汪洋的洪水
叹息　悲愤　试图把它填平

我跟在人群后面　走到了山下
是时黎明从平坦的水面上
升起晕红的朝霞　仿佛有人在水上
建造宫殿并打开了白昼的红漆大门
一颗太阳从我们的对面阔步走过来
它越来越亮　陡然间发出耀眼的光芒
在水上铺出一条明晃晃的大道
直通向天空的中心
但这不是我们的路　我们不再相信幻景

第二部　幻　象

我们需要土和无边的土地　需要脸上的彩霞
和通向家门口的弯曲小径
而眼前这汪洋的水域淹没了我们的村庄和鸟巢
淹没了河流和鱼群
迫使三足乌把巢建在太阳上
它们是火的后代　不能离水太近
而嫦娥索性到月亮上居住
她不想再回来了　她只在夜晚遥望大地
想念地上的亲人

现在好了　我们有土了
我们要创造新的土地
把这息壤撒在水中
我看见一个少年最后一次接过这土
他转过身　把土高高地举过头顶
向天致敬　向传递息壤的所有前人致敬
向身后的人群致敬
然后他大步向水边走去
初升的太阳照耀着他　人们看见他的身影
又长又暗　像苦难的来路
和人类倒下的不幸的灵魂

他向水边走去　他试探性地
松开手　掰下一小块土抛进水中
人们在他身后　看见水面上激起一层波纹
这波纹越扩越大形成一层层圆环
向远方不停地扩展　似乎永无止境
人们站在岸边　像一片粗糙的石雕
在日光下斑驳龟裂　皮肤像老损的树皮

悲　歌

被风吹皱　留下了岁月的伤痕
这是春天还是夏天？还是季节之外的
一个特殊的时辰？人们静立着
有人坐在山坡上　以阳光为弦
弹拨着大琴　发出了听不见的声音
这一刻　我的心也停止了跳动
如果就此停下去　我有可能变成一块石头
或是一个沉重的泥人

这是一个神话的时代
想到的事情就能做成
人们等待的奇迹正在发生
我看见这一小块土　在水中生长
渐渐高出了水面
向周围缓慢地扩展
形成了新的土地　地上长出了新草
和新的树荫　当新地与旧地连在一起
一座龟裂的石雕走过去　他太激动
太急躁了　他走到新地的边缘继续往前走
一直走进了水中　他在水中化为生长的岩脉
拔地而起　成为山脉的骨骼和灵魂
人们效仿他纷纷走过去　沿着新地的边缘
向四面八方走去　向水中走去
在这伟大的创造活动中献身
而那手握息壤的少年把土分给众人
众人又分给他们的子孙
人们在争相创造土地　争相成为山脉
一时间大地上此起彼伏　洪水退缩
新创的土地上生机勃勃　长出了一茬新人

第二部 幻 象

* * * *

洪水退后多年　大地上湖泽遍布
江河泛滥　多少闪光的冰川悄然融化
把它们晶莹的露水赶下雪山
而大海似乎永不满足
在洪水中拓展开辽阔的海岸线

人们在新地上重新架起篱笆
开辟田畴　升起了纤细的炊烟
生活展开了烦琐的细枝末节
建设是劳累的　但充满了兴趣
一场劫难把人们强行推向新的转折点

有人建议在旧址上重新建造天梯
但已没有石头　石头都用于补天了
有人建议疏浚河道　帮助河流
回到它们开满浪花的家园
我却建议开辟道路　便于人们行走

至少应该有一条路通向死亡
然后从那里返回　否则地下将过于拥挤
不适宜亡灵安息
还应铺一条土路　通向未来
以便看望那些生生不息的子孙

而现在是洪水过后　水害深重
人们顾不得考虑长远
听说有人化作大熊在梳理河道

悲 歌

有人用绳子捆绑江河向大海押送
有人在砍伐水系的枝杈　不让它蔓延

更多的人在忙于播种　以便生出更多的孩子
洪水过后　乳房高耸的妇女们生育力旺盛
生吧　生育就是直接对抗死亡
生吧　让卵生的少女长出翅膀
让胎生的男儿力大无比　拉弓可以射天狼

这是需要力量的时代
人与大自然展开了原始的较量
我看见一群人在大地上挪动山脉
另一群人肩扛着河流向平原行走
他们油红的脊背在太阳下反光

而在遥远的内陆　有人用沙子
就地掩埋着干瘦的河流　还有一些人
刨土挖坑　把小河栽在高原的缺水地带
像栽下柔弱透明的小树苗
但风吹日晒　用不了几天就会枯萎

与他们不同　那骑着黄河的勇士
穿过了草原和峡谷　他曾经
驾驭过蛟龙和闪电　如今他驱赶着成群的
暴躁的波涛　从黄土高原上闯下来
把曲折和颠簸视为乐趣

是啊　创造世界和改造世界
是多么伟大的事业

/ 第二部　幻　象 /

征服体现了人类的雄心和本能
我赶上并参加了这改天换地的工程
感到无比骄傲　我是一个幸运的人

我已经贪恋这个时代了
洪水过后　万物都强化着自己的意志
没有人屈服于灾难和命运
也许这正是世界运转的动力
和我们万劫不灭的内在原因

　　　　＊　　　＊　　　＊

追随着人们的脚步
我挤进了肩扛河流的人群中
这时大河的尾巴还在夏日
而前面的波涛已经进入秋天

河流没有脚　因而它只能爬行
众人扛着一条河流向东走去
是为了搬运洪水　以便使河床
恢复为田园

需要无数个昼夜才能走到海边
一路上　我看见狂风扶起了远方的河流
又使劲吹拂它的枝叶　而那手握石斧的
大力士　正拼命砍伐大河的主干

据说已有三条河流倒向大海
激起了万丈波澜　而它们旧日的河床
像干枯的老榆树的影子

悲　歌

已在阳光下悄悄地腐烂

大地上陈放着多余的河流
这些洪水留下的残迹　影响了人们的生活
也阻碍了青草去对岸做客　青草太柔弱
细长白胖的小脚丫走不了多远

而我们却扛着河流向大海奔走
一路上哼着口号　不像那些
攀着炊烟爬到高空的人
吓得脸色苍白　把喊声憋死在胸膛里

我们是吼叫着与洪水直接较量的人
我前面的汉子是一个石雕的后代
我身后的壮士是息壤上出生的第一代人
而那阔步走出胎盘的家伙是一个莽汉

他擅自来到世界　身上印着洪水的痕迹
不假思索就与死亡签下了不悔的约定
他扛着河流的根部　承受着最险
和最重的压迫　脊梁骨已被压弯

而更多的人眼里出现了燧石和燧石
撞击所冒出的火星　我感到骨头和骨头
在身体里摩擦起火　我感到
我的心脏在燃烧　从嗓子里向外冒烟

我感到渴　许多人都渴了
喝吧　河流就在肩上　大海就在眼前

那汪洋恣肆的杯盏里有不尽的凉水
也深藏着盐　汗水　和消逝的甘泉

　　　　＊　　　　＊　　　　＊

我们肩扛着河流　终于接近了大海
远远看去　是一片无边无际的深蓝
白云擦拭着天空　但擦不去海上的波浪
那些顽皮的波涛时而相互赛跑
时而又藏在水下　它们精力过剩
因而展开永世不疲的追赶

我们肩上的河流也望见了大海
它挣扎着跳到地上　摇摆着身子
向大海爬去　我看见它柔软的尾巴
拍打着沙子和青草　而它肥胖的肚皮
紧贴着地面　仿佛一条龙
回到了阔别已久的家园

河流爬进了大海
在海面上轧出一道深沟　消失在远方
直到大海直立起来像一道蓝色悬崖
直到海风从陡峭的天涯滑到岸上
带来鱼群的呼喊
我们手挽着手　欢跳起来

我们负重走了多年　终于轻松了
反而觉得身体有些轻飘
似乎一阵风就会把我们刮跑
而负担过重也会造成同样的结果

悲 歌

在海边　我看见被生活压扁的人
像宽大的树叶被风吹起

还有一些刚硬的汉子
肩扛着巨石　被直接压进土里
有如砸进大地的钉子　不再拔出来
他们露在地上的头发
像黑夜浸染的毛毛草　带有原生的色素
百年日照也不能使它们变白

除非它们日渐苍老
岁月的风霜一再袭来　连石头也在风中腐烂
会有一场白雪覆盖住所有的山峦
那时我们无言可诉　默默地等待
那时我们不再展望远方　而是俯瞰自己
目睹那体内的夕阳沉下辽阔的地平线

那时大海将异常平静　河流都回到了海里
风从地上消失　只剩下空气在流动
那时我们返回到出生的地方　抱着大地安睡
仿佛世上什么也没有发生
仿佛不曾有洪水　不曾补天　移山　挪水
也无人被河流压死　一切只是一个梦

而现实是　我们扛着河流来到海边
看见治水的人群在地上忙碌
有人在劈山　有人抬着大泽奔走
有人正用白云蘸水擦洗着蓝天
而那在朝霞后面行走的人　敲打着燧石

第二部　幻　象

用魔法驱赶河流　　向大海流动

　　　　＊　　　　＊　　　　＊

一条河流立起来　　它开裂的主河道
分成两条汊　　像一棵大树迈步走向大海
它迈出左腿　　又迈出右腿
它走了过来　　太阳照耀着它明亮的枝干
和体表上流动不息的皱纹

太阳给它投下了摇晃的阴影
轻风刮过它的枝丫　　发出湿润的声音
我们看见它透明的内脏但找不到心怀
它的心溶解在每一滴水里
因而它即使化成云雾　　也不会死亡

依此类推　　大海要有多少颗跳动的心脏？
要有多少条河流立起来
才能形成密不透风的森林？
我们搬走一条河流　　还有很多河流
我们搬走一滴水　　还有另外的水

在大地上流浪　　但只要我们无限地搬下去
洪水就得让位　　河流就会减少
看　　这一条河流自己向大海走来了
它迈着大步　　晃动着支流的臂膀
细密的源头像发丝　　被风吹向脑后

这是一条苍老的河流　　退休的河流
它主动站起来把洪水领走　　而不带走一粒泥土

悲 歌

像干净的闪电离开乌云　它走向大海
不伤害一个人　它把脚步放得极轻
有如炊烟离开火焰　灵魂进入梦境

我们看见它越过千山向海滩走来
它走进了海里　海水淹没了它的双腿
淹没了腰腹　它继续向深处走去
它是直立着走进大海的
它自愿走进去　没有人逼迫一条衰老的河流

它走到深海里依然没有倒下
它高于大海　细密的源头像白发
在太阳下闪光　我们静立在海边
默默地望着它缓缓沉没在远海里
直到波浪淹没了它的头顶

大海不可能淹死一条河流
一条饱经沧桑的河流　退出了洪水时代
它不愿意泛滥　它的水养育了无数的人民
如今它消失在海里　就像前人走到尽头
悄然化为泥土　不留下一丝踪影

这是一条善良的河流
一旦它重新出现在地上　我们会祝福它
永远流动　我们会饮它的水
抚摸它的波浪　躺在它的怀抱里
听凭它清澈的流水洗涤我们的心灵

　　　　＊　　　　＊　　　　＊

/ 第二部 幻 象 /

河流在入海　我们在东海岸边
度过夜晚之后　看见了海上的黎明
与我们一起眺望日出的人群中
有一个少小的女子　在迎接太阳
她把红日奉为男神
等待他闪着光芒　从大海上莅临

我似曾见过这个女子
她曾把三条道路拧在一起　捆住远山
向湖泊拉动　她也曾以大泽为潭
养育白云和星星　她是谁的女儿
自幼许配给太阳　如此痴情地来到海边
迎接她心中的日神？

闪光的日神　掀开朝霞
露出了一线弧光　今天海上晴朗
没有一丝水雾　我们能够清晰地看见
一轮旭日打开黎明的红色大门
头戴着无上光荣的冠冕
出现在海平线上　向大地问候早安

少小的女子　把朝霞抹在脸上
把喜悦藏在心中　新的一天已经来了
她按捺不住自己　她要拽着阳光的绳索
直接走向太阳　而大海
挡住了她的去路　她不能原谅
这激流暴跳的水域　她要走过去

像那直立入海的河流

悲 歌

她踩着波涛走向太阳
爱情已经使她疯狂　她在水上
像一条光洁的美人鱼　迎着旭日奔跑
浪花溅满了她的胸脯　她看到
每一滴水珠里都含着一颗太阳

太阳看见了这女子　也在远方加快了步伐
太阳和女子在接近　这时海面上
泛起了一层红光　仿佛有人在海底
点燃了羞涩的红珊瑚
我看见许多河流从海中站起来
晃着身子　为他们轻轻地鼓掌

我们在海边　拍肿了手指
而那敲打燧石的魔术师驱赶着河流
也赶到了海边
那些抬着大泽的人们也赶到了海边
那些捆绑河流的人们也赶到了海边
那些挪动山脉的人们也赶到了海边
都赶到了海边

人们看见那女子向太阳奔跑
发出了赞美的呼声
她是那么小　那么美丽　像是水做的
一尊雕塑　被阳光激活　被日神召唤
我真怕她会融化在阳光中
或是被内心的火焰烧成灰烬

她在海上奔跑　仿佛大海是一片

第二部 幻 象

液体的草原　生长着无边的叶绿素
她踏着蓝色的波浪　忘记了海水
她认为自己就是一朵浪花
为太阳而开　或是草原上的一只蝶
踩着花心　追赶晨风飞翔

她在海上奔跑　她无视波涛
因而激怒了波涛　海面上骤然掀起狂澜
把她打翻在地　随后无数匹受惊的野马
从海面上奔腾而来　淹没了她
她在海上挣扎　浮起　又沉下
纯洁的身体被波涛蹂躏

人们惊呆了　人们目睹她
被大海吞下去　又吐出来
许多人痛打波涛　要跟大海拼命
其中一个巨人走进了大海
他掀开大海的一层皮　他卷起波涛
像卷起一张草席或是刮风的绿草地

但这一切都晚了　一个少女
在下沉　大海体现了它不可征服的意志
它要放弃的东西它坚决放弃
它要吞噬的东西它决不留情
它把一个少女咽进自己的胃里
海啊——你这暴虐的洪水的父亲和母亲

就在人们痛心和绝望之时
那个弱小的女子　坚强的女子

悲　歌

　　露出了海面　　人们看见她用力跃入空中
　　就在她下落的一瞬间　　她的两臂变成翅膀
　　乌黑的头发变成羽毛　　在海面上飞翔
　　嘴里发出"精卫精卫"的叫声

　　这时太阳已经跃入高天　　用光芒抱住了她
　　那个君临万物的日神　　吻遍了她的全身
　　晨风托举着她的翅膀　　凌驾于大海上空
　　她与大海抗争　　超越了死亡
　　她用生命幻化成另外的生命
　　人们眼含泪水望着她　　发出赞美的呼声

　　　　　　＊　　　＊　　　＊

　　多年以后人们看见这只鸟　　子女成群
　　她领着她的孩子们　　口衔石头和草木
　　投向大海　　要把那万古的水坑彻底填平

　　这是一项漫长的工程
　　小小的精卫鸟
　　与大海展开了旷日持久的较量

　　一个是自然的元素　　一个是飞翔的精灵
　　我们当时所看见的
　　是生命转换的一个奇迹　　从海上升起

　　她的翅膀拍打着晨风和霞光
　　在天海之间　　在肉体和灵魂升华的那一刻
　　她断然做出一个决定：填平大海

/ 第二部　幻　象 /

人们在治理陆地上的洪水
她要治理水的根　她蔑视海水
大海只是水多而已　并非不可战胜

冲动可能产生虚妄　而胆魄必生出信心
一个以死去爱的人　得到了太阳的拥抱
她在赢得爱和飞翔之前　战胜了自身

白昼支持她工作　黎明允许她每一天
展翅迎接她的日神　在太阳下
她那微弱的工作因持久而神圣

看她起的多么早　她和她的孩子们
用嘴唇搬运石子和草木　用红色的脚趾
踏着风　世代不息往返于海陆之间

为了帮助她　大地生出无穷的草木
山脉演变出不尽的石子
河流向大海推动着沙子和灰尘

她鼓舞了全地人与洪水搏斗
一只鸟　一群鸟　一个鸟的世系
在她身后　是天上的群众在飞翔　在填海

她以弱小对巨大　以短暂对永恒
她以恨对暴虐　以爱对爱
她在天空建立王国　拆下自己的骨肉做出臣民

她把填海作为终生的事业

431

/ 悲　歌 /

她不发誓言　不抱怨　她永远工作
她不相信徒劳　把终极目标定在永远之后

她是在与永远较量　在不可能中建立可能
人们通过她看到了世界上最硬的东西
——时间所不能磨损的　是生命和决心

她不是超越时间　而是超越自身
对于她　死亡已不是死亡
而是对伟大事业的一再献身

她用最简单的方式与大海和时间对抗
我们也一样　我们搬走了河流和大泽
用了最简单的工具：双手和力量

在洪水时代　生命是如此壮丽
我参加了这浩大的历时数代的工程
是我和人类的骄傲

我在海边　目睹了一个少女的演变
和她填海的壮举　也看见了人类
走出噩梦后那强壮的肩膀　在大地上晃动

　　　　*　　　*　　　*

填海　填海
人们在海边喊道
把海填平

玄女和大鹏也来了

/ 第二部　幻　象 /

凤凰和三足乌也来了
群鸟都来了

天空中飞翔着朝霞和晚霞
飞翔着羽毛　心跳
和众口一词的歌声

这是盛大的庆典
众鸟齐集
在为她加冕和命名

她因她的叫声
得名"精卫鸟"
她得到了赞美和肯定

众鸟齐集
帮助她填海
覆盖了大海上空

天空被翅膀切割
石头被嘴唇叼起
空气被速度引领成风

人们也帮助她
向海里挪动山脉
把岛屿推向远处

人们在地上
一加一　再加一

悲 歌

比多更多

人们组成群众
向海里搬运
从一日到另一日

星座也从高空投来石头
风投来花瓣和蝴蝶的骸骨
女娲融化的天空摘下流星

填海　是大家的事
有人搬起自己
放到了海里　像一块石头

有人揪着自己的头发
拎到空中
然后松手掉下来

填海　付之以力
付之以命　填海
付之以全人类的激情

我从地上捧起一把土
其中有一粒是泥人的骨肉
在我手中颤动

我把土填进海里
是时鸟群掠过青天
像一个飘忽的梦

/ 第二部 幻 象 /

　　　　＊　　　＊　　　＊

至此　治水的高潮转移到海上
陆地上的洪水全部退落
只剩下原始的河流在流淌

炊烟流向天空　生命流向消亡
大海在自身里回旋　它的身体
全由血液所构成　没有骨头和内脏

鸟在填海　人在填海
洪水退回到老家　只有少数的
白云在飞翔

我知道那是水的灵魂在漫游
而在太阳和大海之间
羽翼未丰的小天使学会了歌唱

学会了填海　学会了梳头
和孵卵　在夜里
躲避天鹰座窥视的星光

人们学会了生活与合作
学会了疏导河流　堵塞天裂
用宽大的手掌安抚波涛

而那在海边聚沙造塔的人
不可能给云彩安家
他只能给招潮蟹搭造简陋的产房

悲 歌

云彩依然要带着雨滴到处游荡
雨还是要下　水还要流
并穿过我们的身体　往复不息

世界充满了矛盾　而法则
已经确立　我们必须学会生存
顺应天理和时间的走向

万物挤在一条路上　而生活是繁复的
物种在进化　在分裂　升级
世界养活了多少孩子　谁也说不清

生命是平等的　万物都是弟兄
我们一同度过了洪水时代　搬啊　填啊
今天　大地终于回复了原样

草在根上生长　鱼在河边张望
兽在林中　树在奔走
我们的先人在土里静静地冥想

而我们最小的最美丽的妹妹
已经进入了鸟的进化序列
她决定终生填海　不再回到我们身旁

我们看见她在空中飞翔　鸣叫
她劝走了玄女和大鹏
劝走了凤凰和三足鸟　劝走了群鸟

第二部 幻 象

她领着自己的臣民世代填海
她的事业太伟大　太遥远
谢绝了我们的参与和陪伴

她要把这最后的水坑留给自己
她自信能够填平　这时众鸟飞散
而我们离开大海　重返自己的家乡

四、从远处刮来了风

离开海边　众人散开　分散在全地
我沿着洪水退后的干地往回走
路见许多人随遇而安　栽下炊烟　立火为乡
而我想找到黄河　然后溯河而上
回到我们建造天梯和补天的地方　在那里
我所熟悉的泥人和灵魂都已融化　成为天空的一部分
我要回到部落生活的旧址　回到平野战场
和勤的村庄　然后继续往回走
回到祖和汝的来路　从此再往前
回到女娲造人的河边　看看那里的泥土和野花
是否依然如故　如果再往前　我有可能
重见盘古和最初的光芒
那是危险而惊心的一刻　天开了
出现了星辰和大地　随后出现了太阳
我真想回到我的青春时代　重新和蕙相爱
这么多年了　我流浪　战争　建造
补天　搬河　填海　几乎顾不上想她
我曾多次遥望夜空　寻找她的星座
用手心捧住她的星光

437

悲 歌

但我内心的怅恨能与谁诉？
人们都太忙了　消逝得也太快了
人们甚至来不及多想　时间已经过去了多年
什么都挽留不住　什么都已经遗忘

我边走边想　不知不觉过了很久
这时从远处刮来了风　先是草叶轻拂
而后是树枝摇摆　树干晃动
我看见远处的山脉也动起来
树林被风吹弯　慢慢地融化在空气里
石头化成了泥土　泥土化成了风
整个山脉都在风中融化了　河流化成了雾气
人群分解成元素　元素消失在虚无中
我的眼前一片模糊　什么都不存在了
海与河　土与地　人与万物　都没了
只是一瞬间　一切都化成了泡影
我的心一下子空了
没有一点征兆　整个大地从我的脚下消失
是这么突然　断绝　不可挽回
万物在悄然不觉中毁灭得如此干净
什么样的风能吹灭这个世界
而不留下一点痕迹　像一场梦？
这风并不大　却穿透了我的骨头
我感到自己像一个气泡在空中飘浮
我成了一个被抽空的人
一个失重的人　我突然怀疑我的处境
我在何处？我周围的一切完全消失
而我为什么没有随风散尽？

/ 第二部　幻　象 /

事变来得太快　不容我思考
风已吹空了一切　剩下我一个人飘在空中
我恍然想起　我眼前融化的
和我所经历的一切全是幻象　是一场
漫长而神奇的蜃景
我记起了走进蜃景的那个黄昏
部队走在冬天　苍山挡住大海
晚云横空　落日带走了飞鸟和人群
我一脚迈错进入了朦胧世界
从此生活在虚无之中
我离开我的时代可能已经很久
我离开后　地球在空中转了多少转？
地上死了多少人？这一切全然不知
现在　我在空中飘着
是一个被世界悬置的人

这时我感到我在往下落　但不知落向何处
只见上面是蓝色　下面也是蓝色
天地一片空蒙　万物不知去向
只有风依然在刮　风吹在风上
看不见空气奔跑　只听见它们的喊声
像一个隐身的集团军在集体梦游
在错误的指挥下游离了战场
风在与我开玩笑　它们找不到敌人
却抓住了我　像玩弄一张纸
让我飘忽不定　我感到眩晕　恶心
发出了绝命的惨叫
我好像已经消失了
我已不是我　而是风的一部分

悲 歌

风是大自然的灵魂
是饱满而无形的呼吸
和绝对自由的精神　我在风中
飘悠　下落　是一团空气
浮游在另外的空气中

我曾有过飘荡的经历　很久以前
我路过敦煌　在飞天仙女和蕙的陪伴下
到达过星空　我们降落在黄河源头星宿海
在那里　蕙抱住了我　在草地上翻滚
她受孕后融化在黄河里　向大海日夜流动
那时天空高不可及　云彩又白又胖
风比空气还要轻　我俯视下方
看见地球在一个道路编织的网兜里转动
那时洁白的雪山分开河流
河流切开大地　分开草场树木和人群
人们走来走去　有的进入土里　有的刚刚出生
而今一切都消失了　仿佛时间已经结束
只剩下我　一个多余的
被世界遗弃的人　残留在空中

我在往下落　一种空无凭依的感觉
使我本能地张开手臂　抱住了风
在空中　肉体极不可靠　经不住风吹
往常的风是凉的　经常穿透骨头
把奔流的血液冻结成冰
而此刻风好像越来越热　吹在皮肤上
有一种灼人的疼痛
仿佛一颗流星　正在摩擦起火

我感到身体在燃烧　顷刻就要化成灰烬
这时我听到心脏爆裂的声响
和膨胀的声音　我好像在松解和分化
像一朵耗尽雨滴的乌云被风撕开
我将落在何处？
我是否会在空中爆炸
成为一个莫须有的人？

一切猜想都没有用　我在瞬间就掉了下去
我掉在了冰凉的大海里　我背靠海底躺了一会儿
渐渐睡去　做了一个奇怪的梦

　　　　＊　　　＊　　　＊

在深深的海底　我躺着
我掉下后不久　白昼崩塌　大海失明
许多衰老的火山和鱼群淹死在海底
只剩下多刺的骨架在暗中游动
我在绝望和恐惧中冒着气泡
渐渐昏过去　我知道死亡已经来临
死亡早晚是要来的　死不是来自外面
而是来自本身　它一直藏在我体内
与我的生命一同诞生
我在昏迷中看见它走出我的身体
然后紧紧扼住我的喉咙
死完全控制了我
它要主宰我死后的全部时辰
我感到眼前一片黑暗
之后转为蓝色　蔚蓝色　以至于透明
一种从未有过的舒展和轻松贯穿了我的全身

悲 歌

似有一股水流把我轻轻扶起来　向前推动
我感到我的心在发光
我用心灵看见了一切
一切都是蓝色　一切都归于蓝色
太纯洁了　我在蓝色中漫游
看见纯洁的远方出现了蓝色的黎明

这时　隐隐约约的地平线上
出现了人的声音　我恍惚走过去
跨过一道蓝色屏障　看到了人群
我认出其中有老子和孔子
他们走过来问道："你是公孙吧
你来自今天　还是来自过去？
你们的天梯是否完成？"
　"我来自蜃景　而大风吹空了一切
我掉到这里　因而我是来自古代和今天
一个过渡中的人　我们的天梯已经拆毁
当时发生天漏　女娲炼石以补天
女娲用自身堵住了天空的最后一个裂缝"
　"你打算去哪里？"　"我想去未来
但死亡挡住了时间　不让我接近"
这时老子和孔子都陷入了深思　不再追问
我继续往前走　看见了祖和汝
他们手拉手在漫步
还有一些人用手指在梳理河流和树林
我从人群的边缘绕道走过去
看见了一个巨人　有人告诉我：
　"那是夸父　他追过太阳"
　"是的　当时我在场　有人说他渴死在途中"

第二部　幻　象

"他没有死　他是龙的儿子　遇水而复生"
在离夸父不远的地方　我遇见了勤和须
他们俩坐在地上　正在讨论死亡和战争
须站起来　热情地迎候：
"公孙　你也来了
让我们一起谈谈生命"
"不　我想再往前走走
看看生活背后的东西　我想听听
骸骨的心声和他们身外的寂静"
"你想了解死亡？"
须走过来说　"好吧
我让你看看我的身后　是多少人生"
说着他撕开自己的胸脯　像打开两扇门
里面涌动着无边无际的人群
他指着人群说道："生活的背后
是死　死的背后　是无限的生命
你要了解世界　请先了解你自身"
说完他轻轻地关上自己的胸脯
我听到他的体内人声喧杂　转瞬变得寂静
勤用手指梳了一下白发　补充道：
"死　仅仅是开始　而生活是无限的
你活过　又死了　死也是生活的内容"
我发现须和勤都变了
他们已不是战争中英勇善战的部落长
而是大彻大悟的人　面对生死
已经变得非常平静
这时我知道我已经死了
我向前走了一段　被一个影子拦住
他的白发和白须拖到地上　身体完全透明

悲　歌

我认出　他就是指引我流浪又在我中弹死后
给我换心的人　他似乎无处不在又无处在
他可能是一个无中生有的人　他说："公孙
你来了　你去过了古代　但还没了解今生
你懂得今生　还不通晓未来
你深知未来　也不等于接近永恒
你只死过两次　这还远远不够
你还必须回去　用完你的身体
把剩余的能量彻底耗尽
我看你的心里还有杂质
我把它取出来洗一洗
时间长了　它会落上灰尘"
说完　他掀开我的肋骨　像掀开竹帘
从里面取出一颗大心
他用净水洗过后又放回我的胸脯里
像一轮新日　它启动了我体内的白昼
和夜晚的繁星　它使我的血液加速流动
他拍着我的肩膀说："你回去后
要用全身报答生活　因为你是人"
说完他隐身而去　无边的蓝色展开
蒙住了遥远的地平线和影影绰绰的人群

第二部　幻　象

第四章　方　舟

从朦胧中苏醒　我发现自己躺在一艘大木船里
隔着厚重的甲板　我能感到船身下的波涛在滚动
这是何时何处？是在现实还是在梦中？
我记得我从天上掉下来　淹死在海底　并在那里
见到了许多熟人　而现实一再否定我的幻想
它展现又摧毁了蜃景　使我处在虚无和两难境地
我长期生活在死里　又一再死在生活之中
我是否还是我？我是不是已成他人？
我怀疑自己　也怀疑世界的真实性
生活也是一种幻象　会有熄灭的时候
风已吹走了天上的一切　也会吹走今天
风吹在古老的木船上　使我在动荡中苏醒
我醒来　我在谁的船上？谁救了我？
谁把世界重新摊开　摆在我的面前
让我认领自己的角色和身份？

生活总是隐瞒着真相　它让我们运转
却永远找不到事物的轴心
直到我们晕眩退场　抛下凌乱的骸骨
依然不明白人的意义和所指　甚至不知自己的处境
为此我追到了人类的胚胎期　查看了人的履历

悲 歌

而一旦我回到现实　便两眼茫茫　看不透生活的内容
现在我在一艘大木船上　周围是无边的蓝色
大海向远方疏散着波涛
以便使我平静下来　使劲回想自己的一生
但我能想起什么？
人的一生太短　加速奔跑会冲出皮肤
跑到生活的外边
而原地不动依然会衰老
像树皮和老太婆死于太多的皱纹
我曾查过许多人的死因
人们死于自身　但无人死于追问
人们不问生死　因而从未触及事物的根

我在甲板上　强行站起来　感到浑身酸痛
可能是死神抽去了我的骨头　在我的体内
装满了凉风　我能听到空气摩擦的声音
混合着血液中的泥石流　向下游流动
我可能就在人类的最下游
从这斑驳的木船可以推断
我离时间的源头已远　我离自己最近
我与海只隔一艘船　而船与海只隔一层波纹
这是一只巨大的空船　废弃的年代已久
上面空无一物　我沿着门廊
走遍了每一处　没有发现任何动静
这是谁的船只　上面载过什么人？
我扶着船围量了一周
长三百肘　宽五十肘　高三十肘
分为三层　每层各有房间无数
在阳光照不到的地方　阴暗统治着空间

第二部 幻 象

咸味的海风穿过木板缝隙发出尖厉的声音
我四顾茫茫大海　没有一点遮蔽
只有太阳高悬在空中　独眼注视着苍穹

此时可能是秋天　掠过海面的风
带来阵阵凉意　吹拂着我腰间的麻布片
这远古时代的装束抵不住寒凉
致使孤独和恐惧从毛孔进入我的心中
我感到血管里有刺猬在赛跑　让人紧张
而又疼痛　这扎进心里的刺使我愈加怀疑
肉体的真实性
究竟有多少人来过这个世界
又悄然退居到远处　从此隐姓埋名？
多年来我一直生活在假象里
远离了现实和运转的轴心
我遇见的人都是消失的人
我去过的时代都已化为泡影
没有一个人能够从深远的时光里走出来
为我证明　虚无确实是一种存在
它比现实更可靠　隐匿在我们的背后
不再摇摆和变动　它是流走的事件
是记忆中的琥珀　是穿过空气的
透明的风　现在风来了　风吹在船上
吹在我的身上　我感到凉
我感到有一只冰凉的手伸进我的肺腑里
揪住了我的心　我感到
我是生活在虚无和现实之间的人
时常有影子在我的身体里出没
把我带到永远之外　又一再回到无法躲避的

悲 歌

庸常的琐事里　被现实所围困

什么是现实？我在现实中
究竟有多重？什么是现实中的真？
我对现实的可靠性有两种疑问：
一是真实性：现实依赖于时间的运转
和推移　而时间是看不见的
它在进入万物的同时隐匿了自身
因而时间过于虚幻
不足以对世界进行证实和证伪
一是荒谬性：如果说过去已经凝固
未来又永无定型　现实便处在两难之中
它既不是真也不是假　既不是前也不是后
因而现实是一个变量　不可轻信
处在现实中的人看不清现实
离现实太远的人又是个局外人
我在现实中感到尴尬
我有可能是个幻影　我不一定是个真人

一切都是恍惚变幻的
我看见太阳移向了海的尽头
而风向四面散开　去追赶波涛和流云
大海上空　一片云彩渐渐变薄
染上了稀薄的光辉　而那些高耸的
雪山堆积在天上　用棉花做岩石
用蓝色做阴影　在不断崩塌和变形
现实所改变的还要继续改变　波涛不能平息
云彩不能固定　我不能久驻于蜃景之中
因而大风吹空了幻象

第二部 幻 象

使我落到此时　此地
天色渐渐暗下来　夕阳带来了阴影
晚霞飘在天空　像长满红色植物的海滩
从梦中浮起　弥漫于苍穹
黄昏跟着璀璨的光辉　正在缓缓来临
我在大船上眺望天边　好像望见了自己的晚年
在辽阔的海面上摊开　那是坦荡的
漫长岁月所铺就的辉煌大道
宽慰而疲倦的波涛舒展开来
放弃了追逐　原谅了一切　看透了生活
沉迷于梦想和回忆　等待着最后的时辰

但什么是最后的时辰？什么在现实中
不停地变幻　消失了时序和界限
在盲目地运行？我感到天地悠悠　海水漫漫
穿过云隙的光束指向无限　带来了更凉的风
我躲进大船的角落里　抵御着寒凉和孤独
一种漂浮的空虚感弥漫在四周
像云霓在远方移动着群山的阴影
这时夕阳沉没在云彩里　它那红色的光辉
扩散在整个天空里　转而又黯淡下来
融入世上的红尘

　　　　＊　　　＊　　　＊

我在大船的角落里坐下来　面对西方
眼见黄昏越过海面　像思想中升起的大雾
覆盖住往事　使我的记忆一片模糊
分不清现实和梦幻　也望不见遥远的时辰
海上变得异常平静　风和波涛也停下来

悲 歌

木船平躺在海上　仿佛已经沉睡
黯淡的天空里隐隐约约出现了星星
我害怕夜晚到来　我害怕无边的黑暗中
会有一群魔鬼悄然出现　用手指勾引我的灵魂
我不想在黑暗中消失　一旦我走下大船
就会掉到海里　而这样呆到何时
才有生还的可能？我真的希望
有一场不倦的风　昼夜不停地吹
或许有一天　会有一片大陆飘到我的面前
让我看到炊烟和手臂从地上升起
有人呼喊着我的姓名
但此刻　夜晚就要来了　黑暗已经不可避免地
出现在海上　紧跟着是凉和更凉
从四面八方围拢过来　把我淹没在黑暗中

我饥肠辘辘　脑袋有些眩晕
眼睛里冒出飞舞的星星
我眼里的星星是金子打造的光环
不需要星座　它们只为我一人而上升
我背靠船体　坐在潮湿的木板上
遥望着漫天星斗　恍惚听到
天空里传来凌乱的脚步声　似乎有人在喊我
有人在我的身体里擅自做出回应
我感到有一个人从体内轻轻地走出来
他是一个黑影　一个与我相同的虚幻的人
他走出我的身体　站在我对面
仿佛两个陌生人偶然相遇
彼此互相打量　而后互问姓名
　"你是谁？"

"我是公孙"

"你是谁?"

"我是你的灵魂　你不认识我

我就住在你的体内　今天出来看看

一是寻找出路　一是打发这寂寞的时辰"

"你就是我的灵魂?你怎么走了出来?

外面这么凉　大海上黑夜无边

你会在黑夜里迷路　找不到回归的路

成为一个游魂"

"我太孤独了　久困在你的身体里

我有些耐不住了　我曾经出来过两次

一是在东北战场上　你中弹身亡

一是在海底　你从蜃景中掉下来　淹死在水中"

"我也是太寂寞了　来　坐在我身边

让我们说会儿话　排遣这孤独和苦闷"

我看见灵魂坐下来　在渐渐明朗的星光下

显得若有若无　只有我能感觉到他的存在

我是他的老房东　却很难见到他

今夜他走出来　有许多话

正好在这空荡的大海上彻夜长谈

灵魂坐在我身边　黑夜的大海上

波涛虽已静下来　船身依然在动荡

我感到这液体的摇篮已经入梦

四周一片昏黑　星光不足以照彻夜晚

它们只能照耀自身

我在星光璀璨的夜空下

跟自己的灵魂谈话　有很长时间

我分不清是谁在说话

悲歌

我和灵魂有着共同的语素　共同的声音
我必须在沉静的海浪声中仔细分辨
什么来自于远方　什么来自灵魂
他说："今夜的海上　只有你和我
在这空旷之地　我们可以敞开心灵"
"你就是我的心灵　你就是
藏在我体内的阴影
你一定知道我是如何落到此处的
我为什么在这空船上独自飘零？"
"公孙　你从天上掉到海里　昏死在海底
是一群美人鱼把你拖到船上
其中一个还吻了你
她使你恢复了呼吸和体温"
"之后呢？"
"之后你活了过来
美人鱼游回海里　消失了踪影"
"我记得我死的时候　见到了许多熟人
有一个长者给我洗了心　就让我走了
我再也记不清以后的事情"
"你走时　所有的前人都目送你
长久地望着你　直到你走出死亡
回到这日月轮回的世上"
"我觉得死后是轻飘的　好像风
吹在云彩上　一股清气托着我上升
我就随风飘啊飘　失去了知觉
仿佛进入了一个梦境"
"是的　你进入梦境后就来了一群美人鱼
扶着你飘飘而上　直到你躺在船上　渐渐苏醒"
"当时你在哪儿？"

"我就在你的身体里　我看见

在你身边　大小鱼群漂浮在海里

像肥胖的落叶随风摇摆　但不腐烂

还有一群鱼骨架游荡而过　这群鬼魂

早已退去了血肉　变得发白　枯朽

依然在游动

让我想起河西走廊上的骷髅歌队

用下巴和牙齿歌唱　用眼眶容纳呼啸的风

我看见水下的激流和鱼群中的小孩子

摆动着小尾巴　在水中乱跑

他们玩得着了迷　什么也不怕

仿佛大海中不存在魔鬼和危险　也没有死亡

生活永远充满乐趣和生机（但愿是这样）

美人鱼托着你向上浮　其中一个抱住你的腰

她长得有点像蕙　或是敦煌壁画上

带着你飞翔的仙女

我真以为是她化作了美人鱼

召来大海中美丽的七姐妹　前来救你"

"是啊　也许是蕙救了我　她在天上

一直保佑着我　而她为什么又融化在黄河里

用水做的骨肉　在大地上日夜流动？

我真不知她在何处　也许她无处不在？

她一直在我的心中　肯定是蕙救了我

我记得在家乡的小河边　我曾见过

一条美人鱼沿着乡间小道走来

消失在蕙的身后　当时蕙在河中洗浴

她把万众合为一体　成为一个美神"

"公孙　我有点冷　夜里太凉了

悲 歌

我想回到你的身体里取暖
一个灵魂　重量过于轻微
怎能抵御黑夜的凉风"
　"你还是待在外面吧　否则我们都孤独
找不到一个相互安慰的人"
　"那么我们就说话吧　公孙　讲讲你的身世
你的出生入死　死而复生的历程"
　"我的经历也是你的经历
我们合在一起　才是一个完整的人"
　"公孙　我想知道　你为什么参军打仗
我发现　你不是一个合格的军人"
　"我打仗是为了报复人类
我要用一种最简单的方式　打击肉体和精神
那时我相信暴力　只有暴力才有可能
改变这个世界　并消灭暴力本身"
　"你付诸暴力　其结果如何？"
　"我还没有看到暴力的结果　就进入了蜃景
但我看到　死亡大面积覆盖了这个世界
人们相互杀戮　流血　争斗
而生存的法则是简单的　不是死　就是活
我曾死于战争　或者说　我曾死于生命"
　"你杀死过人　你死过　你和战争
哪一个更接近人类的本性？"
　"我死过　我死的时候枪声大作
人们成片地倒下去　血流在地上
肉在挣扎和疼痛　而战争不可能停下来
战争是铁打的魔鬼　在大地上行走
人类是战争的主体　也是战争的牺牲品
战争是人类的本性中最硬的部分"

第二部 幻 象

"你进入蜃景　是不是逃避现实？"
"你是我的灵魂　你应该知道
我是在生活的追迫下奔走　误入了蜃景
只要活在世上　就是处在现实之中
蜃景不是虚无　虚无也是生存的一部分"
"我一直想问你　古人都到哪儿去了？
你去过蜃景　见到了许多人
现在他们都在何处？我们还能否见到他们？"
"是啊　古人都到哪儿去了？
一个影子也不剩？
我去过人类的幼年　见过他们的生活
也参加了一些浩大的工程
但我不能把他们领来
他们是逝者　是活在过去时光里的人"
"你在蜃景中可曾见到过蕙？
你可曾听到过来自仙女座的呼声？"
"我去过的时代太遥远　那时蕙还没有出生
那时的星星又大又亮　黑夜是美丽的
那时的小道上走动着古人和泥人
还有一些看不见的人
如果我能见到蕙　我愿用最古老的方式
举行婚礼　与她生儿育女　一直到死"

我和我的灵魂在说话
木船轻轻波荡着　黑夜变得安静
星星们带着自己的光环　悬浮在高处
有如一群秉烛而行的圣者
排着阵列向天堂行走　不发出一点声音
我们望着夜空　陷入了冥想

悲 歌

期盼有一丝动静打破这沉寂
哪怕是鱼的呼吸　或是风掠过海面时
发出轻微的摩擦声　但是夜晚太静了
我的灵魂站起来　沿着船舱走了几步
又回到我身边　无奈地说道
"公孙　夜深了　我感到空虚
我既看不到古人　也望不见来者
我甚至看不见我自己　我是一个虚无的人"
"我也有过这样的感觉
但不是因为孤独　而是在人群中
在人类中　一个人的存在微不足道
连声音也被淹没　连个性也迷失了
人　只剩下一个类称
因而我感到了空虚
空虚来自事物的两极
一是过于喧嚣　一是过于寂静"
"公孙　你活了这么多年　也死过两次了
你对生和死有什么体悟？你在生死之间
如何看待生命？"
"我活了这么多年　看到了许多生者和死者
生者毫无目的　因为他们是被生的　不自觉的
没有不生的理由　没有反抗的能力
一个人就来到了世上　一个人来时
是那么盲目　幼小　无知　脆弱
当他适应了这个世界　又面临着死亡
他又不得不死　他不情愿地死去
人是必死的动物　但是不是必生的动物？
生和死　人类都无法抗拒
因而生命带有被动性

在生死之间　生活是无奈的
你被夹在一个夹缝里
没有自由可言　没有选择的余地"
"你死过　死的感觉如何？"
"我第一次死的时候太突然
一枪打在胸脯上　我就死了
我感到体内燃起了大火
把整个身体烧成了灰烬
我变得安静了
然后沿着一条蓝色的道路走到了尽头
在那里　我看到自己的身体砰然裂开
从里面走出一个虚幻的人
我感觉自己进入了一个敞开的红色大门
在那里见到了许多生人和熟人
一个影子老人给我更换了心脏
我又沿原路返回到战争中
我第二次死的时候　只感觉忽悠一下
从天上掉下来　一头扎入了海里
死的感觉先是恐惧　而后是安宁
而后是眼界大开　胸怀万物　看透古今
而后是自我完成"
"你完成了么？"
"没有　因而我又不得不回来　重新生活
我还没有真正领略死　我死得不够彻底
我还没有看透自己的一生"
"你死后还有什么愿望？"
"我想死后到蕙的星辰上　与她永远在一起
如果她真的融化在黄河里了　我愿抱着黄河沉睡
永远不再苏醒"

悲歌

"你是真的想念蕙了　她或许就在天上
倾听着我们的谈话　静悄悄地
为我们洒下纯洁的光芒"

"喂　灵魂　你在哪儿
我能听见你说话　却看不见你的形体
你的声音太飘缈　仿佛来自一个遥远的大陆
传到我这里　已经变得朦胧"
"公孙　我就在你身边　和你并肩而坐
你所说的　我能全部听清"
"夜深了　我可能是困顿了
我只能看见遥远的事物　却看不见自己的灵魂"
"你对外部世界有着探求的愿望
却对心灵的追问很少回应
一个人应该认识自身的引力
一个人就是一颗生命大系中的星辰
你的生活就是闪烁　你的思想就是光芒
你的肉体就是一个旋转的小宇宙
而我　就是你的灵魂"
"你是我的灵魂　是我生命的核心
但我们之间却很少交流　你能否经常出来
和我坐一会儿　就像现在这样
静静地说话　彼此交心？"
"你一直处在生活的漩流里
在喧嚣和生死之间运转
你还没有体验真正的孤独和寂静
因而你是肤浅的　你的眼睛看到万象
惟独看不见自己的心灵
其实我就住在你的体内　我就是你

第二部 幻 象

我和你是一个人"

"我承认缺少对内心的关爱

包括我的身体　也是处在世界的表层

我的命　漂浮在人类的潮头上

不过是一个泡沫　瞬间就会破灭

消失在滚滚红尘中

但我很少坐下来思考人类的去向和归宿

也从不问自己活着究竟为了什么

我通向灵魂的路径上长满了野草

绝无人迹　彼此不相往来

我和你是一个人　却感觉十分遥远和陌生"

"是啊　我们竟然不识自我

我们的孤独不是来自外部　而是源于自身"

"今后　我给你留下一个出口

你要经常出来　和我说话

倾诉一下内心的欢乐和苦闷"

"好吧　一言为定　但愿不让大风

把我刮到天上　一旦我飘到天上无法回来

你就会成为一个失魂落魄的人"

我和灵魂在说话　时已到深夜

天上落下一群流星

我们惊讶地看到　大海上倏然一亮

仿佛白昼一闪　照见了木船

和灵魂的身影　我看见他像一团气体

坐在我的对面　随后又隐没在黑暗中

"你在蜃景中见过了孔子和老子

你如何看待宗教？"

灵魂说话时　声音像是假的

悲 歌

从我的头顶盘旋而下
然后停留在我的心里　等待我的回应
"老子的思想是哲学
贯穿了天道和王道　超拔于世
而孔子的学说是道德法典
建立在王道和人道之间
以人为本　体现了对俗世的热爱和关心
因而两者都不是宗教
宗教是对人的终极关怀　有着理想的乐园
和对现世的约束　是神和人之间的一种约法
一种精神互托　它建立在天堂和俗世之间
以其对未来的许诺和惩罚　引导人生
而在老子的思想中　人与自然乃是一体
没有分野和贵贱　而在孔子的学说中
人是世界的主体　人是自己的父亲"
"你没见过宗教的终极乐园
如何断定宗教不是在欺骗自己？"
"在我所熟悉的人中　还无人见过天堂
但无人放弃理想　人们总愿相信
一种善良而美好的假定"
"你是说　宗教是人类的集体幻觉
建立在对未来的渴望和依赖中？"
"是的　宗教不需要人类去证实
只需人们信仰和崇拜　交付出心灵"
"你信仰什么？"
"我信仰自然和生命　在我的精神上空
是运转不息的万物　是世界有形的运动"
"你相信灵魂吗？如果我消失在风里
你就会成为一个空心的人"

第二部　幻　象

"那么我将减少精神压力
不用再回答你的重重追问"

"公孙　夜已过半了
我真的想乘着微风到远处走走
寻找一条上岸的路　你看这大海茫茫
何时才能漂到尽头？"
"灵魂　我怕是快要饿死了
我期盼即刻就是天明"
"你的饥饿可以填塞　而我的饥饿
是致命的饥饿　是对人类生存的怀疑和否定
据我观察　生命的终极就是死
人生就是一场梦　而宗教信仰
不过是梦里的一片蜃景　谁能身入其中？"
"我就进入过蜃景　但我见到的不是天堂
而是历史　我还没有去往未来的能力
因而我只能眺望　却望不见
时光下游那些往来不息的人群"
"我曾试探着走向未来　但时间拒绝了前人
那是一个未知的领域　充满了可能性
我们所有关于未来的想象都是愚蠢的
我索性放弃幻想和探索
等待新的时光到来　等待死
洗净这个尸横遍野的世界
给大地带来一些新人"
"我见过新人　也见过泥人
那些在地里埋藏已久的体内长满根须的人
我曾在蜃景里和他们一起建造天梯
我还见过成群的灵魂

悲 歌

沿着天梯盘旋而上进入了天空
那时的人民携儿带女从羊肠小道走进历史
纷纷不计先后　那时我跟在人类身后
看见了他们摇晃不定的身影"
　　"你是个幸运的人　你进入蜃景是个奇迹
在你之前无人进入　在你之后蜃景遥不可及
因而你是一个空前绝后的人"
　　"如果给我时间　我能够进入未来
但我永远到达不了明天
明天不可及　而现在又极其短促
我多数时间是活在记忆里
即使我进入了未来　也仍然是活在记忆中"
　　"你的记忆太遥远　已成为神话
你现在必须面对现实　也就是说
在这艘大木船上如何逃生"
　　"夜空越来越黑了　我们无处可去"
　　"只有一条路最容易走——那就是死
跳下大船　逃离这走不尽的人生"
　　"不　我还没有死的资格
我已死过两次　都被遣送回来
现在我已是欲生无路　欲死不能地
穿梭在生死之间的人"
　　"那么　如果让你永生
你将如何选择生活的道路？"
　　"这是不可能的　生命的因果是：生者必死
事物有着不可超越的大限　无物可以其外
就算是永生　也是处在不断的消亡中"
　　"那么让你永逝呢？你将如何度过
你生命中剩下的时辰？"

"死亡就是永逝　在死之前　我要做的事情太多
包括对灵魂的洗礼　对人世的体察
对自身的冶炼和提升
我要活好每一刻　直到最后一刻
我去死　我把死亡也当作生命的一部分"
"那好吧　在死之前　请你告诉我
我们是否还能逃出这大海？
我想现在就走　我极需要一顿精神大餐
临风畅饮　饱食一顿"
"夜太黑了　我们等待机会吧
等待星辰散尽　大海上现出红色的黎明"

　　　　　*　　　*　　　*

这是黑夜的大海　单调的永无休止的波涛
拍打着木船　偶尔刮来一阵微风
但很快就飘走　潮湿的船舱里又恢复寂静
偶有星星在我们头顶上方漂移
那微弱的亮点像一粒烛光　慢慢地燃烧
慢慢地熄灭　没有人关心它的生死
好像宇宙间什么也没有发生
我在想　如果我死在这海上
也一样的悄无声息
地球照样旋转　新人依然来临
我可能是个多余的人　我的存在没有必要
人类是否必须存在？人类干什么来了？
如果说不出充分的理由　就值得怀疑
如果怀疑被证实　由谁来否定？
我的灵魂在船舱里徘徊
他也陷于沉思　无法回答我的提问

/悲 歌/

他沿着船舱的角落走来走去
试图寻找一条出路
他不再关心人类　而是关心自身
"是啊　人类干什么来了？
我干什么来了？在这大海上
在这人世上　我的策略是：走为上
如果你不走　我就自己走　我要离开你
走到黑夜的边疆"
灵魂走过来　固执地说道：
"我要走到思想的黎明期
去迎接太阳　我要在光中
打开肉体的牢笼"
他继续说："我要活在你之外
像那天顶上移动的烛光
自己燃烧　自己熄灭
如果可能　我要把阳光引到你心里
在你的心里种下星星　收获火种"
"你这是因孤独而产生的妄想
你要知道　在这汪洋恣肆的海上
波涛会淹死灵魂　海风会滋生风暴
而星星　那些会飞的小火苗
会把你引到天外　让你永远找不到故乡"
"我有可能走遍天下　又安全地回来
如果我无法回来　就遍地流浪
直到衰老　腐烂　死在他乡"
"天亮时我们一起走吧　我的灵魂
黎明会带来白昼　白昼会有阳光
我们会在阳光下生还　到那时

第二部　幻　象

你要愿意燃烧　　就在我的体内燃烧
你愿意死亡　　就在我的心里死亡"
"这样吧　　我们来一次搏斗
如果你胜了　　我就回到你的身体里
如果我胜了　　我就乘风而去
到黑夜的尽头迎接太阳"
说着他走了过来　　和我扭结在一起
我看见他虚无的身体
与黑夜融在一起　　躲开了星光

没有什么比灵魂与肉体的搏斗更让人疲劳
这是一体的分裂和扭结　　是一次没有胜者的较量
我们对峙着　　像两个海盗遇到了一起
首先是搏斗　　然后是继续搏斗
我在空茫的黑夜里　　发出了拼命的喊声
夜空吸收了我的呼喊　　没有一丝回音
我惊讶地感到　　黑暗有着无法估计的力量
它能把我完全融化掉而毫不费力
它把我的灵魂逼出躯体　　使我的精神崩溃
分裂为对立的结构　　使我对自己下手
而又看不到血迹和伤痕
黑究竟是什么？什么样的物质
构成了如此巨大的黑暗　　弥漫在空中
吸收着能量　　压迫着我们的心灵？
我第一次感到　　一个孤独无助的人
对抗黑夜时需要怎样的胆量和技术
而战胜自身更加困难
我有可能败在自己的手上
我最大的对手不仅是黑暗　　而是自己的灵魂

悲 歌

我和灵魂的搏斗持续了很久
很久的意思是　时间像胶皮被无限拉长
快到绷断的极限　而软绵绵的黑夜
却有着巨大的弹性
我有一种衰竭的感觉　我被黑夜包裹着
像踩在棉花上　随时就要倒下
一旦我倒下　灵魂就会飘走　在黑夜里失踪
但命运没有原谅我
我又饿又乏　用尽了最后的力气
终究还是败了　灵魂摔倒了我
他把我按倒在船上　然后站起来
轻声说道："公孙　你输了
我现在就走　但我还会回来
我要给你带来光　带来救援的人
和生活的希望"　说完他决然而去
消失在黑夜中
我疲倦地躺在甲板上　正好望见天顶中心
一颗裂开的星星拉断了藕丝
把它蓝色的长针　扎在我的心上

　　　　＊　　　＊　　　＊

灵魂走后　我进入了朦胧状态
恍惚意识到　有两个我在世上活动
一个躺在船上　一个在风上飞翔
我感觉有人在黑暗中爬上船来
悄悄走到我身边　一个是女子
接着还是女子　七个女子来到了船上
这是美丽的七姐妹　从大海中出来

第二部 幻 象

围在我身旁

借着星光　我看见她们赤裸的身体
长着鱼鳞　仿佛金箔做成的衣裳
其中最小的一个　是人鱼的小妹妹
她俯下身来　抚摸着我的额头
她的眼睛　像月牙泉盈满了秋水
荡漾着温情的波浪

这肯定是在梦里　七个姐妹
七双手　把我轻轻地扶起　走到船中央
她们围着我翩翩起舞
让我想起敦煌的夜晚
美丽的飞天仙女走下壁画
围着火光舞蹈　轻声歌唱

而今夜是在船上　黑暗的大海
漂泊着一艘空船　潮湿的甲板腐迹斑驳
散发着咸腥的陈旧气息
从那些漏风的烂洞向外看去
大海上漆黑一片　溶解着淡淡的星光

七个美人鱼　带来了生命的气息
七个水做的雕塑　扭动着潮湿的身体
像七个善良的水妖围着我
唱起了歌谣　我能感到她们的心跳
和手指上的脉搏
以及来自花朵深处的幽幽的体香

悲　歌

我想整个大海都能听到她们的歌唱
我想我的灵魂在此　肯定不会出走
但此刻他已走远　那个固执的家伙
不听我的劝告　似乎已走过了子时
他有可能看见曙光　也有可能
遇到风暴　永远回不到我的身旁

七个姐妹舞累了　纷纷回到了海里
只剩下最小的妹妹留下来
静静地坐在我身边
她说话时轻声细语　像梨花的呼吸
像蕙　用露水的嘴唇说话
使我从梦中醒来　又进入梦境

　　　　　*　　　*　　　*

"你是谁　美丽的小姑娘？"
"我是大海的女儿　美人鱼的妹妹"
"我现在何处　在谁的船上？"
"你在最大的水域　最老的船上
传说这木船是诺亚所造　废弃后多年
随着洋流和海风漂到此处
船上住过水鸟　幽灵和海盗
船下住着贝类　水草和鱼群
如今你来了　是我们救了你　你是谁？"
"我有可能是公孙　但我已死过两次了
我是一个被反复改写的人"
"你为什么从天上掉下来？"
"我是从蜃景中掉下来的
那里突然刮起了大风"

第二部 幻 象

"你是否要离开大海？"
"是的　我的灵魂已去远方寻找出路
并顺便迎接曙光　我需要食物和光明"
"我给你带来了食物
和极星照耀过的珍珠
我还带来了我的爱情"
"小姑娘　我已有了爱情
我的所爱是一颗星　她在天上闪烁"
"我还带来了爱情中的水
水中的蜜　蜜做的心　我的心在爱你"
"小姑娘　我原初的心已经受伤
并且死亡　我现在胸中跳动的
是一颗安装的心脏
我的心已盛不下更多的爱情"
"那么我就在心里悄悄地爱你
直到永恒的大海把我埋葬"
说完她羞涩地退回到海里　藏匿在近处
向我偷偷地凝望

　　　　＊　　　＊　　　＊

一个我在船上　另一个虚幻的我
在细小的星光下骑着风
向大海的边缘飞行
我恍惚觉得有一种看不见的力量推动着我
使我飘起来　像一团空气　参与了大气的流动
而夜依然漫长　看不到开蒙的迹象
远方躲在幕后　熄灭了所有的灯
只有神在天空里烤火　无奈地等待着天明
这时整个海洋在沉睡　在做梦

悲歌

我尽量不发出声响　不在水上留下脚印

这是一种自由的境界
灵魂离开肉体　在黑夜里漫游
我有一种做梦的感觉
好像自己退出了生活　进入一个超然的
非物理世界　整个生命在耗散　在变轻
渐渐融化在天空里
分不清自己是空气还是风
多少年了　我祈望与自然融为一体
从人的世界退场　抽身带出体内的灵魂
既不是死　也不是生
而是一种超越生死又出入于生死的自为状态
即——入梦
现在我做到了　我梦见了我自己
我用梦轻轻覆盖住另一个梦
我掀开人生的大梦看见一代代人在出没
其中一个是我　和我的连续不断的先人和后人
我徒步走过无数个世代　在一段荒凉的岁月里
看见无数个灵魂在出窍　他们聚集在一起
暴动　联合　流动　形成了旋转的风
这风越刮越大　掠过平原
穿过了山谷　一路呼喊着
聚集起更多的灵魂
这是一场灵魂的风暴　席卷过半个大陆
把人们连根拔起
我看见这旋风翻过崇高的山脉向我扑过来
携带着沙子　树叶和巨大的吼声
我向东西南北四个方向拼命奔跑

/ 第二部　幻　象 /

最后失去了方向　我向风的中心奔跑
卷进了风里　我随着风穿过了日和夜
穿过了许多年代　来到海上
在一艘古老的木船上看到一个人
我带着风暴钻进了他的体内
熄灭在他的心里
我发现　这个人就是我的肉体
我出走远方又重新回到我自己
我忽然醒来　看见自己躺在船上
这时天空一下子裂开　晨风凌空而下
波光粼粼的大海上　升起了彩色的黎明

　　　　＊　　　＊　　　＊

灵魂带来的风暴熄灭在我的心里
而真正的风暴却在远方海域悄悄地生成
随着红色霞光扑面而来的是海浪摔碎的泡沫
拍打着船体　大船摇晃得厉害　让人感到眩晕
我试图起身找到一个可以扶持的地方
但是整个海洋颠簸起来　使我失去了平衡
这时我看到天空突然黑下来
仿佛黎明又退回到黑夜里
远方传来隐隐约约的轰鸣
这声音不像是雷鸣　而是风和水和雷和海震
搅拌在一起　混合着天空塌裂的声音
随后风就来了　风是凉的
像是从冰山上滑下的气流卷带着寒气
穿透了船体　强行钻进我的骨头
我蜷缩在一个角落里　而灵魂
蜷缩在我的身体里　似乎已经结冰

悲 歌

就像灵魂的风暴被放大
海上的台风旋转着云阵和水角
从西南方向来临　须臾之间
天空完全黑下来　大雨突然而至
巨浪从远方排空而来　像一道水坝在前移
我还来不及恐惧　大船就被波涛举起
随后狂澜即倒　压向我的头顶
我感到有一个重拳击在我的头部
随后是连续的拍击　旋转
我感到整个船体在摇晃
在跟随风暴移动
我紧紧地抠住船帮上一个腐烂的窟窿
没有被风暴和海水卷走
就这样一个昼夜过去
风暴一直在持续　大船一直在移动
直到它在一片浅滩上搁浅
我看到了陆地　却浑身松软
瘫倒在船上　渐渐失去了知觉

恍惚中我感到　风暴早已登陆
而海上　一个水洗过的黎明
正在翻越波涛　像安魂的姐妹从远方来临
我似乎听到了人群呼喊的声音
跑向海边的声音
抢救的声音　惊讶的声音
而大船似乎又随着退潮回到了海里
渐渐消失在人们的视野里
许多人在唏嘘　遗憾　震惊

我好像听到人们在小声议论
"有人在海上发现了美人鱼
在为大木船导航"
我的心突然抽搐了一下　像针
扎在心尖上那种疼痛
我努力睁开眼睛　却再一次晕过去
当我再次醒来
只见一个苍老的渔民守在我身边
正用海水清洗着我的身体
我似乎在哪儿见过他
但我无论如何也记不起他是谁
因为他恍惚不定　像一个飘忽的幻影

第三部 尘世

/ 第三部　尘　世 /

第一章　入　世

一、时间究竟过去了多久

这是一个晴朗的秋天　沿海一带
清凉的海风从空中和浅滩同时登陆
向远方扩展　但不给大地染上蔚蓝
远远看去　低矮的陆地上长满了野草和树木
人烟密集的地方　房屋连成一片
我告别了大海　沿着风吹的方向
向内陆走去　我究竟要去哪里？
土地庞大而真实　远处走动着行人
而我却感到自己是在生活之外
经过了漫长的世纪　恍如一场大梦

时间究竟过去了多久？
世界竟如此陌生？
我记得我是在行军途中走失的
当时黄昏降临　晚云和飞鸟越过长城
在高空盘旋　雪花尚未开放
只有风在寻找树枝　准备垂挂星星
部队向西进发　时间越来越暗
而我们必须赶在星光以前　超过风和乌云

悲 歌

到达指定地点
部队加快了脚步
汽车和人流穿过渤海湾　提前进入了夜晚
我沿着古老的秩序向前走着
却误入蜃景之中　迷失于错乱的时间

"朋友　战争的进展如何？
请你告诉我　今夕是何年？"
我沿着小道向前走　找到一对行人
我揪住他的衣襟　他莫名地看着我
"什么战争？你说的
我不懂"　他像躲避瘟疫一样
躲开了我　我看见他的脚步
有点像泥人　而他身旁的少女
像穿着衣裳的美人鱼在随风摇摆
并且用腮呼吸
她说："现在是1998　加一就是明年
你说的战争是什么意思？"
我恍然大悟　一梦之间
时间已过去了五十年

时间已过去了五十年
而我的身体好像没有变
我离战争似乎只有一夜之隔
就是时间长出了翅膀　也不会飞得太远
但在我的经历中　时间却变幻不定
来临不是来临　而是消逝
消逝也不是消逝　而是一种积淀
就在我生命的中途　出现了断裂

第三部　尘　世

我用一瞬兑换五十年
我用五十年去往人类的幼年
这断裂是否太大了
我不敢相信　我是否真的去过历史
我可能是做了一个漫长的梦
待我醒来　一切都已过去
蜃景消失　风暴平息　战争早已结束
新生的城市和村庄立在海边
大地上更换了许多新人

　　　　＊　　　＊　　　＊

我现在所面对的是一个真实的世界
蜃景不再重现　大地摆在面前
我必须承认现实并转变心灵的视角
重新深入生活　回归为一个平凡的人

现在　最急迫的是食物
我需要填饱肚子　剪掉乱发
我需要找个地方坐一会儿　梳理一下思绪
矫正时间　从幻觉中彻底走出来
否则我既回不到过去的时光
也无法沿着路牌的指向走进明天

我顺着弯曲的道路来到一个村庄
尚未落叶的高大乔木排在路边
挡住了视线　我看到
放学的小学生围着树干追逐
几个大一点的孩子拐进了街角
一阵风似的　转眼就已不见

479

悲 歌

这是红砖和玻璃构成的村庄
干净整齐的街道秩序井然
没有一点暴力摧毁的迹象
显然战争已过去了很久
我记忆中的村庄是低矮破败的
瓦砾中埋着虫豸和死人

而今世道变了　秋天的阳光透过晴空
照在红色的瓦脊上　像镀金的鱼鳞
如果红霞凝固　栖落在海边
我将乐意在地上居住
而不返回天上的乐园

我走进街道看见红男绿女
骑着自行车穿街过巷　而年迈的人们
坐在树下　他们松弛的下颚像树皮
危险地下垂着　仿佛就要脱落
而尘土还不急于埋没这些古董
以便使他们一遍遍回忆往年

他们的眼神已经昏花　头发几近全白
思想也渐渐生锈　说不定
他们中就有我生死与共的战友
但五十年过去了　风尘将磨损掉记忆
使人悄悄地变化　衰老　淡忘
像海水洗过的沙滩

我走近他们身边

第三部　尘　世

这时风推开了我　使我转身

挪开了视线　我看到

一辆卡车迎面驶来　对我尖叫了三声

我急忙闪到一旁　像战争年代

躲过奔驰的炮车　和呛人的硝烟

而今是和平年代　村庄祥和平静

我向一座正在建筑的房屋走去

几个出汗的年轻人正用手艺

在安装窗玻璃　那窗子又宽又大

可以容纳长方形的蓝天和白云

我进去讨了一碗水和一碗饭

主人们正在忙碌

工匠们出出进进

人们顾不得抬头看我

也没有人与我攀谈

　　　　*　　　*　　　*

我一路乞讨　走过许多村庄

凉爽的秋天　收割后的田野一片空茫

小鸟们捡拾着遗落的颗粒

你几乎看不到它们在哪里

如同你看不见风　但它确实存在

并在空气中飞翔

五十年前　枪声划破的天空

早已不再疼痛　时间抹去了伤痕

并把天空推到了极顶

悲 歌

那镶着蓝玻璃的高大穹庐是白昼的宫殿
如今它的建筑师已经退休
独自隐居在天空的边缘

当乌云变成白云
白云变成晚霞　浸染着晕红的夕光
我穿过田埂看见防风的阔叶树木
站在田野边缘　拍打着金黄的手掌

这是我初次走过南方田野
临近海洋的蓝色气息吹拂着行人
他们保存着夏日风暴的记忆
——那时大雨说来就来
而在北方　我的家乡十年九旱
大雨是一种恩赐　除非人们乐意
洪水泛滥　任漆黑的闷雷滚过屋顶

现在好了　秋天带来了爽风
天公变得和气　大地在用减法
删除多余的枝叶
我不禁浑身一颤　这时节
如果你的内心不是足够温暖
就必须多加一层衣裳

　　　　＊　　　＊　　　＊

一个年轻人告诉我："离此不远
有一座城市正在生长
每天需要大量的民工修建高楼
你可以自食其力　而不必乞讨

我看你还不太老　身体还很健壮"
"我没建过高楼　但我筑过天梯
搬运过河流　填过大海
修补过漏水的天空
那些浩大的工程是前人所为
如今我回来了　我要用泥土建造崇高的殿堂"
"你顺着高速公路往北走　三天就到
如果你坐车　只有几个小时的路程"
"我身无分文　只好走去了
我行军时一天走过一百四十里
身上还背着干粮　子弹和步枪"
"好吧　那你就走吧
你可以在那里修建天梯　搬运河流
修补漏水的天空"　他笑了
他在嘲笑　耻笑　他笑出了鼻涕
他笑过之后转身进入一家小卖部
从里面走出几个身背挎包的
美若女娲的姑娘

"他是一个神经病"　一个姑娘指着我
嘴里嚼着口香糖　风中传来她舌头的清香
说完她们嘻嘻哈哈地走了　好像一群蝴蝶
扇动着美丽的翅膀
我不怨她们　这些小孩子
不会理解我的经历　就连我自己
也在怀疑我是一个疯子
我穿着人们施舍的旧衣服　头发蓬乱
脸上还带着海上风暴抽打的痕迹
胳膊上还有补天炼石时闪电的烧伤

悲 歌

我的胸前还有长长的疤痕
里面装着一颗硕大的心脏
我提出的问题陈旧不堪　带着硝烟的味道
我说出的故事像是梦话
谁会相信我？
而谁不相信我　谁就会错过机会
从我身上看见人类的历史
并开挖出丰富的矿藏

"神经病"　一群顽童跟着我
追逐和喧嚷　他们往我的身上扬土
用玩具手枪喷水　对我做鬼脸
其中一个让我在地上翻跟斗　我翻了
待他们玩够了　就一哄而散
剩下我一个人向北走
穿过秋天的原野和村庄
我第一次这么自由　尽兴
仿佛是活在生活之外的一个傻瓜
肮脏不堪　对这个世界一无所用

　　　　*　　　*　　　*

我穿着破鞋　用三天时间走向城市
我接近城市时　天已向晚
汽车用四条腿奔跑　从我背后追上来
屁股上冒着呛人的青烟
它们具有速度但过于匆忙
几乎一闪而过　我担心它们会冲出边界
跑到时间的外面

第三部　尘　世

我向前走着
这时天色渐渐变得柔和　辉煌的
晚云一片晕红　托住了夕阳
深远的西方地平线一直延伸到落日下面
正是从那望不尽的边际
刮来了成群的飞鸟　红霞和晚风
这是平原地貌所造就的辽阔景象
就在夕阳的正对面　余晖
扫描的事物正在褪色
在那模糊的轮廓里
一座大城隐隐出现　挡住了北方
我知道这是人类所成就的伟业
带着骄傲　智慧和雄心
铺展在大地上
这是凝固的史诗和梦想的雕塑
从泥土中站起来　耸入了天空
我首先要理解它　而后是仰望
而后是进入　我要走进这建筑群落
在它的心脏里呼吸　循环
把我的幻想和汗水献给它

我走着　随着沉阳衰老　时光黯淡
大地开始收缩　就像一张纸
卷起了边缘
我走在公路上　对这大城充满敬意
有几分神秘　几分向往
远远看去　数不尽的楼房蒙在一片雾里
只有市郊的一些白色建筑
反映着落日的余光

悲 歌

黄昏就要来了
汽车所去之处　人影绰绰
蚂蚁和昆虫也在土粒中奔忙
一切都是这么和谐地生存着　消亡着
我难以分辨是什么在世界上喧嚷
此时我只有一个愿望　一条路——
在夜晚之前走进城里
否则我怕这浮动在眼前的高大城市
会在恍惚中变成一片蜃景
在显现奇迹后
悄然而逝　像一场过世的凉风

　　　　＊　　　＊　　　＊

我对城市的景仰不始于今天
记得五十年前　在古城外围战中
我曾夜宿山巅　俯瞰过古城的灯光
那是一座小城　夜晚灯火迷离
枪声寥落　火线交织处
有人在星光下流血和死亡

今天　我所望见的城市是和平的福祉
有人流血——除非是车祸和自杀
有人咳嗽——除非是烟雾和疾病
在黄昏星闪烁之前
灯光太奢侈　不适宜开放
我试图把五十年前的灯光挪出记忆
安放在西风吹打的窗子里
但事物拒绝合作　否定了我的妄想

第三部　尘　世

我沿着公路走进黄昏里
穿梭的车辆亮起了灯光
像出走的探照灯打破了僵局
随后市里的灯光次第出现
仿佛那里是一座堆满星星的库房

有人用袖子擦亮了窗户
有人在屋子里向外眺望
我数不清到底有多少个家庭
试图用玻璃封锁住光芒
但那肯定是白费劲
我老远就望见了盛满灯光的楼房
明光四溢　像水一样流到地上

紧接着夜晚覆盖了整个平原
远近村庄隐在暮色里
只有大城折叠着一层层房间
让那些蜂房似的楼宇显现出壮丽和辉煌
我怀疑夜色是一种装饰
在黑暗的底色上　镶满了昂贵的宝石
用以炫耀其威严和富有

这就是人类聚居的庞大部落？
工业催动着电流　农业供应着米粒
而商人用钞票兑换甘美的酒浆
在那里　必有一座楼房正在建筑
必有一个梦乡等待着我

我加快脚步　顺着右侧走进了街道

487

悲　歌

我消失在繁杂喧嚷的人流里
在城市　在夜晚　在一块窗玻璃上
我看到了车灯的反光
奔走的人流
和我自己匆忙的身影

二、看　这就是城市

进城后　几个高耸的建筑工地
拒绝了我　第三天
在一家清洁公司　做了临时工
这是一份肮脏的活计
每天处理街道垃圾
并负责管理蛆虫和苍蝇

在那些富丽堂皇的楼房下面
总有一个角落盛放着废物
并释放着酸臭
我能分辨出哪些是腐烂的菜叶
哪些是避孕套　塑料盒　一次性餐具

一个城市在疯狂地
吃　喝　玩　乐
怎能没有大量的排泄物
进去多少　就要出来多少
能量是守恒的
因而我的工作是
把人们抛弃的废物再次抛弃

第三部　尘　世

像擦净城市的屁股
像洗净一个人的脸　清理掉雀斑
和苍蝇的粪便
我学会了如何装车和卸车
而不皱着鼻子　我闻惯了垃圾的臭味
对馨香的花朵甚至有些不太习惯了

但这不是我情之所钟
我的理想是　建设高楼大厦
把砖垒到天上去　让人们在云彩里居住
如果你愿意　可以打开窗子迎接晚霞
也可以打开窗子放晚霞出去

在人们仰望的高度　我继续工作
不顾人们的劝阻　把玻璃镶在晴空里
每天给天空装修一遍　如果造价太高
我就画一个天空和太阳
把火车铁轨竖起来　当作天梯

但我现在只能清理垃圾
我的头发蓬乱　脸色黝黑
我的手艺不济　不足以建筑天堂
在这个城市　谁也不认识我
也不想认识　就像世上没有我这个人

　　　　*　　　*　　　*

时间慢慢地过去
我渐渐结交了一个工友
还有三个工友　共四个

悲 歌

我们在一个垃圾堆的拐角处经常会面
探讨经验和教训
他们从垃圾中捡到过金项链　存折
过时的飞机票
假文凭　假牙　假发
也捡到过别墅和汽车（我对小孩的玩具
不感兴趣）　而在真的别墅里
红嘴唇的女人在出没
她们裹在裙子里的屁股夸张地摇摆着
（就是在冬天　有人也穿着裙子
为了走路时随风摆动）
她们白净的脖子上垂着卷发　像是方便面
而更多的女人喜欢披散着直发
模仿瀑布　垂挂在危险的悬崖上

时间慢慢地过去
我渐渐了解了城市的生活
我透过一家商场的玻璃窗看见了电视
（那方形的匣子里有小人在说话和走动
我不知人们是怎么变小并进入里面的）
我还看见了电视里的战争
与五十年前的战争极其相似
（甚至队伍里还有一个我
在月光下行军
我真的记不起
那一次是攻打什么地方了
我打过的仗太多　记忆往往交叉和移动
改变生活的原形）
我看见了飞翔的炮弹落向人群

第三部 尘 世

但那炮火只限于匣子里
而不飞到外面 不伤害商场的顾客和行人

时代在变化 许多东西成了精
有人在电视里唱歌
有人在电脑上写信
有人打点行装 准备到月亮上旅行
我从不敢奢望得到太多 也不会操作
我的工钱太少 只够吃饭和理发
我还没有从垃圾箱中捡到值钱的东西
工友说 这是命

城市里人来人往 每到上下班
大街上车流如水 行色匆匆
人们都有急事 好像这一生天天有急事
我不知道天下究竟都发生了什么大事
我守在垃圾堆旁 通过城市的排泄物
推测这个世界的命运

我显然是落后于时代了
在我生命中 似乎真的丢失了五十年
这五十年 人们不知道我去了哪里
如果我不说 他们拼命地猜测
也无法想到 就是这样一个垃圾工人
曾经去过古代
经历了一次漫长而奇幻的旅程

　　　　＊　　　＊　　　＊

"你真的去过古代？谁能证明？

悲　歌

你领一个古人来让我看看
否则我一概不信　我瞧不起吹牛的人"
一个工友一边往汽车上装垃圾
一边与我争论
他说完"瞧不起"就扭过脸去
不再看我　好像我是一个不存在的人

我必须向人传述我的经历
当一个路人经过我身边
我揪住他　突然说道："我真的去过"
"你说什么？我听不懂"
当我再次揪住另一个人时
一个警察走过来
他绿色的警服上托着一张胖脸
像黄金打制的面具　庄严而贵重

但我必须说　我不能不说
"告诉你们吧"　我喊道：
"你们是肤浅的　你们所看到的
不是生活的全部　而是薄薄的一小层"
我喊着　他们不听　但我必须喊
就是警察捂住我的嘴
我也要传达出内心的声音
"告诉你们吧　生活终究会飘起来
成为蜃景　你们看不见
是因为你们在其中"

"我们在哪儿？难道我们在空中？
老兄　干活吧　你的胡言乱语

是做梦"　说完他们嬉笑着
把我塞进了运送垃圾的车里
"今天我们去郊外　那里有风
吹拂着腐臭的垃圾山　有糜烂的塑料袋
可以装满废话　而不污染我们的心灵"
工友们大笑着　而我是笑料
我也跟着笑起来　我的笑
原因不明

汽车开往郊外　城市在撤退
噪声越来越少　我们来到一个空旷的地方
在堆积的垃圾山下　有一个深深的垃圾坑
一半已被填平　剩下的一半
淤积着脏水　发出呛人的臭味
一些捡拾废物的人穿着破衣服
在认真地聚集他们的烂布头　烂纸　塑料瓶
从他们刮风的头发可以辨别出
秋天逝去的方向
时间的路线是清晰的
而城市却隐在烟雾里　看上去一片朦胧

在这巨大的垃圾场南面
是农民的田野和低矮的村庄
一条高于地面的铁路通向城里
沿着反向前进　可以走进大海和天空
我看到废弃的塑料袋飘挂在树枝
和铁路两旁的杂草上
一列火车从远方开过来
车窗里隐约晃动着旅客的身影

/ 悲　歌 /

我敢断言　这些模糊的人
如果不属于今天
就必是从另一个世界回来的人

"看吧　他们来了　又走了
这就是人生"
"你又在说什么　那是火车在赶路
而人没有动"
"我们都在路上　早来的和晚来的
都将集中在一个共时的场里
谁也无法置身其外　包括帝王和草民"
"老兄　我们的垃圾场里
只承认力气　不需要思想
你的那些废话一钱不值
等同于垃圾和灰尘
来　弟兄们　我们把公孙架到车里去
否则他将随风而逝　飘进蜃景"
他们嬉笑着　像塞进一个包裹
把我装进了车里
这时又一辆清洁车开进了垃圾场
当它的臭气钻进我的肺里
我张开嘴　感到胸脯里有一堆蛆
正在孵化　破壳　振翅　准备飞行

　　　　　＊　　　　＊　　　　＊

在城里　我的工作是
重复前一天的工作
装垃圾　运垃圾　卸垃圾
日复一日　秋天就要过去

/ 第三部 尘　世 /

总有垃圾需要清理　　总有尘土
从地上来　又回到地上去
街上又多了落叶和老人　我劝他们
回到安静的地方　适于回忆和休息

城里人太多　　车辆拥挤
大楼的阴影忽长忽短　　政客忽高忽低
一切都过于忙碌
在聚散离合之间　　人们穿过闹市
像疲于奔波的蚂蚁

如果火车站的大钟加速运转
城市有可能飘起来　　但没有人这么做
这实际上等于放弃了速度
一任时间自己老化
而不强加人类的意志

事实并不是这样　　我看到
大楼在增高而白云在减少
城市在发胖
并具备了自我生长的能力
由于欲望在膨胀　　它已失去了控制

我所注意的是它周围的垃圾山
它埋在地下的肠子　　它的便池
它的水质　　它的烟雾　　它的呼吸
它的外表与它内在的气质
我更注意它的人民　　人民的心
现在是晚秋　　一切都在变凉

悲 歌

我看到城市的肺腑
是混凝土筑成　板结而坚硬

是啊　现在是秋天
岁月在转移　树叶在堕落中
等待着腐烂　我看见光裸的树枝上
西风毫无停留的意思
西风向往高爽的天空和流云
但更多的时候城市是灰暗的
人们打扫着地上的落叶　悄悄地
增加了衣服　花朵和裙子渐渐枯萎

我日复一日地清理着垃圾
直到有一天　一个官员找到我
他需要一个清洁工的典型
他把许多人的事迹加到我头上
他说　你就是榜样了
你要补写一年的日记　要谈论"主义"
要形容祖国和明天　要用上"晴朗"一词
如果天上出现乌云　就用橡皮轻轻擦去

　　　　＊　　　＊　　　＊

我成了一个有名的清洁工
开会　报告　演说
到处游走　像一个政客
肚子里装着讲稿和计谋
嘴里含着政策和酒精
我走路必须稳重　说话要慢
要拉长腔（官员们大多如此

第三部 尘 世

否则有欠成熟　难于晋升）
我的脸要胖　肚子要大
头发要向后梳
要学会喝茶　听会　该鼓掌时鼓掌
掌声要适度　手要放在肚子和胸脯之间
的正前方　右手轻轻拍打左手
或左手轻轻拍打右手
总之是一只手拍打　另一只手不动
要学会吃　在豪华宴席上
吃菜不能太快　饮酒不能大醉
喝汤不能发出响声
我要把别人的事迹承认为自己所做
做报告时不能结巴　不能出现漏洞
我有时要穿中山装　有时要穿西服
走路要讲究　不能走在领导的前面
也不能离得太远　按级别前后有序
照相合影时要站在后排
除非是官员有意安排　表示接近下层
记得一次官员要与我握手　并且录像
人们让我笑　笑得要自然
既不能堆在脸上
也不能一笑了之　我笑了
但笑得不够好　又重笑了好几次
事后我对着镜子练了许多天
笑得仍然很差
我总觉得我的脸在扭曲　变形
像一个拙劣的假面具
我几乎要认不出我自己了
我是谁？

悲 歌

一个木偶？一个演员？一个假人？
都不是　我是公孙　一个被指定
被塑造的典型

　　　　＊　　　＊　　　＊

名人太累了
报纸印着我的脸　电视摄去我的魂
仿佛一个清洁工就可以扫去人们心中的阴影
仿佛世界就此干净了　灵魂不再肮脏
大地不再蒙尘

名人的效应在扩大　在传播
仿佛从此腐败不再盛行
贪官就此洗手　袖子里装满清风
小偷和警察握手言和
混蛋和恶霸改邪归正
一切都好起来
在名人的感召下　天下太平了
名人的事迹让妇女们掉泪
她们天生爱哭　就让她们哭个痛快
医生说　眼泪可以治病

名人有名人的苦恼
名人容易发胖　失眠
半夜突然醒来　打自己的耳光
打够了　就蒙着被大哭
如果被记者听见
将引来众多的记者堵在门口
因此我选择在梦里跳崖　溺水　寻找老虎

或者开矿炼铁　打造利剑刺向自己的喉咙
我咬破手指写下遗书　把自己的真实面目
揭之于众

人们需要一个名人　就造一个名人
我不幸被选中
我的灵魂裹着沉重的外套
要脱掉它　将撕下血肉
甚至需要脱胎换骨　重做一个人

　　　　＊　　　＊　　　＊

尽管我是一个出名的清洁工
尽管清洁工在不停地清扫
我必须承认　城市依然是臭的
从地下管道冒出的臭气飘进窗子
让人彻夜难眠　我感到
连月光也是臭的
月光太皎洁　经不住空气的污染

城市之臭来自于人们的屁股
来自于排水沟　造纸厂　制药厂　化工厂
来自于烟囱　汽车　医院　居民区
来自于郊区果园　那些新施的粪肥
是厕所的淤积物　散发着恶臭
因此风也是臭的
人们的呼吸也是臭的
天上的云彩染上臭气　将落下臭雨
和臭的雷声

悲 歌

城市之臭与其富丽的外表极不相符
我看到干净的少女　洁白的皮肤
闪光的商场　庄严的政府
新修的草坪　绿色尚未褪尽
人们穿着新洗的衣裳走在大街上
晨光和洒水车迎面而来
如果太阳正好从高楼的缝隙中升起
会有人向东奔跑
而更多的人骑着自行车
向着东西南北　穿梭在拥挤的人流中

城市是美丽的　它的生长
依赖于运转速度和强大的辐射功能
我看到大量的民工带着行李和工具
从火车和汽车　从大街的右侧和左侧
涌进城里　这些玩弄泥巴的高手
一旦进城决不罢休
他们把楼房垒到危险的高度　依然在垒
谁劝也不停下
他们蹲在地上吃饭
睡在漏风的工棚里
直到冬去春来　四季轮回
直到从汗里熬出盐　把水熬成冰
没有人知道他们的名字
他们只有一个名字：民工

一个城市在发育　在膨胀
像一个满脸粉刺的少年
充满了力量和对世界的好奇心

第三部 尘 世

他知道打扮但还不够得体
他注意修养但是文化有限
他装作大汉而脸上却掩盖不住稚气
他能量过剩　四处寻找发泄的渠道
他进入了青春期　浑身都在躁动

但这不是城市恶臭的原因
城市之臭是可忍的
不可忍的是
来自于庞大社会体系的腐烂的灵魂

　　　　＊　　　＊　　　＊

在臭的城市　我看到了各种各样的人
坐在车里的官员　商人　市民
去医院的人　正在花钱的人
上班和下班的人
制作广告的人　玩儿电脑的人
挺着肚子的大脸的人（也有精明
但并不发胖的南方老弟
他们的裤带非常松垮
随时都有可能掉下去
而来自北方的粗壮汉子
腰上抽着锁链和钱包　即使在秋天
也爱赤背　裸露出结实的肌肉）
我看到的
多数是普通人　长相一般的人
拿着手机　边走边打电话的人
拎着皮箱走向车站的人
卖小吃的人　挑着担子叫卖茶叶的人

悲　歌

背包的人　行走的人　骑车的人
肥胖的女人　细腰的女人
戴眼镜的人　中学生　小学生
比学生更小的人
老人　病人　哈巴狗的主人
猫的主人　钱包的主人
进入骨灰盒的人
藏在肚子里尚未出生的人
在臭的城市　人们在忙碌
人们各有各的事情
各有各的欢乐和苦衷

我来到城里　看到了许多人
我实际上看到的是人们的衣服
是露在外面的脸　头发　手和胳膊
是皮肤和肉
但我看不到人们的灵魂
我曾在梦里与人交往　试图把他们
领到梦外　用绳子拴住他们的腰
每当我醒来　他们总是一哄而散
消失得无影无踪
我也曾打开电视机的外壳
试图与里面的人对话
但他们藏在电子元件和电流里
受情节的制约　不与我交谈
我没有捕获灵魂的能力
而只能接受灵魂的支配
这就像空气中的臭　你只能闻到它
却无法撒开网　把它们一网打尽

第三部　尘　世

在臭的城市　我听说
有人出卖肉体　有人出卖灵魂
我备好塑料袋　走街串巷　大声吆喝
高价收购灵魂　但我一无所获
我的口袋里只有空气
含着微量的臭味
我的身边只有风
聚集着人们的呼喊
像过世的古人集合起来穿过狭窄的街道
喘息　踢踏　发出了拥挤的摩擦声
我知道这是灵魂在赶路
但我截不住他们　我只能张开嘴
呼吸他们身后的灰尘

在各种各样的人群中
我是极其卑微、寒酸、普通的一个
我看着匆忙的人群在街上奔走
直到夜幕降临　人们钻进灯光里
沉入夜晚的生活
我独自站在街上　感到风从脖子后面
钻进衣服里　凉是可以忍受的
臭也是可以忍受的
喧嚣　虚伪　孤独　都是可以忍受的
我惟独害怕人流　如果这些人
随着时间而下　像浅水
漫过宽大的河床　连灵魂也被卷走
我该是追随呢还是望着他们远去
用袖子擦拭鼻涕　用竹筐盛放眼泪

悲 歌

直到它们彻底漏尽？

三、我建筑高楼　却住在低矮的棚子里

时间过去了半年
我终于离开这个臭的城市
乘火车向北　穿过凹凸不平的村庄
来到又一座大城
那是一场阵雨过后
松散的乌云下面　火车徐徐进站
从云隙中漏下的一缕阳光
照耀着下车的人群
而火车卸下旅客后继续向北
它将在薄云笼盖的原野上
追随南风进入北部高原
甚至到达水系的源头
直到洁白的雪山挡住去路
有人站在终点　劝阻它回头

但没有人劝我
我停留在这个新的城市里
两眼茫茫　没有一个熟人
其实人们都有着大致相似的脸
看上去似曾相识　但又确实陌生
我见过的脸太多了
甚至记不清谁是逝者　谁是今人
城市也是大致相似的城市
车多　人多　道路拥挤
车站大钟的指针都是向右转

第三部　尘　世

汽车的腿都是圆的
楼房的窗口都是方的
商场里都是货物　货物都是新的
只有人是旧的　因为新人们还小
有的尚未出生

我在车站附近的劳力市场上
被一个工头看中："愿意建筑高楼吗？"
"愿意　我建过天梯　搬运过巨石
也曾参加过搬运河流的工程"
"跟我走吧　你将在楼顶抓到星星
如果幸运　你还可以摸着彩云"

我跟他走　来到一个宽阔的工地
一座高楼拔地而起　真的通到了天上
比岐山顶上的天梯略低一点
如果经年累月修建　有可能
给灵魂架设一条返回世界的道路
也便于我们直接走向天庭
"老板　请把我安排在最上面
我在地面上干活　总是浑身无力
并且头晕"　"好吧　你在顶上搬砖
或者供应水泥　如果天空出现裂缝
就把它堵上　免得它漏风"

我在高楼上一干就是多日
凭高远眺　我看到了整个城市
人们像热锅上的蚂蚁整日奔忙
而那四条腿的铁甲虫在街上爬来爬去

悲 歌

它们热衷于乱跑　没有天敌
因而越来越多　几乎布满了全城
每到夜晚　城里灯火通明
楼房像燃烧的琥珀　绵延一片
几乎望不到边缘
好像人类找到了永不熄灭的燧石
可以永远放出光明
五十年前　我曾在古城外围的山上
俯瞰过城里的灯火　那时战争埋伏在壕沟里
等待摧毁城墙　我看见子弹划过夜空
留下不灭的伤痕
而今没有炮声　没有惊恐
人们安居在屋子里
整个城市安居在屋子里　当灯火
渐次熄灭　大城里鼾声阵阵
多少灵魂出窍　回到了以往的岁月中

　　　　*　　　*　　　*

我对建设有着特殊的兴趣
我喜欢高　更高
我喜欢富强的国家　发胖的人民
我喜欢秃顶的老板　油光发亮的老板娘
喜欢城市的灯火　楼房
喜欢细腰的少女在大街上溜达
喜欢裙子上的风
我喜欢电视
它对生活的强行加入
它对世俗的影响
但我厌恶电视里那些装酷的

第三部 尘 世

尖声尖气的小男人
我厌恶官方的歌星
末流的电视剧
以及频频露脸的地方小政客
但我不讨厌广告
我喜欢电视广告中拼命鼓吹的东西
那是多么巧的手才能做出的东西呀
我一件也没有　我逛商场是为了看
欣赏人类的作品

在一个生长中的城市
人多造成了拥挤　市场带来了繁荣
好的和坏的　新的和旧的
都在转化　我喜欢这种转化
看　我从一地转到另一地
我从清洁工转为建筑工
如果我愿意　还可以消失在城市里
趁着夜深人静　我可以翻墙过院
偷偷溜进火葬场　在火中
脱下灰烬　冶炼出自己的灵魂

城市是个自由的地方
也是个挣扎的地方
当我从大街返回到楼顶　继续我的建筑
我感谢自己的职业　使我得以
从喧嚣的闹市抽出身来
专心从事上升的事业
并在困苦中学会了坚持、忍耐和生存

悲 歌

　　　　　*　　　*　　　*

我建筑高楼　却住在低矮的棚子里
是蚂蚁和昆虫的邻居
它们经常来访　看不出有什么事情
好像是随便溜达　但实际不然
一旦它们发现地上的饭粒
便像遇到了宝贝　急忙搬走
再高的障碍也要翻越　决不松手

我喜欢鸣叫但不露面的虫子
它们躲在墙角或是草叶上
彻夜不停地吟唱
让人遐想　思乡
在夜里悄悄流泪
沉浸于遥远的往事和莫名的思绪中
许多人在叹息　翻来覆去不能入睡
而在我们周围高大的楼房里
灯火明明灭灭　幸福的人们早已入梦

我能认识的虫子非常有限
我只熟悉蚂蚁　它们的小爪子实在是忙啊
爬过了土粒和石头　又爬上了草径
那有什么用处　如果不是为了锻炼身体
就别费力气　但它们不听我的话　继续爬
甚至顺着砖墙爬上了棚顶
活着是多么不易　危险
也许老天造就它们的身体就是要
让它们吃尽苦头　体会生活的艰辛？

第三部 尘 世

在我们睡觉的工棚里
卧着几十个人　有南方的　北方的
口音各不相同　但在夜晚的虫鸣中
都染上了相同的忧愁　各自的忧愁啊
谁能体会　谁能消解
夜太深了　明月隐在高楼的后面
这现代的明月　照不进工棚里
它只能引来更多的虫子
使劲鸣叫　让人们更加伤心

它们让我想起家乡　想起蕙
想起依稀难辨的北方村庄
那些烟缕　河流　和过世的亲人
我好久没有想起他们了
岁月太迷离　多少往事淡化在记忆里
我真的记不起他们的面庞了
常常是在梦里　恍恍惚惚地
晃动着一些模糊的幻影
唉　多少年过去了
就算是山川依旧　故人全都回来
我这漂流多年的人
怕也是记不起他们的姓名

但我还能记住那些虫鸣
那些在我童年的窗前叫过的
不知疲倦的　细小的虫子
已经转移到今夜
它们在呼唤我

悲 歌

它们在叫我回去
回去吧　离家太久了
回到你爱过的地方　恨过的地方
回去　在月光下回去　在雨中回去
在阳光下回去　是时候了　你该回去了
百年即将过去　你已经苍老了
你要在死前回去　你回去后
要死在自己的土地上
只有自己的土地　才能安魂

回去吧　公孙
我们千里万里前来找你
让你无法入梦　让你失眠　叹息
回想漫长而又匆促的一生
我们是来接你回去的
你要听话　难道你没有听出
在这南方的无眠之夜
有一群虫子带着浓重的乡音
在不停地叫你？现在谁还叫你？
谁还关心你的生死　你的归期？
谁还懂得你的心事　谁问过你究竟是谁？
回去吧　北方有一座山
山下有一座村庄
庄里有一座老房子
你想起了吧　那就是你的家
你家的后面是山坡
坡上是你祖先的坟
回去吧　公孙　祖先在那儿等着你
回去你要坐车去　免得路远磨坏脚

回去你要走直道　以免再次落他乡
回去　回去　回去　回去
公孙

我再也听不下去了
我的心就要碎了
我要回去　我必须回去
我要在从前的岁月中找到蕙
在烟囱上找到烟　在水中找到影子
在土地深处　或是时光深处
找到久别的亲人

回去　是时候了
我不回去　就要在虫子的呼唤中死去
这悠久的呼唤过于凄楚　揪心
我不回去　我的灵魂也要回去
我的梦也要回去
否则　我将在熟悉的虫鸣中
日夜不安　把泪水流尽

　　　　＊　　　＊　　　＊

我一夜未睡　我觉得
这虫子的呼唤有一种无法抗拒的力量
使我想念家乡和亲人
我想　城市是如此之大
这么多人在一起生活
总该有一个是我的熟人吧
总该有一个人能够理解我的心

悲 歌

我相信这个人是存在的
他就在某一座楼房里
或者某个狭窄的小胡同
他在那里等待着我
我应该去找他　但他是谁？他在哪儿？
这一切不得而知

我恍恍惚惚地走出工地
沿着许多街道往前走
我从黎明走到正午　又从正午
走到筋疲力尽　我知道他就在这座城市
他不可能在别处　他是确实存在的
我有一种寻找的欲望
我必须找到这个人

直到日落时分　在风的引导下
我鬼使神差地
登上了一座高楼的第十层
我感觉　这是一条神秘的走廊
这个人就在这里
他必将出现在我的眼前
我要抱住他大哭一场
把内心的话语全部掏出来
堆在他的面前　让他老泪纵横
或者泣不成声

这是一座老式的建筑
走廊的一面是房间　另一面
是笔直的玻璃窗　窗外是空气

第三部 尘 世

和来自郊区的云彩
如果有兴致　可以看见落日西沉

在空无一人的走廊里　夕阳的光线
直射而入　透过窗子可以看见
远方平静的原野沉浸在晚风里
树林低矮而连绵　飞鸟移动直至消失
直到气流越过树梢吹打在窗棂上
在第十层楼道　我向前走着
——一个闯入者
突然有种悬置的感觉　在空中

我进入了这条走廊　水泥地板是湿的
显然刚刚有人拖过　由于西窗临照
显得格外明亮　有人在房间里说话
无数个房间里传出说话声
无数个门虚掩着　内情全不可知
我要从这头走到那头　寻找一个人
凭直觉我敢断定那个人就在这里
他常常散发出泥土的气味
有时轰然大笑　更多是默不做声

远方　与我并行的一条大河闪着白光
看不见流动　也听不见水声　它是平稳的
它流在地上而我走在空中
"你是否见过这样一个人　他走路时摇晃
像一棵大树在刮风？"　我敲开了一个门
我凭想象说出他的长相和特征
但主妇正在做梦　她太幸福了

悲 歌

她在梦里被风吹起
飘了一下又回到床上　我去敲另一个门

"你是否见过一个瘦高的男人
络腮胡子　脸上长满了雀斑？"
"你说什么？我听不懂"
当我重复到第三遍　门啪地关上了
从楼房的另一面传来了车鸣
尘土越过高高的楼顶飘向远处
大街上　听得见钱币的声响在商业中流动

一个人是不会消失的　一个影子也不会
轻易死去　在走廊的又一个铁门上
有一个金属小孔
主人的眼球在那里转动："没见过！"
他是断然的　比秋风折断的树枝更干脆
我到过那样的树林　凉风透骨　飞鸟绝迹
流水在黄昏里结冰　而今日尚早
夕阳透进门缝　风吹进去
发出呜呜的响声

走廊里没有一个人　无数个房间里
传出说话声　但他没有出现
他已藏得太深
走廊里只有空气和光中漂浮的
细小的尘埃在游动　"我的心空了
胸膛里什么也没有了"　一个人自语着
门上写着："闲人免进"

第三部　尘　世

晚风从落日的方向带来朦胧的气息
黄昏快要来了　叶子摇晃的树枝上
归鸟在消隐　我必须在天黑以前
找到那个隐匿的家伙　也许
他不久就会消逝

这是一条奇异的走廊　我只能在第十层
而不是第九或第十一层找到他
也不能在过去和未来　而是现在　即这一刻
这样的现实迫使我
必须穿过这条走廊　没有丝毫回旋的余地

没有丝毫回旋的余地　白昼已尽了
最后一线光芒也已消失
我是愚蠢的　我将被称为徒劳的人
我已经疲劳了　我的寻找已经够久
仍没有发现一个脚印　一丝踪影
无数个房间里传出说话声
无数个房间里是无数个人在独自言语
声音像白色的苍蝇　在墙壁上爬动

我的指望已经落空　或者根本就没有指望过？
找到他又能怎样？他是谁？
他为什么在这里？但我必须找
好像这是命运的安排
否则我满腹的话语无处可诉

夕阳缓缓地落下去　流霞散尽之后
远山兀然升起　像贴在天边的黑色剪影

515

悲 歌

黄昏蒙住了郊外宽大的原野
窗外暗下来　还没有人点灯
这时奇迹出现了　就在走廊尽头的
一块镜子里　有个人迎面向我走来
我一下子认出了他　我招手　他也招手
我笑　他也笑　我说："终于找到你了"
他也说："终于找到你了"

随着这惊奇的一瞬　傍晚的风冲进楼道
穿过一二三四五六七八九
直到第十层　风从他身后冲过来
他晃了一下　头发向上飘起　我看到
他已是白发苍苍　当他停下
是清风穿过了空荡的走廊

　　　　*　　　*　　　*

穿过空荡的走廊
我只找到了一个幻影
当我回到工棚里　一切都没有变
天上还是那些星星
屋角还是那些昆虫

让人失眠的虫子又叫了一夜
一夜又一夜
其中一只虫子钻进了我的心
它在我的胸膛里鸣叫
不停地呼唤我
我答应时风就消失　我沉默时
内心的潮水就一遍遍来临

第三部 尘 世

在这人类居住的城市里
只有一些虫子关怀我
它们知道我的身世和姓名
它们千呼万唤　让我回去
我不能对不起虫子
我不能让它们伤心
是啊　除了虫子　谁还关心我的生死？
谁知道我在这里彻夜不眠
沉浸在往事里　从细小的呼声中
寻到了知音？

从此　我夜夜难眠
变得神志恍惚
语音含糊　目光迷离
我说话时有群众在嗓子里拥挤和吵闹
我走路时遍地都是大腿
我看见一个人是三个人　有时是四个
他们朝我走来　满脸都是眼睛

除了虫子的呼唤给我乡愁
对城市的忧虑也在加深
人口在爆炸
车辆堵塞了街道　商品挤破了大门
淤满粪便的下水道散发着臭气
垃圾堆在城外　构成了独特的风景
永远的人流　扭结在十字路口
像交叉的河流彼此堵塞
到处都是喧嚣

悲 歌

是大腿　是腰和臀　是女人和男人
是机器在奔驰和运转
是钱　推动着忙碌的人群
当夜深人静　噪音凝固在黑暗里
大街上只剩下凉风和幽灵
我躺在工棚的地铺上
自己和自己说话
只有虫子能听懂我的心事
那些乖巧的藏在草根下的小朋友
一会儿对我轻轻诉说　一会儿又静静地倾听

　　　　*　　　*　　　*

很显然　我不适应城市的生活
掏垃圾太臭　当代表太累
建筑高楼容易留在云彩里
睡地铺又经不起虫鸣
我真的该回去了　虫子说得对
土地这么大　在哪儿不能活着？

现在　我是一个轻松的人
除了身上的衣服　衣袋里的工钱
别无其他　我可以说走就走
我要离开这迷雾笼罩的城市
跟虫子告别
遇到熟人我就说：回家喽
我没有熟人　我什么也不用说

我真的要回去了
现在就走

趁着人们正在酣睡
我起来就走　当我走出工棚
消失在夜幕里　唯一让我留恋的
是虫鸣

楔　子（三）

公孙走在他的诗里　他要逃离城市
而我坐在火车上　正在回城
时间进入了夜晚
铁路两旁的繁星和灯火不断变幻着位置
大地闪闪烁烁　流转的人生还未入梦
有人从风的来处推开栅栏
在一个村庄里找到我
悄声说道：是时候了
随之在名册上添上我的姓名

火车在夜里晃动　我眯上眼睛
恍恍惚惚地进入一个山村夏夜
一座泥糊的小屋里　透过漏风的窗户纸
钻进细密的星星　夜静得出奇
有人引领遍地鸡鸣吹起神秘的号角
催促我起身赶往八方
去叫醒那些沉睡的人

这是命中注定的一夜
头戴白花的诗神已为我编好了花冠
他穿街过巷并把自己的心
燃做手提的灯笼　我看到了光

悲　歌

是啊　没有光　世界多么黯淡
没有光　我们不必长出眼睛

围绕着我和我的村庄
大地升起了无边的灯火
我来了　我感到世界的新奇
而那个通知我的人隐没在栅栏外
风越过他　吹向民间的屋顶

这一夜　确切地说　是1957年
农历六月十七日深夜
天罡转动　时光已经进入了下一日
整个村庄乃至人民公社
有许多人在走动　除了走向远方的使者
还有在星空中宣读圣谕的人

我就从这一夜起身　来到这个世界
但无人告诉我去路
这是不是让我随意地生活
而不拘于世上的陈规　做一个新人？

火车继续它铿锵的节奏　我继续我的梦

　　　　*　　　*　　　*

我梦见一个似曾相识的人走在路上
他走出了村庄　穿过禾苗
和蜜蜂嗡嘤的菜花畦
沿着水渠找到一条小道　他走过去
看见青青粟黍铺满了整个田野

第三部 尘 世

一片白杨树在远方排队准备出发
向他发出了密集的掌声

他走着　据说他是黄帝的后代
用坏了许多个身体才走到今天
他背对着故乡往南走　当他转身
正好赶上太阳初升　阳光从他的前额
登上天空　他登着地球
看见周围的星辰和甲虫在晨光里飞散

他走了很久
鞋上有尘土　袖子里有清风
脚下有青草和禾苗随风摆动
他感到身体在分蘖而四肢向下
却扎不下根　他怀疑土地的生殖力
却又依赖于土地　他种下米粒却长出了婴儿
他摆脱掉身影却引来了后人的追踪

他走出村庄　走过小镇
又骑着马车穿过麦地　走进一座大城
他看见身后黑压压的人群潮涌而来
他加快了脚步　试图超出自己的身体
但他是徒然的　有人在体内
早已偷换了他的骨头和姓名
并一次次修改他的命运

我看见他穿过华北平原一直来到我的面前
他拍打我的肩膀像拍打五千年前的弟兄
他指着我的鼻子说："我就是你"

521

悲　歌

　　然后悄然隐入我的体内　　指使我不停地走

走　　未来在八方迎接着我　　我走下去
而我究竟是谁的替身？
在悠远的岁月里　　在无尽的时光中
我选择了一条弯路　　那里春风正起
有三块云彩在洒水除尘　　并在天上施工
为我建起了彩虹之门

　　　　　*　　　　*　　　　*

我在颠簸中醒来
知道火车在华北平原上奔驰
穿过灯火和星星
所经小站一律不停　　它好像没看见
路旁有车站　　站口有窄门
验票员手拿剪刀站在门口　　板着脸说：票
但这列火车不停　　她们嗑着葵花子
望着我们　　流露出失望的眼神

这是一辆快车　　小站不停
打着旗语的路警指引我们继续前进
这时一个朋友用手机打来电话：
"我已到达终点站　　此刻正走在地道里
我发现　　人生是个死胡同
人们挤着往前赶　　我被裹在人流中"

我突然觉得时间加快了脚步
它用三条腿奔走
迫使马蹄表发出嗒嗒的响声　　而我的心

像上坡的拖拉机在冒烟　从肋骨里
传出血肉的轰鸣："你到了吗？
而我还在途中　我乘车不是为了加速衰老
而是为了提前进入明天　参加黎明的揭幕式"

"你像是一个泡沫　总是那么虚"
"我还要更虚　把生命彻底掏空"
说话间一辆火车迎面开来
与我擦肩而过　车上坐满了乘客
仿佛是从另一个世界回来的人

"你看到了什么？"
"我看到一列火车反向疾驰
还有一个小站　风穿过站口吹进了天空"
随后他的手机失去了信号——我的朋友
他消失在终点站　而在路上
一个小站呼啸而过　最后变成一个芝麻粒
消失在我的视线中

*　　　*　　　*

晚上十点　火车停在了石家庄
我匆匆下车　看见站前广场上人头攒动
中山路上灯火辉煌　虽然是春天
人们都换上了衬衫　空气已经热起来
大街上红色的出租车　闪着刺眼的光芒

这是一座热城　可能的原因是
越过太行山的西风在进入华北平原以前
在山下形成了涡流　把热浪堆积在石家庄

悲 歌

这对小麦的生长极为有利　每到六月
饱熟的麦浪铺满郊野
让人感觉生活在黄金簇拥的城堡中

紧接着酷热将持续到八月底
我估计风中定有来自西亚甚至地中海的空气
但在相同的纬度上　环流撒下了远方的风暴
到这里　已经少有雨意和雷声

我来石家庄已经十年了　过往的白云不少
却很少下雨　日晒蒸发着体内的水分
我渐渐习惯了这里的一切
我甚至认识了石家庄的月亮——
每隔三旬变圆——它在别处也一样
需要反复的擦拭才能透明

但在拥挤的街道上　烟尘和喧嚣混合在一起
加重了空气的重量
人们学习蚂蚁　在热锅上忙碌
把一些值钱的东西搬来搬去
仿佛商业就是搬运的艺术
金钱加上欲望　会使人类聚集和流动

这就是石家庄　一片黄土上建造的
崇拜太阳的城　在穹庐之下
它的楼群对应着太行山褐色的岩层
在那反光的峰峦和斜坡东麓
有着宽大骨架的人们正用泥巴筑垒着更高的楼宇
把风旗固定在晴空之中

第三部 尘 世

这是一块磁性的土地　灼热的土地
人们在工作和生活　一代代生儿育女
凡是来到的人　一边抱怨　一边建设
没有人想离开　没有人愿意死在别处
就是他乡美女如云　稻谷和土豆堆到了天上
人们也不留恋　也要收拾行李
星夜赶回自己的城

　　　　*　　　*　　　*

这是一座没有历史的城市　因而它谦逊地
称作村庄——石家庄

大约五十年前　庄里来了一群人
有人带头喊了一声：来啊
于是种植小麦和棉花的人们聚集起来
修路和开街　经纺和织造
把烧红的土块垒到天上

南来的风　北来的风
吹刮着华北平原　两百万人在庄里奔忙
地球上最大的村庄　高过了麦浪

五十年了　建筑的人们仍不停歇
有人在开裂的马路上安装拉链　反复地拉
有人向星星送电　迫使塌缩的物质重新发光
我经过大街看见三千瓦星光下
铲土机在连夜工作　那笨重的家伙
喘着粗气　用下巴开垦着废墟

悲 歌

它是个路见不平者　凭蛮力干活
而工程师却在纸上信手画出了楼房
他画出了行道树　然后培土浇水
等到树枝高过了楼顶
又用橡皮轻轻擦去　换成水泥杆
和闪烁的路灯

天哪　这是什么艺术
要是我　宁愿开几条羊肠小道　栽上树阴
再种几粒芝麻　让它打开所有的门
让人们到大街上祝酒　相互点头
再派出一万个少女　开在鲜花丛中
但石家庄不听我的话　随意地
在空地上栽楼　在楼缝里存放小孩儿和车辆

太挤了　这不是一个村庄的风格
应该架几条索道　让火车在空中滑翔
应该减去一些坏人　加上一些绿地
再建几道鹊桥供情人们来往
如果需要　多出几缕炊烟也未尝不可

而现在越过太行山的气流吹着楼顶的风旗
石家庄上空飘来神秘的月亮　我在铁路旁
看见火车跑步冲进黑夜　这工业时代的动物
提醒我　作为一个村庄
石家庄只剩下了朴素的名字
作为一个城市　它还在生长的路上

第三部 尘 世

   * * *

我似乎不适合这里的地理和气候
我是习惯了生活在山区的动物
燕山高大的峰峦把河流弄弯　缠绕我的故乡
二十几年前　我在河里摸鱼　把鞋丢在岸上
被路过的孩子捡走　藏在茂密的草丛中

那时我没想到会在石家庄生活
这一望无际的平原从太行山下向东铺展
如果没有大海和燕山阻拦
说不定会与东北平原连成一片
从风的角度看　它乐意毫无遮拦地吹拂
推动麦浪拍打槐树和柳树阴里
写有广告语的红色砖墙

华北平原上隐秘而又藏不住的村庄
在铁路和公路的网络里
水渠和畦埂分割着阳光
而雨水往往落得不匀　因此有人抱怨：
看　远方又亮起了闪电
而我们这里的天空只长棉花
不生长大雨和狂风

与平原相比　我可能更偏爱北方的
有着满坡杏树和红枫的山谷
橡子在秋天剥落　而那由绿变红的叶子
将在枝头上过冬　渐渐枯黄
当四匹马的干草车沿着山谷的河床而下

悲 歌

北风追不上马蹄　却有可能钻进树林
把那弯曲的橡树林使劲摇晃

最后的橡子落下来　为田鼠和松鼠
准备了好吃但较麻烦的果实
这时平原上有什么？
除了逆风骑车的人
除了炉子里的火
和田埂背阴处少有的积雪
没有多少东西可以写进诗里
平原坦荡　却不丰富　没有干草车
（这里的农民习惯于收获之后就地烧毁秸秆
一时间遍地浓烟蔽日　正午如同黄昏）

我在华北平原上很少见到炊烟
这是烧煤的结果　那些黑色的矿石
总会有穷尽的时候
相比于燃烧　我更爱灶膛里劈啪作响的干柴
和它们痛快的火焰

没有人逼迫我离开燕山
但我却来到了平原
我生活的城市未免有些拥挤和夸张
它在路上塞满了汽车
在楼房里装满了灯光
而少有的泡桐被挤到路边
与水泥杆和路灯排在一起
有的被砍掉了脑袋　只剩下毛枝和主干
可怜的树啊　就凭这点枝叶

第三部　尘　世

怎么去迎接风暴
如果大雨突然到来　如果闷雷
从楼顶跳下　滚动在笔直的大道上

　　　　*　　　*　　　*

从火车站到住所
有三条道路可以通过
但来自风中的混合气味熏染了月亮
它总是跟随着我　即使我走在楼房的阴影里
也无法逃脱它的追踪

你埋怨空气但你不能埋怨月亮
它又扁又朦胧　透过城市上空的迷雾
洒下有限的光芒
我曾试图望见更多的星星但适得其反
烟尘挡住了我的视线
使我看到的东西越来越少

我十岁的女儿对此有着深刻的感受
她每天都要沿着中华大街的右侧去上学
一到春天　路边的排水口都冒着臭气
就连路边好看的鲜花也是臭的
那是熏陶的结果　我甚至怀疑
蝴蝶和金色的小蜜蜂　我怀疑蜜
和我们必须的呼吸　是什么味道？

但也并非皆是如此　石家庄的冬天
干燥　不太寒冷　除了烟雾
和制药厂排出的气味　时而飘过乌云

悲　歌

雪从太行山的上空飘下来　万物都染成白色
街道上结了薄薄的一层冰
有人走在路上　突然滑倒
若是少女　就笑个不停
若是中年妇女就站起来继续走
生活迫使她们不停地奔忙　没有时间疼痛

有一天我从中华大街拐向中山路
看见人民商场前面堆出了雪人
我怎么看去都像是熊猫
但更多的人们坚持认为那是一个娃娃
憨厚地站在路旁　注视着每一个行人

看吧　我有什么好看的
我不过是石家庄的一个过客
我可能不会在这里住上一辈子
即使它再三挽留
即使雪人抱住我的后腰　对我纠缠不休

　　　　＊　　　＊　　　＊

我沿着大街回家　在路灯的指引下
从街口向右直走到头再向左
经过两条胡同右拐然后再向右
有一个胡同　我在那里居住

我在红砖里居住　在一个小巷尽头
玻璃直立　水泥板压住天空
我穿过许多街巷　越走越糊涂
仿佛陷入了迷宫

第三部 尘 世

钥匙插进石缝　打不开地狱
钥匙插进空气　引来了大风
钥匙在手　而家门在哪里？
让我不停地奔走　左拐　右拐　再左拐
迎面撞见墙壁和人群

我看见火车爬进城市　它匍匐前进
一旦它立起来　则可能开进天空
但是我却不同　要是我沿着大街奔跑
很可能被警察抓住　要是我停下不动
将永远流落在途中

而一只蚂蚁却无人阻挡　当它从楼顶跳下
死于厌倦和孤独　另一个继续向上　忙于晋升
我在忙什么？我混杂在人群里
被衣服包裹　又被心灵追赶　急于回到家里

却找不到家门　只记得我家住在天上
离地大约十五米　离楼顶还有一层
但我已辨不清方向
像一个喝空的酒瓶在街上晃荡
风吹进瓶口　发出呜呜的叫声

夜晚灯光错乱　越发使我去向不明
我在路灯下打开公孙的诗篇
研究他出走的路线　或许能够给我指引

四、在水中央

公孙这样写道——
看　我走得多么及时　多么快
黎明升起时　我已经出城
我不时回头　看见蒙着雾霭的城市
像一个庞大的部落　在我身后苏醒

有关城市的神话和传说
无论如何夸张都不算过分
城市是美丽的　尽管有多少丑恶
也不能掩盖它的高大和辉煌

它有着蓬勃的生长力
和强烈的欲望
它的缺点也是它的特点
它的堕落和升华也就是它的文明

因此我说　建造城市吧
山上有矿石　地上有黄泥
炼铁吧　烧砖吧　建造一座城市
把人的住所抬到高空

乌云经常携带暴雨在麦田上空飞行
他只能吓唬农民　但吓不倒城市
城市高于大地　骨头里筑满钢筋

我建议在山巅建造一座白城

给云彩建一个家　谁没家？
野花没家　那是它乐于贫穷

我想完全用石头建造一座城
用来藏书和加冕
如果庸人也愿意住进去
请先用净水洗涤自己的灵魂

一座城　要有它优秀的品质
和优秀的人民　一座名城
在于它对人类的影响而不是伤害
有着宽大的绿地和自由的心情
有着清明的法度和运转的活力
一座城　它的阳光大于阴影

它不一定完美　但必须健康
它的气质　风格　理想
对于污浊的世界　是一次否定

城市是人类至高的居所
没有城市的国家是低矮的国家
没有城市的人民是贫穷的人民

一座城市　是人类的杰作
从形式到内容　从高度到广度
从市长到市民　从肉体到灵魂
它矗立在那里　让无数代人向往和仰视

但它绝不是一座空想的城

悲 歌

它应该存在　它不在这里　就在那里
当我们找到它　当我们建造了它
你不能视而不见　你不能拒不承认

而现在我必须离开城市
我的家不在城里
我的家乡正垂着沾满泥巴的双手
在树丛深处等待着我

那里的炊烟是弯的
庄稼和农民在田畴里起伏
河流千折百回　但最终还是流向远处
而泥土和先人总是淤积下来
守护着原野　山川　和亘古的宁静

　　　　*　　　*　　　*

乘车是一种游览　我离开城市
发现早有道路从市里逃出　走向了乡村
也早有人往返于城乡之间　像梭子
来回穿梭　搬运着货物和金钱

汽车跑步离开城市　车上的人
都是离开城市的　不然为什么向北
而不是向东？向东也有路
路上也有车　车在紧贴地面而飞奔
钢铁和石油有着惊人的力量和速度
驮着我们跑　它们不累
可以不间歇地从一地跑到另一地
像捆在一起的白马穿过城镇和乡村

第三部　尘　世

汽车加快了速度　但它不可能
跑到时间的前面
它只能奔驰在现在
时间藏起了未来　不让我们接近
我们所看见的一切都是过时的东西
而创造在继续　总有新的事物
在现实中不断地演化和生成

看　土地太辽阔了
崭新的村庄从油绿的禾苗中一再升起
庄稼的后面总有远山或地平线
预示着更深的背景　意思是
世界博大无边　愿意跑你就使劲跑
你跑不出这个大地　但我坐车
是不是可以快些离开人生？

（五十年前我就曾幻想
乘坐汽车旅行
车上没有大炮和伤兵
那时我扛枪走路　偶尔卧倒
是为了射击和隐蔽　而不是装死
那时我对汽车充满了神秘和崇敬）

现在我终于坐到车上了
我把钱币兑换成速度
我把沿途风光储存在眼底
像照相机闪动着眼皮
无须胶卷却能摄下美丽的风景

悲歌

我把自己折叠起来　放在车座上
像一件沉稳的行李不易搬动

汽车开得飞快　路边的大树纷纷倒下
速度引来了风　我打开车窗
知道风来了　它抛弃了集市上的尘土
倾向于漂浮的白云　我看到骄傲的云彩下面
大地铺展开无边的绿浪
村庄浓缩为一片片黑点
而在视野的边际　阳光一边过滤空气
一边聚拢着云团　向遥远的山巅移动

相对于原野　汽车是渺小的
它在高速公路上奔驰
还有另外的车也在奔驰
大地承认了它们的速度
并允许了它们装载行人在苍天下蠕动

　　　*　　　*　　　*

汽车向北奔驰　而家在哪里？
七十多年过去了　我没有回过家
我的家里早已空无一人
这么多年了　我只有蓬乱的头发遮挡风雨
只有这个漏风的身体和衣服里
住着一个名叫公孙的人
我最初的家是母亲　她早已过世
我最终的家是泥土　但谁是埋葬我的人？

我记得我的家在北方

第三部　尘　世

一座高山挡住夕阳　水向南流
而后转而向东　有挺拔的白杨树沿河而立
风从山上下来　把麻雀和乌鸦
吹向茂密的树林　到了秋天
让人分不清落叶和飞鸟
因为西风抬高的天空下　万物都在飘零

我的家乡土地起伏
厚土用于耕种　薄地用于埋人
谷子和玉米都是黄的　黍子也是黄的
只有火红的高粱热爱晚霞和清风
那是血液的颜色　炉膛里燃烧的
火的颜色　我怀疑它们是先人在转世
通过泥土向世间传达不灭的激情
那是显现　是呈现　是命
对于自身的一种抗争
每当我穿过高粱地
都听到沙沙的声响
那是先人的灵魂在叶子间行走
一旦他们停下来　田野便恢复寂静

汽车向北奔驰　家在远方向我接近
家的印象是模糊的
我在梦里回去过　但时间太久了
我已很难说清家的样子和亲人
有一次我梦见了母亲
她提着灯笼走上了山顶　她继续往上走
前面是明月和星星　她在星星间回头
轻轻地呼唤我　渐渐远去

悲 歌

从那以后我就没有听到过母亲的声音
家在我的心里是一片土地
是一群人　是一个迷离的梦乡
已经依稀难辨　我就是回到了家乡
怕也是不敢相认

但我必须回去
我已经老了　不能死在别处
我死在别处就看不到火红的高粱
也听不到沙的声音
就是听到了也不是故乡的高粱发出的
那声音不可磨灭　带有亲人的气息
我死在别处　灵魂要走多远的路途
才能回到祖先的坟地？
那坟地是一个静止的村庄
生活着一些静止不动的人

回家　这是多么美好的事情
尽管我已经不知家在何处
但我还能记得大致的方位
我的家在北方　一座山下　一条河边
一片房子　一群耕种的人
具体地说　是在树林和高粱地的北面
谷子地的东面　村东是玉米和棉花地
分年景　有时也种芝麻和土豆
高处的坡地　种下沉默的老人

汽车　就往这样的地方走吧
我离家不远了　我若回到家

首先就是睡一觉　我太累了
我要在梦里看见母亲
和寡言少语的父亲
必要时把所有的先人聚在一起
大哭一通　我要问问他们
这么多年是怎么过来的
地下的生活是否潮湿
有没有战乱　瘟疫　暴吏
蕙是否回来过？带着她那闪烁的光辉
从天空莅临？

　　　　＊　　　＊　　　＊

"先生　是回家吧？"
一个年轻人和我并排而坐　声音像在瓮里
发出沉闷的回音　我扭过头回答他
"多年了　家总是在梦里　我们相互梦见
却不见其人　您去哪儿？"
"我是离家出走的　家是一座牢笼"
"七十多年前　我离家时
空气都是愤怒的　悲哀像一场霜寒
冻结了我的心灵"
"那你为什么还要回去？"
"漂泊太久了　累了　一个衰老的人
要找到可靠的泥土　以便安身"
"什么是可靠的？我怀疑这个世界
有一个坏的魔术师　在捉弄人们"
"对呀　我回去　你离开
我们怎么坐在了一起？"
"这就是荒谬的　你回去　我离开

悲　歌

我们却坐上同一辆车　矛盾纠结着
让我们处在其中　无所适从"
"让我想想　这是怎么回事
我们是不是都走反了方向？"
"没有错　你回去　我离开
我们都在一个怪圈里
结局就是出发点　反过来也一样
这就是荒谬的人生"

过了许久　汽车加速冲过一个小镇
我看到建筑工地上空　风旗在飘扬
大气从四个方向向它聚集
使那扁平的丝绸流动起来　却又原地不动
年轻人说："风旗在挣扎　它的家在天空
你的家在哪儿？城镇还是乡村？"
"我的家在屋顶下面　纸糊的窗子
木格的窗棂　燃烧的炉膛　漆黑的烟囱"
"是北方吧　冬天有大雪
春天有花　夏天有巨大的雷霆"
"秋天有肥胖的老鼠和麻雀
偷窃我们的粮食"
"老鼠有地洞　而麻雀的家里除了孩子
没有粮仓和家具　特别贫穷"
"你到过北方？你好像熟悉我的家"
"不　我哪儿也没去过
我整天被计算机和程序所纠缠
处在数字运算和虚拟的现实中
我已经分不清什么是真和假
我的精神要崩溃了　我必须出走

否则我有可能发疯"
"我不懂电脑　但我的脑袋里
经常出现幻象　是不是现实已被虚拟
变得含糊不清？我无数次幻想家的模样
以便住进去　做一个安宁的梦"
"你快到家了　而我要走出去
经过一个漫长的历程"

我们说话时　汽车猛然减速
停了下来　我看到
前面公路上出现了车祸
几辆高速行驶的轿车撞在了一起
血流在地上　像一面飘落的风旗
停止了挣扎　再也不能流动

　　　　＊　　　＊　　　＊

汽车穿过三天　又经过一个白昼
和两个夜晚　我回到了故乡
记忆中的山脉依然还在
鸟蛋还在窝里　星星还在树上
而村庄被河流淹没　河流被水坝截住
停止在两山之间

我的古老的村庄
只剩下遗址深埋在水下
房子疏散到远处　大树逃往异乡
炊烟被连根拔起　送往黄昏之外
这里除了深蓝的水域
已见不到一个熟人

悲 歌

七十多年了　我从别处归来
回到了家　却已无家可归
一座水库封闭了记忆　把我挡在往年

在水底　我的村庄被鱼群霸占
我的月亮漂在水上
照不到开满兰花的栅栏
我的小路是通往童年的惟一要道
如今废弃在水底　像一截麻绳
已经悄悄地腐烂

家啊　山还在　水还在　土还在
而人已远去　岁月一去不还
我回来了　我的亲人在哪一片土里
我的邻居在何处耕种
我的结满枝丫的杏树和李树
是否早已累死　或者远走他乡　子女成群？

有着细草茸茸的小道
把雨水领到山外
有着野花歌唱的青山　留住烟霞和白云
有着迷人的黄昏把灯火引向沉沉黑夜
有着夜归的老人不住地咳嗽　被魔鬼追赶
有着火的温度　风的呼吸　人的足迹
有着安静的坟地　热闹的胡同　孩子的喊声
有着活力的我的祖传的村庄
不见了　没了
我回来还有什么用

第三部　尘　世

我是回到家了么？我的家在哪里？
在水里？在记忆中？在梦里？
我有过家　是否已经丢失？
我有过家　是否早已离去？
我看到　鸟还有巢　蛋还有壳
蚂蚁还有窝　树叶还有枝干
而我的家没了　我没了家
我的身心在何处歇息

纵使没有父母　没有兄弟姐妹
没有月亮和星星　没有蕙　没有米和火
对于一个回家的人　不能没有家
没家的孩子是可怜的
没家的老人是孤苦伶仃的老人　有梦也无处存放
没家的花朵脖子细长　住在荒山野岭
我没了家　我的家乡堆满泪水

如今我回来了
我从千里之外和万年之外回来
我一路乘车飞奔而回　还带着远方的尘土
和无限的疲惫　回到了出生地
回到了父母和祖先的出生地
却已看不到一片瓦和一个故人

水库上波光粼粼　春风荡漾
远近青山沉向水底　留下清晰的倒影
而我已忍不住老泪横流
我的家啊　今日我回到你身边

悲 歌

是乐也悲　苦也悲　辛酸也悲
我的村庄啊　谁还知晓我是谁
谁还懂得我内心的酸楚和凄凉

　　　　*　　　*　　　*

我极目眺望　在水库的上游发现了炊烟
这是人们居住的征兆
见到炊烟　就像见到了故人

无风的时候炊烟是直的
那是木头燃烧后又恢复了树的形状
让我们直接看到事物的灵魂

在乡村　如今依然是炊烟袅袅
不管它们飘向何处
总有一个永不晃动的根

我曾经伐木为薪　我曾经烧火
我曾经被烟熏得流泪　我曾经哭过
我曾经把炊烟砍倒　用肩膀扛住西风

活着不容易　炊烟升起来
说明有人在做饭　说明锅里有米
就算没有一粒米　白水也会沸腾

炊烟总要向上　再向上
这是生活的艺术　似乎没有什么道理
乡村世代接受了这一切

第三部 尘 世

无论是黎明升起　还是日落黄昏
炊烟那个飘啊　就是远隔千山
也要揪住你的心

没有人说那是愁绪　没有人
抱怨自己的命　我生自乡村
深知农民的苦处　却有口说不出

农民不善于表达　也不想表达
什么都憋在心里　就像土豆
埋在土里　或是发芽　或是烂掉

而炊烟却挣脱了大地的引力
像压迫不住的软体植物
带着火焰的余温拔地而起

成为生活的象征
一旦它们连成一片　在风中飘弥
你必能在民间屋舍遇见你的亲戚

你将坐在温热的土炕上喝酒吃饭
你知道炊烟已升到十丈开外
你在炊烟的根部　看到灶火通红

　　　　*　　　*　　　*

家在水中央　故人了无踪影
我沿着水库的边缘往上走
在升起炊烟的地方　听到狗的叫声
我看见几户人家坐落在山坳里

悲 歌

院子里栽着苹果树和梨树　还有李树和樱桃树
院外种着石头和土豆
几个白色的妇女在做活
她们像是水洗的鹅卵石　光滑而纯净

我前去打问："水库淹没的村庄
搬到了何处？"　一个妇女在梳头
一个在洗菜　胖的和白的
分不清笑声和泉水　哪一个更透明
她们齐声说：
"我们从小的时候就是这样
听老人说　山外有青山
河外有河流　人们散布在远方
顺着风的方向走　时而有灵魂回来
在夜里发出哭声"
"你不会是灵魂吧"　一个妇女看着我
流露出怀疑的神色　然后她们笑起来
她们笑时浑身都在颤动
"不　我不是灵魂
七十多年前　我离开家　今又回来了
我叫公孙　是一个真人"
"我们不认识你　也没听说过
你去问问别的人"　说完她们又笑
她们的嘴唇可能是专为笑而生的
她们憋不住自己的声音

我又走过了许多路　问过许多人
但没有人认识我　其中一个村干部
让我出示身份证　在反复盘问之后

在对我的身体搜查之后
在证实我不是坏人之后
放了我　当时围观的人们
挤在黄昏里　我看见他们的脸
越来越模糊　只留下一个集体的面孔

没有人认识我
也许一个百岁的老人应该成为古董
人们只应看到他身上的锈迹　斑痕
生命力萎缩在皱褶里
火在熄灭　而土在围拢
我感到人世苍凉的气息正从四面包围过来
向我挤压　推进　不留喘息的余地
我好像孤身一人处在世界的边缘
无助　衰老　孤独　像一个离群的
垂死的乌鸦　面临着天空的压迫
和即将来临的阵阵寒风
我的心战栗了
我平生第一次感到害怕
我害怕再见到人　害怕盘问
害怕众多的陌生的面孔
我突然感到　所有的一切都是陌生的
又遥远又冷淡　没有温度和感情
这就是我的故乡么？
我的熟人呢？我的土地呢？
多少年来　我身在异乡为异客
如今我回到故乡　为什么依然是个外人？

也许我不该回来？

悲 歌

也许我应该终生流浪　死在他乡？
家啊　我仰天而叹
谁在抛弃我　谁在操纵我的命？
我承认　我不是一个报效家乡的赤子
性格倔强　热爱幻想　耽于战争和建设
疏离了故土和亲人
但我不是一个伤天害理的人
你不能拒绝我　你拒绝了我
我还能在何处安身？

既然我回来了　就不再离开
我认定了这片土地和山水
就是狂风刮走山头　群众和洪水
淹没了我的头顶
任凭干部掏出罚款单和绳子
而白色的妇女在树阴下彻夜嬉笑
我也要坚持住　我不能走
我不能认输　我是公孙
是经历过死亡的人
可以接受衰老和失败
但拒绝接受命运

　　　　*　　　*　　　*

我真的是无路可走了
去往城市吗？城市太拥挤
物质在增多而空间在缩小
高速运转的人们承受着重重压力
回到乡村吧？故园早已沉没
新的文明曙色欲出

第三部　尘　世

而农耕时代的光辉尚未黯淡
我究竟属于哪一个时代　哪一类人？
我发现自己什么都不是　生活已经排除了我
我成了一个失重的人　悬浮在两可之间

两难之间活着最难
逃避现实是不可能了
去往蜃景的道路已被大风撕碎　恍如一场梦幻
走向未来又过于遥远　必须穿过每一天
在时间的转换中　我既不是古人　也不是来者
现实正挪动着庞大而笨重的身躯
从我的身上碾过　像洪流变革着每一个漩涡
而我像一个泡沫　在破灭之前
目睹了其中的转化和变迁

现在　我只能硬着头皮往前走了
无路可走　我就沿着库边的小路走向明天
遇到星星我就把它们放在水里
遇到炊烟我就施肥　让它长出高大的树冠
我深知明天无法到达　人们走过一日又一日
总是走在今天
这就是生活给予人们的希望和出路
而实际上　明天是虚拟的一日　是时间的许诺
永远在今日之外　构成对人类的吸引

我向水库的上游走去　这时黄昏来了
刮过水面的风带来了晚霞和群鸟
春天在扩张自己的肺　以适于生长和循环
我加快了脚步　我已别无选择了

549

悲　歌

我必须走下去　找到一处地方
把火存放在土坑里　把石头搂在身边
天色渐渐暗下来　时光不多了
我已老之将至
在故乡　在荒凉的水面以外
我需要休息　需要一点点水和食物
和人间的温暖

　　　　*　　　*　　　*

夜宿在水库边　身上盖着星光
身下铺着树叶　邻居是鸣叫的昆虫
在摇曳的青草丛中　我又听到了
那些熟悉的虫鸣
是在远方城里听到的那种声音
在静谧的夜里　它们彼此呼唤着乳名
像小时候妈妈在街头呼唤我时一样
又亲切　又好听

虫鸣中难以入梦　我仰面躺在地上
看着星空　陷入无限的思绪中
多少年了　我没有在家乡的土地上睡过
今日我终于躺在了故土上
尽管没有了村庄　也失去了亲人
但我毕竟回来了　今夜
我是不是一个幸福的人？

大约子夜十分　风从山上下来
摇动着青草　好像有一群人在轻轻地走路
尽量不发出声音　我翻身坐起

第三部 尘 世

看见风声消失在水面上
水下有点点灯火　既不熄灭也不移动
像黄昏时分的村庄　隔着窗户纸
透出淡淡的微明
我仿佛看到了童年的伙伴正在奔跑
他们手握着萤火虫　在寻找月里的明灯
我还看到老人　孩子　半夜里突然而起的
狗的叫声和孩子的哭声
这分明是我的村庄　我的故人
在水下复活　重现了往日的情景
当又一阵风起　灯火融化了
水面上只剩下密集的星星
我看到一颗星星从水底浮起
越来越亮　最后跳出水面　变成了一个人
她就是蕙　依然是往日的容貌
只是内心忧伤　像是害着痛苦的相思病
她向我走来　及至眼前
又悄悄地融化　消失了
我的身边　又是无边的黑夜
和下山的凉风

如果我的村庄没有搬迁
眼前出现的情景应该是真的
但理智告诉我　这一切都已经过去
时光所抹去的东西封存在记忆里
我只有在梦里才能与往昔重逢
今夜我睡在我的村庄之外
睡在露水和星星之间
我看到什么　什么就融化

悲歌

我幻想什么　什么就来临

我想到了遥远的幼年和童年
想到爱情炽烈的青春
想到蕙和她的美　她的心
她心跳时胸脯高耸　她开口说话时
嘴唇通红　好像有朝霞从里面泛起
直抵青春期灿烂的黎明
我想到影子老人　想到流浪岁月的艰辛和快乐
想到暴力和战争　死人倒在地上　活人在奔跑
炮弹在人群里轰鸣
我想到蜃景中伟大的事业
想到大海上孤独的方舟　孤独的灵魂
想到城里的岁月　清洁工　代表
工友　高楼　汽车　拥堵
想到墙角下彻夜的虫鸣
它们呼唤我　让我回来　我就回来了
今夜我睡在故乡的土地上
想起了自己漫长的一生　我哭了
故乡已不是故乡　而是一座水库
一条淹死的河流　不再流动
我想啊　想　但我想不出我将如何死去
我想不出后人的模样　他们的业绩
他们的未来　以及他们绵延的子孙

春天的夜晚不算漫长
我却好像度过了一生
当昆虫疲倦　草叶宁息
天色进入最黑的时辰

第三部 尘 世

我恍惚感到　有一个影子把我扶起来
领着我走进了一个朦胧的地方　在那里
故人俱在　村庄依旧　男耕女织
我缩小为一个孩子　抹着眼泪
为争一枚小石子而大放悲声

　　　　＊　　　＊　　　＊

北方的春夜还有些清寒
我穿着单薄的衣裳　不足以抵御山风
和水库上飘来的阵阵凉气
身体缩成一团　蜷曲地躺在地上

当梦境消失　排遣不掉的战栗
来到我的牙齿上　我怕这两排低矮的栅栏
挡不住凉风　就在星光下走动
直到越走越快　后来干脆跑起来

夜是黑暗的　我感觉有人在身后
跟着我奔跑　既不超越我　也不远离
好像影子从我的身体中分离出去
又鬼使神差地把我秘密跟踪

起先是一个　后来越聚越多
恍惚有无数个人在我的身后奔跑
还有人呼喊着我的名字　其中一个
好像是蕙的声音

我缓缓地回过头　看见整个村庄的人
都跟在我的后面　更远的地方

悲　歌

是连绵不尽的人生　人生后面
是隐约闪现的灯火和迷离的幻影

甩掉他们是不可能的　我突然
转过身往回跑　正好迎面撞见他们的脸
这些人来不及回头就在转瞬间消失
化作一场过世的凉风

什么也看不见了　全没了
老人没了　妇女没了　孩子也没了
千年的时光仿佛不值一提
那么什么才是永恒？

我感到身上突然冒出一场虚汗
脑袋膨胀如气球　头发直竖起来
一种从未有过的恐惧和空虚
从心中扩展到全身

我加快了脚步　但夜是黑的
弯曲的小路只能把我引向魔鬼
而不会引向村庄　我镇静下来
按原路返回　直到一块石头把我绊倒

直到我浑身发烧　发冷
一会儿大汗淋漓　一会儿抖成一团
没有人知道我在夜里看到了什么
也无人关心我的疾病

　　　　＊　　　　＊　　　　＊

第三部 尘 世

黎明时分　我神志恍惚地
从似梦非梦中醒来　像一摊泥
堆在地上　骨头已经
撑不住体重

我勉强爬起来　到水库边洗脸
从水中的倒影可见　一夜之间
我的头发全白了

我的头发全白了　只是一夜之间
内心的霜雪上升到头顶

是啊　一个老人应该是白发苍苍
一个无家可归的老人应该更白
他已身心疲惫　失去了一切
对这个世界无所牵挂

我想我是老了
一夜之间　高耸的雪峰倒下来
落到我的头上　这是谁的安排？
谁在天空里用乱麻充当彩霞
用涂料替换黎明？

谁在一夜间代替我说出："我老了"
以至于在人生最壮丽的时刻
使我无法变得澄明？

我一直以为洁白是崇高的颜色
骄傲的颜色　现在我得到了　到达了

悲歌

而时光却垂下它的枝条　被风任意梳理

人生有它基本的规律：
少年叛逆　中年认同　老年顺应
而我既承认这个世界又不放弃理想
难道我错了吗？

看来　时间在清算一切
它不分青红皂白　甚至武断地
一笔勾销人间的孽账　和撕扯不断的情分

我老了　眼睛花了
可以用心体会一切了
逐渐开放的原野将把村庄和人群展现出来
不再有迷雾遮蔽　历史也将恢复它的原貌
在褪色的时光中显现出清晰的背影

我老了　也有足够的时间幻想未来
陈旧的经验　衰老的伦理　腐朽的观念
将不作为依据　我设计未来
不仅以人　而是要考虑全部的生命

全部的生命　新鲜的生活
一个星球乐园　一个开放而贯通的时空

地平线上的闪电
正在越过群山　为少年们打造光环和彩虹
那上升的太阳正在新雨后面
露出它宽大的红色披风

在那展开的天空里

晨风正在出发　吹拂着别人的白发

一会儿也将吹拂我　和水库边缘沉没的山峰

楔　子（四）

公孙已经无家可归　而我却沿着大街

终于找到了自己的家门　妻和女儿已经熟睡

儿子坐在书堆里学习　准备高考

凭窗而望　北面造纸厂宿舍里

只剩下一盏灯光

那是四楼一个非常小的女孩

（大概是个初中生　或者更小）

总是学习到深夜　在台灯下

她的脸和短发　映着朦胧的光芒

石家庄进入了深夜

这运转了一天的城市　终于安静下来

但是谁还在邻居的电视机里歌唱？

我听出　那是一颗胖星

正在屏幕上冉冉升起

她的嗓音具有特殊的穿透力

而楼下断奶的孩子哇哇大哭

要与歌星展开一场较量

这时　一股臭气从窗口飘进来

（从初春飘到初夏　而后变为阵发性熏陶

我曾经寻找过臭气的源头　除了地下排水沟

似乎还有另外的来源　否则不会如此之臭

悲 歌

以至于彻夜不息　甚至污染到梦境）
我关上窗子　但关不住空气
我关住嘴唇　但关不住呼吸
臭来了　我们无法抵抗
我看见儿子咬紧了牙齿　他曾试图在窗外
竖一道栅栏　阻挡空气和月光

在这样的夜晚　我没有兴致观赏夜色
和倾听歌声　我累了
需要大睡一觉　而妻却醒来
告诉我：买房已到了最后的期限
今年大学招生将大幅度增加收费
女儿下学期的书费需要提前交付
老师说　第三批校服又开始征订了
水电费又涨价了
……
她继续说下去　而我倒在床上
只用一分钟　就进入了梦乡

　　　　*　　　*　　　*

我梦见自己进入了五千年后　看见一群人
正用望远镜回望 2000 年　他们这样描述：
那时　亚细亚东部　黄河和长江水量丰沛
为下游的冲积平原输送着土壤
两河流域布满了城市和村庄
在一块鸡形版图上　十三亿人
靠种养和加工业　生息在太阳升起的地方

随着水系东流　西风横吹大地

住在高处的人群随风摇摆　　向下滑动
平原和沿海人口密集　　民族在融合
一个中央集权的大国日渐昌盛
那时土地属于国家　　分户耕种
人们兴修水利　　改良农牧
生活温饱之后　　把剩余的粮食酿成酒浆

大地给了人类丰厚的报偿
一个自信的民族　　门庭向世界开放
那时全球走向一体化　　经贸异常活跃
交通口岸往来繁忙
迎着太平洋的波涛　　航船游来游去
而在内陆　　火车和四条腿的汽车日行千里
那些铁做的牲口一点也不劳累

那时乐于建造城市的人们
用泥土改造村庄
乐于飞翔的人乘船赶往月亮
六十亿人守着地球生活　　又派人
去勘察别的星星
那时物种消亡太快　　惟有人类繁荣
喜马拉雅山东西两侧的妇女生育力旺盛
生下了太多的孩子　　中国排在世界之最

人们在五千年后　　回望二十一世纪
看到了一位老人　　他的身后河流弯曲
高耸的雪峰正在空中分解着落日的白光
那是大解进入了晚年　　在北方散步
他已望不见未来　　因而他只回忆

悲　歌

人们原谅了他的衰老
多年以后　土地也原谅了他的平静

　　　＊　　　＊　　　＊

眺望之后　他们放下了望远镜
有人在路口铺开地图　准备迎接
接什么？不知道
迎接是一种仪式　一种心愿
他们只迎接　不推测生活的内容

迎面过来一群人　迎面过来一个新世纪
"而谁是那红尘过后留下来
整理账单并偿还债务的人？"　我感到迷茫
而他们正在地图上寻找一条通往心灵的捷径

一个人指着图上的一个点："我现在的
位置在这儿——7000年　明天还未出现
明天我要在山顶上架设望远镜
眺望未来并俯瞰人类的全景"

他们在等　他们有三种理由等下去：
一、人类需要一些守望者
二、有一份总结必须移交
三、人活着　对生命负有责任

他们相信自己必能等到　他们把自己
推到一个不可置换的位置
仿佛是人民选出的一群代表
承担着风雨和内心的重重压力

第三部 尘 世

他们用全身心在迎接　接谁?
有什么将要来临?
我看到地图上山河起伏　人声鼎沸
风中传来切近的脚步声

地平线上出现了闪现之光
和隐隐约约的村庄　隐隐约约的人群

　　　　*　　　*　　　*

我站在梦里　和他们一起迎接
却迎来了石家庄的黎明
宿舍东面百米处　一座新楼已经破土
在曙光照耀之前　铲土机就开始了工作
它隆隆呼叫的金属履带足以开进梦里
把附近的邻居全部吵醒

这就是钢铁和现实的力量
你无法不受它的影响　它冲击
和变革着陈旧的一切
使每一个人都处在旋涡的中心
你迎接也好　回避也好
生活既不原谅　也不犹豫
它推动着每一天　使白昼和夜晚
硬性地来临

我承认现实　也接受它的挤压
同时又不放弃幻想　这有点像公孙
我和公孙的区别在于　他抗争　寻找　期盼

悲 歌

而我向生活妥协
我没有履景可去
我必须脚踏实地
用剩余的时间写下诗篇
写下工作总结和官样文章
参加一些毫无内容的会议

除了在梦里　我什么也不迎接
我只面对和坚持　我相信自己的力量
我在怀疑和否定中　排除　确定　完成

现在　我必须起床
曙光和噪音
已经来到了我的窗前　而臭气跑到了何处？
它可能去往博物馆前的喷泉广场
粘在鸽子的翅膀上
我不知那些青铜和花岗岩雕像
是否能够忍住　一旦他们跳下基座
会在大街上奔跑　追赶车辆和行人

这是很危险的　没人能够阻止
有一年冬天　我在路边
听到一个雪人大声呼救
而警察却充耳不闻　继续打着手势
把人流截在十字路口

铲土机在早晨工作　汽车在街道上奔跑
没人能够阻止事件的来临和发生

第三部　尘　世

　　　　　*　　　*　　　*

　　早晨　骑车横穿石家庄　途经一座商场
我发现高大的商场门前
人群往来　进出不断
都是些似曾相识而又陌生的面孔

　　2000年春天　天气干旱
　　从西北方席卷而来的第五次风沙遮天蔽日
　　飘越过整个北方　向东南方推进
　　来自河西走廊和蒙古草原的风沙
　　到达了上海　南京　武汉
　　长江下游落下了一场泥雨
　　大风经过石家庄　抛下几万吨沙土
　　其中一些飞进了人们的眼睛

风沙没有截住行人
人们从各自的家中　从胡同里
走出来　加入到大街的人流中
我看到许多人拥进了商场
可能是那里的东西好上加好　非买不行

　　汽车拥挤在大街上
　　行人拥挤在大街上
　　钢铁和石油驱动着车轮
　　冷和热的气流驱动着大风
　　我骑车奔走在车流和人流里
　　在沙子　烟尘　汽车的臭屁
　　和来自各类工厂的怪味之间

悲歌

在地下管道冒出的臭气之间
我的心在变脏

为什么会有这么多人　被物质所吸引？
不同的鞋子　不同的脚
来到了一起　数不清的大腿迈开又停下
高耸的胸脯　浑圆的臀　腰和胳膊扭动着
像一次人体展览　在商品和人品之间
先生们迈着方步
少女们展开了美丽的衣裙

西方和北方　草地的绿色在缩小
而沙漠在扩大　大地还剩下多少森林？
我听不到鸟的歌喉　却在光秃的
水泥地面和楼房之间
受害于纷乱的噪音
这是人类制造的声音　嘈杂　刺耳
无所不在　在空中　在地上　在城市内部
一个闹世在喧嚷　失去了控制

一个时代在前进　一个大钟
推动着无数个钟　而岁月在流逝
像流水冲刷大地　露出了石头
时间冲刷街道　露出了人群
人们来自城市和乡村
在买和卖之间　钞票传来传去　商业在运转
像一架巨大的机器需要能源
一个商场需要人民和钱币做它的支撑

第三部 尘 世

　　我的眼睛飞进了沙子
　　我的肺里吸进了灰尘
　　我的耳朵灌满了噪音
　　我的身体里充满了毒素
　　我吃下的蔬菜是农药
　　我看到的人脸是面具
　　我听到的话是假话
　　我丢失了身份证　成为一个假人

商场外　是尘土和黄风吹打的
喧嚣的街市　巨幅广告从楼顶垂下
古老的丝绸随风飘动
一个城市在激动
一个城市的金钱在激动
从腰包和布袋　从铁柜和银行
向商场里流动
人们成群结队汇聚成人民大众
拥进了商场　肉体挨着肉体
脚印覆盖脚印

　　这么多人　在大街上走着
　　全部是陌生的面孔
　　美丽和丑陋的　老的和小的
　　从他们的衣服和外表
　　我看不见心灵
　　我看不见心灵　我的眼睛还有什么用？

没有任何一块磁铁
能够如此地吸引住人群

悲 歌

没有什么能够把人与物彻底拆开
像分开肉体和灵魂
如果天空同时降下大雪和黄金
很难说哪一个更纯洁
并有效地照亮我们的生存

  金钱在推动世界
  我看见人们的脸
  像银行发行的硬币
  赤裸而坚硬

从商场伸出的道路
触手般抓住了无数个工厂和车间
抓住了无数个人
没有一把剪刀能够剪断大道和清风
阻止世界的运行
尽管我们抱紧一生的东西最终都将松手放弃
但商场不　它抓住大雁又放走大雁
拔下它的羽毛　它购进钟表又卖出钟表
留下它的声音

  人们进入了商场
  还有许多人走在路上
  我看见一个孕妇
  挺着她的肚子
  她的肚子里不是孩子
  而是疾病

商场在城中不断地加高

第三部 尘 世

聚集着财宝和光芒　像巴比伦古老的
通天之梦
一个王国用彩云和巨石建造它的宫殿
而我们生活在今天　必将选用玻璃和水晶
盖起大厦　并以国家的名义为它命名

　　城市在膨胀
　　人在膨胀
　　巨大的商业广告气球
　　飘浮在空中

我看见一个人走过来
又一个人走过来
无数个人走过来
条条大路通向商场
哪一条道路通向心灵？
一个人在人生的途中是劳碌的
一个人在商场里更加劳碌
他的肉体属于人类
他的群体属于人民
在人民中　一个人的存在无足轻重

　　我挤在车流和人流中
　　我的存在无足轻重
　　而膨胀的欲望
　　正在压迫着城市
　　我看到巨大的商场
　　重量超过了度量衡

悲 歌

现在　是否可以把城市和商场
并列在一起　作为我们生存的象征？
就像时间垒起它高高的世纪
我们精神大厦的对面
物质转过它庞大的面孔

  我感到危机和恐惧
  正在我的身体里滋生
  在高大的楼房之间
  渺小的人们
  像蚂蚁　在缝隙间爬行

我们生存的空间是扩大还是在缩小？
在这有限的方寸之间
物质先于心灵　正在走向人类的顶峰
在商场里　我曾看到电动娃娃哈哈大笑
它是无意的　而我们确实遭到了嘲弄

  阳光里掺着沙子
  空气里掺着废气
  楼房之间夹杂着街道
  车辆之间夹杂着行人
  人与人之间隔着心
  心与心之间
  是否有路？
  路上是否铺满了金钱？

无视现实的人是愚蠢的
走进现实的人必被现实所困

第三部　尘　世

有这么多人来到了商场
这不是偶然的　这其中必有缘故
人们聚集又疏散　究竟意味着什么？

  城市意味着什么？
  活着　意味着什么？
  我在风沙和车轮和人群和烟尘和废气中
  穿过街道
  这么急
  又有什么用？

一座商场从不思考也不回答更深的提问
它是一座水泥和玻璃建筑物
是商品和人的聚集地
但人们是商场的过客　不被久留
一如山川和地理　经过了多少王朝和岁月
它稳固的构造永远不动

  有一次我爬到商场的楼顶
  俯瞰大街　突然感到
  生活是一场热闹的游戏
  一旦我们进入　就会疲于奔命

  *　　*　　*

生存压迫着每一个人
紧张躁动和危机感　充斥着城市
在匆忙的人群中　我感到世界纷繁而杂乱
永远向前滚动着　看不到开始
也望不到终极的时辰

悲 歌

这容易使人产生疲劳　甚至失去
走向未来的信心

有一段时间　我躲开喧嚣
进入太行山里　在那山脉和岩石中
体会大自然原初的意境
我爱花鸟　河流　山坡　树林
我爱滚动在水中的石头
和它们自然的花纹与造型
（那是山脉与河流的卵
与公孙的石头不同
他削减是为了显现人类的肌体
而自然的造化则是纯粹的减法
磨去棱角和表层　剩下事物的核心）
我经常陶醉于自然艺术的魅力
忘记了生存实在　像一个孩子
裸露出天性
我发现人类生活中丢失的部分
在石头中得到了保存

那是些快乐的时光
我沿着开阔的卵石堆积的河床
低头走着　太阳从山顶和薄云中
把光芒直接照进我的心里
这时　如果风从树枝和无名的野花丛中
吹向我的头顶　我不能不敞开胸襟
希望它一整天就这么吹拂
带来更多的花香和来自山坡的泥土气息
以及叫不出名字的鸟鸣

第三部 尘 世

而现在我走在中山路上　看见人群
被风沙吹打　又被喧嚣淹没
人类的文明走到此处
发生了变异　技术上升到人性之上
并决定了我们进化的速度和过程

没有人强迫我们把沉重的东西背在身上
但我们已经背了起来　且无法放下
这就是我们的现实和处境

在物质的洪流里　人类淤积在岸上
精神像是彩色的泡沫　总是显得脆弱
经不住摔打　没有内核
因而人们排遣不掉空虚
就抱住沉重而麻烦的东西死守一生

　　　　＊　　　＊　　　＊

这是一个复杂的世界
好和坏同时并存　比如农民要除草
而花匠却精心地护理草坪
比如我们努力活得健康
而有些人非得死去　谁劝也不行
比如公孙要回家　你就只能任其发展
除非你撕掉这一章　或者视而不见

现在　请允许我去掉诗意
解决现实中几个迫切的问题
1.家里的液化气需要更换

悲　歌

2. 自行车的车闸需要修理　否则容易撞车
3. 理一次头发　头发太长了容易招风
4. 尽快阅读公孙的诗篇
　　否则他无家可归　将随风而逝
5. 赶快穿过中山路　路口就要亮起红灯

在大街上骑车　不能想得太多
也不能骑得太快　否则会有另一个大解
在商场的玻璃窗上飞奔
他模仿并骑车跟踪我　直到我气喘吁吁
停下不动

　　　　*　　　*　　　*

我可以逃脱影子　但我逃不脱电波和射线的
辐射和追踪　当电话的叫声在我衣袋里响起
我知道是什么在天地之间笼罩着人们
科学上升到神的高度　科学就是神

我打开手机　听到了熟悉的声音
这是公孙的声音　穿过千山万水
来到我的耳旁："大解　我是公孙
我在盼你到来
这里工程进展极快　超过了我的预想
我已经在岩石中发现了自身
并写下《悲歌》续篇　寄给了你"
　"我昨天才回到石家庄
现在正在大街上　还未见到信"
　"我的时间可能不多了
我已经预感到一个转折点

第三部 尘 世

正在我的身体中悄悄地来临"
"你要等我　我明天就乘车
前往北方　你要坚持到最后的时辰"
"大解　我只是书中的一个人物
既然长诗已经进入了尾声
我应主动退场了　人的生命终有尽头
我感到时候到了　我已快走完了自己的一生"
"公孙　如果你不想结束
我们可以协商　设计另外的结局
死亡或者再生"
"不　这是你的权利　我不想请求你
我有我的意志　你把我写到书里
我就是一个独立的人
我要从虚拟的现实中走出来
自己决定自己的命运"
说完　他关掉了信号
我知道他已到了最后的时刻　他有可能
走出文字　改写自己的一生

我加快了速度　穿过警察和行人
火速赶往办公楼　在收发室里
见到了公孙的来信　我急忙拆开
看到了新的一章　和新的人群——

/ 悲 歌 /

第二章 众生竞度

一、那么多人从岩石里走出来

又一个夜晚重复着前一个夜晚
星星像发光的泡沫　悬浮在高空
我想它们终有破灭的一天
天上荒凉一片　颗粒无收　行人绝迹
那时必有人带着蒲公英的种子沿山巅而上
去月亮的周围绿化天空

但今夜不可能　今夜的天空是发亮的
而且有一颗星越来越亮　它的光
有一种不可抗拒的磁力　使我必须仰望它
我能把一颗闪烁的星星怎么样？如果它非要
来到我的头上　为我洒下纯洁的光辉
我只能彻夜不眠　或者用三叶草和苦菜花
编织一个花冠　遮住自己的头顶

人们会以为　没有必要这么做
但事实并非如此
我看到这颗星从仙女座北面的一个星系里
向我飘忽而来　我突然想起这是蕙的星系

如果她从天而降　带来她青春的气息
和炽热的情怀　我该怎么办？

我已经老了　头发全白了　没有家了
我该怎么安置她　如果她忽然来临？
我只有一个怀抱是暖的
我只有一颗心是热的
蕙　你若是今夜到来　我只能在露水
和青草上为你铺下鲜花的床铺
用灯笼草为你制作一盏不发光
只散发馨香的小灯笼

这肯定是上苍的安排　一颗星向我飘来
在水库的边缘　昆虫乐队已经从高潮滑下
准备更换新的乐章　朦胧的村庄在远处
息止了所有灯光　这颗星星来了
它似乎洞察了我内心的悲伤
决定从天庭下来　抚慰一个孤独的老人

但我知道在这小路缠绕的水库边缘
水光蒙蒙的夜晚　一个无家的老人应该怎样
回避上苍赐予的一切　机遇已经从我的身上
全部撤走　奇迹只等待幸运的人

我看到这颗迂回的星星穿过众多的星辰
像一个离家出走的灯火绕过一片片村庄
和热闹的小镇　躲过了追捕和盘问
好不容易来了　我能帮它什么呢？
如果它非来不可　如果我命中注定

/ 悲　歌 /

要与它在今夜相逢？

它落下来　不如说是飘下来
它来了　飘过水库上空
飘过高高的白杨树林
它带着尾光　像是散在脑后的长发
上面缀满了细小的丁香花
（蕙经常这样走过青草地　装扮成青春女神）

这颗星划过我的头顶　对我大喊了一声
然后盘旋而上　向水库的上游飞去
我看见它瞬间抖落的光辉　使夜晚变得通明

它盘旋而上　又直落下来
冲向了远方的一座山峰
出乎人们的意料　它落地时毫无声息
像一个发光的气泡　回到孩子的嘴唇

许久之后　我醒悟过来　这是一个神秘的暗示
蕙真的回来了　那星星落下的山峰
正是蕙撞山燃烧的地方
肯定是蕙又回到了世上　是啊　天空太虚缈
不如回来　她回来了　省得我死后跋涉亿万里
去天空拥抱她的灵魂

蕙　只要你回来　我就能找到你
你刚才对我喊了一声　我听出是你的声音
我知道你有太多的话
需要世世代代的时间　需要泪水和呜咽

第三部 尘 世

让我不倦地倾听

    * * *

沿着水库的边缘上溯
河流钻出了水库　向源头爬去
原野变得开阔
两岸青山拉开距离　遥遥相望
我来到星星落下的地方　蕙当年撞击的
陡立的悬崖被人劈开
变成了一片采石场

我还能清晰地记得　火红的蕙
冲向山崖的那一幕　她奔跑着
向生命的终点冲刺
没有人能够截住一团火焰　如果那火焰
已经排除灰烬　在自己的体内完成了涅槃

也许她奔跑着　一直冲进了悬崖
成为山脉的一部分？
我清晰地记得　星星就落在了这里
她或许冲进了悬崖　在岩石里藏身？

如今　一片采石场已经剥开原始的山体
阳光洒在碎石上　那些花岗岩
仿佛渗透着蕙的肌肤
我似乎还能听到岩石中熄灭的呼喊
是何等凄惨和绝望　在山脉之间传递
最后停留在我的心中

悲 歌

在百年生涯里
我见过众多的悬崖但只有这一处
压在我的心上　越来越沉重
我甚至相信蕙就在这悬崖里等我　她有可能
穿着红色的衣裳　从岩石中走出来
怀抱着一群蝴蝶去寻找春天的花香
她走出来　是否还能认识我
一个白发苍苍的老人？

如果她也忘记了我
我就是世界上最孤单的人了
她在何处？在哪一块岩石里？
她是否已经看见了我？
她一定看见了我　她藏起来
眯着眼睛　假装在春天的正午瞌睡
引诱花朵倾听她的心声

她是一个幸福的女子　一颗回来的星星
一个止住心跳的人　通过悬崖贮藏起自己的青春
她就在这座山里（如果那星星是她的身体）
她肯定在这山里（如果那上升的火焰是一个梦）
我决定在这采石场里扣击每一块石头
直到听见她的答应

我这样想着　感到内心里有一个人
一直在呼唤着我　这是久违的声音
亲切的声音　她就是蕙
她在我的心里说话
并指使我停下来走近采石场

当三个工匠停止了凿击　我迎头说道：
"小心慢凿　石头里住着人"

　　　　　＊　　　＊　　　＊

多年以后　当我从岩石里领出许多人
总是想到今天　这断然的决定带有主观色彩
好像大自然应和了我的指认　从它内部
交出了我要找的人

这是一个特殊的日子
必然的事件等在必经的路上　随时准备发生
我拖着饥饿疲惫的身体走向采石场
小小的采石场　前面是空旷的河套
和走向水库的河流　有三个工匠
像红泥烧制的陶俑　正在凿击岩石
发出丁丁的响声

"你们是否见过里面有一个人？"
"没有发现　但山里确实有人说话"
"是不是一个女子的声音？"
"不　是我们自己的回声"
工匠们一边干活　一边答话
他们的脸像粗糙的岩石所制造　没有一丝表情
如果能够找到砂布　我将动手
打磨他们的脸　但在这石头和石头之间
重量和硬度统治了一切
他们无暇雕刻自己的笑容

"能否让我试试？我要找一个人

悲　歌

　　她很可能就在里面
　　许多年前她冲向悬崖时　山脉曾经晃动
　　她倒塌的那一刻　有火焰和红日向上升腾"
　　"我们也恍惚听说过　但年代已久
　　已经淡忘了　时间会冲淡一切
　　什么也不会留下踪影"
　　"不　她不会消逝的
　　她就在岩石里面　我刚才还听到她的喊声"
　　"如果你愿意　就在这里凿击
　　我们正好人手不够
　　愿你在石头里找到那个莫须有的人"

　　这是一个必然的日子　必然的时辰
　　在我无家可归之时　采石场接纳了我
　　我听到岩壁上传出一个粗重的喊声：
　　"蕙　你出来吧　我来了　我是公孙"
　　我惊讶会有这么大的声音折回我的胸膛
　　随着这呼喊　有人在我的心里轻轻地答应

　　　　　　＊　　　　＊　　　　＊

　　生长的季节　河水幽蓝　青山苍翠
　　茂盛的夏天带着热风从远方来临
　　草帽在田野里走动　拖拉机在路上冒烟
　　化肥和农药催促着庄稼
　　税收和征费催促着农民
　　我看到早起晚归的人们在田间耕作
　　有人种植小麦　有人种植高粱
　　在河流两岸　农业养活着辛苦的乡村

第三部 尘 世

岁月变迁　乡村也在变化
年轻的男人外出做工　老人和妇女种地
孩子被钟声吸引　在学校里认字和朗诵
一次我经过学校　听到学生们齐声歌唱
像工厂生产的嘴　发出统一而合格的声音

生活在大地上普遍地持续着
粮食和布匹充足　泥土足够使用
电在金属丝里奔跑　轱辘在道路上滚动
汽车有时载人　有时为了扬起尘土
躲避雷雨和大风
人们甩动着胳膊　或者背着手
体面地走来走去　相互打招呼
脚上粘着泥巴　脸上带着笑容

这是一个平和而普通的乡村
没有什么事件使人们大面积死去
没有过不去的冲突使连绵的村庄倒塌
大火日夜燃烧　鸡飞狗跳　片瓦不存
没有战争夺走人命
没有饥饿和逃亡　没有人被抓走
没有瘟疫
没有被逼的少女撞进悬崖
没有人在月下杀人　然后充军
（而这一切　我曾是多么熟悉）

我敢说这是一个繁荣的时代
战争远去　硝烟全无
炮火只在教科书里轰鸣

悲 歌

整个国家都在建设　城市建筑高楼和工厂
乡村建筑新居　我在采石场附近建起窝棚
这棚子虽小　却能容纳一个身体　几颗星光
和百年长梦

这就足够了　只要生活不断地
带给人们新的希望
还有什么不能忍受和度过？
还有什么值得计较不休　甚至酿成深仇大恨？

在远离村庄的悬崖下
一个无人在意的采石场
我关注着平静的乡村
而更多的时间是埋头开凿岩石
（这些花岗岩是上好的建材
据说可以建造天堂）
我一边做工　一边寻找蕙
真的从岩石里发现了埋藏已久的人

　　　　*　　　*　　　*

这不是发现　而是一个拯救的过程
我在悬崖上开凿　把岩石一层层剥开
从日到夜　从多到少
随着多余的石头一点点剥落
露出了一个模糊的轮廓　我震惊了
一个人的身影渐渐显露出来
——岩石里真的藏着人

凭借记忆我认出　这是蕙的体形

/ 第三部　尘　世 /

莫非她真的要出来　重新生活
恢复我们往昔的爱情？
我似乎闻到了她的呼吸和心跳
她的体香　她的笑容
我敢断定　她就是蕙
正从岩石里显现出来　一旦她出来
我将如何诉说这相隔的苍茫岁月？

石匠啊　快来帮帮我吧
我找到蕙了　她还在人间
她没有去天上　她是用力过大
撞进了悬崖里
她在岩石里躲避起来　用漫长岁月
忍住了悲愤和哭声

让我们小心凿击　不要伤及她的肌肤
她的眼睛含着明月的光辉
她的嘴唇是花瓣在风中颤动
她的头发是黑夜的瀑布
上面缀满了细小的星星
她的额头光洁
她的脖颈圆润　她的胸脯高耸
她的腿丰满而修长　她的腰肢
像春天的杨柳在轻轻摆动
现在她来了　从岩石中出来了
看　她依然是十七岁　她停在了十七岁
她用窒息换取了永恒的青春

我用整整一个月（一个弯月和一个满月）

悲 歌

剔除她身上的杂质　用曙光和清水
洗浴她的全身　直到她恢复体态
在月光下轻轻地走动
我用生命和激情创造了奇迹
——蕙活了　她走出了岩石
款款来到我身边　张开了她的嘴唇

我不敢相信这是真的　多年来
我曾在梦里见过蕙　在草原上空
听过她的呼唤
在敦煌壁画上见过她的姿容
那时她飘下来　领着我飞越沙漠
和飞天仙女一起到达星空
那时她耽于爱情和拥抱
沉没在黄河源头
我抱住黄河大哭　用长流不息之水
给她堆出一座坟茔
而后我在蜃景中见到过她的光芒
在死后见过她的身影
今日　她真的出现在我面前
她在岩石中等待着我　让我亲手
脱尽她身上的化石　用呼吸
唤醒她的呼吸　用体温
唤醒她的体温
如果我再晚来一步　她会不会死去？
如果我死在战争中　或死在海里
她会不会永远藏在岩石里　拒绝人生？

蕙　眼前这绝美的少女

就是你吗？你是为我而出现
还是为了向世界证明你的爱情？
你的衣裳呢？
你的泪水呢？你身体中的火焰呢？
你心窝里的公孙呢？你看吧
我就在这里　我已经老了
白发苍苍了
你可还认得我？你的眼睛为什么流泪？
你的心脏为什么疼痛？
你为什么一句话也不说
望着我　这样悲哀而失神？

我的蕙不说话　她的血液还缺少冲击
她的心里还堆着乌云　她还不相信
无望之爱　会有一个完美的结局
遥远的岁月还会回来
散去的梦　还可以重做一次
散开的人　会再次重逢
她不相信　石头也能复活　走路
她甚至忘记了自己是谁
她需要使劲回想　才能看见自己
短暂的前生

我一把抱住了蕙
我用许多个白昼和夜晚
诉说了我的经历
用鲜花和草叶制作花冠　为她遮荫
我领着她在月光里散步　在河水中洗浴
在露水和石头上倾听彻夜的虫鸣

悲　歌

而蕙沉默着　她在寻找失去的记忆
她需要重新认识我
她对这个世界已经陌生

但这已经足够了
还有什么奇迹胜过一个人的新生？
我想她会恢复记忆的　她的心
伤害太深　需要慢慢地抚慰　慢慢地苏醒

　　　　*　　　*　　　*

随着蕙的出现　我们又在岩石中
发现了其他的人　几个是乡亲
几个是陌生人　我感到时间退回去多年
我好像变得年轻了　浑身充满了力量
去爱　去生活　去岩石中救人
我在梦里听到过人们的喊声
我确信　这白色悬崖
是去往另一个世界的通道
里面聚集着所有走向往昔的人群

我和石匠们日夜不歇　加快了进程
一天夜里　星光浩渺　明月皎洁
河水和银子交换了液体
在原野上无声地流动　夜晚静得出奇
远近的村庄匍匐在地上　已经进入梦乡
而树林站着睡觉　随时准备迎接清风
我们在采石场　正在剥落一个人胳膊上的岩石
忽然　有人听到月亮上传来丁丁的凿击声
我们仰头望去　只见一个大力士

第三部　尘　世

正在空中凿月
一百颗星星聚集在他的头上
为他洒下纯洁的光明

我们惊呆了　他是谁
在月亮上凿击？
在这寂静的夜晚
整个北方都能听到丁丁的声音
都能看到　他凿下月亮上的石头
透明的石头　装满了布袋

他一个人在月亮上
用力凿　没有人能够帮助他
他擅自去往夜空　莽撞地凿击月亮
会惊醒沉睡的村庄和灯火
使人不能入梦

随着这丁丁的响声
整个北方都亮起了灯火
大地隐隐约约　像是有人撒下了星星
这时天地混淆在一起
无人能够区分灯火和星光的界限
人们走出屋子　仰望着月亮
不敢相信自己的眼睛

我们凿击着地球　而他凿击着月亮
一个在高处　另一个也在高处
我们的地球悬浮在夜空里　也是一颗星星
我们相互听见和看见　像神明

悲　歌

在两个星星之间　用声音和光
传递彼此的信号

他丁丁地凿　从月亮上敲下石头
装进布袋里　我看见他
背着发光的石头从天空中下来
落在采石场后面的悬崖上
由于月光照耀　他的身体已经透明

他落下来　隐入了山脉里
他是谁　趁着夜深人静去天上凿月
又回到这个世上　隐姓埋名？
我翻遍所有的记忆　只能认定
他是伏羲　我在蜃景中见过他
那时他去天上借火
而今夜　他敲下月亮的碎片
埋在山后　是不是要种植石头
等待夜晚在灯火和星星之间收获光明？

他隐入悬崖背后　而我们仍在凿击
星空里沉睡的人们都听到了丁丁的响声
这是清脆的声音　敲打星星的声音
我看到地上的灯火渐次熄灭　黑夜恢复了静谧
而天上的人们却纷纷醒来　点起了油灯
他们望着我们　像望着诸神
充满了神秘和崇敬

这时众星移动　子夜飘过北方大地
只有我们几人在丁丁地

敲打着岩石　远处传来狗的叫声
和孩子惊梦的哭声
我知道夜已深了
蕙也睡了
我一边敲击石头一边做梦
我梦见了那个凿月的人来到我们中间
日夜不休地雕凿　他有个神奇的布袋
里面装满了火种

　　　　*　　　*　　　*

在蕙走出岩石之后　出来的人越来越多
先是几个　继而几十　上百
开阔的河套上散布着雕像
夜里他们常常聚一起　回忆往昔的事情
他们彼此关心和帮助　热爱生活
珍惜这次新生
没有争执和欺骗　不再计较得失
他们是过世的人　已经看透了这个世界
因而大彻大悟　变得谦和而平静

这是一次深入地质内部的考察
不仅发现了肉体　也发现了沉积在体内
日渐改变的灵魂　我看到贪婪的人
已不再看重财宝　暴躁的人平心静气
乐于战争的人向往着和平
我看到死亡的炮弹　熄灭的火
退回胸膛的喊声
一个人是可以改变的　一个人的死
就是灵魂和肉体的双重革命

悲　歌

他们改变了存在和思维的方式　在退出生活之后
领略了人生的真谛　在寂静和虚无中体验了生命
因而死是一道门　走过了这道门
人就松开了欲望　放弃了所得　一身轻松
死不是收缩　而是一个开放的过程
像河流进入了大海
像骨头回到了泥土　像风
溶解在空气中
一个人死了　才是真正的完成
一个人死后　才获得了平静
他有机会歇息　消解　与大地融为一体
慢慢消化自己的一生
现在　他们已经透彻地领悟了生命的意义
乐于重新回到世上　我从悬崖里找到了他们
把他们领出来　以不朽的岩石肌理
以鲜活的体貌和心灵
向时间申请　进入永恒的行列中

就这样他们来了　迈着沉稳的步子
走出了采石场
背后是高大的悬崖　前面是河流
和卵石堆积的空荡河套　旷野尽头
是冒烟的村庄　他们看到
戴着草帽的人走到了夏天的边缘　还在走
直到隐没在绿阴深处　而季节在迁移
以其看不见的流动
在人们体内留下了致命的擦伤

他们来了　以静止的眼光

第三部 尘 世

看到事物衰老的过程缓慢而深刻
死不在远处　而是在人体内静静地生长
时间是个劫数　人们经历得越多
剩下的越少　在这寂静的
乡村一角
有谁知道石头在呼吸　流水在消亡

死与生　平衡着这个世界
来自内部的摧毁　打击着人们的信心
只有石头深信这一切并从生命的另一端
往回走　穿过静止的边界线
来到我们中间　坦然地面对一切

我们不停地雕刻　从头发到脚趾
从老人到孩子　从一年到又一年　又一年
雕像在增加　旧人不断来临
整个故乡的人都来了　邻居　街坊
亲友　家族　同学　都来了
好像昔日的生活尚未终结
一个稳定的群体恢复了秩序
这是由土地和血缘所构成的
一种牢固而紧密的人群结构　很少松解和移动
悠远的农耕习俗具有持久的凝聚力
把人们捆绑在一起　形成了互为依存的
代代因袭的生存方式　甚至沉淀在基因里
在漫长的岁月中构成了传统
因而村庄是稳定的　古老的
他们传说而不记载　他们维持而不破坏
他们是一个轰赶不散的人群体系

悲　歌

只可蔓延　而不能撕碎和拆开
土地束缚了他们的手脚
传统规约了他们的行动
他们善良　朴素　胆小　一团和气
他们从皱纹中挤出的笑容带着苦涩
和忍耐之后的酸楚
他们沉默是因为土地沉默
他们坚韧是由于生存的挤压和研磨之后
对命运的无奈和认同
现在他们都来了
带着农民所具有的一切品质　来了
来得这么艰难　缓慢
从采石场　从岩石里
从我们大胆而细心的雕凿中
来到我们身边　是如此热闹　拥挤
有的牵着牲口　有的扛着犁铧
有咳嗽的　说笑的　愁闷的
有抱孩子的　衰老的　走向坟墓的
正在出生的　睡觉的　新醒的　离开的
播种的　收获的　抽烟的　吃饭的　拉屎的
做爱的　在月亮下走路的　找不着家的
喂鸡的　打狗的　杀猪的　偷东西的
议论纷纷的　为一寸土地而打架的
上吊的　喝卤水的　抽自己耳光的……
各种各样的人　他们是我的乡亲
他们寒酸　丑陋　固执　愚钝　坚韧
身上还带着昔日的泥土
但已不再斤斤计较和争执　他们已经活透
从岩石里　从生命的另一端

为我带来了温情

继我的乡亲之后　又发现了我的战友
冲锋的　射击的　奔走的　吹号的
中弹的　流血的　垂死的　挣扎的
连夜转移的　挖战壕的　炸堡垒的
堵枪眼的　指挥的　看地图的　叉腰的
手拿望远镜的　扛旗的
瘦而坚强的人　军人
我继续凿击　在工匠
和凿击月亮的伏羲的协助下
还发现了在战场上与我搏斗过的人
一天上午　我打开一块岩石
看见了一个掉头者　抱着自己的头颅
正在奔走　却来到了我的面前
他认出了我　流露出惊异的神情
他有着强健的体魄　刚毅的方脸　络腮胡子
脖子上面是碗大的伤疤　伤疤的上面是天空
他抱着自己的头　无疑他是王者
我记得那一天　古城战斗异常激烈
一发弹片削在他的脖子上
脑袋掉了下来　他弯下腰去
从地上捧起自己的头颅　抱在怀里
走进了街道
当时夕阳西下　晚霞如血
残破的古城里布满了枪声
他抱着自己的头　向西走去
消失在街道的拐角处　我看见
凉风跟在他的身后　扬起了硝烟和灰尘

悲 歌

今天他从岩石深处径直走向我
这个坚强而顽固的家伙
是个山东汉子　一个永不屈服的军人
如今战争早已结束　他已不再是我的对手
而是一尊雕像　一个曾经和我相遇
并且搏斗过的历史人物
他的头上沾满血迹和泥土
他的脖子上空空荡荡
他的伤口还带着永不消失的剧痛
他忍着　他曾用脖颈发出绝命的喊声
他的血喷出来　把战争涂成红色
我发现他的血　不凝固　不退色
从岩石里流出来
依然鲜红

我们在采石场又一次相遇
他伸出了他的手　紧紧地握住了我的手
我们良久不语　却有一股热流
在默默地传递　贯穿了彼此的心灵

*　　　*　　　*

我通过雕刻发现了更多的人
这些逝者群体
是农耕时代所结成的人群体系
从岁月深处浮现出来
在特定的时空里悄然苏醒

我打开时间之门　就有人走出古代

第三部　尘　世

我拓宽空间　招呼远去的人们返身而回
人们就迎面而来　在岩石中栖身

肉体是最完美的建筑
是行走的殿堂　一个最小的家
居住着灵魂

我是在从事着神的工作
替他们制造身体　我使用了石头
石头就呼吸　如果我使用月亮作为材料
他们的身体就会透明

一个雕像把我拦腰抱住　请求我
给她一个美丽的容貌和体态
但我遵从历史和事实　没有答应

我有我的原则　既不高于生活
也不低于人格　你就是你
对于一个活不透的人　我就把他送回岩石内部
等待他成熟　透彻

我通过雕刻回到了以往的岁月
在采石场　一群凝固的人相互问候和体贴
他们对旧日的人群结构进行了重组
我看到一个新的生命群体　已经诞生

　　　　*　　　*　　　*

凿击月亮的伏羲带来了火种
他种下火种却长出了炊烟

悲 歌

他随便派对却组成了家庭
人们称他为月老　意思是：爱的媒人

他让我和蕙在地上生火　煮饭
过清贫的日子　重温幸福的爱情
我的蕙　上山采药　下河汲水
夜晚在月光里做梦

所有的雕像都进入了角色
他们不等待　不争执　只生活
新生给了他们新的品质
使他们珍惜此生　不浪费一寸光阴

在乡村僻静的一角　渐渐地
多出许多人　这不能不引起人们的注意
一片采石场出现了石头人群
一片人群沸沸扬扬　组建起逝者村庄
白昼升起烟火　夜晚传出丁丁的凿击声

人们纷纷传说　消息传到城里
引来记者并播出了新闻
人们络绎前来参观　几个农民向我
索要地皮费　而更多的人则企图
领走一个石人　摆进他们的客厅

但没有人跟他们走
人们不愿离开这个集体
这是一个逆向敞开的人民公社
居住着新生的公民

/ 第三部　尘　世 /

在这工业和信息时代　高速运转的机器
正在创造新的神话　而这些旧人
更热爱老式的生活　安于散淡和平静

我已历尽沧桑　也有些累了
不再企图产生轰动
我雕凿是为了爱　一心要找到蕙
我不知蕙的后面会有芸芸众生
现在　责任已经转化为使命
我必须干到底
从岩石里救出更多的人

不管事情的进展会有什么结果
我的意愿是　与自然达成协议
它松手　我开凿
我要从悬崖进入历史　与所有的前人
迎面相逢

　　　　　*　　　*　　　*

时间穿过村庄和树林
来到采石场　带走丁丁的凿击声
转而离开　却不带走新生的人群
人们倾心于雕凿　不在意季节的变化
风来了雨去了　寒暑在交替
有人悄悄地死去
有人不顾劝阻　在血光中降临

我的头发变得更白了
这是岁月流逝的结果

悲 歌

我知道一个老人
应该怎样度过余生
我加紧了雕凿　幸亏有一颗大心
在我的胸膛里跳动　给我强劲的动力
有这么多人支持我　热爱我
使我不停地雕下去　从来不曾灰心
我不留恋旧日的生活
我是在复述人类的记忆
我的血液里可能有一个前订的契约
迫使我劈开岩石　从里面领出人群

一天傍晚　几朵红霞从西方飘来
把山区涂成灰色　河水被黄昏污染　变得朦胧
远近村庄里炊烟茂密　好像软体植物被风吹歪
我们和雕像在晚风中
进入了昏暗的时辰
工匠们仍然在雕刻　我看到一个老人
正在凿击　他的动作缓慢　迟疑
他的手臂举起来　停在了空中
时间慢慢地过去
他依然没有动　人们走过去
看见他已经凝固　成为一尊石头
他的头发依然在飘拂　像白色的炊烟
在风中流动

这是最直接的进入不朽的方式
他拒绝了雕刻　自己完成了自己的塑造
以劳动的姿态永远定型
他的手里还攥着锤子　他的嘴里

第三部　尘　世

还有一句话　被牙齿咬住
再也不能松动　他停在了傍晚
星星提前出来在他的头顶上空盘旋
接纳他上升的灵魂　而据我们推断
他的灵魂就在体内
他不可能离开采石场
他是采石场上最早的三个工匠之一
他的生平极为神秘　他从来不说自己
只有变成一尊石像
才能倾听他内心的声音

人们忙于雕凿　无暇顾及这些
日凿　夜凿　只要有月光
手就不会停下　一天早晨
有人看到汽车和尘土
开进采石场　运来了一批工人
随后数日又来了多人
他们都是愚公的后代　世代以搬山为业
是宽肩膀　大骨架　瘦而高的人
记得当年我路过黄河岸边
看见高耸的太行山和王屋山
头顶上围着毛巾和白云
如今它们的儿女头戴安全帽
越过华北平原上青青的麦地
穿过腐烂的河流和纵横驰骋的铁路
穿过庞大的城市　穿过烟尘弥漫的小城镇
和无数个低矮的村庄　来这里
助我开山
没有任何仪式　他们下车后便搭起帐篷

悲 歌

操起锤子　开始了一项持久而伟大的工程

　　　　＊　　　＊　　　＊

这是一个沸腾的场面　愚公的子孙们
加入了雕凿　采石场上人头攒动
凿击声响成一片　夜晚也不停歇

有人在山顶上安装了星星
有人把灯火摆放在宽阔的河套　让它的光
给明月增加热量　吸引仙女和昆虫

绿油油的夏天　人们赤膊上阵
我看到晒黑的脊背　黄色的脸
充满活力的一个肉体的雕像群

大自然有它神奇的魅力　合理的法则
它创造万物时把最好的材料和最完美的造型
赋予人类　并倾心于这些作品

我看到人和雕像有着相同的结构和体态
在我的工程中　人与自然边界模糊
难以分清谁是雕像　谁是雕刻的人

人们都在动　整个工地上没有静物
石像在搬动石头　累得满头大汗
而刚刚学会雕刻的石人手艺粗糙　笨手笨脚

这些古人心地善良
急于在岩石中救出祖先　而我的战友们放下武器

第三部 尘 世

以军人的纪律和速度搬运岩石　像抢救战争和伤兵

这是谁的旨意？谁在暗中操纵？这么多人
都在从事着同一的事业　像忙碌的蚂蚁
聚集在一起　混乱而有秩序　活跃而不躁动

我看到王者放下自己的头颅　用沙子
擦洗脸上的血迹　他一直不满意脖子上的伤口
沾满泥土　影响安装效果　因而他总是抱在怀中

还有一些缺腿的军人　在安装假腿
缺头的在寻找头　而胸口有洞的人
从里面听到了大风穿过北方时那呼啸的声音

相比之下　农民是完整的　他们身体齐全
只是弯曲　耕种累弯了他们的脊梁
火焰烧弯了他们的道路　连树杈上的月牙都是弯的

镰刀也是弯的　他们耕种的手指用来雕凿
未免有些勉强　但他们肯于出力
从大山里抢救出自己的亲人

愚公的子孙们包揽过重大工程
但他们从未见过如此活跃的工地
雕者和被雕者都参与了创造

这是一场地质活动　是第二次创世
对生命的重塑　体现出人类的意志和自然的精神
我参与并领导了这场运动　这是我的造化使然

601

悲歌

人类最初是泥的　然后是肉体
现在我们面对的是岩石和山脉　是陈旧生命
的复活和永生　艺术上升到此便走向平凡

走向普通的生活　甚至逝去的生活
我倾向于时间的艺术　并出入于多维时空
如果心灵褪掉了羽翼　我就赤脚踏入红尘

自然之门从不封闭　只是我们蒙着眼睛
找不到通往峰巅的捷径　现在我把这重要的出口撑开
交给愚公的子孙和雕像本身　让新生的人群赶来

参加这隆重的庆典　看　他们来得多么及时
迫切　众多　他们来了　开始劳动和创造
从大地深处唤醒沉睡的古人

是啊　没有古人的群体是单薄的群体
没有古人的世界是一层薄纸　写不了史诗
没有古人的土地只能种植孩子和土豆

我需要全部的人　所有在大地上活过的人
将要来临的人　需要全体（包括灵魂）
为我们的工程加油　喝彩　拍肿手掌

我需要人们努力工作　加紧开凿
直到进入最初的岁月　发现最初的人
直到女娲放下她的泥巴　盘古撑起他的天空

第三部 尘 世

人们理解了我的心　人们在雕凿
我看到整个工地上人头起伏　锤声丁当
时有古人挣开岩石　自己走出来

他的身后人声鼎沸　涌动着漫无际涯的黑压压的身影

　　　*　　　*　　　*

所有的人都在雕凿　蕙却从人群里走出来
她恢复了记忆　怀抱着一束鲜花　美丽又端庄
像一个青春女神在午后的绿阴中苏醒

凿月的人为她引路　而风在她身后
捧着她雪白的衣裳
我看到百鸟在云中聚集　为她轻声歌唱

丁香花和地丁花　喇叭花和紫云英
也在山坡上歌唱　它们的嗓音细小
不像向日葵在田野里展开庞大的花房

金子做成的花　是为了朝向太阳
而蕙是一轮爱情的明月
从山坡上升起　岩石也要为她鼓掌

她向我走来　雕像和工匠们闪开一条道
目不转睛地看着她　仿佛磁铁
吸引着人们的目光

她恢复了记忆　就是说
她内心的大海里春潮翻滚

603

悲 歌

那些迷途的波涛开始返航

而我的心却在燃烧　仿佛回到了从前
美丽的岁月有着美丽的心事　她醉于
火焰之中是由于她爱我　把自己烧成了灰烬

如今她醒了　向我走过来
太阳转回去八十年　是一个青年
身背着道路和绳索　等在她必经的路上

如今我已是白发蓬蓬　百年沧桑
时间在身体上错位　一个断裂带
竟耗去了我们一生的时光

谁能弥补这个过失？没有人
只有我们自己痛苦地等待　只有岩石
保存了她的青春　又把她完整地交给我

我的蕙恢复了记忆　轻轻地来到我的身旁
她依然是她　而我已不复旧我　蕙　你看看我
是多么老　一个世纪的悲哀　淤积在我的心上

我的蕙　抱住我的肩头抽泣
她已等待得太久　她用全部的身体等我
她从死中出来　超越了死亡

我低下头　与蕙拥吻在一起
这时整个雕像群响起持久不息的掌声
白云在头上振翅飞过　花在喘息

第三部　尘　世

而耸峙的悬崖内部　　传出轻轻的喧嚷

　　　　＊　　　　＊　　　　＊

耸峙的悬崖内部　　涌现出人群
我和蕙　　领着工匠们日夜开凿
发现了千年以前的人
发现了屈原　　继而又发现
孙子在练兵　　孔子在办学　　老子在著书
更早的先哲在星空下思考
发现了禹　　舜　　尧　　部落时期的王
一直挖下去　　发现了射日的人　　奔月的人
追日的人　　继而是勤　　须　　三勤　　四勤　　王　　累
打造弓箭的人　　夜晚生火的人　　建造天梯的人
发现火焰女神　　飘浮的灵魂　　战死的人　　送魂的人
继而是伏羲和玄女　　是泥人　　击壤而歌的人
我看到了祖和汝　　以及那些沿河而下的人

整个山脉里埋伏着古人
我们加紧雕凿　　雕像挤满了河套
向远近的山坡　　谷地　　水库的边缘地带疏散
石像也加入了雕凿的队伍　　一时间
锤和凿的需量增加　　带动了钢铁和运输业
带动了交通　　饮食　　服务　　加工和旅游业
山村在变化　　农业退居其次
附近农民也开起了作坊　　变成商人

开凿的队伍越来越大　　古人和今人聚在一起
愚公的后代在雕凿　　石像在雕凿
我在雕凿　　工程进展极快

605

悲　歌

好像时间打开了大门　人们蜂拥而出
夫子领出了学子　帝王带出了臣民
兵家带出了将士　农民带出了家禽和牲畜
一个共时的空间里人头攒动
透过这些人　我已望见了时空的尽头
两个巨神——我们的始祖
正领着泥人向我们走来　我认出
一个是女娲　一个是盘古
他们身后　是展开的宇宙和正在诞生的星星

至此　一项宏伟的工程揭开了序幕
盘古和女娲就要来了　他们太崇高　太神圣
需要整座山峰
和全部的古人和今人齐心合力　为他们造型

*　　　*　　　*

在此之前　到来的前人只是一个序曲
现在众人聚集　然后起立　企望着一个庄严神圣的时刻
盘古和女娲就要从远方来临

此前的工程只是雕凿岩石　普度众生
而现在　我们看见整座高山
摇晃起来　在顶峰浮现出盘古和女娲的面容

这已经超出了雕刻的范畴　雕刻太渺小
不足以塑造神明　我们还没有长出一双雕凿始祖的手
因而需要众人合力　剥开一座山峰

我们的心里没有底数　尽管愚公也来了

第三部 尘 世

他的子孙也在　但谁能在始祖来临之前准确而及时地
揭开山巅上多余的岩石　浮现出世纪最初的一幕？

我们的始祖只是显现　不干预我们的生活
他们从山巅上露出头颅
把我们撒在世上　让我们自己走路　自己把握命运

始祖啊　我们活了这么多年　耗去了无数个身体
今天众人回到了同一时刻　汇聚在你们的脚下
你们给予的泥土和血肉　一点都不少　全在这里

在你们面前　我们都是孩子
头发是细的　血液是红的
心是热的　灵魂是软的　泪水是咸的

东方在朝阳里展开它辽阔的地平线
而大海在边缘激荡　你们的孩子散布全地
像沙子和青草　无处不在　众多而又不可磨灭

现在我们全体集合（来者正在赶路　他们需要
漫长的时间　艰苦的跋涉　才能赶到今天）
云集在此时此刻　参加一项旷古未遇的伟大工程

黑压压的人群　这时沉默着　等待着一个时刻
什么时刻？人们不知道
没有人知道什么时候开始　什么时候结束

我似乎听到了呼喊的声音　从山脉和平原以外传来
是两个孩子的声音　是一个男孩和一个女孩的声音

/ 悲　歌 /

这声音越来越近　人们缓缓地转过身　望着远方

人们看见了他们　在地平线上奔跑
手举着燃烧的火把　一路呼喊而来
这是两个新人　领导着新的时光和新的世界　来了

他们来了　穿过起伏的玉米地　高粱地　麦地和稻田
穿过城市和村庄　来到了我们中间
他们奔跑着　穿过了古人和今人　擦过我和蕙的身边

向山巅跑去　他们充满了活力
像两个青春的雕像冲出了历史和人群
我看到所有的人们跟随着火把　不约而同地跑起来

所有的人发出了同一的喊声　这声音浩大　悠久
带着各个时代的回响　在山脉之间震荡
最后形成一股合流　产生了震人魂魄的共鸣

两个少年手举火把　跑向了山顶
我们跟在他们身后　这是一个庞大种族在神的召唤下
获得了激情　人们奔跑着　呼喊着　朝霞因之而升起

东方因之而变红　我看到旭日在地下
运送它的光芒　而遍地炊烟已经伸展开柔软的手臂
迎接崭新的一日

我们的雕山工程就这样在晨光中
展开了最为壮丽的一页
而那两个少年是新日的特使　用圣火点燃了黎明

/ 第三部　尘　世 /

二、我发现了自身

持久的雕凿从山巅开始　从此
人类看见了自己的高峰
盘古和女娲渐渐显露出清晰的轮廓
一个是万物的造父　一个是人类的母亲

整座山峰浮现出两个头像　人们齐心合力
开凿不息　剥落的岩石滚下山体
变成禽兽　牲畜　飞鸟和昆虫
正如创世时代　该诞生的都在诞生

这是一个庞大而多类的家族
同一个始祖的子孙　人和动物共居一地
我看到狮子在搬运石头（那是勤的化身）
鲲鹏在搬运彩云　凤凰在燃烧
老虎在看护它的婴儿
婴儿在长大　进入了青春期
蕙在菜地里用雨水和蜜蜂浇灌着云彩似的
洁白的胡萝卜花　和金黄的芥末花
而猩猩——人类可爱的叔叔
正用石头敲击石头　收集飞溅的火星

在共同的活动中　是始祖把我们召唤
聚集在一起　和平　和睦地生存
万物悄悄复原　回归了善良的本性

动物们放弃了休息和奔跑　组织起劳动的集体

悲 歌

加入这场雕凿　这是一次生命全体的创作
通过这创作　万物重新成为亲戚和弟兄

我看到泥人　依然是从前的模样
他们不再往山巅推动巨石　而是往下滚动
这里不是岐山　没有天梯可修
这里是再造生命的工地　没有死亡　只有复生

整个工地上喧腾一片　全体在合作
岩石已不是岩石　而是生命的载体　包孕着苍生
我看到动物和人　坐在一起吃饭　一起搬运和雕凿
动物们憨厚地笑着　笨手笨脚
它们健壮的爪子适于奔跑　但不太适应劳动

仿佛回到了最初的岁月
弟兄们聚在一起（我想是有这样的日子）
有人说：干　大家就动起来
于是文明出现　史诗展开它干净的第一页

现在　我们就处在这样的时代　这样的时辰
盘古和女娲已在山巅浮现出清晰的轮廓
又一个初始已经出现　万物从一开始又回到了一
我们与自己的历史重逢

我们正在经历这样的分野：要么重活一次
要么收缩在起点　等待神的命令

我们的始祖浮现出来　什么也不说
他们看见自己的孩子

第三部　尘　世

是如此亲善而勤劳　露出了满意的笑容

　　　　　＊　　　＊　　　＊

这是众神齐聚的一刻
所有的生命都回到了同一天
差异和共性
相互依存和促进　组成了一个和睦的大家庭

这是众生的家园　是前人
也是后人的家园　所有生物的家园
在诸神工作的地方
是生命（包括人类）在繁衍和劳动

我一直有这样一个想法
现在更加得到证实：诸神不在上苍
而是居住在我们的肉体中

他们有着生生不息的鲜活的体魄
和自由的精神　诸神就是我们的肉体和灵魂

他们生活在平凡的村庄和高大的城里
凡是有生命的地方　神明无处不在
他们人数众多　等同于所有时代
人和动植物的总和　包括现世的生者

众生的世界也就是众神的世界
神已分解开自己的身体　溶入每一个生命

他们以肉体作为最高的殿堂

悲 歌

从来临到隐退　只有短暂的一生

神和人和动物和植物已成为一体
神已成为我们体内的基因

现在最原始的神已经出现
众神聚集在一起　加紧了施工进度
我听到后人在未来的岁月里着急　跺脚
有人修改了时间表　准备提前出生和来临

　　　　*　　　*　　　*

人们都来了　愚公和他的后代们
组织起所有的人和动物　并授予技艺
加快了雕凿的进程
而那两个手举火把的少年去往远方
去通知未来的人们

盘古和女娲的雕像已经接近了尾声
但我总感到还有一个人正在岩石里向我们走来
他召唤着我　让我亲手雕凿
我已经听到他的心脏在岩石里跳动

这个人迟早是要来的　现在他已经出发
从岩石中向我们走来　他离我们的时代不远
好像就在我们的生活中　他有可能
就在我们身边　是我们之中的一个人

我听到了他的脚步声
他好像走过太多的路　有一个沉重的身影

第三部 尘 世

他虽历经沧桑但仍雄心勃勃　坚定地走着
他似乎带着前订的契约来世上交接
他来得晚了　也许是时间的安排必须如此
也许是命运阻挡他来临
他不可避免地来了　他走向我们
一只脚已经迈进了今天　另一只脚
还停留在以往的岁月中

我日夜不休地开凿　终于在岩石中
发现了他的身影　他瘦而高
白发抵肩　被风吹向脑后
他的脸长而且方　棱角分明　眉骨突出
眼睛细小　下巴坚硬
当他的脸刚刚从岩石中露出一个轮廓
就向我点头致意　浮现出真诚的笑容
我要细致地雕刻他的嘴唇
以便他清晰地说出他的历程

我越雕越感到这个人过于熟悉
在他还未开口说话之前
我对照镜子观看自己　不禁大吃一惊
这个人　就是我——另一个公孙

　　　　＊　　　＊　　　＊

这时　我感到我的时日不多了
而时光依然在控制着它的节奏　把每一天
分配得大致均匀　我回望过往的岁月
遥远又苍茫　群山压迫的大地上
人生涌动　飘过去多少烟云

悲 歌

多少年过去　世界给人以错觉
仿佛生命是无限的　逝者在逝去
来者在来临　肉体战胜了死亡
在大地上进行着持久不息的远征
而实际上　生命在定量的生死中来去
你无法使过往的古人增加
也不能减少一个　你是惟一的
你的大限写在时间的秘密之书上
当你看到了这一页　你就是窥见了自己的命运

现在　我看到了另一个我
等于我掀开了谜底　揭露了世界的真相
因而其中的一个我必将消逝
因为我是惟一的　不会有两个我同时生存
我已经逆向走到了时间的尽头
现在只能走向自身

让另一个人代替我生存
让另一个我说出我的身世和未来
另一个我　是石头　是永恒家族里
一个重要的成员　介于生和死之间
是一道生命的分水岭

现在他来了　时候到了
我该如何松开手中的锤子
交到他的手里？
是否该有一个人见证我们的交接
并写下永不反悔的合同？

第三部 尘 世

       *   *   *

我用全身心雕凿我自己
我看到人们不约而同地围拢过来
注视着我　春天的气息从山后
从河流的另一边
带着遍地鲜花赶到我身边
这些羞涩的小姐妹　张着嘴
流露出她们的激情　而火焰在民间燃烧
在两个乡村或城市之间
铺设朝霞和彩虹

我知道　这是我最后的时辰了
也是我新生的时辰
我感觉到人们的目光　已经穿透了我的身体
看透我的心　我的所有历程似乎都透明地
展现在人们的眼前　我没有什么秘密了
让清风从我的肺叶上刮过吧
带走热量和往世留下的灰尘

结束和开始在同一时刻等待着我
我和另一个我从相反的两个方向
向一起靠近　我们离得太近了
我几乎听见了他的呼吸
他心脏的跳动
时间咔嚓停止的那一刻
两个我的手将握在一起
交换彼此的脉搏　然后走开
他面向未来　而我进入历史

但他来得极其缓慢
他一层层脱掉身上的岩石
像脱掉众多的前身
每减去一层都要经历彻骨的疼痛
我看到大地上的村庄心疼地围拢在我们周围
伸出柔软的烟缕　一遍又一遍
抚摸我们的身心

我看到蕙　吹着芦苇的长笛
领着她的飞天众姐妹　翩翩而来
其中一个是嫦娥　另一些曾经陪伴我
飞越过万里长空　而那融化在黄河里的
怀孕的仙女　现在何处？
人们都来了　泥人也来了　伏羲和夸父也来了
勤也来了　须也来了　王者也来了
我的战友们也来了　众多的古人都来了
附近村庄里的人都来了
人们这样为我迎接和送行　是不是过于隆重？

我知道我的时辰不多了
我珍惜这剩下的一分一秒
我写下生命中最后的感受
放在石头上　等待下山的凉风
送给大解　让他看到我的诗篇

三、我是大解　写下关于你的见闻

处理完家里的琐事　我火速赶往北方

第三部　尘　世

当我匆忙地赶到雕刻工地　挤在人群中
正好看见公孙在雕凿他自己
这是他的最后一件作品

这时　愚公走过来告诉他
盘古和女娲已经雕完
所有的动物和虫豸也已到齐
只待另一个公孙从岩石中出来
便可宣告竣工

公孙还在耐心地雕琢　以便使石像
具有他的外貌和品格　但他是一个粗略的
不可细雕的人　在他无法走动之前
我看到石像微笑着
开口说道："公孙　我来了
而你即将离去　我们不可能同时存在
这个世界上　只能有一个公孙"
　"我知道你是注定要来的
是我塑造了你　我让你来　代替我生存"

人们围着两个公孙　息止了喧嚷
鸟儿们闭住嘴唇
动物趴在地上　像一群乖孩子在幼儿园里
静静地倾听
而愚公的后代们则知道　这是一个工程师
在用最后的气息　完成他的使命

"公孙　你为什么要雕出一个我？"
"不　我是在雕自己

悲 歌

这是盘古和女娲的新生日
也是所有前人的庆典日
我无礼可献　我献出我的命"
"现在　我就要从岩石里走出去了
请你给我一颗心灵"
"太阳偏西的时候　我要给你全部的生命"

"公孙　我现在就将是你了
让我说出你失败的一生——
你曾经有过炽烈的爱情
你爱过　但你无力冲破世俗的藩篱
和思想的牢笼
你软弱　幼稚　反抗命运却找不到对手
你内心受伤却看不到伤痕
为此　你的蕙为你折断了青春
你不敢面对自己的心灵
你流浪北方　沿着黄河上溯
寻找民族的根子和命脉
你反抗这个不平的世界
你参加了战争　你看见了流出的血
和死去的人　无数的人
你死在战场上　你以为你死了
人类就会善良　世界就会和平
你是一个天真的人
你发现了你的弱点　又不相信自己的判断
你过多地依赖于群体　你迷失了自己的个性
你以虚无为阶梯　踏入了飘缈的蜃景
你躲开这个复杂的世界　从厮杀中遁入空门
你看见了人的诞生　也知道人的结局

第三部 尘 世

但你无法阻止人类的流动

你反对战争却参加了原始的战争

你乐于建设却只能修筑上天的梯子

你热爱流水正好遇到了天漏

哪有这么正好的机遇

你想到什么　什么就发生

你倾心于人与自然的冲突　和解

却因此逃避了真实的生活

和人类之间尖锐的矛盾

你当上了古代的帝王

你反对暴力又依靠暴力　倾心于专横

你注定被推翻　但你没有看透其中的原因

你沿着时光而下　看见历史的波涛

在大地上翻滚　冲击着王朝和人民

骸骨淤积在泥土深处

你是一个活的肉体　不可能在天上生活

你必将回到地上　你经不住一场过世的凉风

你掉入了松软的大海　你不敢掉到地上

你回避了棱角　你害怕坚硬

你进入了城市　但你无法适应它的节奏

它的拥挤　它的倾轧和争夺

你当过垃圾工和代表

你做不出虚假　你受不了恶臭

你建筑高楼　却住不进高楼

你回家却找不到家　家已失去

你乐于耕种却没有土地

你想念亲人却看不到亲人

你想念蕙就凿开了岩石

你雕出了众多的前人　直至始祖出现在山巅

悲 歌

直至动物们具有了温和的属性
你以为石头就可以永恒
你把人们领到世上　又一次面对死亡
你又雕出了我　直至了解你的一生"

一个公孙在倾诉　一个公孙在雕凿
他们没有发现　我在他们之间
记录了这些见闻
　"现在我要说出你的成功"
石头的公孙继续说着　两个公孙
在来和去之前加紧了进程　他说：
　"你在爱的牢笼中追求爱情
你得到了爱　并为此付出了牺牲
你超越了你的时代　索要爱的权力
你和蕙　哪怕只是一瞬
也要胜过庸常的一生　你爱了
你就是一个幸福的人
你流浪他乡　你接受心灵的指引
而不承受命运　你发现了暴躁的黄河
也有温柔的流水　可以孕育人的子孙
现在　你的儿子正在黄河里孕育　就要诞生"
　"什么？我的儿子在黄河里？就要诞生？"
　"是的　你和飞天仙女落在星宿海
那个壁画中的蕙受孕后融化在河水里
你的儿子就要出生了　你现在已经是父亲"
　"我要做父亲了　我的儿子　你快出生吧
我要送给你一个圆的地球　作为玩具和礼品"
　"请让我继续说下去　你参加了军队
经历了战争　你正义　勇敢　坚强

第三部　尘　世

你用生命探讨战争的属性
你用死亡进入另一个世界　看到了人的终极
和对于战争的深刻反省
你既而又只身进入虚缈的蜃景
你是第一个追溯到人类本源的人
你看到了盘古开天和女娲造人
你沿河而下　进入了人的初期
你用最少的死亡赢得了一场部落战争
你不善于破坏　你乐于建设
你修筑天梯是为了给灵魂铺设一条上升的道路
你关怀此世　也关怀来生
你参与了补天和治水的工程
你是幸运的　你参加战争并夺取了王座
你看到了王朝的更迭　人民的不幸
你掉下蜃景是由于大风摧毁
你死于海洋是由于心脏沾染了灰尘
你被美人鱼热爱是由于你帅气
你与自己的灵魂对话　并勇于敞开心怀
回答心灵的重重追问
你回到这个熟悉又陌生的世界
你发现了时间的距离　空间的差异
你努力适应新的生活　从城市到乡村
你寻找自己的家园　你不忘旧情
你一夜之间白发苍苍　人生衰老
你挺住了悲哀　你在岩石中发现了蕙
和众多的前人　你在真实与幻想之间
架设了一座桥梁　使生命和死亡消失了界限
你打开了冥界的围墙　让我们出入
你是这个世界上用冥想追求现实的人

悲　歌

你用真实的造型恢复了人类的记忆
你修改了真实的定义
你又一次逆向进入了生命的本源
你拆毁了时间的栅栏
使我们重新回到世上　过崭新的日子
做全新的人　你实现了人类旷古的梦想
你从不放弃理想　你注重行动
你的思想没有边疆　你的边疆没有陷阱
你为人善良　透明　天真　热情
你让石头复活　用肉体建造神明
你使众神恢复为人的高度
你把众人引入众神的行列
你把神和人和自然融为一体
没有高低贵贱　没有先后上下　没有主宰
你热爱和平与繁荣　热爱动物和植物
热爱古人和今人和后人
你贯通了时空但停留在今天
你看见了人类思想中升起的黎明
你修改并否定了旧的观念
你提出并回答了许多问题
你的内心里问题堆积　还在不断地滋生
你善于探求　消解　重构
你建立了多重的世界　多极的人生
你是时空的一个焦点　是奇迹
你现在又亲手创造了你自己
你给我以形体和血肉　给我记忆　给我热情
你允许我说出了你的一生

一个公孙在言说　一个公孙在雕凿

第三部 尘 世

众人围绕着他们　轻轻摇晃　像刮风的树林

　　　　＊　　　＊　　　＊

像刮风的树林　轻轻摇晃　众人围绕着他们
两个公孙是一个人的两种存在形式
一个处在终点　一个正在来临

公孙发现了我　停住了凿击：
"大解　你来了　你是否接到了我的信？"
"我在车上看过了　你的《悲歌》
是一首完整的长诗　你的一生也是完美的一生
现在你已经超越了书稿　成为一个独立的人"
"大解　是你塑造了我
你用文字给了我百年人生
现在　我的时间不多了
请允许我说出我最后的见闻"
"你看到了什么？"
"我看到了我自己
我奔波了一生　好像注定有人在岩石里等我
这是一场真正的埋伏　我最终
要用自己的手领着自己
交给这个等待我的人"

公孙转过身　面对雕像的公孙
坦然说道："过一会儿　你就是我了
在你走出岩石之前
我要把我的血液给你
把呼吸给你　把我的声音和名字给你"

悲　歌

"刚才　你总结了我的今生
现在　请让我在结束今生之前
说出我的全部历程"
公孙说话时　蕙走过去
用手指梳理他的白发　而远处山坡上
半尺高的白头翁迎风散开白发
像是历尽沧桑的小矮人

"我是一个普通人"　公孙继续雕凿
说道："做过许多错事　爱过　恨过
梦想过　死过　现在就要走完了一生
我的作业交给自然评判
好与坏　已经没有涂改的时辰

"我所做的一切　对世界构成伤害的
请人们原谅　如果还有一点益处
请你们珍存　这世上
生活多么壮丽　人生此起彼伏
过去的已经过去　未来的人群遍地开花
世界将每天一次为他们更换崭新的黎明

"我听到了他们来临的脚步声
但我更多的是回望昔日　我看到
一个老人缩回他的青年　幼年
最后变成婴儿　缩回母亲的子宫
他缩成一个受精卵　小小的孩子
浑身透明

"人们纷纷回到了父亲的时代和祖父的时代

第三部　尘　世

缩回他们的祖先　就这样一代又一代
我看到无数先人从泥土中起身返回他们的幼年
像倒放的电影　从结果回到了过程和原因
像后悔的波涛退回源头　人们从老年
逆向生长　最终回到母亲的怀中

"现在时间从我的身上回流到以往
我看到的全部是前人　人们越活越小
坟墓变成了出生地　凡是鼓包的土地
必将生出老人
他们走出棺材　抖落身上的泥土
大步走回自己的青春

"这是一次真正的追本溯源
遍地老人破土而出　像英雄起于草莽
像微风缘自青萍　这老人的洪流浩荡而来
退回时间的起点　老妪缩成一个少女
老汉缩成一个顽童
就这样孙子回到了儿子　儿子回到他自身
他回到父亲　父亲回到祖父
祖父回到曾祖父
……
一代代回去　我看见最后一个人
回到了女娲的身边
我看到女娲手里的泥土　正在获得呼吸
大地上花草茵茵　一派安宁"

公孙在言说　人们在倾听
我看到山巅上的盘古和女娲在点头微笑

悲 歌

流露出赞许的表情

"现在　你们都在　都听见了我的话
让我们全体鞠躬　向我们的创世者
最伟大的神明——盘古和女娲
深深地致敬"

人们纷纷弯腰　低下头颅
树林也弯下腰去　动物们匍匐在地
整个群体里毫无声息

这时　公孙起身　和我握手告别：
"大解　我要走了　愿我们的友谊
超出写作和书籍　永不磨灭
再见了　大解　再见了　你们
再见了　蕙　我的时辰到了　我必须走
但我同时又将到来　我们还将在一起
这只是一次生命的转换和更新"
说完　他和蕙紧紧地拥抱在一起
许久之后　他毅然地松开手
向自身的雕像走去
他接近了自身　他走进了雕像
他只剩下一个影子　影子也隐没在石头里
两个公孙合在了一起

雕像活了　他开始迈步　启动心跳和脉搏
一个新的公孙微笑着　走进了人群

第三部　尘　世

第三章　新　生

这是完成的一日　结束的一日
公孙与雕像融在了一起　他超越了死亡
把身体兑换成石头　并由此获得了新生
所有的雕像都看见了他——
两个公孙合而为一　组成一个不朽的生命

就这样公孙停止了以往的岁月
启用新的身体进入生活
他成为众神之中惟一带有血肉和热量的活体
他混淆了神和人的界限　他与自然
结成了生死之交　他用最原始的材料
和自己平凡的双手　创造了自身

在人生的最后时刻　公孙把握了自己的命运
他拒绝腐朽　成功地完成了生命的延续和转移
在尾声渐近的时刻揭开了新的一幕
让我们看见另一番景象：三重时间交汇在一起
过去　现在　未来　处在同一个点上
他试探着　推开了一道神奇的大门

先人和今人和来者暴露无遗

悲 歌

隐秘的幕布掀开之后露出了人生的全景

人们目睹这一切　睁大了眼睛
这时蕙悲喜交集　抱住新的公孙唱起了悲歌
人们随声合唱
粗重的　石头的　沙哑的　高亢的　雄浑的歌声
在山脉之间回荡　蔚蓝的天空
在我们上方像丝绸一样飘动

　　　　＊　　　＊　　　＊

循着歌声　一个影子从远方赶来
他白色的头发和胡须随风飘拂
像一棵透明的白色垂柳在阳光下移动
他分开人群和动物　来到公孙和蕙的身边
仅用一丝目光　就悄悄地领走他们
人群闪开一条道　目送着蕙和公孙
迎着夕阳的光辉走去
人们随后慢慢地跟上去　在他们后面
形成了一个奔走的庞大的雕像群

我走在这复活的群体里
怀抱着公孙的诗篇　感到一种从未有过的
奔腾的活力　冲击着我的胸膛
使我不由自主地跟随着他们
展开一场生命的大游行

这时夕阳西下　悲歌四起
整个人群在晚风中合唱
歌声所到之处　人民起立　随声呼应

/ 第三部　尘　世 /

有人在山脉之外掀开平原
释放出地下的老人和草根
有人吹着魔笛穿过泥土村庄
叫醒那些沉睡的亡灵
歌声过处万物皆应
大海在远方拍打着胸脯　为歌声伴奏
在天地之间产生了强烈的共鸣

影子在西行　公孙和蕙在西行
雕像群体在西行　动物们走在人群里
白云走在天空　合唱在继续
我看到大地上的村庄跟在我们后面
河流跟在后面
道路跟在后面
树林跟在后面
人民跟在后面
遍地灯火跟在后面
万物在合唱　万物在西行

这是一次漫长的行程　仿佛穿过了无数个世代
从胚胎到诞生　从幼年到老年　从生到死
从死到生　穿过了原始的荒蛮　肉体的丛林
穿过了母系和父系时代　奴隶时代
人的时代　穿过了日和夜　无数个日夜
穿过了现在和未来　在浩荡西行

　　　　＊　　　＊　　　＊

一个庞大的群体在西行
在合唱的歌声中　从遥远的西方

悲 歌

遥远的南方和北方　人群应声而起
加入了大合唱　向中心聚拢

西方的人群向东走
南方的人群向北走
北方的人群向南走
东方的人群向西走
我们走　一个白色的影子
引领我们走

这使我相信　确实有一种无形的力量
统领着芸芸众生　我们在一个行走的集体中
不疲惫　不停留　不迟疑　向前走
有一个众神之神　领着我们走
他来自于无　无处不在　又无所在
他来自于泥土　河流　山脉　土地　空气　风
来自于灯火　月亮　星星
他来自于可见和不可见的村庄和城市　来自于人群
他领着我们　经过了白昼和夜晚
无数个白昼和夜晚
走到了一条河边　他停了下来
后面的人们也停了下来
东西南北方的人们陆续到来　都停下来

一条大河横在人们的面前
它的水　带着泥沙　从高原上奔腾而下
进入了冲积平原　在宽阔的河床里流动

它翻滚的波涛两岸

第三部　尘　世

是漫无边际的土地和村庄
和人民

这是黄河
人们停下来
等待着河流上发生的事情

白色影子的身后是公孙　蕙
他们的后面是我　我的后面和对岸和周围
是连成一片的面孔
一直通到永远之外

合唱至此达到了高潮　人们越聚越多
在歌声中　又加入了黄河的轰鸣

黄河在咆哮　在疼痛　在圣歌的旋律中
人们看见黄河宽大的水面轰然裂开
一个婴儿从水中诞生

　　　　*　　　*　　　*

一个婴儿从水中诞生
孕育之后　黄河打开了她的生命之门

这时十个太阳依次经过天空
（十个太阳　九个是幻影）
最后一个太阳出现时　东方发生了天震

人们看到影子老人踏浪走到黄河中心
抱起这个婴儿　捧给公孙

/ 悲　歌 /

公孙又捧给蕙　公孙和蕙举起他们的儿子
他们身后山河起伏　城乡遍地
升起了人类的森林

这是一个神圣的影子
他预知这一切　他引领着四方的人民
他捧起黄河之水洒在婴儿身上　为他洗礼
他用阳光编织一个光环　为婴儿加冕
并给他命名为——少典

公孙和蕙捧着孩子　双双给黄河下跪
全地的人都跪在了黄河边　息止了歌唱
低头向黄河致敬

许久　开裂的黄河缓缓合闭　歌声又慢慢响起
苍黄的太阳乘着六龙之车　经过人们的头顶

　　　　*　　　*　　　*

传说
多年以后　少典生黄帝　黄帝生出了遍地不绝的子孙

1996 年 11 月 28 日～2000 年 7 月 26 日于石家庄
2018 年 4 月 16 日～2018 年 7 月 12 日修改

后　记

　　《悲歌》第四版，作者几经修改，又经过编辑的辛苦劳作，终于面世了。在此，我要衷心感谢花山文艺出版社社长张采鑫先生对此书出版的鼎力支持。

　　2000年，河北教育出版社出版了《悲歌》第一版，时任社长的王亚民先生和编辑颜达女士共同担任了责任编辑。2005年，河北教育出版社出版了《悲歌》第二版，王亚民先生和颜达女士再次担任责任编辑。2016年，《悲歌》列入作家、文化学者萧乾父先生担任主编的大型书系《现代汉语史诗丛刊》，由香港蝠池书院出版，于是《悲歌》有了第三版。

　　我真诚地感谢河北教育出版社、香港蝠池书院、花山文艺出版社，感谢各位出版家为《悲歌》付出的心血，谢谢你们！

　　《悲歌》出版以来，收到了许多读者的反馈意见，一些诗歌理论家也在报刊上发表了专论文章，在此一并致谢；同时，也向授予《悲歌》奖项的多家评奖机构和评委们表示感谢。

　　《悲歌》写于1996年～2000年，距今已过去了二十多年，期间几次修订再版。这次第四版，除了长诗文本内容有大量改动，还删去了第二版和第三版中的《〈悲歌〉笔记》。

　　每一部作品都有自己的命运。作为一部叙事长诗，《悲歌》是幸运的，它遇到了优秀的出版社和出版家，同时也一再地与知音读者相遇。

　　借此机会，一并送上我的祝福。

大解于石家庄
2018年10月25日